冬将軍が来た夏

甘耀明《カンヤオミン》
白水紀子 訳

白水社

冬将軍が来た夏

カバー作品：勝本みつる《永い永い未来の手前にたたずむ》
撮影：松浦文生
装幀：天野昌樹

第1章

暗い影がさす夏が来た

私がレイプされる三日前、死んだ祖母が私のところに戻ってきた。幽霊が出てきそうな薄気味悪い日だったかというと、そうではない。反対にその日は陽光がまばゆいばかりに降り注ぎ、私はある意味ささやかながらも幸せな人生の道を歩んでいた。まるで心の中には暗い影を落とす片隅さえないかのように。もし何かが変だったとしたら、三日後に開かれる幼稚園の食事会のことを急に思い出して、クローゼットをひっくり返し、レースの縁取りのスカートにしようか、それともブルーのパンツにしようかとさんざん迷った挙句に、濃い茶色のミニスカートで行くと決めたことくらいだ。あのとき体にぴったり張り付くスキニージーンズにしておけばよかった、そうしたらレイプの被害に遭うこともなかったのに。

クローゼットをひっくり返しているとき、警備員室からインターホンが鳴った。警備員が、引越し業者が荷物を届けにきているので、下に降りて運ぶのを手伝ってほしいと言う。うるさい音に母が目を覚ました。いつもの遅く起きる習慣を中断された母は、のろのろとベッドから下りてキッチンに行き、コーヒーを淹れた。角砂糖が五個入ると、コーヒーはカップからこぼれそうになった。コーヒーではなく砂糖で頭をすっきりさせているのだけれど、こうすれば単に砂糖水を飲んでいる子どもみたいに思われなくてすむ。母は私に急いで下に行くようにせっついた。警備員からまた催促のインターホンが鳴ったからだ。その音はテーブルのあちこちについているコーヒーのシミよりもイライラさせられるらしい。母はマックかスタバで待ち合わせの保険の仕事に出かけるために、黒い砂糖水を飲みながら化粧をしていた。

私が降りて行くと、とっくに退職していてもおかしくない五人の老女が一列に並んでいるのが見えた。お日様の下で、彼女たちは一九五〇年代ベビーブーム期のレトロな雰囲気をぷんぷんさせ、さらに一匹の年寄りのラブラドールを連れていた。

　五人の老女と老犬、これが引越し業者？　なんて奇妙な組み合わせだこと。

　彼女たちの歳は七十くらいで、髪は薄く、頬は垂れ、錆ついたフォルクスワーゲンT3の後部の荷台から必死に荷物を運び出していた。停車の技術は不合格、車を歩道から一メートルも離れたところに停めれば、荷物を運ぶのが大変になるのは目に見えている。それに動作の一つ一つが、赤線《レッドライン》を踏んづけているみたいに、どれも危なっかしい。まるで冬眠中のモグラが、伸びをして体を大きく動かせないみたいに、けだるそうにしていた。こんなんでは電気スタンドのコードに足をひっかけて転倒し股関節に亀裂が入るか、弾力を失った大腿筋が肉離れを起こすか、はたまた服についた埃を吸いこんでくしゃみをしておしっこを漏らすのが関の山で、しまいには心筋梗塞で倒れたとしてもおかしくない。おそらく彼女たちに残されたわずかな力は死神と握手することに使われるのだろう。これが、警備員が私に手伝うように呼んだ理由でもあった。

　私は何か予感めいたものを感じて、「その荷物、誰が私に……？」と尋ねた。

「あなたの阿婆《アポー》〔客家語で祖母〕からですよ」。答えたのはエクボがある女の人で、年は六十五歳くらい。昔はきっと美人だったに違いない。笑顔が上品で、しとやかな中に包みこむような温かさが感じられる。

「祖母はずいぶん前に亡くなりました」

　その場の空気がすうっと冷たくなり、エクボの女の人が言った。「そうね、これはずいぶん前の荷物で、彼女の友達がうちの引越し屋に届けるよう頼んだものです」

「どれも私には使えないものばかりだわ」と私は言った。ほんとうに使えないものばかりなのだ。

五段の引き出しがついた、やたらと重い整理ダンス、鉄製の蛍光灯スタンド、切り傷だらけのツガの机、ヒノキの古いトランクなど。あっ、ちょっと待って、あの新品のTOSHIBAのノートパソコンがもし遺品なら、ぶしつけかもしれないけど、ちょうど欲しかったの。

「ぜんぶあなたのものですよ」。エクボの女の人が言った。

「パソコンだけじゃだめですか、他は送り返すとか？」私は訊いた。

「私たちは返品は受け付けてないのよ」

「持ち帰って捨ててもらってもかまいません、お金は払います」

これには年寄りの運搬人たちも驚いてぽかんとした。「上まで運ぶのを手伝うわ」。エクボの女の人が老人たちを指揮して、危なっかしくてくたびれる作業を始めた。彼女たちはまずみんなで机を担いでエレベーターの中まで運んだ。手足の働きはたいしたことはないのに、口のほうはたいしたもので、「あんたのところ、ちょっと低く持ちな」、「そう早く歩くもんじゃないよ」としきりに大声を張り上げるか、そうでないときは「アィヤー、アィヤー」の連発で、まるで年寄りのナマケモノたちが助けてくれと叫んでいるみたいだ。

エレベーターの中に入ったとき、腰にコルセットを着けた老人が疲れてしゃがみこみ、額の汗をぬぐう気力もない様子だった。後ろからついてきたラブラドールが彼女に気づいて、焦って吠えたが、ほかの老女たちは振り返って見ることしかできない。手にはまだ大きな机があるので、年寄りのナマケモノたちは呪いをかけられたように、ひたすらぶるぶる体を震わせている。

私が気になったのは老人たちよりも、犬のほうだった。私の見立てでは、その犬の年齢は十六歳くらい、人間の年齢に換算するとおよそ八十歳になる。動きはゆっくりで、子犬の活発さに欠け、また成犬の鋭敏さもなく、まるきりあの老人たちのコピーに見えた。老犬は老人たちの後について、動作はのろいが、目は彼女たちからかたときも離れず、幽霊だと言われてもいいくらいだ。その犬が唯一警戒して吠えたのが、コルセットをした老人がしゃがみこんだときで、しきりに吠えたてた。

「鄧麗君《ドン・リージュン》〔テレサ・テンの中国名〕！　母さんは大丈夫だ、病気で倒れたんじゃないから、吠えなくていいよ」。コルセットをした老人が言った。

　鄧麗君という名の老犬に出会い、どうしてそう呼ぶのか意味がさっぱりわからないので、私はとりあえずこう言った。「この鄧麗君、とってもかわいいわね」

　老犬が顔を上げて私を見つめた。眼光はゆったりしているけれど、眉間に皺をよせている。怒ってはいないが威嚇するようなその表情に、私はびくっとした。老犬はどうも自分に向けられた揶揄や敵意を読み取ることができるようだ。でも、老人の引越し屋が作業を続けたので、この想像は瞬時に中断させられた。上りのエレベーターにぎゅうぎゅう詰めで乗っていると、二人が真っ青な顔をしていた。一人はコルセットの老人、もう一人はずっと一言もしゃべらないカツラの老人だ。カツラの老人は家具を車から運び出しているときに、カツラを留めていたヘアピンの片方が緩んで落ちてしまい、エレベーターが上昇し始めた途端、体がよろめいて、カツラが移動し、ヘアピンで固定されたもう一方の側にぶら下がったので、とてもおかしな姿になっていた。私はもう少しで吹き出すところだったが、カツラの老人はのんびりカツラを戻していた。

　一回目の搬入が終わり、エレベーターが下降すると、誰もが天国から地獄に落ちるような顔をした。カツラの老人はカツラをちゃんと整える気はなく、とてもみっともなかったけれど、どうやらこの歳まで生きると同じ老人仲間の前で恥をさらすのは平気になるらしかった。

突然、エレベーターが三階で停止し、ドアが開いて、マスクをかぶった子どもがあらわれた。「スター・ウォーズ」のストームトルーパーの白いヘルメットをかぶって、手にプラスチックの電子銃《ブラスター》を持ち、緊張した声で言った。「あんた……たち……だれ?」

誰も答えない。じっと立ったまま、表情一つ変えずに、汗がひたすら額から流れ落ちた。エクボの女の人は無理やり笑みを浮かべ、コルセットの老人は喘ぎ、カツラの老人は髪を振り乱している。彼女たちが顔に疲労の色を浮かべて呆然と立ったまま、何も言わないので、それが私にまで感染したように黙っていた。

エレベーターのドアが閉まった。すると外でちびっこのストームトルーパーがボタンを押し、ドアが再び開いた。この六歳の子の企みは、しょっちゅうエレベーターのボタンを押して、中の人に無理やり同じ質問をすることだった。たとえば、「五つ頭があっても、へんに思われないものはな~んだ」、「腹をたてればたてるほど大きくなるのはな~んだ」。そして相手がギブアップ寸前になるまで待ってから、その子はようやく大笑いして答えを言う、「手足」と「かんしゃく玉」だよ。

「アームストロングが……右足を……月にふみいれたあと、彼は……何をした?」ちびっこのストームトルーパーは、今度はエレベーターが下降するのを止めて尋ねた。

「左足を出したのよ」と私は答えて、急いでこのいつもの質問を終わらせた。

「あんたたち老人が死なない方法は……な~んだ?」小さな兵隊はあきらめない。

「呼吸を止めないこと」

「ちがう、それはきのうの答え。今日は別のにしたんだ」

「今日の答えは、虎姑婆《トラばあさん》＊が子どもを食べるといつまでも死なない、だ。わたしゃ、今ちょうど腹ぺこなんだよ！」カツラの老人が下を向いて、カツラで顔を覆い、一歩前に出て、低い声で言った。「ああ腹が減った、太った柔らかい子どもを丸ごと食べてやる」

その姿はほんとに恐ろしくて、ちびっこのストームトルーパーは後ろへ跳んで下がり、プラスチックの電子銃を手に身構えた。

その隙にエレベーターのドアが閉まり、私たちは下へ降りて、あの重くて年季の入った古いトランクを上に運んだ。これは全部の家具の中でいちばん重く、彼女たちがとても慎重に運ぶので、作業は耐えがたいほどのろのろと進んだ。軽くするために、トランクを開けて中の物を取り出してはどうかと提案してみた。するとエクボの女の人が、そうしたいのはやまやまだけれど、数年前にトランクが運ばれてきたとき、鍵がついていなかったから、ずっと開けられないのと言った。

「あなたはこのトランクをどうやって開けるかとても興味があるみたいね」。エクボの女の人が言った、「でも火で焼いたりしないでね、それこそ棺桶を燃やしているみたいだから」

すると老人たちは今日一日の中でいちばん下腹に力を入れて笑った。

「おまえたちはどこから来た人食い族だ？」復讐のときが来た。ちびっこのストームトルーパーが階段を駆け上がってくると、突然防火扉を開けて、プラスチックの銃を手に大声で老人たちに問いただした。

コルセットの老人がびっくりしてトランクをつかんでいた手を緩めた。トランクは傾き、他の三人の手を滑りぬけて、どすんと地面に落ちた。老人たちはびっくり仰天した。そのとき、老犬がトランクに向かって吠えだした。私の聞き間違いではない、その木製のトランクは命が宿っているみたいに苦痛のうめき声を発して、家の入口に響きわたった。老人たちは申し訳なさそうな顔をして、なんとそのトランクを慰めだした。なでたり同情をこめて詫びを言ったりしている。

カツラの老人が振り返ってみんなを見ながら、厳しい顔をして言った。「救急車を呼んで検査してもらったほうがいいかしらね、もし落としたときに壊れていたらおしまいだわ」

老人たちはみんな次々にうなずいた。

「ただのトランクでしょう、どうして救急車を呼ぶの」。私は怪訝に思った。

「落ちて壊れていたらもうおしまいよ、このトランクはとても大事なものなの」。エクボの女の人は状況をことさら危機的に説明すると、体をかがめて顔を木のトランクにくっつけ、中の動きに耳をそばだてた。

「私に……急いで救急車を呼んでおくれ」。コルセットの女の人が大きな声で叫んだ。彼女は体を起こしたとき脊椎がやられたのに気づいたが、骨がばらばらになったみたいにどうにも力が入らず、地面に尻もちをついていた。

救急車が来た。マンションじゅうの住民が頭を突き出して様子をうかがい、ちびっこのストームトルーパー*は、ずっと遠くに身を隠している。自分のプラスチックの電子銃がコルセットの老人に当たってけがを負わせたと思いこんで怖くなったのだ。消防隊員が担架と救急器材を運んで上に行き、コルセットをした老人を担架に固定して、病院に搬送して行った。警備員がロビーを

＊台湾の昔話に登場する、人食いの老女に化けた虎。

通り過ぎる住民に向かってとても熱心にこの件を説明して言った、景気が悪くても、老人は再就職先に運搬工と警備員を選ぶもんじゃありませんよ。

エクボの女の人が木製のトランクを家の中まで運び入れるのを手伝ってくれて、私に尋ねた。「あなたの阿婆《おばあちゃん》がどうして亡くなったのか、知ってるなら教えてくれない？」「高い所から落ちて亡くなりました」。祖母はビルから飛び降りて死んだと母から聞かされていた。

「そうかもね」。エクボの女の人は笑っていた。「阿婆が夢に出てくる素敵な夜になるといいわね」

◆

私はセレブの幼稚園で教諭をしている。

幼稚園の規模は大きく、砂場、小さなグラウンド、遊戯ゾーン、それに二階建ての教室ゾーンがあり、園児の数は二百人あまり、廃校に瀕している小学校よりも多い。幼稚園でいちばん不快な風景は、セレブなご婦人たちが毎日高級車で子どもの送迎をすることだ。アウディ、ベンツ、BMWを運転して、八時ごろには攻撃性の強いワニの群れのように車道に車を停めていすわっている。一方の手でエルメスのバーキンを振り回すように持ち、もう一方の手できれいな身なりをさせた子どもの手を引いて財産をひけらかす道具にする。好き放題やっている金持ちの夫への怒りをここで毒抜きしたいのか、先生たちがそこを離れるようにお願いしても聞いてくれないのだ。普通車を運転する母親たちは大半が遠くに車を停めて、子どもと散歩しながら通りを二本横切って園に来ており、こちらの風景のほうがずっと感じがいい。

あるとき、正門の前の車道で、運転の腕が未熟な母親が四〇〇万元のBMWX6をNissanに当てて擦ってしまった。せいぜい数千元弁償すれば片が付くと思っていると、なんとそのNissanは東瀛《とうえい》戦神の称号をもつGT-Rで、価格は六〇〇万元もするものだった。これらの価格と車種は私がのちにLINEで教師仲間から得た情報だ。この二台あわせて一千万の値打ちがある車は軽い接触事故だったのに、二十万元の修理費で火花を散らしたらしい。私の六カ月分の給料だ！　だからバイクで高級車の横を通りすぎるときは、いつもぶつからないように気をつけている。

私は幼稚園の年長クラスを担当しているが、クラスの園児十名の中には、決まって何人かレア物のレゴブロックや高級車についてよく知っている男の子がいるものだ。彼らは二十種類のBMWのわずかな違いや、そのレゴブロックが何年の新作かを見分ける才能がある。ちょうど厨房のおばさんが自分にも超能力があると言って、野菜につく十二種類の虫と四種類のミミズを見分けることができるのと同じで、この種の能力は貧富の差から生じたものだ。

その中で最も特別な園児は王学景《ワン・シュエジン》という子で、あだ名は小車《シャオチャー》＊と言った。彼の家はとても裕福だ。小車が自慢して言うには、リビングで自転車を乗り回したり、浴槽で泳いだりできて、車庫には車が三台、冷蔵庫は四台もあり、バルコニーにテントを五つ張ることができるとかで、家はエレベーターつきの五階建ての豪邸だった。この子は「魚狗」と「翠鳥」は呼び名が違うけれどカワ

＊　コンパクトカー。ここでは愛称として「小さな車」の意。

セミという同種の水鳥だと知っていて、以前、高倍率の望遠レンズを使って写真を撮ったことがあり、カワセミが急降下して尖ったくちばしで川面を突き破り、水が大きく飛び散る瞬間をとらえていた。またこの子は、アフリカの「ガゼル」と「ナイルリーチュエ」の違いを見分けることができた。この二種類の動物の頭部が剝製の装飾品として彼の家の壁に掛かっているからだ。その隣にはアメリカのヒグマの頭が掛かっており、前方の宋代のテーブルの上に置かれた清末宣化期の大きな磁器製の花瓶を見守っていたが、かりに一つ地震が来て壊れてもそう惜しいとは思わないのだろう。

小車が言うには、父親は動物の頭を収集する以外に、三人の妻も収集しており、一人は家に、一人は台中の北屯《ベイトン》にある家に隠れているという。もう一人も家にいて、それは五階に住んでいる美しいインドネシアのお手伝いさんだ。父親が彼女の尻の上にまたがっているとき、小車に見つかってしまったらしい。この子は父親の言い訳をそのまま信じていて、これはインドネシアの儀式で、とても神秘的なものだから、ほかの二人の母さんに言ってはいけないと思っている。小車が私に話したのは、私が彼の母親ではないからで、小車は私になんでも話す。銀行の通帳を持ち出して来て、百万元の貯金を持っていることを私に確かめさせたこともある。確かに言う通りだったけれど、通帳の後ろのほうにさらに八十万の定期預金の記載があるのには気づいていないようだった。

私が小車のことに触れるのは、将来ぼくのお嫁さんにしてやるよ、と何度か言ってくれたからだ。

「あなたが大きくなってからお嫁さんにしてくれるのを待っていたら、私すっかり阿嬤《アマー》〔台湾語で祖母〕

になっているわ」と私は言った。

「うん！　年をとったって平気さ」。小車は言った、「ぼくの阿嬤もすごく年をとってるけど、大好きだよ」

「そしたら阿嬤をお嫁さんにしたことがあるんだね」

「ないよ、だってパパが五歳のときに、先にもう阿嬤をお嫁さんにしたんだって。ぼくは遅すぎるんだ、だからこれからはもっとはやく先生をお嫁さんにしないとね」

「結婚ってどういう意味か知ってるの？」私は小車に尋ねた。

「キッチンでこっそりインドネシアの儀式ができる」

私は笑った。この六歳の子は私にとても誠実だ、でも結婚はこの子が思うようなものではない。この子はまるで駆け足をするように複雑な大人の世界に早く入りたがり、ずっと息を切らしているように見える。私は反対にこの子には立ち止まって後ろを振り返ってほしかった。魚狗であろうと翠鳥であろうと足を止めてみる価値があるのだから。

「じゃあ、あなたはたくさんの敵に立ち向かわなければならないわね」と私は言った。

「敵って？」

「たとえばおもちゃ。あなたは高級車のような大きなおもちゃのほうがもっと好きかも……」

「ぼくは『大黄蜂《スズメバチ》』を追っぱらうことができる」。小車はこぶしをつくって、「年長クラスの子全員に言って、やつを追っぱらわせることだってできる、怖かないよ」と言った。

彼が言っている「スズメバチ」とは黄色のマツダのスポーツカーを運転している男のことで、幼稚園の園長の一人息子、名前は廖景紹《リャオ・ジンシャオ》と言った。廖景紹は金持ちの母親の援助で、三十歳のときに喫茶店を始め、店舗はキャッシュで買った。彼は二日ごとにフェイスブックにダンベルを上げている写真をアップし、三日ごとに顔の手入れをし、半月足らずでもうヘアサロンに行っていたが、彼が国内でこういうのを楽しんでいるのかそれとも外国に旅行してやっているのか誰もよく知らなかった。彼は新型のスポーツカーに関心があり、また十年物以上のワインを寵愛しているので、幼稚園の女の先生たちは、彼がいくつくらいの女に興味があるか当てっこしていた。そしてこの廖景紹が、私をレイプした男だ。事件がこんなふうに起こるなんて思ってもみなかった。

それは五月末の食事会の日に起こった。幼稚園の先生たちはおめかしをしていた。髪を明るいブラウンに染め、服はお姫様風にして、手には偽ブランドの皮のバックを持っている。いつもスキニージーンズを皮膚のように身に着けている馬盈盈《マ・インイン》でさえスカートをはいていた。これら貧しい先生たちは、いつもならバイクを使うのだが、さすがにこのときは、きれいにおめかしをしてバイクに乗り、強風と一戦交えたあとに無理やり笑顔をつくってレストランに入っていく気にはなれないのだった。みんなは幼稚園の職員室に集まり、廖景紹が車で迎えに来るのを待っていた。

廖景紹がスズメバチを運転して入ってくると、エンジンの音が轟くように響きわたった。正門の守衛が門を開けて歓迎し、それまでおしゃべりに花を咲かせていた女の先生たちはさっそく見に行った。廖景紹が車の窓ガラスを下げてみんなに手を振り、笑顔を浮かべている。彼は美男子ではなく、やせた諧星白雲《シエシンバイユン》*にそっくりで、その体を包んでいる高価なスポーツカーと流行りの服とゴールドの身分をはぎ取れば、よくコンビニで出くわす、徹夜でオンラインゲームをし終わった魯蛇《負け犬》と少しも変わらない。

ある男の先生が廖景紹を譬《たと》えて「神様を恨みたくなる移動式の立て看板だ」と言っていた。なぜなら彼は家の財産に頼って生活しており、無能で、金を稼がなくてもよく、仕事といえば毎日スポーツカーを走らせて金を使いに出かけていくことだったからだ。その黄色のスポーツカーからいつも軽いジャズが流れていたのを私は覚えている。五回ほど彼に乗せてもらって幼稚園の教材印刷や制服の打ち合わせに行ったことがあるのだ。帰り道のとき、手を私の太ももの内側に滑りこませてきたので、思わず体をひっこめた。それは性的な愛撫であり誘いをかけているのだと確信した。そして彼の右手は、シフトレバーの上になければ、助手席に座っているどんな女の上にも置かれるのではないかと疑った。彼は卑劣で、ガラが悪く、外見を装うことに長けている、一種の潜在的なナルシストだ。こんな耐用年数の保証がこれっぽっちもない男は、私のタイプではない。彼の女の扱いは、まず先に手をつけて、そのあとで好みの女を選ぶというものだったので、浮いた噂は数えきれないほどあった。女を取り替えるときは、まるでアメリカのスタッグス・リープ・ワインを溝に流して捨てるようにスマートで、そのあとまた気ままにチリワインのモンテスをひと瓶あけるのだ。私はワインになるのはごめんだ。

「ハイ！　美人の先生たち、僕の車には一人しか乗れないよ」。廖景紹は車の中から手を振り、顔いっぱいに申し訳なさそうな表情をして、「幸運な人は誰かな？」と言った。

みんなは「私を乗せて」と叫びながら、愛くるしい笑みを浮かべて、ワックスをかけたばかり

＊台湾のタレント。体重一一五キロだが、最近四十三キロのダイエットに成功したという芸能ニュースがある。

の、飛塁ガムの青リンゴ味の香りがする車のほうへ近づいて行った。馬盈盈が言った、「公平にやったほうがいいわ、一回一回往復して、みんなを順番に送り届けてよ」

「僕はみんなを一度に乗せていくことしか考えてないよ。ではお客さま、車を大きいのに換えましょうね！」廖景紹はそう言うとスポーツカーを車庫に入れ、代わりに黄色地に赤いラインの入った三菱の幼稚園送迎バスを出してきて、大きな声で呼んだ。「さあ乗って、おちびさんたち」

八人の幼稚園の先生たちはそれを見て、わっと歓声を上げ、いつもは園児の送迎に使っている八人乗りのワンボックスカーに無理やり乗りこんだ。座席は大人には小さすぎるので、女の先生たちはまるで王子様が舞踏会から持ち帰ったガラスの靴に何が何でも足を入れようとするみたいに、懸命に席を詰めて、自分の体の大きさをひたすら隠そうとした。

食事会はネットで人気の特色のあるレストランで行なわれた。コンクリート打ち放し建築の店で、廖景紹の紹介だ。全席二十名ほどのレストランは私たちの貸し切りなので、みんなは手にグラスを持ってあちこちを移動し、思い思いにおしゃべりを楽しんだ。壁側に小さな専用カウンターがあり、調味料やソースを販売していて、結構な値段がした。壁にシャガールの複製画《誕生日》が掛かっていて、一組の男女が宙に浮いてキスをしている。まるでこのレストランのグルメを味わうと魂が空に飛び立つのだと強調しているようだ。しかし、もう片方の側の壁には美しくて難解な写真が額縁に入れられて掛かっていて、一面にうす紫、クリーム色、うす青紫のシュガースターがちりばめられ、シュールレアリスムの光景が広がっていた。みんなはお酒を飲みながら、何なのか当てあっていた。

「それはキヌアの花だ。キヌアは南米アンデス山脈の穀物で、栄養価が高く、宇宙飛行士の高織維食品になっている」。廖景紹はワイングラスを揺らしながら、「だが、君たちは南米に行かなくても食べることができる、この写真の栽培地は台東の海端郷にある下馬部落で、五代目種なんだ」「さすが専門家ですね」。店のオーナーは四十歳のちょっと大人のイケメンで、エプロンをして料理を運んできた。前菜は発芽したキヌアと燻製肉のバジルソース添えだ。

「僕は大いに君の手伝いをして、前菜の解説をしたところだよ」と廖景紹は言った。

「ありがとうございます、皆さんにビールをお一人一缶ずつサービスしますので、どうぞ召し上がってください」。店のオーナーはビールを一ダース差し出して、これは台湾の地ビールで、アジアビールカップ国際コンテストで優勝したのだと褒めた。

西洋スタイルの料理は、むしろワインとビールで攻め落とされてしまった。後で少し考えてみると、それらの食べ物はおいしくなかったのに、イケメンシェフの「おいしい料理」という言葉に惑わされたのだった。たとえばこうだ。どの食材もそれぞれ来歴と物語があり、花蓮の石梯坪でとれたトラフコウイカの焼き物、台東の外海でとれたマンボウの皮の和え物、澎湖の望安の老水夫が潜ってとってきたバフンウニ、彰化の農民が養殖した無害安心の豚肉、新竹の尖石山地区から摘んできた馬告という山胡椒、というふうに。どの食べ物もみな権威と高い評判で包装され、一つの肩書きと一つの血統が与えられていて、一つの正確な知識の目盛りで計られた食材は、もしそのおいしさを味わうことができないとしたら、それはシェフの問題ではなくて、客に頭がついていないからだということになる。私はこうして自分の頭を見失い、アルコールに占領された。料理の数は少なく、おいしいお酒は無限にあり、私は酒に酔った。これは予想外の出来事で、お酒が飲めないくせに、その日の雰囲気に惑わされたみたいに猛烈に飲んだ。

そのあと、女の先生たちもみんな寵愛を得たシンデレラのように、酒の上の話をしたり、歌を歌ったりして、帰りは黄色い幼稚園バスで家まで送ってもらった。市内全域をぐるっと回って、女の先生たちを全員送り終わると、車内は私と廖景紹だけになった。彼は私を支えてマンションのエレベーターを上り、私のバックからタグ式のＩＣキーと鍵を取り出して、八階の鉄製のドアを開けた。

家の中は誰もいなかった。おぼろげだが彼が私をリビングのソファーに寝かせたようだった。スカートがめくりあげられ、下着が引き下ろされたが、それは夢にすぎないと思った。私はなにかまずいことが起こっているような気がした。異物が下半身に痛みを与え、私はやめてと言い、何度かもがいたようだったが、そのあとはまるで悪夢のように酒酔いのために意識がはっきりしなくなった。いったい抵抗したかどうかもはっきりしない。

これはレイプだ。それはこんなふうにやってきて、一生消えない陰影を残した。

確かに、私はレイプシーンを見たことがあり、不快な気分になったことがある。

それは大学生のときに交際していた彼氏が見せてくれたアダルトビデオだった。私の初体験は彼だったけれども、なんてことはなかった。その間ずっと体がこわばって緊張していたので、まるで夜中にはるか遠くまで走って行ってトマトサラダケーキという存在しない創作料理を盗み食いしたみたいに、とても新鮮だったけれど、エクスタシーはなかった。彼氏はアダルトビデオをパソコンのデスクトップの「LoL 秘技」と名づけた五番目の隠しファイルに保存していた。すぐにそのビデオファイルを見つけだしたので、彼がよくこれらの忍び路を通っていたことがわかる。彼は日本の暴力ビデオを見せてくれた。それは演技であり、四人の男が一人の女の手足をつかんで外に開いていた。五人目の男が彼女の体の中に入り、性器の結合の画面は一面にモザイクが飛びはねていた。女優は首を振ってやめて、やめて、と叫び、顔に苦痛の表情を浮かべていたが、さらに何人かの浮世絵の入れ墨をした男優たちにオーラルセックスをしてやっていた。最後に、男優たちは一斉に精液を女優の顔にかけ、まるでバースディパーティーでハイになって顔にケーキをぶつけられたみたいにしてから、全員が逃げ去った。

女優は泣いた。長いこと泣いて、涙がようやく顔じゅうの精液の中から流れ出た。彼女は言った、これは自分が想像していたのとは違う、私の世界は崩れたと。

私の体験はこんなのではなかったし、そんなにひどくはなかったが、とにかくそれは起こり、私の世界も崩れた。

◆

祖母との暮らしは、私が十歳のころに終わった。

それより前の祖母に関する記憶は彼女の体から冬瓜飴《とうがん》の甘い香りがしたことだ。祖母は年越しの菓子皿に冬瓜飴を盛るのが好きで、宴会のテーブルの上の誰も食べようとしない冬瓜飴を包んで持ち帰るのが好きだった。その棒状の飴はとても独特で、嚙むとソーセージか、または昔ながらの五仁《木の実》月餅の中に入っているラードの塊を嚙んでいるような、歯にサクサクした感触が残った。

食べ物の記憶は、私が懐かしい人や出来事を心にとどめる方法になっている。

死ぬほど甘い冬瓜飴の話をしたけれども、だから祖母が太っていたというわけではなくて、反対に痩せて体が薄かったので、私と鬼ごっこをするのにぴったりだった。祖母はマジックをやる集団でアルバイトの演技者をやっていたことがあり、小さな竹籠の中に隠れて、十数本の刀で籠をつき刺されてもけがをしなかった。切られたり押しこめられたりするこの種のマジックをやる能力が彼女に備わっていたのは言うまでもない。のちに経営者が金を持ち逃げしたので、彼女は仕事を失い、私たちと一緒に柳川〔台中市の中心部を流れる川〕のほとりの二階建ての家に住んで、私の教育係になった。

祖母は客家《はっか》人で、言葉のアクセントがおかしかったので、私もそのアクセントを覚えてしまい、小学一年生になってようやく先生から誤りを正された。初めて英語の授業を受けたとき、先生は私たちがみんな英語の授業で、とんだ笑い話をつくってしまった。特に小四の英語の授業で、先生は私たちがみんな英語の基礎ができているのを知ると、黒板にAと書いて、どう読みますかと気軽に問いかけ、私があたった。

「阿婆《アポー》」私は大きな声で読んだ。

クラスの子全員が身じろぎもせずしんとなり、目を丸くして私を見た。

「もう一度読んでみる?」

「阿婆《アポー》」二回目を読むとき、声は小さく、恥ずかしくなった。

「じゃあこれはどう読むかな?」先生は黒板にBと書いて、私にもう一度チャンスをくれた。

「熱吧《ラァーバ》!」

「これは?」先生はCと書いた。

「菩薩《プゥサ》」。私はズボンの脇をぎゅっとつかんだ。

「菩薩? 君は火星から来たの? 読みがまったく英語になっていない」。先生は黒板をたたきながら言った。「これはA、阿婆じゃない。これはB、熱吧じゃない。このCがどうして菩薩と関係があるの?」

クラスの子全員が体をあっちにこっちよじって笑い、私の顔はりんごのように真っ赤になった。祖母がAを阿婆と読んだ理由を、私は今でも覚えている。当時教育部は新しい政策を発表して、中学の英語の授業を、小学校四年に前倒しした。祖母はそれを知ると、私を夕方市に連れて行き、安い家庭用品を売っている雑貨屋で、下敷きに似た二十六個のアルファベット表を買った。Aに対応する単語はリンゴ、Bはミツバチ、Cは猫で、Zは動物園だった。私たちはイラストはわかったけれど、読み方がわからなかった。

祖母は私を連れて八つの通りを抜け、三角地の小さな公園までやってきた。そこにはすべり台、簡易のフィットネス器具とアイススケート場があった。その日は天気が良くて、シロバナソシンカの下で、数人の外国籍のヘルパーが、それぞれ自分の家の体の不自由な老人をアイススケート場に連れてきて日光浴をさせていた。車椅子の老人たちは輪をつくって、鼻に管を挿している人、中風の人、アルツハイマーの人が、黙って向き合いながら疾病を披露していたが、後ろに立っている外国籍のヘルパーは盛んにおしゃべりをしていた。祖母はアルファベット表を手に持ってヘルパーの女の子に、リンゴはなんと発音するか尋ねた。

女の子たちは大きな声で言った。「apel」

祖母はとても驚いて、もう一度彼女たちにリンゴはなんと読むか聞いてみたが、答えはやはりapelだった。

そのころ私たちの知識は世界に対応できるほど十分ではなかったので、祖母は中国語と日本語以外、ほかの国の人はみんな英語を話すと思っていた。頭にスカーフをかぶっている女の子は、イスラム教徒の多いインドネシアの出身だった。その日私たちが学んだリンゴはインドネシア語だったのだ。

Apelと客家語の阿婆《アポー》（a-pol）の発音は似ていた。帰り道、祖母は私にこう言った、Aはリンゴで、発音は阿婆だよ。どうしてこう読むのかというと、おそらく外国でリンゴを植えるのはみんな欧巴桑《オバアサン》だからかもしれないし、果物の露店でリンゴを売っているのがみんな年を取った阿婆だからかもしれないね。祖母はさらにこんな話をしてくれた。幼かったとき、白黒テレビに映ったリンゴは灰色だったので、初めて本物のリンゴを見たときはたまげてしまった。毒キノコのように真っ赤だったから、手で触れる勇気がなかった。初めてリンゴを食べたのは、彼女の父親が病気をしたとき栄養をつけるために買ってきたもので、高価な日本の果物は元の味が失われるまでとって置かれて、それからようやく食べたのだった。

翌日私たちはまた公園に行って、Bの蜜蜂（Bee）のインドネシア語がlebahだと学んだ。「熱吧《ラァーバ》〔熱いですね〕」に似ていた。私たちはアルファベット表のBeeが、インドネシア語と違いがあることを知るよしもなかった。

「熱吧、熱吧、ミツバチはよく働くから、いつも熱吧と言ってるんだね！」祖母が私に教えた。

「熱吧！」私は復唱し、英語と中国語はもともと関係があったのだと思った。「ふ〜ん、英語はこうやって発明されたんだね！」

「ほんと、たいしたもんだ」。祖母は今度はCを見ながら、私と一緒にその意味を推測した。

私たちは長い間見つめていた。目を細めて見たり、斜めに見たりして、顔は英単語が発明される前にもきっとそうだったであろう挫折感で膨れ上がった。とうとう祖母は耐えきれなくなって飛び上がり、たまたま自転車で通りかかったフィリピンの外国人労働者を引き止めて、Cat の発音が pusah だと学んだ。それは「菩薩《プウサ》」に似ていた。祖母はようやく道理がわかったとばかりにこう言った。「そういうことだったのね、猫はのろのろとあまり動かない、廟の中の菩薩様のように」。祖母の答えは非の打ちどころがなく、年間推理賞ものだった。それからというもの、猫を見るとどれも菩薩の化身に思われてきた。物静かでおとなしく、私が悪いことをしたときは、塀の片隅から冷ややかにこちらを見ているのが見えたし、細い路地をこわごわ歩いていると、塀の上にうずくまって見守ってくれているのが見えた。これ以降、私たちがアルファベット表から学んだのは英語ではなくて、インドネシア、フィリピン、ミャンマー、ベトナムの言葉で、さらにはドイツ語やフランス語も混ざった、万国の言葉だった。

その日、引越し業者が古い家具を運んできたあと、私が嗅いだのはゴキブリの糞や樟脳のにおいではなく、かすかに甘い味で、それが冬瓜飴の香りであることを思い出した。家具の戸棚や引き出しを開けてみたが、どの収納空間も空っぽだった。唯一あのものすごく重い木製のトランクだけは開けることができず、鍵穴には木片が詰められ使えなくなっていた。私は何度か挑戦してみてとうとうあきらめた。

「どこのごみ捨て場から拾ってきたの?」夜、母が帰宅すると、室内の古い家具にびっくりして、自分が骨董品を並べている特色のあるレストランに来たのかと思った。

「阿婆《アポー》のよ」

「誰ですって? あの年寄りのことを言っているの?」母は驚いて大きな声を出した。

しまった、家具の持ち主が誰なのか言うべきではなかった。母と祖母の関係は長い時間が経ってもほぐれず、父が亡くなったあとは嫁姑の関係も壊れ、私の人生も柳川の土手の下で殺されたあの犬と同じようにあがきと苦痛でいっぱいになった。母は私を連れて柳川のそばの家を離れ、それ以降ぞんぶんに祖母の悪口を言うことができた。母は言った、祖母はお金に執着するたちで、母の預金通帳をこっそりめくっては引き出すお金が多すぎないかチェックした。そして毎月銀行から送られてくるカードの利用明細の金額が高すぎる、服を買いすぎる、靴がやたら多すぎると暗に批判し、リストを作成してから、毎年買っているのに使っていないものに、化粧品や、風変わりな帽子や、いろいろ見た目はいいが使いにくい文具があると指摘した。母は祖母のことを「借金取り」にたとえ、支配欲の強さときたらまるで背後霊のようだったと言った。

母はリビングのソファーに座っていたが、身動きもせず、瞬きもせず、ずいぶん経ってからようやく言った。「あの人が来た、私たちを訪ねて来たのね」

「どうして？」

「どうしてって、あの人とは七年一緒に暮らしたのよ」

「阿婆は死んだんでしょう？」私はしっかり母を見ながら言った、「阿婆から抜け出したんでしょう？」

「あの人が死んだなんて、私、言った覚えはないわ」

「ある」

「いつ？　言ったことまったく覚えてないけど」

「酔っぱらうたびに」

母は頭を振って、「それを信じたの？　お酒を飲むのはうっぷんを晴らすためだってこと、あなたわかってないのね、あれはただ言っただけ。まあいいわ！　で、私、あの人がどうして死んだって言ってた？」

「飛び降り自殺」

「それはありえない」。母は祖母が自殺するはずがないと思っている。いちばん可能性があるとすれば、道を渡っているときに酔っ払いの車にひき殺されるか、雨水に浸かった地区に住んで溺死するか、または椅子に横になって荒唐無稽な台湾語ドラマを見ているときに心筋梗塞になるかだろう。でも、飛び降りはありえない。あの人は肝っ玉が小さくて、高いところも死ぬのも、すごく怖がっていたのよ。母はまた言った、「あなたの阿婆」が、地獄は癌、貧乏、刑務所、飢餓よりも恐ろしくて、どんなにつらい苦しみでもそう長くは続かないけれど、地獄に落ちると「無限に繰り返される一生」から抜け出せなくなるって信じてたのを、私、知っているわ。

私もまったくその通りだと思う。以前、廟の前を通り過ぎたとき、彩色上絵が施された煉瓦の地獄絵を祖母が指さして、人が地獄に落ちたときの悲惨な姿をよく見ておくように言ったのを覚えている。ある人は牛頭《ごず》と馬頭《めず》の二人の獄卒に大きなノコギリで股の下から上に斬られ、ある人は先のとがったキリの林の上に落ちて体をつき抜かれ、ある人は生きたまま皮膚をはがされ、ある人は油の入った鍋に落ちて揚げられていた。そのとき祖母は私に、自殺した人はたとえ他人を傷つけていなくても、地獄に落ちるんだよ、と言ったのだった。こう考えると、祖母が飛び降り自殺をするのはありえない。地獄に落ちて苦しい目に遭うのを心配していたのだから。

「あれからずいぶん経った、あの人が死んでたってかまわない」。母は言った、「私は心底あの人が憎かったのではないの、ただ一緒に生活するのが嫌だった。あの人は届けられた古い机と同じで、まったく融通のきかない遺産だわ」

「じゃあどうするの」。私も悩んだ。

「捨てなさい」

台中市には公的な環境保護部門があり、不要になった家具を回収してくれる。私がインターネット電話をかけると、男の人が走ってきて電話を受け、息を切らしながら、昼間しか回収に行けないと言った。昼間は私が仕事に出ているので、もし三日後の週末まで部屋が片づかなければ、母は古い家具の粉塵と嫁姑の記憶に苦しめられて眠れないかもしれない。そこで環境保護員に翌日の午後に予約を入れてもらい、幼稚園で課外活動をやっているときに休みをとり、家に帰って対応することにした。

◆

祖母の霊が机の中から抜け出して、ふわふわと家の中を移動している音を聞いた。祖母は、私と母が眠っているときを見計らって、リビングに座り、音を消してケーブルテレビを見ていた。ドラマのストーリーに笑いもしなければ、泣きもせず、とても静かに見ていた。祖母は闇夜の中で生活し、トイレに行くと、水を流す音のあとに足音が聞こえた。ところが私がドアを開けて出て行ってみるとがらんとして何も見えないのだった。夕方帰宅すると、食べ物が減り、ごみがいつもより増えているのに気づいた。でも、家の中に人の気配はなかった。

家具の回収を依頼する電話をかけたその日の夜、目を覚ました私は、ドアの下の隙間からテレビ画面の揺れ動く影が差しこんでいるのに気づいた。時間がオーバーラップしている夢のようだった。起きあがってドアを開けてみると、リビングのテレビはついておらず、窓の外から広告のネオンの明滅する光が差しこんでいるだけだったが、このとき神秘的な音が聞こえてきた。

ほんとうに、リビングから音がするのに、誰もいない。聞き間違いかと思ったけれど、でも確かに存在するのだ。木製の机がはっきり、ゆっくりとギィー、ギィーと音を立て、ヤスリか目の粗い器をこすり合わせたときの、耳をつんざく音に似ていた。誰かが机の前で字を書いているような、それも一画一画、力を入れて書いているような音だ。私はびっくり仰天して、十秒くらいそこに立ちつくし、心臓が激しく音を立てるのを全身で感じ取った。それから少し近寄って行って、文字を書く音の真偽を確かめようとしたとき、音が消え、何も聞こえなくなった。

私は気持ちを強く持とうとして母を起こした。二人がソファーに座っていると、マンションの下のネオンがリビングの天井に映ってまぶしく光り、強烈な眠気を誘った。私たちがうとうとしかけたとき、机からまた音がした。母は眠気が吹っ飛び、その怪しく憤怒のこもった音に驚いていたが、背筋を伸ばして、思い当たる解釈をした。「あなたの阿婆の伯父さんがこの机の上で亡くなったのよ」

「その人の霊が字を書いているのね」

「まさか？　その人はブタを殺す仕事をしていて、服は漂白剤を使っても生臭いにおいが抜けなくて、爪の間には血のにおいが染みついていたそうよ。あなたの阿婆は小さいころ大家族の中で育ってね、家の経済状況はまあまあで、しょっちゅう伯父さんが持ち帰るブタの肺や目玉を食べていたの。それは一銭の値打ちもないもので、あの人はだんだん食べるのが怖くなってきたそうよ」

私はスポンジ状のブタの肺を想像して、吐き気がしてきた。「ブタを殺す人が机を使うなんて、不思議ね」

「罪業《ざいごう》を消すためよ。あなたの阿婆の伯母が、ブタを殺すと罪業をつくるから、写経をしなきゃいけないと言って、立派な机を買ってきて写経を始めたの。でもブタを殺している伯父のほうはそうは思わず、こう言ったそうよ、ブタを殺すのは罪業を重ねることにはならない、むしろブタを殺すのはブタを現世の苦難から救う手助けをしているのであって、ブタ肉を食べる者こそ罪業をつくっているのだ、とね」

その後どうなったか私は知っている。以前、母が家族のこの伝説を話してくれたことがあった。阿婆の伯母は教育を受けたことがなかったので、写経の出来はひどく、どの文字も悪魔のように彼女をあしらったので、そのあとは祖母が写経を引き継ぐことになった。祖母は気乗りがしなかった。写経を一つ終えるのに時間を九十分あまりも犠牲にしなければならないからだ。のちに、ブタを殺している伯父は祖母がつらそうに写経をしているのを見て、自分で写経を始めた。文字をいくらも知らない彼だったが、なんと静かに写経を始め、とうとうある日、写経に没頭しているうちに机に伏して亡くなってしまった。阿婆の伯母はとても悲しんだけれど、親戚や友人から、こうして病気もせず痛みもなく死んでいったのは幸せなことだと慰められて、ようやく安心したのだった。しかし私が思い出すことができる記憶は、祖母がこの机で私に英単語の練習をさせたことのほうだ。机には私と祖母の記憶がやどっている。

「今何時？」母はコンタクトをしていなかった。

「二時」

「さあ、もう寝よう！」母は言った、「これは死んだ人の霊が字を書いているのではなくて、木食い虫よ」。それから雑誌を一冊手に取って机に投げつけると、悪霊の声がやんだ。

「木食い虫だって、どうしてわかるの？」

「木造の古い家に住んだことがあればすぐにわかるものよ。とにかく、早く家具を捨てなさい」

翌日、家に帰って、環境保護部門が家具を回収しに来るのを待った。でも彼らはなかなか姿を見せず、私はリビングで待ち続けた。古い机は窓に面したところに置かれていて、日光が木目を照らすと、うっとりするような色つやが出てきた。それらの光沢は洗浄液で机のくもりをきれいに拭き取ってできたもののように見えたが、机の脚からは木食い虫がロッキングチェアを揺らしているような音を出していた。私は昔この机で間違いだらけのアルファベットを勉強した。まだ覚えているが、祖母は私の度胸をきたえようと、外に出て外国人に聞きに行かせた。私は肝っ玉が小さくて、Kをどう発音するか尋ねる勇気がなく、自分で勝手に発音をつくった。KはKing（国王）、そのイラストは王冠だった。私は王冠の先端のとがった形から、刺猬《ツウウエイ》〔ハリネズミ〕を想像して、この発音の声調《アクセント》を消してできあがりとした。祖母はとても褒めてくれて、うなだれている私の頭をなでた。

このとき、日光が机の表面を直接照らして、強烈な光の粒を反射し、まるで記憶の川の中の砂金がきらきら輝いているようだった。この記憶には、あるとき祖母が机のそばで私とずいぶん長くおしゃべりをしたことも含まれている。祖母は私に宿題をさせないで、おしゃべりばかりして、何度か涙を流して私を見つめ、ほほを撫でたので、私は強く握られた手を振りほどきたくなった。今考えてみると、それは私たちが別れる前の最後の会話だった。祖母は私ともっとたくさん話をしたくてたまらなかったのに、私は反対に煩わしく思ったのだった。

家具の回収がいっこうに来ないので、電話をかけて問い合わせた。

またあの中年の男の人が走ってきて、息を切らして言った。「私たちは仕事には責任をもってます、間違いなく回収に人を派遣しています！」

「いえ、ずいぶん待ってるんです」

「そんなはずありません、そちらの住所を教えてください、確認してみます」。彼は書類を持ち出して私の情報と突き合わせてから言った、「あなたが電話をして取り消してますね」

「家で待ってたんですよ、取り消すはずがありません」。ちょっと腹が立った。

「こちらの記録によれば、あなたが今朝の十時に電話をして取り消しています。かけてきた電話番号と住所は以前うかがっていたのと同じです」

「ありえない」。私は電話を切ったあと同じ言葉を三回繰り返した。

確実なのは取り消しの電話をかけたのは私ではなく、母でもないということだ。私たちは家の中でしか家具を捨てる話をしていない。つまり、私と母以外に、家の中に第三者がいて、「その人」が電話をかけて取り消したことになる。そう思ったとたん全身に鳥肌が立ってきた。誰かがこの家にいる。どこに？　目的は何？　頭が割れそうなくらい考えているとき、木食い虫の音が再び響き渡った。私は用心深く机に近づいて、虫の音がどこから出ているのか突きとめることにした。机の脚一本一本を食い入るように見つめて、虫がいそうな位置を探り、最後に結論を下した。音は机の下に置いている古いトランクから漏れ出ていて、年を取った女の人が中で思いきり歯ぎしりをしていびきをかいている音に近かった。

なんと、この音が私を助けてくれたのだった。

廖景紹が私の下着を脱がせて、リビングで私が酔っている隙にレイプしたとき、女の歯ぎしりに似た音がしはじめ、どんどん大きくなったのだ。驚いた廖景紹が、机や箱をでたらめに叩いて止めようとすると、今度は古い家具が振動しはじめ、まるで悪霊に取りつかれたように揺れた。

廖景紹は恐れをなして、大慌てでドアに駆け寄り飛び出していった。

◆

被害に遭ったあと、どれくらい意識を失っていたのかわからない。気がついたときにはリビングのソファーに横たわっていた。こめかみが酒酔いのために少しずきずきし、体はたった今何が起こったのかをとても誠実に告げていた。それらの感覚は手足からゆっくりと這いあがって大脳に届いた。下半身に少し痛みがあり、手足がずっしりと重かったが、大脳はただ一つ、痛みよりもさらに痛い問題を考えていた。どうしてこんなことになったのか、今夜はもうめちゃくちゃだ。

およそ数分経ってから、誰かがさほど遠くないところのソファーに座っているのが目に入った。窓の外から差しこむネオンの光の中で体の輪郭が浮きあがって見えた。それは廖景紹でも、母でもなく、祖母だと私は思った。強烈に、それは祖母に違いないと感じた。時間に薄められていた人の影が頭の中に突然姿をあらわし、私にこう叫ばせた。「阿婆《アポー》」

「私だよ」と相手は客家語で答えた。

「いつ来たの？」

「しばらく前」

頭を上げると、祖母の体が少し猫背なのが見えたが、顔は暗闇のなかで判別できない。私の記憶の中の姿と大きく違っていたけれど、それはもしかしたら私がこれまで祖母のことをしっかり覚えたことがなかったからかもしれない。私は訊いた。「家具を運びこんだ日？」

「そうだよ」

「気がつかなかった」

「気がつかなかったのではなくて、はっきりさせたくなかっただけでしょ」

「ずっと家にいたのね」。私は大きく息を吸った。

「そう」。彼女も深く息を吸った、「私は幽霊じゃない、まだ生きてる。手をさわってみてごらん、私の存在を感じることができるから。でも今はすごく疲れているだろうから、私がそっちに行こうか？」

「ええ」

祖母がやってきた。机の縁《へり》かトランクの蓋《ふた》か何かに体をぶつけて、音がした。彼女は私のそばに座ると、手をとり強く握りしめた。祖母の皮膚は乾燥した湯葉《ゆば》のように見えたが、触るとつるつるしていた。湯葉は熱々の豆乳の表面にできる薄い膜が凝固したもので、日光にあてて乾燥させてから食用に供される。祖母の好物の一つで、熱湯で茹でてから安いペースト状のわさびをつけて食べた。二人で小さな丸椅子に腰かけて、日の当たる窓の下で食べたとき、私は初めてわさびを食べて、涙がしきりに流れたことを思い出した。このとき祖母の手を撫でていると、惨めな気持ちが喉から目の縁にこみあげてきて、涙がぽろぽろ流れた。

「あの人は彼氏なの？」祖母が訊いた。

「違う」

「知り合い？」

「幼稚園の園長の息子だと思う。車でみんなを家まで送ってくれたから」

「だからあなたの彼氏ではない」。祖母はこの言葉を繰り返して言い、私が首を振るのを見てから、「気分が悪いの？」と尋ねた。

「少し」

「どうしたい？」

「わからない」。私の頭は混沌としていて、二日酔いとさまざまな感情がぐしゃぐしゃに絡まり合い、次の一歩をどう踏み出したらいいかわからなかった。突然祖母と出会えて、気持ちが少し落ち着いたとはいえ、事件に対してきちんと明確な考えが浮かばないのだ。「私、ほんとうにわからない」。私は繰り返した。

「まず少し眠るかい？」

「出て行くの？」祖母がいなくなるのがほんとうに怖かった。私には今誰かが必要だった。

「そんなことない」

私は体を起こして携帯を探し、言った。「母さんに電話する」。ここ数年、母とは言い争いばかりしてきたけれど、だいたいのことは互いに相談をしてきた。母は意見を言ってくれるはずだ。

携帯の電源を入れて、明るくなった画面から母の電話番号を探し、掛けてから一分後にようやく通じた。

「今何時？」と母が言った。

「二時」

「まさか携帯でゲームをやってて、間違って折り返し電話をタッチしたんじゃないでしょうね」

「母さん、私ひどいことされた」

「どうしたの？」

「レイプされたの」。それから事のいきさつをひと通り話したが、祖母が突然リビングに姿をあらわしたことは言わなかった。電話の向こうの母はなすすべがなく慌てているのが感じとれた。そのうえ受話器をふさいでベッドの横にいる恋人に何が起こったのか話している。ずいぶん前から、母は週末になると恋人の家で夜を過ごしていた。彼らは仕事と愛人の関係を維持していたが、母もまたほとんど自分の個人的な感情は話さない。

「あなたと廖景紹は恋人どうしじゃないの？」母は重々しく言った、「あなたのフェイスブックに、前に二人で写った写真が何枚かアップされていたのを見たことがあるわよ、それは二人の仲を公開してるってことでしょう！」

「違う、それはグループで撮った写真よ、母さんがよく見なかっただけよ」

「たぶん二人がとてもお似合いだと思ったから、二人にだけ注意が向いたのかもね、でも今あなたたちは恋人になれるかもしれないじゃない」

「ありえない、こんなことになったのに」

「私の言うことを聞いて。それは男の人が『君と恋人どうしになりたい』と伝える方法なのかもしれないでしょう」

「母さん、私の立場に立って考えてる?」私は声のボリュームを上げて言った。

母はちょっと話すのをやめてから、「ごめん、電話では話しにくいから、今から家に帰る。直接会って話すほうがいいわね」

電話を切って、母が戻ってくるまでの半時間、視線は再び祖母の身に戻り、彼女がこの数日間、家のどこに隠れていたのか興味がわいた。祖母は、引越し屋が運んできた木製のトランクに隠れていたと言った。体を折り畳んで体の比率と合わない空間に押しこむことができるなんて、奇妙に聞こえるかもしれない、でもこれが祖母の特技だった。この数日、木製のトランクが彼女の部屋とベッドだったのだ。そこで十分長い時間を過ごして、家の中の一挙一動を耳にしたが、もし時間が許せば祖母はもう少し長くそこに入っていることもできたはずだった。

ここ数日家の中で分量が減った食べ物は、まさに祖母の傑作だと私は思った。祖母は言った、自分は幽霊ではないから食べたり飲んだりしないわけにはいかないが、居候の身だから、幽霊のようにこっそり生活していたのだと。昼間、家の者が外出した隙に出て来て体を動かし、ご飯やおかずをつくって食べ、ラジオをつけて聞き、体を洗った。服は洗ったあと脱水機にかけ、風通しのいいところに干して早く乾かした。

祖母は私の本棚に並んだ本をめくり(彼女は盗み見したことをわびた)、私が日本旅行と探偵小説に割と夢中になっていること、でもほんとうは貴金属加工のデザイナーになりたがっていることに気づいた。それは本棚にあった何冊かの関連書にめくり皺ができていて、要点にたっぷり線が引かれていたことからわかったようだ。祖母は家の掃除もやった。汚れが多いところをきれいにしてくれ、ソファーの隙間に数カ月前に失くしたネックレスを見つけてくれた。てっきりある結婚式の式場で失くしたとばかり思っていたものだ。祖母が掃除をしたのは彼女がきれい好きだからではなくて、たくさん体を動かせばみんなが家に帰ってくる前に自分を折り畳んでトランクに入れて、早く眠りにつくことができるからだった。祖母は長い時間眠ることができた。動物が夜の間ずっと洞穴に縮こまって眠るように。

「私の机の引き出し、開けたでしょう?」私は探偵小説は読むけれど、日常の細かい変化に疑心暗鬼になってエイリアンが侵入したのではないかと疑うほどではない。でもこのとき祖母が引き出しを開けたと疑うのは理にかなっていた。

「そうだよ」。彼女はとても正直だった、「私のこと嫌いになったでしょ」

「ちょっとね」

「ちょっとだけ?」

「私にはそんな大それたゴシップはないけど、盗み見されるのはいやだわ」

「ほんと手が言うことを聞かなくて、つい見てしまった」

「どうして私のところに戻ってきたの」。私はとても知りたかった。今夜は何もかもがめちゃくちゃで、あらゆる間違いが全部一度にやって来たようなとんでもないときに、なぜ十数年離れていた祖母が戻ってきたのだろう。

「もうじき死ぬから」

「死ぬ?」

「私は棺桶に片足を突っこんだ人間になってしまった、末期の肺癌なんだよ」

「だから私に会いに戻ってきた」

「つまりこういうこと。私には昔とても幸せな日々があった、あなたと一緒に暮らしたあの日々のことよ。私は死ぬ前に責任があると思った、それは戻ってあなたに会うこと。これで少し気持ちが楽になる」

私たちの目に熱い涙があふれ、互いに見つめ合った。かつての感情のつながりが、私に未来の日々がもっと重要なのだと気づかせてくれた。突然、祖母が立ち上がり、トランクの蓋を開けて、片足を中に入れ、続けてもう片方の足を縮めて入れた。彼女の体が空気を抜いたようにひしゃげてあの狭い空間に入っていくのが見えた。無駄な隙間はなく、体が小さなトランクの中にぴったり納まって、猫の天賦の才である隠身の術を見せてくれた。私は、祖母がトランクに戻ったのは、黙って顔じゅうを涙で濡らしているのがぎこちなくて慣れないからだろうと思ったのだが、実は母が戻ってきたからだった。ドアを開けて母が入ってきた。

私の涙は祖母のために流れ続けていたが、驚いた母は急いで私のために涙を流した。母はバックを床に放り投げて、近づいて私を抱きしめた。「ごめんね、私が今日家にいるべきだった、そうすればこんな目に遭わなかったのに」。しばらく涙を流してから、母はようやく言った、「電話であんなふうに言って悪かったわ、あなたのことが心配だからストレートに言ったのよ」

「わかってる」

「考えてもみなさい、私たちは廖景紹と親しくて、彼の母親は幼稚園の園長で、そのうえ最大の株主だけど、我が家は小さな株主に過ぎないのよ。でも、だからって息子があなたにこんなひどいことをしていいことにはならない。あの親子はほんとうにいけ好かないわ」

「母さんは園長のことすごく嫌いなんじゃなかった？」

「嫌ったことはない、ただあの人たちの金持ち気取りが好きになれないだけよ」

「同じ意味でしょ」

「同じじゃないわ、よく聞いて」、母はちょっと考えてから、「あなたは廖景紹からひどいことをされたと確信しているけど、あなたの体からお酒のにおいがする、それでも間違いないのね？　こんなこと聞くのはなにも誤解しようと思ってるからじゃないの、ただあなたが酒に酔ってでたらめに想像しているのではなくて、ほんとうに起こったんだと確認したいだけよ」

「嘘じゃない、お酒に酔ってはいたけど、体は自分のものだった。誰かに押さえつけられたのを感じて、少し意識が戻ったときには、彼はもう立ち去っていた。私は下着をつけていなかった……」

母はまたしばらくじっと考えこんだ、「廖景紹に電話する？」

「なぜ？」

「彼の考えが聞きたいわ」

「彼にどんな考えがあるって言うの？」

「よく聞くのよ、廖景紹が我が家に来たかどうかは、マンションの監視カメラの記録を取り寄せて調べれば済む。もちろん、私はこの件に関して彼がどう責任を負うつもりかが知りたいのよ。この件の扱いがなかなか厄介なのは、廖家は我が家と少しばかり関係があることね。とことんやり合うことができないという意味ではなくて、廖家がとても腹黒いことよ」。母はまたしばらくじっと考えてから言った。「携帯の録音機能を使えば私たちの会話を録音できるわよね？」

母を見ていると、奇妙な考えが浮かんだ。母の焦点は相変わらず廖家といかに渡り合うかにあり、この緊要のときにもまだ人間関係のもつれの中で優位に立つことを考えている。母は幼稚園の最初の株主で、かつて三年間財務を担当したことがあったが、その後「財務の不正流用」という名目で攻め落とされ、彼女の腹心も数年のうちにあの手この手で次々に切り落とされてしまった。母は言った、これは極悪人の邱秀琴《チュウ・シュウチン》、つまり廖景紹の母親が仕組んだことで、異なる派閥を淘汰して、幼稚園を一人の指揮者と、多数の楽器がでたらめに音を奏でる交響楽団にしてしまったのだと。母が仕事をクビにされたのは、当時幼稚園が他人の名義を使って営業税を分散する方法をとり、税金逃れをやったために摘発されたのであって、財務の不正流用ではなかった。しかしこういったことは「スパイ」以外誰が知り得よう、まして摘発の通知は母の離職後に立ち消えになったのだった。この件は母に暗い影を落としている。だからこんな状況下でも、まだ復讐の機会をうかがっているのだ。私は怒りの炎が燃え始め、冷ややかに母を見たが、母には私の怒りが目に入らない。

母は私の携帯を手に取り、廖景紹の電話番号を見つけると、私を軽く叩いて心配しなくてもいいと伝えてから、電話をかけた。携帯のスピーカーはオンになっていて、そろそろ音声ガイダンスに切り替わろうかというとき、電話が通じた。

「莉樺《リーホア》、僕に説明させてくれ」。先に廖景紹が向こう側で言った、「物事にはその実そんなに複雑じゃないこともある、君もわかっているだろ」

「それで？」母が私の代わりに応答していたが、廖景紹は気づいていない。

「僕？　僕は何も言うことないよ。ハッ、ハッ、ハッ」と奇妙な笑い声をたてた。

「？」

「だからさ、君は何も心配しなくていいんだ。ハッ、ハッ、ハッ、ハッ」。彼は笑い続けた。

廖景紹は緊張すると、いつもこんなつくり笑いをするのを私は知っている。

「それで？」母が尋ねた。

「ハッ、ハッ、ハッ、ハッ、気分が悪いのか？」

「そうよ」

「ハッ、ハッ、ハッ、愛して、る……」。廖景紹はとても緊張して、「だからさ、ほんとうはずいぶん前から君のことが好きだったんだ、君だって僕のこと好きなんだろ？」

母は私をちらっと見ると、携帯を手に取って言った。「廖景紹、私よ。莉樺がたった今私に話してくれたわ、こんなことをするのは間違っている」

緊張してハッ、ハッと大笑いしていた廖景紹は、一転して怒って言った。「まったく何でもないんだ、言いがかりはよしてくれ」。そして電話が切れた。

リビングはざわつき、何か不安のようなものがいろいろな家具の隙間から流れ出し、ある鋭い音がとりわけはっきりと響いた。それは机の木食い虫の音で、まるで色彩のない歌が私の胸の中に忍びこんでくるようだった。窓の外の広告ネオンはすでに消え、携帯の画面の明かりが消えて、リビングは完全に光を絞り取られた。私は寒気がしてきて、そのゾクゾクする寒気は、燃えかすの中から立ち上がるやるせなさのように、火でも燃やし尽くすことができなかった。

◆

事件が起こった翌日の朝、私は仕事を休んだ。

幼稚園の休暇申請システムは余分な人的サポートをひねり出すのが難しくて、同僚は休みを取ることを「レモンの皮の山から一杯の辛酸ジュースを絞り出す」ようなものだと譬《たと》えていた。だから推して知るべし、私はあらゆる手を使わねばならなかった。そして成功した。朝、浴室で昏倒し、病院の急患に運びこまれたと直接園長に説明すると、園長は「そう」と答えた。十分後、私の携帯にラインの仲間から二十五通もの戦略的なお見舞いがどっさり届き、ポップコーンがはじけるように通知音が鳴りやまなかった。私のほうも病気の写真を貼りつけて応えたが、美肌加工はしないでまるきり重病人の顔にした。

病気の写真は本物で、背景は大学付属病院の案内板と待合室の椅子だ。私は性被害の検査を受けに来たのだった。とても緊張して、脇の下にべっとり汗をかいていた。緊張がともなうのはわかっていた。次の一歩をどう踏み出すにせよ、とにかく「検査は万一の備えだ」と母に説得されて病院に来たのだ。

「あの人を見たわ」と母が突然言った。でも視線は携帯の画面から離れない。

「なんですって?」

「幽霊のようにリビングを歩いてた」

私は緊張した心をこの話題に移して言った。「阿婆のこと言ってるのね」

「昨日の夜、『あの事件』が起こったあと、私たちまた眠ったでしょ。夜が明ける前に目が覚めて見てしまったのよ。あの人がリビングの椅子に腰かけて、きちんと机に向かって字を書いているじゃない。もうびっくりしたのなんのって、いくら目がかすんでたって人がそこにいる事実を見間違うはずがない。そのうえその人、私には見向きもしないで、机に向かって字を書いてた。その瞬間この人は本物だと思ったの。あの人は字を書くのがとても好きで、私たちが一緒に暮らした数年間、いつも机に向かって、万年筆で字を一画一画書いてたから。目の前の姿は当時の姿と同じで、少しも変わってなかった。ただ後ろ姿が少し老けているだけで」

「ほんと？　ほんとに見たの？」私が驚いたのは母がその目で祖母を見たことではなく、祖母が姿をあらわした意味は何だろうと思ったからだ。

「ほんとうに見たのよ」。母は言った、祖母の輪郭ははっきりしていて、親指と人差し指でペンを握る独特な格好、ペンと虎口《ここう》*の距離、ペン先が白い紙の上をすべる音、どれも見覚えがあった。母はまた言った、「あの人」は万年筆で心経の類を書き写すのが好きで、写経を始めると麻薬を吸ったも同じでキリがなかった。だから目の前の「その人」が誰なのか確信したのだ。母は言った、「その人」の後ろでわざと咳をしてみたけど、「その人」はペンを止めて振り返らなかった。母は思った、目の前のこの人は、もしやほんとうに女の幽霊かもしれないと。そこで大胆に数歩近づいて、女の幽霊が何を書いているのか見てやろうと思った。すると理解しがたい画面が広がり、ペン先が滑った後の白い紙に文字の跡はなく、女の幽霊は文字が見えない天書を書いているのだった。母がさらによく見てみると、女の幽霊は写経をしているのではなく、自分の心情を綴っているのだと確信した。ぼんやりと「以前のおまえはときたま楽しかったが、今は毎日楽しくすべきだ」と書いているのが読み取れた。母は強い口調で言った、明らかにこの言葉は自らを未来に導く金言なんかではなく、自分の昔の生活が十分楽しくなかったことを非難するものだったと。

「それから、私は数歩後ろに下がった」と母は言った。

「怖くなって逃げたの？」

「違うわ、怒りがこみあげてきたのよ。携帯を取りに部屋に引き返してから、リビングに急いで戻って、女の幽霊の写真を撮ろうと思ったの。フェイスブックにＰＯ〔Postの略〕してみんなに判断してほしくてね、その女の幽霊が何の権利があって私を叱るのかって」

「で、写真は？」私も好奇心がわいてきた。

「ほら」。母はフェイスブックの画面を見せた。なんと、貼り付けた文章は修正され、「以前その老女はときたまご恩に感謝していたが、今その老女は毎日ご恩に感謝すべきだ」となっていたが、この投稿は「いいね！」を八十数人から集めていた。これは母が長年ＳＮＳで人脈を構築してきた驚くべき収穫であり、食べたり飲んだりの料理やお菓子の写真より勝っていた。

でも写真には誰も写っていなかった。目を見開いて見ても、アップロードされたリビングの写真はがらんとして、淡い光と影が浮遊しているだけで、誰かが机に向かって字を書いているふうには見えない。

「だから見鬼了《幽霊を見た》って言うのよ」。母は写真をタッチして、拡大して見せたが、何も見えないので笑いながら言った、「携帯は正体を映し出す魔法の鏡とはよく言ったものね、女の幽霊でさえも

＊ 親指と人差し指の間のたるんだ部分。

怖がって姿を隠すし、ネットにPOしたらもっと怖がって、逃げだしてしまったわ」

　これは雰囲気を和らげるしゃれた言葉でも、また母が幽霊を見たつくり話をいいかげんに広めようとしているのでもなかった。でもなぜ、祖母は突然木製のトランクから抜け出して字を書き、そのうえ母に見られたりしたのだろう。あまりに奇妙なので、すべてが「リビングの怪談」として片づけられてしまった。

　診察室に入ると、もはやこの疑惑を解く気持ちはうせて、その代わりにやってきたのは硬直だった。若い女医は私が性被害の検査に来たことを知ると、数秒沈黙してから、軽くうなずいて、早く知らせてくれれば優先的に処理をして、診察の順番待ちを免除できたのにと言った。しかしそのあと私は途方にくれた。彼女が言うには、規定により、性被害の検査が終わると警政*と被害者支援のソーシャルワーカーに報告することになっているというのだ。これはつまり告訴することを意味する。私はこの一歩を踏み出すことにまで考えが及んでいなかったので、母のほうを見て、彼女にどうするか決めてほしいと思った。

「では検査をしてください！」と母は言った。

「いいの？」これは私が望む答えではない。でも母がどう答えても、私にはみんなしっくりこない気がした。それなのに母の決定に頼ろうとしたのは、明らかに私にはまだ次の挑戦に向き合う準備ができていないからだった。

「私があなたと一緒にこの困難を乗り切ってみせる」。母の視線はゆるぎなかった。

　そのまなざしは私の戸惑いを消し去ることはできず、一分間の硬直状態が続いた。この一分間、診察室はそれぞれがやることを探してあわただしくなった。看護師は何か整理するふりをしていたが、インターンの学生がドアを開けてカルテを届けにくると、自分のほうから駆け寄って行ってワゴンからカルテの山を取り出すのを手伝った。若い女医のほうは英語の混ざった言葉で、受話器に向かって何やら話をしていたが、気まずい時間をつぶしているように見えた。

「今回は私の言うことを聞きなさい」。母は命令口調で言った。

「じゃあ私どうすればいいの?」

「あのね、私たちは廖家にやられっぱなしってわけにはいかないの、この件はこれで終わりにはできないのよ」

怒りには二種類ある。一つは外からの妨害に力を奮い起こして対抗するもの、もう一つは素直に受け入れて何もあがいたりしないもの。私が今置かれている状況は後者だ。なぜかというと、犯されたのはまるで私ではなくて、母のようだったから。母は女医に向かってその夜起こったことを述べ、悔しさのあまり涙まで流して、女医に私の体のどこに傷を負った可能性があるか理解させようとした。母は、私が酔って半分意識が飛んでいる中で起こった、自分でもよくわからない悪夢を代弁した。それは、私が話したことに基づいていたので、私はうなずくだけになった。私は自分がなぜこんなに反抗できないほどどみじめで、はては操り人形になりさがってしまったのかをはっきりさせたいと思った。

女医はまず私の首と下あごを検査した。この部分はレイプ犯がよく肘《ひじ》で圧迫するところだ。それから腕はレイプ犯に強く握られて傷を負っている可能性があり、太ももの内側は強い力で開か

＊内政部警政署。警察事務の最高主管機関。

れて青あざができている可能性がある。この三か所以外に、さらに胸、背中、髪に覆われた頭皮も詳しく検査してみたが、どこも疑がわしい内出血の青あざは見つからなかった。母はとても意外に思い、むりやり左腕の下の方に一か所赤いあざがあるのを発見すると、女医に写真を撮って証拠とするよう要求した。そのうえ女医が検査表に記録したあざの大きさに対して値段の駆け引きまでやった。

そのあと、私は診察台に横になり、女医が三本の綿棒を持って、それぞれ肛門と外陰部から証拠を採取した。さらに緊張させられたのは子宮頸部から証拠を採取する内診だった。女医が痛くないですよと言いながら、消毒済みの布をM字形に開いた私の太ももの上にかけた。そのあとひやりとするものが挿入された。俗称「アヒルのくちばし」という膣内検査器具が三分の二ほど奥に入ったところで回転して水平にされ、ゆっくりと膣を押し広げてから、綿棒が素早く子宮頸部に入り証拠を採取した。私の両足がびくっと震えた。五十歳を過ぎた女性なら誰もやりたがらない子宮頸癌の細胞診検査のようなものを、私は体験してしまったのだ。確かに痛くはなく、ただ非常に細くて軟らかいものが体の奥深くに触れた哀しい嘆きを感じただけだった。しかし「アヒルのくちばし」を取り出すときに、閉じたプラスチックのくちばしが膣壁をはさんで傷つけてしまった。まるで手でナイフの刃を握っているときに誰かが柄を引いてしまったような痛みだ。私は叫び声を上げ、両足を引き寄せ、体を激しく上にのけぞらせた。

「あなたまったくの素人ね」と母は女医を責めた。

「すみません、今回初めて検査を担当したので、少し緊張してます」。女医はそこに呆然と立ちつくし、目の縁がかすかに潤んだ。

「もういいわ、へたくそったらありゃしない。最初この種のことは女医に頼むほうがいいと思ったけど、こんなことなら隣の診察室のあの年取った男の医者に頼んだほうがよっぽどよかった」

看護師がやってきて間に立ってなだめて言った。「この次は気をつけますので」

「見鬼了《まさか》、こんなことに次があるわけないでしょう」

◆

その年の夏、祖母がリビングに置いてある木製のトランクから這い出てきて、正式に家に姿をあらわした。

病院の検査から帰ってくると、私は母に、訴訟の難関を乗り越えるために、もう一人付き添いが欲しい、それは祖母だと切り出した。「母さんがリビングで『あの人』の幻影を見ることができたのは、けっして偶然ではなくて、心で思っていたからこそ再会できたのよ」

「よしてちょうだい、それは雑唸《くりごと》よ」。母は反論して言った、「私の口癖は『見鬼了《幽霊を見た》』だけれど、鬼を見たいと言っているわけじゃない。『あの人』になんか会いたくもない」

「私、阿婆のことをとても懐かしく思うの、ほんとよ」と私は言った。

「私たちは十数年会ってない」。母はしばらく黙っていたが、こう言った、「わかったわ！　見鬼《まさ》了《か》、あの人にとんでもない能力がない限り、来いと言ってすぐ来られるものではないでしょう」

私は立ち上がって木製のトランクのところに行き、蓋を開けて、中できちんと畳まれている祖母を見せた。母は驚き、目がまだ夢まぼろしに適応していないのか、うつろで元気がなかった。

そして自分の髪をつかみ、深くため息をつき、胸の中のどんなかすかな不満もすべて呼び出して、大きな声で叫んだ。「こんなのたまらないわ」

もちろん普通では考えられないことで、祖母もそうだった。

トランクの中の祖母はじっと黙っていた。体はきちんと折りたたまれ、両足は肩をまたいで耳もとに張り付き、両手を尻のうしろに回して、全身はまるで瓶詰の梅乾菜〔からし菜類の乾物〕のように隙間がなかった。目だけは活発に動いていて、大きく見開いて、押し付けられた顔の上でこのうえない驚きの色を浮かべていた。トランクが突然開き、まったく予期しない状況の下で、かつての嫁姑の関係はこの再会のあと、完全に病的な対立に変わった。

祖母は体を解いて、トランクから頭を出すと、先に問い詰めた。「全部聞いたよ、あんたが私のことをどう言っていたか全部聞いたからね」

「私だってあなたを見たわ。それで?」母はタバコを吸い始めた。これまではベランダに隠れて吸っていたのに、今は緊張のあまりベランダであろうとリビングであろうとかまっていられない。

「一字、一句聞き漏らしていないよ」

「それはまずいわね」

祖母は言った。「あんたは一言も私のいい話をしなかった。あの箱の中に長くいてみなさい、おのずとそれだけ悪口が耳に入ってくるものさ」

「私、どんな悪口を言いましたっけ?」

「忘れてはいないけれど、もう一回聞いてみたいもんだ。でも安心していいよ、私は今では修練を十分積んだからね。もう一回言ってみたら、案外気持ちがすっきりするかもしれない。さあ、私が以前どんだけケチだったかから始めるといい。昔はそうだったと認めるよ、まったくその通りだ」

「そんな細かいこと、あえて言うほどではないわ」。母がタバコを一口吸うと、両頬が強く吸われてくぼみ、不安をのぞかせた。

「言いなさい！　言えば気持ちが楽になる、昔のつけを話してごらん！」

母はもう一口タバコを吸ってから、尻ごみする必要などどこにあるかと言わんばかりの表情を浮かべた。パワー全開だ。母は言った、産後にひと月の産褥についていたとき、祖母は友達がくれたお祝いの品物をどれもこれも開けちらかして、使えるものはぜんぶ持って行った。たとえば誰かがくれた日本の水蜜桃の詰め合わせは、妊婦に冷たいものはよくないと言って持ち去った。プレゼントの毛布も赤ん坊には向かないと言って持ち去った。さらに、いただきもののベビー用バスケア用品がセットではなくて施巴《セバメド》、貝恩《バーン》、麗嬰房《レザンファン》をばらばらに詰め合わせたものだとケチをつけた。それに、実家がくれたネックレスなどの金のアクセサリーだってどこに持って行ったのやら、保管しておいてやると言ってたけど、結局自分のものにしてしまった。

「その通りだ、それから？」

「まだあるわよ！」母は勝ちに乗じて追撃に入った。洗濯は三日に一度と決められたので、服は今にもカビ菌が孵化しそうになり、おかげで過敏症の母はカビ臭い空気と長い間戦うことになった。母はまた言った、冷蔵庫を開けるのは一日五回、クーラーを入れるのは夏に全身から汗が噴き出したときだけ、夜十一時になる前には電気を消して寝ると決められ、一日の支出は五百元以内に抑えられ、預金通帳はしょっちゅう引き出し額をチェックされた。

「それに、電話の通話時間は二分間だけ、テレビを見るときは時間計算、明かりは数か所しかつけてはいけなかった、そうだろ？　それから？」

「もちろんまだあるわよ！」だが母は急に警戒して、一転してこう言った、「ぜんぶ話したわ」

「ぜんぶ話してしまえば、気分がずっと晴れる」

「そんなことないわ」

「ある物語にこんなのがある」。祖母は私のほうをちらっと見て言った、「この世にある種類の赤ん坊がいて、生まれたときに前世の霊をまだ抱えており、八、九カ月になって話ができるようになるころ、ようやくこの霊を失う。この伝説は言葉を話し始める前の幼児が『聆聴樹《リンティンシュ》』〔耳を傾ける樹〕の霊を持っているという話だ」

これまで冷ややかだった母の表情が突然穏やかになり、かすかな微笑みが浮かんだ。この微笑みはほんの一瞬掠めてすぐに消えたので、もし私の視線が彼女の顔に注がれていなかったら、その笑みがとても薄く、あっという間に反転して、もとの冷淡な表情に戻ったのに気づかなかっただろう。

「聆聴樹？」私は話し続けるように促した。

「生きていく中で大きな打撃を受けても感情を吐き出すことができないとき、森に行って、洞のある大きな樹を見つけ、その洞の中に向かって自分の不満を気持ちが晴れるまで話すと、幸せな気分になってくる。そのあと洞を泥でしっかりふさいで帰る、という話さ」

私は聆聴樹の話を聞いたことがあった。この話は広く伝わり、いったいどこが発祥の地なのか、もはや突き止めるすべはないが、とにかく自己啓発本にはよく出てくるシーンで、図書館に行けばこの種の本は十冊以上見つけることができる。この物語の意義は、樹が人のつらい秘密を受け止めたというよりも、むしろ人がこの樹を探す過程で森林のエネルギーに治癒されることにあると言ったほうがいい。

祖母は言った。「聆聴樹はいつか死を迎える日がくる。この種の樹は無数の人々を救って、功徳を十分積んでいるから、菩薩様は樹を人に転生させる。樹が転生して人間の赤ん坊になるのだが、まだ聆聴樹の特性を持っていて、言葉を話せるようになってようやく樹の霊を絶つ。それで、話しはじめる前の赤ん坊は、大人たちが心配ごとを吐き出す相手になるんだよ」

「それで?」私は言った。

「あなたがその聆聴樹だった」。祖母は言った、「あなたは自分がとても小さかったころのことを思い出せるはずがないけれど、私たちはまだ覚えている。あのときあなたの母さんがいつもあなたに話していたし、あなたの父さんもそう、あなたは二人の聆聴樹だった」

私の頬にふっと笑みが浮かんで消えた。母はこの話をしたことがなく、もし祖母が今日話していなかったら、きっとそのまま消えてなくなっていたに違いない。この昔話を聞いて思い当たるふしがあった。たとえ私が人にしきりにつきまとって「秋にはなぜ木の葉が落ちるの?」「どうしてゾウの鼻は長いの?」と尋ねる幼児期を過ごしたとしても、あるいは健素糖や干しブドウを食べて「死んじまえ」と悪態をついた中学の少女時代や、毎日イヤホンをして世の中のことに耳をふさいだ高校時代を過ごしたとしても、私の聆聴樹の霊を呼び戻す力を消し去ることはできなかった。私はいつも焦って私の話も聞いてよと相手に言ったものだ。

「私は修養を積んだから、今は聆聴樹の能力が身についた」。祖母はうなずいて言った、「自分がますます赤ん坊に似てきた気がする」

「じゃあ私は？」母は声を大きくした、「私が全部間違っていて、一本の樹に向き合う修養ができてなくて、そのうえあなたのその樹が修養を積んだのを見分けることさえできないと言うのね」

「私にはさらに立派な修行の成果を披露する能力はないみたいだけど、でも聆聴の能力はある。少なくとも今、聴き終わっても腹を立てないでいられる」。祖母は言った。

「わかったわ！　かりにあなたが樹の修行をしたとしても、私もそうしなければならないってことにはならない。これだけははっきりしてる、私たちは同じ屋根の下で暮らせないってこと。それはとても危険なことよ。あなたの頭が変にならなくても、私がおかしくなってしまう」

母は結論を下した。祖母が体を小さくするどんな途方もない技や聆聴樹の修養を積もうとも、未来はやはり二人の関係を変えようがないのだと。これは彼女たちの過去の争い事から端を発していて、人生はこのために譲歩し合う必要はないのだった。土から抜き取った大根はどんなに優しくもとの穴に戻しても、もはや成長し続けることはできないし、挙句の果てには死んでしまうものだ。母は退却を望んだ。しばらく恋人の所に引越して住むことにし、祖母を私と一緒に住まわせた。

「でもいちばん大きな原因は」、母は家の玄関を出る前に言った。「私があなたの息子を殺したのだとあなたがずっと思っていること。私はあなたの目には永遠に殺人犯なのよね！」

◆

私は警察局で、調書をとってくれる女性警官が戻って来るのを待った。

祖母が私の横で、数珠を触っていた。仏名《ぶつみょう》を一回唱えては、右手の親指で木製の数珠の玉を一つはじいている。私は移動する数珠の玉に注意を向けた。蛍光灯が手の平の暗い影の中から一滴の生き生きした光を引き立て、時間が一秒ごとに死んでは、また一秒ごとに復活していた。それが繰り返されている間、私はひとり寂しい気持ちになることも、また何かをさらに期待する気持ちになることもなかった。

数珠がはじかれるのを眺めながら、私は自分の爪を強くむしり始め、何度も何度も、それを繰り返した。この数日、また爪をむしる癖がぶり返した。親指で人差し指をほじり、爪の周りの皮を執拗にむしるので、爪もギザギザになってしまい、歯で噛み切っていた。水に触れると痛いので、通気性のよい絆創膏を巻かなければならなかった。でも何の解決にもならず、しんと静かな時間が訪れるとすぐに、とても低く沈んだ声に呼び寄せられて、爪をむしる衝動がうまれるのだった。

祖母は私に言った、物事には冬の乾燥した皮膚のように、掻けば掻くほどかゆくなり、しまいに皮膚を掻き破ってもまだかゆみがとまらないことがある。考え方を転換してみるのもいいかもしれないよ。祖母が手の中の数珠を私にくれた。

私はやんわりと断った。宗教は信じていないし、ほかに精神的な支えを借りる必要もなかった。

「私はキリストも、仏も信じているよ。これは何の宗教を信じるかという問題ではなくて、信仰の問題だ。信仰とは心の中がきれいに洗われ、多く悩みを抱えず、そのうえ人の価値を信じることなんだよ」

「話がとてもうまいのね」

「話が上手とか下手とかではなく、悟ったんだよ。私がもし話し上手になったと言うなら、それは数年前に社会人大学に聴講に行って、髪が灰色だったり白髪だったりする大勢の人に出会ったからだろうね。彼らは頭から光を出して、いろいろなテーマを討論するんだが、誰もがザル一杯の哲理を語ったものさ」。祖母は私の手を抑えて、数珠を私の手の平の上に置き、「握ってごらん、信仰の価値など空論したって目に見えないけれど、手にいっぱい何か物を握っていると、頭の中にある価値も確かなものになる」と言った。

数珠を握ってみたけれど、満たされる感覚はなく、信仰の重要性も感じなかった。すると祖母がこう言った。この世の出来事は、食卓の上の食べ物と同じで、それを食べないと生きられない。でも、どれが栄養があって人を成長させるのか、どれが無用なのかわからないし、一つの食べ物の中に同時にこの二つが含まれていることもある。信仰はテーブルマナーとしての箸のようなもので、箸で災難を挟み、箸で傷を挟み、箸で幸せを挟み、そのあとまた悲しみを挟む。箸を使うのは人生に向き合うときに自分に品格を持たせるためなんだよ。これはなにも格好よく食べなさいと言っているのではない、人生とは人に演じて見せるものではないからね、自分をもっとゆったり落ち着かせることなんだよ。

「これを持ってなさい！」祖母は言った。

数珠は肖楠木《しょうなんぼく》でできていて、色はやや黒味を帯び、雲霧が緩やかに立ちのぼって一瞬静止したような紋様があった。木目がつやつやしているのは、持ち主が長い間腕にはめて、いつも磨いていたからに違いない。私は数珠を腕にはめた。ゆったりした気分にはならなかったけれど、心がしっとり潤ったのを感じた。

　このときパトロールを終えた若い女性警官が派出所に戻ってきて、空気が抜けるような声で「やっと仕事が終わった」と言った。彼女は規定の任務に超過勤務が加わり十二時間働きづめだったので、悲しそうな顔をしていた。まるで川から岸に這いあがったあとどんなに体を振っても水を振り切って乾かすことができない年寄りの犬のようだ。彼女は着装していた銃を保管庫に返すと、席に戻ってデスクトップの電源スイッチを入れ、パソコンが立ち上がるまでの数分間を利用して、トイレに駆けこんで長い間我慢していた尿意を解消した。それから席に戻ってボールペンで手の甲に書き写したバイクのナンバーをネットで検索し、大声で叫んだ。「やっぱり盗難車だった、まったく！」

「またむかつくことに出くわしたのか？」男の警官がやってきて訊いた。

「先輩、実はパトロール中に、前の方をふらふら走るバイクが目に入って、怪しいと思ったんです。しばらく後をつけると、ますます怪しいから、赤信号で停車したときに、サイレンを鳴らして赤信号に突っこんで捕まえるべきかどうかとても迷いました。でも初めて人を逮捕するのってほんとうに怖い。今回ほど信号待ちがこんなに長く感じられたのは生まれて初めてです。やっぱり私はすごく臆病で、警察官には向いてないのかもしれません」

「君のボスに助けてもらえばよかったのに！」

「一緒にパトロールしていたボスとは、あいつが目に入ったとき、すぐに尾行を開始したから分かれてしまったんです。それにM-Police（パームトップコンピューター）はボスが持っているので、盗難車かどうかも調べられなくて」

「バカだなあ!」男の警官は言った、「いいじゃないか、捕まらなくても別にたいしたことじゃない。むしろ盗難車だと確定する前に追いかけて、もしそいつが事故でも起こしてみろ、責任は君の身に降りかかってくるんだよ。冒険と保険は、一文字違いだ、へまをやると君は一生その学費を払うことになる」

警察分局の入口の受付で当直を務めていた警察職員が、このとき派出所の中に入り、男女の警察官の会話を中断させて言った。「おい君、調書をとりに来ている人がいるんだぞ、性被害の案件だ」

「性被害」という言葉によって、私のプライバシーが他人の前にさらけ出され、心臓がぎゅっと縮んだ。警察局に入ったときから、私は警察体系の中に足を踏み入れたことを悟った。教会の告解室に入ったようにすべてをさらけ出さねばならないのだ。私はうなだれて、付き添ってくれた祖母と一緒にまず「婦人・子ども担当部」を訪ねた。伝統的なイメージではこの部署なら病院の産婦人科のようにどんな女性の病気も受け入れて治してくれそうだった。でも婦人・子ども担当部の警察職員は業務移転を理由に、私たちを刑事課にまわした。そこでは、警察局に潜入しているヤクザかと見まがうような捜査員が、ゴシップ話でもするような口調で「阿嬤《おばあちゃん》か、それともお若いのか、どっちがやられたのかな?」と尋ね、そのあとようやく、最新の指示により、この業務は派出所が引き継ぐことになった、と言った。ところが派出所の男の警官は、性被害の調書は女性警官が担当するが、今は巡回ルートをパトロール中だと言った。私たちは警察分局を上がったり下りたりさせられたので、病院と同じように通路に色付きの指示動線を貼るべきだ、そうすればどこからどこまで行くかはっきりするのにと不平をこぼした。派出所の中に入ると、女性警官はまだ戻っていないことがわかった。私が椅子に腰かけて気が遠くなりそうなほど待っていたとき、「性被害」という言葉が耳に飛びこんできてようやく我に返ったのだった。

女性警官は視線を私のほうに向け、両手を合わせて祈る仕草をしてから、急に少し鼻にかかった声で言った。「私、勤務が終わったら休めると思って、もう七時間もご飯を食べてないんです。だから、カップ麺を食べてから調書を取っていいですか？　カップ麺は私の宗教、私の神様です」

「なあ、ちょっと助けてやれよ、ずいぶん待っておられるんだから」。男の警官が不愉快な顔をした。

「先にカップ麺を食べて！」祖母が言った、「あなたに体力がつけば、私たちを助ける力が出てくるでしょう」

「私たちもカップ麺をいただいてもいいですか？」私が訊いた。警察分局に入ってからこのときまで、私と祖母はすでにとても長く待たされていたので、エネルギーを補給する必要があった。

「こちらは私の廟、よろずの神様がそろってますよ。廟の門よ開け！」女性警官は立ち上がると、後方のそれほど遠くないところにあるロッカーの鉄の扉を開けて、中に何段かに分けて並べられたカップ麺を披露した。日台韓各地の特色あるものから、麺の口当たり、辛味、海鮮、牛肉、鶏スープなどのさまざまな銘柄のものまできれいに並べられている。私は豚骨ラーメンを選び、祖母はあれでもないこれでもないとさんざん迷った挙句に私と同じものにした。女性警官は、お湯を注ぐサービスは私に任せてと言って、外装フィルムを破り、調味料の袋を開けてから、ロックグループ「草東没有派対《No Party For Cao Don》」の歌をエンジンオイルのにおいがしそうな低音で口ずさみながらステップを踏んで歩いて行き、ウォーターサーバーからステンレスのポットに熱湯を入れてきて注いだ。塩辛い匂いがあたりに広がり、私の味蕾《みらい》が次々に開いて、警察局で長らく待たされたやるせなさと心細さがほっと緩んだ。

「カップ麺を発明した人は、ノーベル平和賞を取るべきよ」と女性警官が言った。

「そうね」と私は答えた。

「三分ですぐ食べることができて、早くて便利、だから時間は正確につかまなくちゃ。早すぎれば麺がかたいし、遅すぎると、ふやけて柔らかくなって、口当たりが悪い」

「ええ」

「かりにこの世界中のどんな戦争も、路上での殴り合い、強盗殺人、家庭内暴力、それに自殺だって、もしみんなが立ち止まって、自分に三分間のハーフタイムをあたえ、腰かけて、まるで果実が太陽の光の下で成長するように、子どもがゆっくり成長するように、熱湯を注いだカップ麺がゆっくりとふくらんでいくのをながめ、それからどうやって後半を戦うかを決めたら、もしかしたら、物事はがらりと様子が変わるかもしれないし、何も起こらないかもしれない。そうだとしたら、カップ麺を発明した人はノーベル平和賞をもらえるんじゃないかしら。カップ麺は全世界の法王に選ばれて、ヌードル法王って呼ばれるのよ」

「はい？」

「実はね、私の小さいころの夢は『サンタのおばあさん』になることだった。毎年クリスマスイブの夜にトナカイのソリに乗って、世界中の子どもたちにカップ麺を配るの。カップ麺は世界中でいちばん簡単な料理で、熱湯を注ぐだけ。全世界の子どもたちが一斉に叫ぶ、『クリスマスの夜にはカップ麺を食べよう』。そして大声で叫ぶのよ、『ヌードルばんざい、いただきます！』」

「ええ」

「三分間、人生で最高のこの待ち時間を、呼吸に集中し、カップ麺を凝視して、静かにしていると、あらゆる悩みを捨て去ることができる」

「ありがとう」。私は女性警官の言外の意味を理解した。

いただきます、私たちは静かにカップ麺を食べた。ときどきスルスルと麺をすする音がした。カップ麺の高油分、高塩分が空腹を瞬時に一時停止させ、生き返ったような気持ちになって、私たちは順調に調書をとるステップに入った。一問一答をする中で、女性警官は絶えずノートをめくり、やましい口調で「初めてこの種の調書をとるので、少し緊張していて、カンニングペーパーを見てるんです」と言った。あのカップ麺が体の中で発酵し始めたのだろうか、人生の難関がやってきたとき、三分間のハーフタイムシステムが作動した。ゆっくり、はっきりと、人生の耐えがたい出来事をあまり感情をともなわずに語り始めた。

「事件が起こったとき、彼に抵抗しましたか？」女性警官が尋ねた。

あんな夢うつつの状態で被害に遭えば、どんな光景もありありと目に浮かぶように表現するのは不可能だ。たとえほこりのように小さなジクソーパズルだったとしてもアルコールで朦朧とした中にぜんぶこぼれ落ちていた。

「はっきりしません」。私はためらいながら答えた。

女性警官はキーボードをたたく手を止め、視線をパソコンの画面からこちらに移した。彼女はペン型のボイスレコーダーをオフにして、思い出させようとして訊いた。「じゃああなたは、いいわ、すてき、とても気持ちいい、と言いましたか？　もしそうなら、合意の上の性交を意味していて、同意したことになります」

「私は言ってないと思います」。私はきっぱりと言った。

「言った、あなたは言った」。祖母が突然口を挟んだ。今、みんなの視線の焦点が白髪まじりの髪に覆われた祖母の顔に注がれた。

「それなら訴訟に持って行くのは難しいかもしれません」

「そうじゃなくて、私は、この子がやめてと言ったと言ってるんです。この子は何度も言ったし、そのうえ最初から最後まで一度も、いいわとか、すてきとか、言ったことはありません」

「阿嬤、確かですか？」

「ええ、この子は抵抗する言葉を言ったけれど、忘れているだけです」。祖母はしっかりと私を見ていた。

「それならいいです、わかりました。私たちは最初からもう一度録音と記録をやりなおしましょう」。女性警官がペン型ボイスレコーダーをオンにし、キーボードを叩くと、パソコンの画面に一文字一文字清書された記録が浮かびあがった。

◆

アポロー〔ゴールデンシャワー・ツリー〕の花が満開のとき、私は幼稚園の仕事を辞めた。

アポローは白い砂場のそばに植えられている。初夏には黄色い花の房がいくつも連なって、枝先を垂れ、そよ風をうけて絶えず揺れながら、ぱらぱらと黄金の花弁の雨を降らせるので、白い砂場に彩を添えてとりわけ美しい。でもこの樹は子どもたちからはなんと「ブタの大腸」と呼ばれている。なぜなら、種のつまったサヤが棒のように長く、真っ黒な色をしているからだ。子どもたちは人の後ろから、「落とし物をしたよ」と声をかけ、それからサヤを手で高く持ち上げて、ふり返った人に「あんたのブタの大腸が尻からこぼれ落ちたよ」と言うのだった。外からのお客さんや園長でさえもこの遊びに引っかかったことがある。

この遊びと言葉のかけ方は、どれも小車が考えだしたものだ。この子はさらにこれで思わぬことをやらかした。熟したサヤを開け、中の黒いペースト状の果肉を取り出して「おまじないスープ」をつくってから、友達数人にごちそうして、これでピカチュウが電気を放出する「十万ボルト」の技を磨くことができると言った。でも、もしこのことを口外する者がいたら、必ずや人魚姫のように浄化槽の泡となって消えるだろうとも言い添えた。

アポローの果肉は甘い味がして、食べると軽い下痢を引き起こすが、毒性はない。放課後、まだ青い蒙古斑が残っている十数人の子どもたちの尻が、自宅のトイレでピーピー音を立て続けたけれど、便器の中に排せつされた黄色い泡になるのが怖くて、「おまじないスープ」のことは口をつぐんで何も言わなかった。親たちは腸のウィルスの一つ、エンテロウィルスだと見て病院に連れて行った。医者は、エンテロウィルスと下痢はあまり関係がないと言い、検査の結果、食中毒と診断した。

親たちはLINEで幼稚園の食べ物の扱いに落ち度があったと責めた。園長は保護者会を開いて説明し、二回わび状を書いたが、なおも病源を特定できないので、女の料理人を口実を設けて解雇することで、みんなの怒りを鎮めたのだった。腹を壊した子どもたちはそのときの「おまじないスープ」の薬効と自分の秘密保持能力にとても満足し、挙句に「プリンとカップ麺を同時に食べると腹を壊す」というでたらめまでつくりあげた。しかし、小車は私にはほんとうのことを話した。この子は今まで一度も私に秘密をつくったことがない。

七月のある月曜日、アポローの花が枝先まで咲き誇り、砂場にも頭を垂れていた。子どもたちがちょうど樹の下の砂場で宝探しゲームをやっていて、深い砂の中に埋められている「ミニオン」を誰が先に掘りあてるか競争をしていた。グループを引率している先生が言った、地球の反対側のアメリカまで掘って行ってでも「ミニオン」を見つけだしなさい、それまで休憩はなしよ。子どもたちの歓声がひっきりなしに聞こえてくる。みんな砂場の宝さがしが大好きなのだ。

小車がスコップを投げ捨て、腹痛がすると大声で言って、トイレに駆けて行った。探し当てた「ミニオン」をこっそりポケットにしまうのがちらりと見えたので、トイレに行くのは何かたくらみがあるに違いない。私は追いかけて行って観察することにした。

小車はトイレを通り過ぎて、倉庫のほうへ行き、三つのアラビア数字を組み合わせたダイヤル式のカギを難なく開けた。鍵は消極的な防犯に過ぎず、暗証番号は戸の框《かまち》の大人の背丈の位置に書かれている。三年前、数人の子どもたちが倉庫に保管していたホワイトボードのインクで自分も学校も塗りたくったことがあったので、それ以来鍵をかけるようになったのだ。

窓ガラス越しに中をのぞくと、小車がほこりの舞う倉庫の中でせわしなく動いているのが見えた。あちこちひっくり返しているので、おそらくポケットの中のミニオンが絶対に見つからない不思議な空間を探して、それが砂場に飲みこまれたという伝説でもつくろうとしているのだろう。

「手伝おうか?」私は倉庫に入って行った。

小車は私だとわかると、警戒心を解いて、探し続けた。「豚の大腸はどこ？」

毎年春になると、私たちは熟したアポローのサヤを先に摘んでおいて、倉庫に保存していた。子どもたちのスクラップブックの立体パズルに使用したり、お知らせボードの縁を飾ったり、二本平行にして太い糸を巻き付けて鉄道のレールに見立てたりと、とにかく用途はいくらでもあった。

「お知らせボードの飾りは、あなたが持って行ったのね？」私は訊いた。

「そうさ！」

「もう何本も手に入れたのに、まだほしいの？」

「そうだよ！」

「何に使うの？」

「新鮮なおまじないスープをつくるんだ、すごくでかい鍋で」

「おまじないスープ？　また何をするつもり？」私は前の出来事を思い出して、警戒を強めた。

「秘密だ、言えないよ」

「私には何でも話すんじゃなかった？」

「人はときどき秘密をつくってもいいんだ。パパがいつもママを叱って言ってるよ、きみはぼくの携帯を勝手に見て、ぼくのプライバシーを尊重していないって」。小車は眉根にしわを寄せて言った、「プライバシーって秘密のこと、パパには秘密があるし、ぼくにもある。秘密がある人は大きくなれるけど、秘密がない人は子どもにしかなれない」

「まあ！　小車、あなた大きくなったのね」。彼を見ながら、心の中で思った。この子はもうすぐ幼稚園を卒園して、小学校にはいる。この間の変化は幼児にとってはそれほど大きくはないけれど、小車には明らかな変化が見られた。彼の顔からたくさんの笑みが消えて、自己防衛をするようになってきた。

「じゃあこうしよう」。彼は顔を上げて私に言った、「ぼくたち秘密を交換するゲームをやろうよ、心の中で思っていることを交換するんだ、とても公平でしょ」

これは軽いゲームで、私は思いのままに対処できると思って、やることにした。

「レイプって何？」彼が尋ねた。

心臓がぎゅっと縮んだ。この質問はとても答えにくいし、そのうえ、ほぼずばり私に向けられたものだ。「その言葉をどこで知ったの？」

「ママが言ってた」

「なんて言ってた？」

「ぼくに言ったんじゃなくて、ほかのママたちと話しているのを聞いたんだ。ママが言ってた、幼稚園の『蛇の巣』でレイプ事件が起こった、なんて恐ろしいんだろうって」。彼が言っている「蛇の巣」とは教員室のことで、子どもたちの解釈によれば「先生が毒蛇のように集まっている所」だ。

私はまた数秒ためらって、答えるべきかどうか考えた。

「レイプって何？」彼がまた尋ねた。

私は深く息を吸って、言った。「誰でもパンツをはいて、おしっこをするところを隠しているでしょう、それは人のプライバシーで、秘密を守らなければならないところだから、他人に触られたり、めくって見られたりしてはいけないの」

「つまり、人をむやみに触ったり、勝手に人のちんぽこを見たりするのが、レイプなんだね」

「意味は違うけど、だいたいそうね」

「じゃあ、ぼくら男子はおしっこをするときに、ほかの人のちんぽこを見たり、触ったりすることがあるけど、レイプって言える？」

「そういうことじゃないのよ、あなたたちは遊びでやってるんだから。男の子がわけもわからずにふざけたり、パパやママがお風呂で体を洗ってくれるときおしっこをするところに当たったりするのとは別のことよ、でもほかの人はそこを勝手に触ってはいけないの。勝手に触るのはレイプとは言わないで、猥褻《わいせつ》と言うのよ」

「勝手に触るのは危険？」小車が猥褻《ウェイシエ》を発音が近い危険《ウェイシエン》と理解したので、笑うべきか、それとも訂正すべきか迷っているとき、彼はもっとおどろくべき内幕を口にした。「ぼくは危険にされた、すごく危険だった！」

「どういうこと？」

「スズメバチがぼくを危険にしたんだ」

「何が起こったの？」私はびっくりした。廖景紹が小車に猥褻なことをしたりするだろうか。

小車が言うには、水泳の授業のときに廖景紹は何度かこっそり輪ゴムで彼らのちんぽこを狙い打ちしたことがあったという。幸い距離が遠かったので、輪ゴムは勢いがなかった。それからまた彼らが着替えをしていると、廖景紹が水泳パンツをはかずに駆けよってきて彼らに早くしろとせかし、早くパンツをはかないと、ちんぽこが飛んでいくぞ、と言った。小車が言い返して、あんたもはいてないじゃない！　と言うと、廖景紹はなんと、こいつはもう大きくなったので、飛んでいかないんだと言い、これは「ついでに小さなちんぽこたちに、大鵰《いちもつ》を見せてやる入門の儀式なんだ」と自慢した。ほかのときにも、小車がのろのろ着替えをしていると、パンツをはいていない廖景紹が近づいてきてせかし、背を向けて行こうとしたときに、大鵰で彼の顔をぶったということ。

「わざと当てたんじゃないのかも」、私は注意深く尋ねた。

「あいつもわざとじゃないと言った、でも、ごめんといいながら、笑ってたんだ、フン！　どう見たってわざとだ」。小車はこのことを思い出して、ぷんぷんしながら右のほほを拭いた。まるでいくら拭いても汚れが取れないみたいに。

私は小車の話に疑いを持たなかった。廖景紹は水泳のインストラクターであり、小車に対する行為はすでにインストラクターとして失格だ。でも、小車はこのことを幼稚園に訴えることも、両親に訴えることも、ほかの先生に訴えることもできたのに、そうしなかった。明らかに、この出来事はこの子の最も本能的な意識においては彼と廖景紹との遊びだったのだ。しかし、最近の何かが彼にこの出来事に対する見方を変えさせた――これは必ず私と関係がある、と思った。

「ぼくは危険にされ、レイプもされた」と小車は言った。

「どうしたの」と私は心配して訊いた。

「スズメバチは自分のちんぽこで僕をぶった、それはレイプだったんだ」。小車はそこに汚れがしみついているみたいに手でまた強く顔を拭いた。「ぼく、ネットでレイプって何か調べたし、それにこっそりママの携帯のＬＩＮＥを見たんだ」

「わかったの？」

「わかったよ。先生は、レイプ、された、んだ」。小車は唇を噛み、自分が傷つけられるよりもっと悲しい目をして言った、「スズメバチのやつ、大嫌いだ」

「豚の大腸を探しているのは私の仇《かたき》を討ってくれるためなのね」

「蛇王とスズメバチを幼稚園から追い出して、奴らの腹を下痢で破裂させてやる」。小車は話しているうちに、泣き出してしまい、涙の粒が柔らかな頬を滑り落ちた。「ネットで調べたら、昔、女の人がレイプされそうになって、結局手を触られただけだったけれど、その女の人は自分の手が汚れたのが嫌で切り落としてしまったそうだよ。インドのような国では、レイプされた人は悪い男に殺されるんだよ。台湾では、レイプされた人はみんなのところを離れて、ほかのところに隠れてしまうんだ」

「誰もがそうじゃないわ」

「間違いない、ネットにはみんなこう書いてる。先生は幼稚園を辞めて、自分がダメな人間だと思い、遠くの場所に隠れて、毎日泣いてばかりいるんだ。それから、ぼくは先生に会えなくなる」

「誰もがそうじゃないわ」。私も泣いた。

「スズメバチと蛇王を追い出せば、先生は残れるんだよ」

涙があふれて、男の子をまったく見つめることができない。今このときまでに、もしこの世で称賛に値するものがあるとしたら、それは傷つけられたあとに襲ってくる嵐の中で、これまで通り温かい心が、おりにふれ私の手の上に降りてくることだろう。このことは私に、道がさらに遠くても歩き続けることができるのだと教えてくれた。

◆

もし地獄を体験したければ、その近道は地検に行くことだ。

半月の間、私は法律で決められた手順のために長いこと駆けずり回った。病院へ行って傷の検査を受け、派出所に行って調書をとり、その後地検の取調室でことの顚末をもう一度話した。呉検事が私の案件を担当した。年齢は私より一回り上で、見たところは、お昼に道でビニール袋を提げて弁当を買っている普通の男の人と変わらない。質問のスピードが速くて、女性警官のように調書をとるとき顔を上げてこちらを見たりせず、私に歩調を合わさせた。

呉検事は細かいところを拡大鏡を使うやり方で検査した。たとえばこんなことを尋ねた。「廖景紹が先に脱がせたのはスカートか、それとも服か」、私が「彼にオーラルセックスをしてやったのか、彼が私にオーラルセックスをしたのか」、あるいは「性的興奮を高めるためにバイブレーターを膣に挿入したか」、「途中で姿勢を変えたりしたか」、「挿入の時間は何分か」。私はこう答えた、そのときはもうお酒に酔っていたので、はっきりした記憶がないのです、でも調書や自己陳述書の中に書いているように、私は体で抵抗し口でやめてと言いましたが、こうした抵抗では事件の発生を阻止できませんでした、と。とにかく、取調室での一時間で、私はまたマイナスの経験を深めた。とくに呉検事の鋭い尋問は、鳴り響く警笛のように、背中をぎゅっと引き締めさせ、冷房が効いた部屋の中でも、わきの下と額から汗が吹き出した。

あとになってこのときのことを思い出すたびに、きまって救急車やパトカーがサイレンを鳴らして通り過ぎるのが聞こえてきた。まるで呉検事からまた尋問されているような気がして、思わず椅子に腰を下ろして深呼吸をするのだった。

まだ覚えているが、取り調べが終わる前に、のっぺら顔の呉検事が突然眉をピンと立てて、補足質問をした。「あなたはそのとき処女でしたか？　それ以前に性的経験はありましたか？」

私はぽかんとして、どう答えていいかわからなかった。

このとき、ずっとうつむいて取調室の会話をキーボードで記録していた書記官が、作業の手を止めた。

書記官は速記記録専用の「追音輸入法」を使っていて、ひと昔前の携帯電話のように、一つのキーが複数の注音符号を持ち、一度に三つのキーを押すことができた。たとえば「我」の注音「ㄨㄛˇ」は同時に三つのキーで入力できた。取調室の会話記録は、ただちに私の前方のパソコンのディスプレイに表示された。このときディスプレイの記録が停止し、入力状態になっている拡大文字の「処女でしたか？」で止まっていた。

この質問はいったい呉検事が自分のためにしているのか、それとも案件のためにしているのか？　たとえ後者であっても、どこに意味があるのだろう？　私の答えを待っている間、そばにいた法警＊が私をにらみつけたので、無理やり答えを引き出そうとしているように見えた。呉検事がとうとう我慢できなくなり、テーブルをトントンと叩いて、答えるようにせかした。

「検察官先生《けんじさん》、この質問はとても答えにくいです」。私はこう言って、取り調べに同行してくれ

＊法院司法警察の略。裁判所や検察庁関連の業務を専門に行なう警察。

た被害者支援のソーシャルワーカーを振り返った。ソーシャルワーカーはちょっと肩をすくめた。

「検座《けんじどの》と呼びなさい」。法警が私を見ながら言い、その視線は鋭かった。

私は問い返した。「この質問は事件と関係があるのですか?」

「私が尋ねていることに答えるように。あなたは処女でしたか?」呉検事は黒地に紫の縁取りのあるガウンを下へちょっと引っ張った。それは尊敬と正義を象徴していて、少しでも嫌疑があれば罪を悔やませる色だ。

私はちょっとの間、言葉に詰まった。「とても答えにくいのですが……」

「いいでしょう、私が無理やり言わせたと言わないでくださいよ」。呉検事は病院の検査票を手に取って言った、「ここには、あなたの処女膜は八時の方向に裂傷があるとありますが、これが古い傷なのか、それとも外から力が加わってできた新しい傷なのか説明がない。なんなら、病院に行って再検査しますか」

検診の過程を思い出すと、私はもう行きたくなかったので、すぐに言った。「処女ではありません」

「何回したことがありますか?」

「なんですって?」

「毎回私に質問の意味を説明させないでください、いいですか? 率直に答えてください」

「百回くらい」

「同じ人と?」呉検事が私をにらみつけていた。

「いいえ」。私はうつむいた。

「何人？」

「三人です」

「行きずりの関係は？」

「ありません」

「廖景紹を召喚することになるでしょう」。呉検事は退室前に言った、「召喚状がまもなく彼の家に届きます」


それは最後の審判の経験だった。尋問したのは神ではなく、サタンで、死神の鎌を首に押し付けて答えを無理やり引き出した。もし選択するときがあるなら、私はどんな宗教にも帰依しない。死後にまたどこかの部署で自分が犯した罪の責任を審査されるのはごめんだ。たとえ神の眼差しで「無言の尋問」を受けて見抜かれてもやはり不快な気持ちにさせられる。

検察署を出たとき、神経がまだこわばったままで、歩みもぎこちなく、わきの下にじっとりと汗をかいていた。太陽の光の下で、美しく茂ったナンキンハゼの街路樹が続いていた。それらは静かに立ち並び、若々しい緑色の葉をつけて、何も言わないけれども夏の日の思いを言い尽くしていた。これらの樹々を見ていると、気持ちがしだいに落ち着いてきて、涙がようやく安心してこぼれ落ちた。もし暖かい涙が気づかせてくれなかったら、自分がまだ凍りついた地獄にいると思っただろう。

呉検事は廖景紹を召喚して尋問すると言った。廖景紹はフタをした茶瓶のように謎多き男で、彼の母親でさえ、その持ち手がどこについているかわからなかった。彼は召喚状を受け取ると、やっと加熱されて熱くなり、気もそぞろに椅子に腰かけ、びくびくしながらご飯を食べ、赤信号に車を突っこんだ。それからいらいらして召喚状に書かれた開廷の日を眺めていたが、そのくせ人前ではまだ羽振りのいい若旦那のふりをし続けた。もし下着のパンツのような私物まで母親が買い揃えているのを知れば、廖景紹が標準的な「ママっ子」なのはすぐわかる。事態の収拾がつかなくなると園長ママのお出ましとなる。この炎は瞬く間に幼稚園全体に広がるだろうが、園長は消火器の性質を持っているので、ひとたび噴射しはじめると中の感情の泡をすべて噴き出してしまわないと気が済まない。でもいったい火を消すのか、それとも火勢を助長するのかは、誰にもわからない。

まさに小車が私のために仇を討つと宣言してくれた翌週、炎はついに幼稚園まで延焼し、園内は低気圧の空気に包まれた。暴風の中心は三日間休暇をとっていた園長だ。彼女は十時ごろやってくると、ぷりぷり怒って、まず正門の守衛をこっぴどく叱りつけた。あんたはいつも目を開けて新聞を読んでいるか、目を閉じて居眠りをしているかのどっちかね、年末にはいっそ警備会社との契約を打ち切ってやるわ。そのあと彼女は、一階のロビーにかかっている新しい蜘蛛の巣が絶対に去年のハロウィンの飾りではないこと、やや白目をむいている活動報告の自分の写真が展示ボードに貼られたままになっていること、さらには事務机の上の財宝を招き入れる万年青《おもと》が今にも枯れそうになっているのを発見したが、いちばん腹が立ったのは、先週下まぶたのたるみを切除したのに誰も褒めてくれないことだった。彼女はカッカしながら思った、幼稚園の先生たちはみんな飯桶膿包《のうなし》になったのか？

そこで、園長は十時半の中休みを利用して、放送マイクを手に持ち、園の全教職員に集合をかけて、自ら手本を示した。ホウキを投げて蜘蛛の巣をどうやって払い落とすか、万年青の枯れた部分をどうやって切り取るか、さらには白目をむいている写真をどうやって細かく引き破るかを教えてから、最後に、自分の下まぶたを指さして、こう言った。「あなたたちねぇ、この世界にある美しいものをしっかり見つめるべきでしょうが、私の体のほんのちょっとした変化も含めてね。それはここの美しいものを傷つけたり、ここの美しいものを壊したりすることじゃないのよ」

園長はぷりぷりしながら話したので、アイラインが涙でぼやけてしまい、下まぶただけがますます浮きあがった。みんなは彼女が五万元を払って目の下のたるみを切除したニュースをよく知っていた。この種のことはＬＩＮＥであっという間に広まるもので、どこの病院で、どの医者が、いくらでやったかなどすべて書きこみがあり、中にはすでに術後の様子を見てマイナス評価をしている者もいた。

みんなはしんと押し黙り、まるで靴のコンテストみたいに、うつむいて互いの靴のデザインを見ていた。中に何人かとても誠実に媚びへつらう者がいて、張り切って悲しんで、鼻の穴をぴくぴくさせていた。とりわけ涙はしっかりこの場の空気と歩調を合わせて、飛んだり跳ねたりしながらこぼれ落ちた。みんなは自分で自分の手を握りしめて、悲しいふりをした。

「あなた啥潲《なぜ》泣いてるの？　哭爸《バカ》じゃないの！」園長は台湾語で大いに叱りつけた。

泣いていた女の先生は叱られたのを聞いて、言った。「私はただこの美しい環境が破壊されると思うと、とても残念なんです」

「あなたが哭爸哭母《泣いてさわぐ》ことじゃありません」。園長は声を大きくして、「ここで哭枵《さわぎたてること》ができるのは私だけです。ここが潰れたら、私はここに葬られる。で、あなたたちは残ってくれるの？　どう？　どうせさっさと逃げ出すくせに」と言った。

「園長、私たちはあなたのそばにいます」。こう言ったのはいちばんベテランの先生だ。「もういいわ、みんな仕事に戻りなさい」

「残って園長のそばにいます」。女の先生が何人か口々に追随したが、この鉄の女が今日なぜ崩れてしまったのかは依然として謎だった。

「あなたたちが戻らないなら、わかった、私が戻ればいいのね」。園長は振り返りもせずに執務室に戻り、あとには顔に驚きと戸惑いを浮かべている教職員が残された。

園長は執務室に閉じこもったきり、昼になってもお昼を食べに出てこなかった。ときどきガラスのコップが地面に叩きつけられて割れる音が聞こえ、ときどきわっと甲高い泣き声が聞こえてきた。子どもたちは「蛇王」が、ちょうど映画の「バットマン」に登場するジョーカーのように変身の術の修行中で、化学薬品の中に浸かって自分を苦しめているのだとデマを飛ばした。しかし、園長の怒りは私に向けられているのがそれとなくわかった。大勢の人の前では鼻息を押し殺して事を進めているだけで、ひとたび時期が到来すれば鞘から刀を抜いて私をめった切りにするだろう。案の定、午後三時に、携帯の着信音が鳴り、園長が私を部屋に呼びつけた。ついに正面対決の時が来た。

園長は髪をとかしつけ、化粧をして、やつれた顔を隠していたので、五万元でたるみを切り取った下まぶたがますます際立って目を引いた。牛皮のソファーに深々と身を沈めていて、背筋をまっすぐ伸ばして三十センチ前の方に浅く座るいつもの高貴な姿勢とはうって変わり、体がそうとう疲れているのが見てとれた。

「若い人たちはね、あちこち遊びまわったり、ゴロゴロしたり、どう遊んでもいいの、でも根も葉もない罪を人に着せていいわけがない、そうでしょ！」園長は椅子を指さして、私に腰かけさせた。

「私は誰にも無実の罪など着せていません」。私は警戒を強めた。

「あなたが無実の罪を着せたなんて私言ったかしら、自分にあてはめて考えないことね。でも、あなたは誤解していると思うのよ。景紹って子はね、とってもいい子で、悪いことはしたことがないの。忘れもしない、あの子が中学生のとき、私が車で学校まで送迎していたら、途中であの子が弱って息絶え絶えの犬を見つけて、助けると言ってきかなくてね。車を駆け下りると、オーバーを脱いで犬を抱きかかえて、私に動物病院に行くようにせかしたことがあった。なんて情け深い子でしょう、とても寒かったのに、自分のことはおかまいなく、たとえ自分が凍えても、犬には寒い思いをさせまいとしたのよ。こんな子が、たとえ将来役に立つ人間になれなくても、人を傷つけるようなことをするわけがない、そうでしょ！」

「ええ」。私は同意したけれど、心では別のことを考えていた。母と子の間に最も大きな溝をつくるのは嘘だ。廖景紹は犬のことを私に話したことがあるが、実は計略に満ちたものだった。彼は言った、その日学校で試験があって、どうにも逃げられないと思っているときにタイミングよく道端に病気の犬が目に留まって、なんとかうまい口実を見つけることができたのだと。廖景紹はまたこうも言った、青春時代に、いや、すべての人生において、いつも「ある女」と誠実と嘘の「いないいないばぁ」の遊びをやっていると。そして今、その「ある女」が私の目の前にいた。

「私は、あなたがこの子に援助の手を差し伸べることができると期待しているのよ」

「私には力がありません」

「いえ、あなたが手を差し伸べて、検察官に告訴を取り下げると言いさえすれば、すべてを最初から始めることができるのよ。この肝心な点を、あなたは若すぎて理解できなくて、聞き入れられないのかもしれないけど、どう言ったらいいかしら！　いいでしょう、言い方を変えて言うわ。私は誠実に話しているの、ほんとうにあなたが好きで、廖景紹とは恋人の関係であってほしいとずっと願ってきた。恋人は『寝床の頭でけんかしても、寝床の足元ですぐに仲直りする』って言うじゃない？」

「私たちは合いません、今も、そして今後も」

「わかったわ！　たとえ縁がなくても、仲たがいすることもないでしょう。先週の金曜日、あの子が突然一緒に地検に行ってほしいと言ってきたのよ。あの子は道中ずっと緊張しっぱなしで、最後にようやくこう言ったの、あなたとの間でとても大きな誤解があるって」

「私は彼のことを誤解していません」

「してるわよ」。園長が大声で怒鳴ったので、私はびっくりして、空気が瞬時に重苦しくなった。数秒の沈黙のあと、彼女はその怒鳴り声で発言権を得て、涙が再び下まぶたの上を滑り落ちた。

「最後まで聞きなさい」

　事の次第はこうだ。園長は道すがら廖景紹が話し終わるまで聞くと、死ぬほど緊張して、慌てて知り合いの弁護士に連絡を取った。弁護士は廖景紹の潔白を擁護し、誤解だと認定すると、取調室で検事から尋問されたときには、なにがあっても、ひたすら「黙秘します」と言うようにアドバイスをした。弁護士はそのあとすぐに駆け付けてきた。結果、検事は単独で廖景紹を取り調べ、「犯行は確定している」という厳しい口調で尋問を行なった。外で待っていた園長にも分厚いドアを隔てて、室内の不安を感じ取ることができ、そのうえ検事が大声で怒鳴る声まで聞こえてきた。「君は十八回も黙秘すると言っておるが、私をバカにしているのか！　とことん君と遊んでやるが、これ以上黙秘を続けたら勾留するからな」。驚いた廖景紹は言った。「……あんたが……黙秘しろ」。その結果、彼は法警に手錠をはめられて連行された。検事は二時間かけて起訴状を書いて彼を勾留し、故意にその日の夕方まで引き延ばして、人と起訴状を裁判所に送った。このため廖景紹は土曜日の朝まで拘束され、それから担当の裁判官による勾留審議が行なわれ、逃亡の心配がないということで、その場で釈放されたのだった。

私はようやく園長の焦りと不安がわかった。廖景紹がひと晩勾留されて釈放されたことが、園長には途方もなく大きな打撃となり、和解にこぎつけようと焦っているのだ。これを聞いて私は呉検事を見直し、先般の不当に人の気分を害した罪を、今少しだけ許す気になった。

「たった今あなたのお母さんと電話で話したところよ」。園長は言った、「私たちはずいぶん長い時間電話で話したわ。彼女も、すべてが誤解で、想像するほど複雑ではないはずだと思っているけど、やっぱりあなたの考えを聞いてみるべきだって。あなたの意志を尊重するってことのようね！」

「誤解？」私はわかった。

「もちろん誤解よ、景紹に悪意はなかったし、それにあなたに選択の余地はない」。彼女は修正テープで、起こったことを塗りつぶそうとしている。

私はわかった。執務室に入る前にマナーモードに切り替えていた携帯電話から、ずっと振動音がしていた。ディスプレイをタッチすると、母からの電話が五件、不在着信になっている。

園長が口を差しはさんだ。「私とあなたのお母さんの考えは同じで、あなたから検事にこの間に誤解があったと言って、直ちに訴訟を取り下げてほしいの。ほんとうよ、信じないならお母さんに電話してみるといい」

「条件は？」

「なんですって？」

「あなたたち何を話したの、もしあなたが条件を示していなかったら、母さんが引き下がるはずがない」

園長は深く沈んだソファーから立ち上がり、近づいて来ると「さすがにたちの悪い娘だけあって母親の悪だくみはお見通しね」という目つきで私を見ながら、微笑んで言った。「あなたのお母さんはとても有能で、優秀だから、園に戻って手伝ってほしいと思ってるの。財務長という仕事は彼女にぴったり、そうでしょう！」

「それから？　母は優秀で、有能だから、条件はこれだけではないはずよ」

「もちろん」

「言ってみて、私も知りたいわ」

「三十万元の和解金」。園長は二本の指を立てて「それをエルメスのケリーバックに入れてあなたにあげてもいいのよ」と言った。

「母さんはほんとうにこれだけしか言わなかった？」私はよくわかっている。母の考えの中で、私の今回の裁判沙汰は、進んでは攻め、退いては守る、絶好の駒なのだ。

「信じないなら、電話してみなさい」。園長はまた私に指図した、「あなたたちはこれ以上拗蠻《おうぼう》なことはできませんよ、特にあなた、聞き苦しい話をするけれど、酔っぱらってやられたのなら痛くないはずよ、そうでしょ！」

頭がガーンとした。まさに陽岱鋼《ヤン・ダイガン》の強烈なホームランを打ったバットが命中したかのように。酔った体でレイプされれば、痛くないかもしれない、何かを意識することさえないかもしれない。でもほんとうの痛みは、人に体を踏みつけにされて威圧的にふるまわれ、支配され、解釈され、ほかに選択の余地がないまでにすべてを受け入れさせられ、さらにこれらの条件が飲めないならこの社会から出て行けと命令されることだ。その人とは園長であり、私の目の前に立って、冷ややかな目で私を見ている人だ。

この目つきは私に柳川の土手の外で起きた犬殺し事件を思い出させた。柳川はコンクリートで護岸された河川で、特殊な「溝の中の溝」の構造をしていて、平坦なコンクリートの河道《かどう》の中に幅約一メートルの低水路がつくられている。普段、水の流れが少ないときは、この低水路は水の流れをスムーズにする役目を果たし、雨季が来ると、柳川はコンクリートでできた大きな溝のように洪水を排水する。この低水路より一段高い高水敷《こうすいじき》に降りて歩く人はほとんどいなかったが、一人いつもそこで犬を散歩させている男がいて、高水敷はその人のゴミ、犬の糞、たばこの吸い殻でいっぱいだった。犬の飼い主はその黒い雑種犬をあまりかまってやらず、ときどきまだ火がついているタバコを犬に向けて弾き飛ばしていた。犬殺し事件は私が九歳のころに起きた。一人で柳川橋を渡っているとき、橋の下からくぐもった打撃音が聞こえてきた。冬にお日様に当てて干している布団を叩く音に少し似ていた。顔を突き出してのぞいてみると、飼い主が野球のバットで犬を打ちつけているのが見えた。黒い犬は悲鳴をあげていなかった。飼い主がロープで犬の首をきつく縛り、そのロープを足で踏みつけていたから、黒い犬は地面で体をしきりに左右に振ってもがきながら打たれていた。その棒は最後は犬の頭に振り下ろされ、強い力が入っていたので、頭蓋骨が砕ける音がした。黒い犬は静かにコンクリートの高水敷に横たわり、あたりに血が広がった。とても濃い血だった。私はにわかに緊張し、肩が盛り上がってきて、指の爪をむしりながら、死んだ犬の目が橋の上の私を見ているのを眺めていた。その透き通った目に青空を詰めることもできただろうに、今は死と涙しか詰めることができなくなった。飼い主がタバコに火をつけて、煙を吐きだし、上を見た。上に漂ってきた濃い煙の中で、男の冷たい目が私をにらみつけているのが見えた。もう一度びっくりして、逃げる力もなく、男が死んだ犬を柳川に蹴り入れるのを見ていた。そのあと男が、川岸の階段を上がって、川の土手の歩道を歩いて来た。その間ずっと、男はあの氷のような目で私を見つめ続け、半メートルを切るところまでその目が近づいてきた。なぜだかわからないが、私は逃げる勇気もなく、まるで浴槽の栓を抜いたときのように、全身の力が恐怖の渦に抜き取られていき、そのうえ恐ろしくてがちがち音を立てて震えていた。その冷ややかな目は二つの渦で、私をにらみつけていた。男は私の上着をめくりあげ、手を伸ばして乳首をぎゅっとつかんで、言った、「ちっちぇえな、犬のよりも小さい」。それから立ち去った。私は橋の上に長い間立ちつくし、頭の中は恐怖でいっぱいだった。

今、この恐怖が再び体の中に充満し、それが強烈な憤怒に変わって、低血糖による体の震えと脱力感があらわれた。私は憎々しげに園長をにらみつけて、両手で爪をむしりながら、理性を失った声で彼女に言った。「あなたもレイプされればいいのよ」

この瞬間、音が消え、水を打ったように静かになった。

「聞き違いでないことを願うわ」と園長は言って、冷ややかな目で私を見た。

「私はちょうどその苦痛を身をもって体験しているところなの、あなたもそうだといい」

さらに静かになり、あとは互いににらみつけるだけになった。そして園長が言った。「レイプは、女ならだれもが通る道よ」

「……」

「セックスをするのに、毎回自分の同意がいる女なんているのかしらね」

「……」

「あなたの阿嬤、あなたの母親、あなた自身、私の一族の女たちも、みんな自分の夫から無理やりされたことがある」

「……」

「私にレイプの経験がないと思わないでちょうだい、それも夫とかではなくて、腐った男からよ。あなたの望みを私はもう叶えているわ」。園長は冷たく言った、「私は耐えぬいた、あなたみたいにそれで人を追い詰めたりせずにね」

このとき園長の携帯から、呼び出し音に設定している陶子《タオズ》の歌声が流れ、何度も「ああ！　私はバカで間抜け、ただわめくだけの小心者さ」というフレーズが繰り返された。この着うたは母に割り当てられたものだ。園長の冷たいナイフのような視線は私の顔に刺さったままで、私の顔はまな板のようだった。園長は振り返らずに後ろに下がり、机の上の携帯を取った。「ちょうどあなたの娘さんと話しているところ、彼女は同意したわ。この件は決まりね。じゃあ、彼女に確認をとってちょうだい」

園長が差し出したアイフォンを受け取ったとき、ディスプレイに示された母親のニックネームが「アバズレ1号」になっているのがちらっと見えた。私は言った、「母さん、話はまとまった?」

母は電話の向こう側で言った、「これは強制ではないのよ、あなたにつらい思いをさせたくないからなの、これから先裁判所に何度も行き来しなければならなくなるでしょ。この件を早く終わらせることができれば、あなたをそれだけ早く普段の生活に戻せると思ったの」

「母さん、私だって正常な道に戻りたい」

「そうよ! 『大事は小事にくい止め、小事はなかったことにする』のよ」

「でも、母さんが提示した条件はよくないわ、だって母さんのアバズレかたが足りなくて、人前で騒ぎ立てる臆病者にしかなれてないもの」。私の怒りはおさまらず、反対にますます強くなってきた。さらに、母の驚いた反応が伝わってきたし、園長の冷ややかな目つきが怒りの炎に変わるのも見えた。そのうえ、私の次の言葉を聞くと、園長は怒りを爆発させて顔が真っ赤になった。私は言った、「母さん、もっとやらなきゃ、なぜってこの電話では母さんのニックネームは『アバズレ1号』になっているのよ、ニックネームに恥じないようにやらなくちゃ。母さんは三百万の和解金と、それから、戻って園長になることを要求すべきよ、そうじゃない? これは母さんがいちばんやりたい大仕事でしょ」

「なんですって、からかうのはよしてよ」

「私、本気よ」。携帯を切って、園長に返した。「母さんの考えはとてもシンプルで、園に戻って園長になること、さもなくば交渉は打ち切り。そしてあなたは、自、主、的に、辞、職する」

園長は私が強調した「自主的に辞職する」を聞くと、怒りの炎を吹き出して、私の給料の一カ月分はする携帯を、床に激しく叩きつけ、調停も粉々に決裂した。破片が飛び散ったあと、窓の外からなにやら騒々しい声が聞こえてきて、児童たちの泣き叫ぶ声が幼稚園を占拠した。当直の幼稚園の先生が駆けこんできて「子どもたちが全員下痢をしている」と言ったので、この着地点の見つからない冷たい会話は終わりを告げた。幼稚園は対立の地盤になっていて、誰かがここを去らねばならない。それは私であるべきだ。ゴシップとひそひそ話と諦めで今にも溺死させられそうな低酸素の環境を離れるのだ。

園長の執務室を出ると、席に戻って家に持ち帰る荷物をまとめ、幼い泣き声と不安が充満する幼稚園を離れた。子どもたちがあちこち駆けまわり、トイレは人でいっぱいだった。どのトイレの前にも五、六人が列をつくって並び、一つの便器を五人でかわるがわる使っていたが、みんなは早くパンツを下ろして尻を出したくてたまらないふうだった。小車は年長クラスの園児と一緒に砂場に走って行って穴を掘り、ケラケラ笑いながらそこにしゃがんで下痢をしまくっていたが、砂場がとうとう猫砂になってしまった、こうなるんじゃないかとずいぶん前から思ってたんだ、と笑って言った。

私は両手で荷物を持って、中庭に置かれている午後のおやつの仙草ゼリーが入った鍋の横を通り過ぎた。黒いシロップの中にきっと何か特別なものが混ぜられたに違いない。

小車の復讐は完成したけれど、私は失敗して、この地を離れるしかなくなった。

この世界の暗黒がすでに形づくられたのだ。

第2章

七人の女と一匹の犬

その年の夏は、ほかのすべての夏と同じようにじっとりと蒸し暑かった。違うのは私が仕事を辞めて、これまで経験したことのない苦境に陥り、そのうえ母との関係に変化が生じたことだ。あの「アバズレ1号」の調停電話が母娘関係を引き裂き、母は私と祖母にさっさと家から出ていくよう要求した。母は恋人のところから家に戻って、一人で冷静に、じっくり考えてみたいと思った。自分の人生はこれから先どうすべきかと。

「私の人生はどうすべきか？」この言葉はもっと私の心にまとわりついて離れなかった。このときの私は、何をやってもちぐはぐで、しばしば方向が見つからず、生活のリズムが崩れた。眠り慣れているベッドに三時間も横になってようやく眠りにつけたというのに、まだ夜も明けやらぬうちから起きだして階下の朝食店が忙しく働いているのを眺めたりした。食器乾燥機に入れたはずのフランス製のマグカップがなくなり、ずいぶん探した挙句に食器乾燥機の隅で見つかった。ぼんやりしてハンドクリームで歯を磨き、歯磨き粉で顔を洗い、鏡に向かって呆然とする時間が長くなった。アメリカのドラマ『ゴシップガール』をもう一度見直すと、セレブ学校の腐ったゴシップと安っぽい愛情につくづく嫌気がさした。外出しようとエレベーターに乗ったのに下りのボタンを押し忘れ、エレベーターが動きだして六階で止まった。銃を手に突入してきたちびっこのストームトルーパーがあらわれて、なぜ泣いているのかと尋ね、それから戦利品をぜんぶ私にくれた。

私はまたエレベーターに乗って部屋に戻り、ポケットの中から、ヤツデアオギリの種を三粒、鍵リングを一つ、名刺を五枚、小さな鉄製のペーパークリップを二個、それにたくさんの細々としたものを取り出した。二センチほどのハート形の木片は一年前にちびっこのストームトルーパーが私から巻き上げたものだ。幼稚園のお楽しみ会で買ったもので、当時の私の顔には幸せと陽光と微笑みがあった。ますます幸せになる道に向かって前進し、どんな障害物でも乗り越える力があると信じていたから、エレベーターの中でちびっこのストームトルーパーに喜んで巻き上げられたのだった。今の私は、自分でもうまく言えないある種の幸せを失い、静けさを恐れ、そのうえ自分に対して我慢ならなかった。

「出よう！　今が出発の時だ」と祖母が言った。

「どこに行くの？」

「とにかくここを離れよう、私に任せなさい」。祖母は引越し屋に電話をかけ、それから振り向いて私に通達を出した。「三十分後に出発する、出発は新しい始まりだ」

「たったの三十分？」こんな短時間では、どうやっても荷造りは無理だし、たとえ半月もらってもできそうもない。それに、母が私に出て行けと言ったのは腹立ちまぎれの言葉だ。ここ数年、母のどの言葉の裏にも氷山のように冷たい意味がこめられているのを感じとることができたけれど、母は絶対に私を追い出すつもりはなく、せいぜい祖母に早く消え失せろと暗示したにすぎない。

「こう考えたらどう？　自分には今とにかく三十分ある、持っていける物ではなくて、自分が持って行きたい物をしっかり選ぶんだとね」

「どれも持っていきたい」

「順番があるでしょ！　十個、いちばん必要な物を十個選びなさい、そんなに時間をかけるまでもない」

「わかった！」私は背を向けて部屋に戻って整理をした。

「もっと数を減らしてもいいよ」

「そんなの無理。仕事に出るときだって何やかや持って行ってたんだから」

「物が多いのは安心のためで、ほとんど使わない、そうでしょ！」祖母は言った、「じゃあこうしよう、八つにしなさい。引越し屋がもうじきやって来るからね」

ドアのブザーが鳴った。祖母がドアを開けて出迎え、それから振り向いて私に大きな声で言った。「人がもう来たから、三つにしておきなさい」

ドアのところに五人の老女と一匹の老犬があらわれた。このまえ祖母の遺品を運んできた銀髪族だ。彼女たちはリビングに入るとまるで自分の家に帰って来たかのようにふるまった。二人はソファーに腰かけて、テレビをつけると、さっそく台湾語の昼ドラを見るか、それともタレントの胡瓜《フーグァ》がやっているバラエティー番組を見るかで口げんかを始めた。一人の老女は冷蔵庫のドアを開けて、果物の種類を点検してから、他人のことはお構いなしに勝手にしゃがんでグァバを食べ出し、実が固いと文句を言いながら、吠えている老犬に向かって自分はただしゃがんでいるだけで何でもないんだよ、と言った。さらにもう一人の老女はやっとトイレを見つけたものの、今度は出て行くドアが見つからないのか、中で長いこと痔と闘っていた。あのエクボのある女の人は、祖母とベランダでおしゃべりをしていたが、話をしないときは、ただひたすら空を眺めていた。二人の横を時間が静かに流れ、青空を見つめるのが心の安らぎになるようだった。

これらの人たちにリモコンや、冷蔵庫のドアや、トイレをいじって壊さないでと言うだけで、私は荷造りに集中できなくなった。とうとう祖母に急かされて、タブレットPC、オールインワンの化粧品一組、通帳三冊、四十八組の服の荷造りをようやく終えると、今度は老女たちから仙女でさえ四十八枚も人の皮は持って行かないと言われてしまった。彼女たちは細かいことにあれこれ口出しして、私のお気に入りの四十組の服を取り出すと、私が微笑んで応えたのに、なんとそれらをぜんぶクローゼットに戻してしまった。

祖母がリビングに戻って、命令を下した。「死道友《シードユゥ》＊、休憩はこれくらいにして、荷物を運び出すよ！」

家に入ってきたときから、私は彼女たちと祖母の関係が相当なものだと見て取った。互いに「死道友」と風変わりな呼称で呼び合い、冗談を言い合っているけれどどこかぎくしゃくしたところもあった。それに祖母がみんなのリーダーだということにも気づいた。祖母は口数が少なく、あまり怒らず、あまり笑わなかったけれど、みんなはほとんど彼女に従った。それで、祖母がここを出る命令を出すと、便器の水が流れる音がしはじめ、まだ食べ終えていないグァバをポケットにしまい、唯一テレビ番組だけが胡瓜のお笑いネタのせいで二分間延長してからスイッチが切られた。みんなは立ち上がって仕事を始めた。

「このテレビはいくらした？」おばさんの一人が尋ねた。

ナショナルの三十二インチ液晶テレビは、チューナーユニットが付いていて、画質はクリアーで、私の給料の一カ月と半分の値段がした。「四万元ちょっと」と私は言った。

「あんたが買ったのは確かなの？　あんたの母さんが買ったのではないんだね」

「そうよ」

「私たち二人が運び出すのを手伝うよ」。そのおばさんはさっきチャンネル争いをした老人に手伝うよう声をかけた。

私は決めかねた。少なくともこのテレビは私の荷物には含まれていないし、ましてこんなかさばるものを持って行きたくなかった。

「持って行きなさい」。祖母が大胆に指示した。

激しい拍手の音が鳴り響く中を、液晶テレビは回線を取り外され、二人の老女に抱えられて出て行ったが、きちんと納まっていない電気コードが地面をひきずっていた。持って行かないでと私が大声で叫んだのは、もし誰かがその電気コードを踏みつけでもしたら、テレビが間違いなく地面でその複雑な破片を披露することになるだろうと心配したからだ。だからしかたなく近寄って行ってコードをしまってあげた。

「便器が欲しい」ともう一人のおばさんが言った。

「取り外しなさい」と祖母が言った。

便器を取り外すためにおばさんがトイレに入り、私の反対を押し切って温水洗浄便座《シャワートイレ》を外そうとした。でも誤ってボタンを押したので、ノズルがモーター音とともに伸びてきて、温水を噴き出した。おばさんの顔はびしょ濡れになったが、彼女の笑顔とへたくそな取り外しの腕前を汚すことはなかった。私はまた手伝いに行った。

「冷蔵庫は？　私も欲しい」。一人のおばさんが冷蔵庫のドアを叩いている。

「私たちが運ぶのは無理」と祖母が阻止した。

＊ 利己的な人間を揶揄する言葉。台湾の俗語「死道友、無死貧道」より。

私はほっとした。でもそのおばさんは霊感が額に命中したみたいに何やら閃いて、大きな声で言った。「冷蔵庫には野菜も果物も、なんでも入っている……」

「野菜と果物だけにしておきなさい」

今回家を出るにあたり、家の中からほかにもフランス製の磁器の皿が一組、縦型扇風機が二台、抱き枕が四個、そしてペンダントなどのちょっとしたアクセサリーも運び出された。祖母は、ベランダで一緒に景色を眺めていたエクボおばさんに、何か足りないものはないかと尋ねた。幸い返事はなかった。私は思った、今となっては携帯のLINEで母にきちんと説明すべきだ、家は泥棒に入られたのではなくて、私がしばらく持って出たのだと……この理由はこじつけで、でたらめだったけれども。

家のドアを閉めるとき、ようやくこの年寄りイナゴの一群を追い出したことに、私はほっと一息ついた。ところが意外にも、たった今まで思っていた家を離れがたい気持ちがそんなに強くはないことに気づいた。

ドアを閉める前に、祖母はあのエクボおばさんに尋ねた。「どうしたの?」

「私はリビングの壁に掛かっているあの絵が欲しいわ」

それはピンクの小さなクマの絵で、二十数年間そこにかけたままになっていた。私が三歳のときに描いたものだ。当時大のお気に入りのピンクのテディベアを持っていて、自分もいつか小グマになるのだと思っていた。でも私はクマにならずに、悲しい子どもになった。

それでピンクのクマは、家出してしまった。

◆

若いころの祖母はすらりとした体つきをしていて、やや丸顔で、指はピアノ向きで細長く、二重まぶたで口元に小さなエクボがあった。私は祖母の特徴を受け継いでいた。とくに二重まぶたは、右目のほうがはっきりと大きな二重なので、右目の幅が左目より大きく見える。私が生後五カ月のとき、祖母が片方の手で私の背中をささえ、もう片方の手で髪を洗ってくれている写真がある。洗面器を使って客家の伝統の大風草《タカサゴギク》の薬湯に私を入れてくれているところで、風邪《ふうじゃ》を追い払い寒気を防ぐことができるとされていた。私が五歳のとき、祖母がその写真を見せて、写っている私の笑顔はそのとき食べていたアイスキャンデーに匹敵すると言った。それは初めて口にした安価な小美アイスクリームだったけれど、その味と譬えを今でもよく覚えている。

大人になってから、この写真を探し回ったが見つからず、それはアイスクリームのようにとけて蒸発して、私の心にとても甘いシロップを残した。私はこの写真が消えてなくなったのではなく、世界のどこかの片隅に、祖母が大切にしまっているのを知っていた。その写真の中の、カメラに向けた祖母の表情は、今の私の容貌と似ていて、目と口元のエクボが魅力的だった。私と祖母が互いに見合うと、時間の流れの概念から言えば、私が川面に年老いた自分を映して見ているようだった。

その写真を、今この広い家の中で、どさくさにまぎれて見つけたのだ。もしここが三十坪の広さの家なら、数日かければ見つかるかもしれない。でも大きな家だと話は別だ。運は言うまでもなく、運に出くわす機会さえないかもしれない。というのも、この家は一千坪もあって、恐ろしく広く、夜は鳥肌を立てながら探してもトイレが見つからないくらい広かった。もっとはっきり言えば、ここは廃棄されたプールで、その一角で、あの写真を見つけたのだった。

プールは市の中心から外れたところにあった。外見は大型のトタンの家に似ており、周囲にはトタン工場と一面に農地が広がっていた。十数年前、レジャー文化がさかんだったころ、ある人が資金を集めてプールをつくったのだが、二年間流行ったあと、交通の便が悪いのがネックになり、さらに付近の非合法の工場が悪臭のする廃ガスを排出したのが加わって、利用客が激減した。そしてプールの経営を押しつぶした最後の一本の藁《わら》となったのが、プールの監視員の発見が遅れたせいである少年が溺死してしまったことで、経営者は訴訟と賠償金の重圧を受けて、営業停止に追いこまれたのだった。

私を乗せたT３はそのまま廃棄されたプールに入り、柵が撤去されたゲートをくぐり抜けて、十八メートルの飛びこみ台がある室内スタンドにやってきた。スズメの鳴き声が響きわたり、窓から陽光が広々と注ぎこみ、観客スタンドに置かれた物干しハンガーには老女の服が干されていた。あまりに幻想的な光景が実際に目の前にあった。彼女たちは水のないプールの底面に住んでいるのだ。簡単なパーティションで間仕切りをして、個人の生活空間をつくりだし、まるでイケアの家具のショールームのようだ。この廃棄されたプールはさらに規則違反の商業行為も行なっていたらしく、地主が井戸を掘って、地下二十メートルの水をこっそり吸い上げ、水道局の半分の値段で付近の違法工場に供給していたので、プールには超大型のステンレスの水タンクがたくさんあった。私はプールの底の間仕切りした部屋と、光を反射する大きな水タンクという、まるで悪夢のような風景を眺めやった。

彼女たちは私の家から運んできた戦利品を、プールの中に置いた。電源に接続したテレビから放送中の胡瓜の大きな笑い声が流れてきた。温水洗浄便座はプールの十八の個室がある公衆トイレの一室に取り付けられ、一人のおばさんが急いでズボンを脱いで独り占めした。略奪してきた青菜は別のおばさんがあっという間に料理をして、フランス製の磁器のお皿に盛りつけると、フライ返しでプラスチックのバケツを叩いて、ご飯だよと叫んだ。トイレから出てきたおばさんは、得意げな顔をして、直径一メートルのチューブ状のスライダーをすべり降り、小さな声で絶叫しながら、柔らかいウレタンフォームのマットレスの上に落ちた。ほんとうに、今日はあまりにも夢のような一日だったので、今後はあまりたくさん驚いたり喜んだりしませんようにと祈るばかりだ。

晩ご飯を食べ終え、就寝する前に、ここに住んでいるおばさんたちを簡単に紹介しておくことにする。

コルセットおばさん。私の家で冷蔵庫をひっかきまわした人。以前、脊椎《せきつい》に骨棘《こっきょく》ができ、手術後に再発したので、長年腰にコルセットをしなければならなくなった。動作が緩慢で、グループの中でキッチンと、車の運転と、雑用を担当している。噂では若いころ、アイドルユニットの小虎隊のバックコーラスをしていたことがあるそうで、かねてより「カラOKの女帝」と呼ばれている。

黄金おばさん。あの日トイレに長いこと閉じこもり、あとで温水洗浄便座を取り外していった人。外見を気にして、顔にいつもおしろいを分厚く塗っている。噂では彼女の母親は日本人で、戦後台湾に残ったらしい。みんなは彼女が痔で苦しんでいるのを知っているが、本人は一度も認めたことがない。私がなぜ彼女のことを黄金おばさんと呼ぶのかについては、ちょっともったいつけて、またあとで説明する。

カツラおばさん。初めて我が家に荷物を運んで来たとき、カツラがごそっとズレたので、こう呼ぶ。彼女はホテルで働いていて、客室清掃を担当しているが、たまにレストランの食べ物を持ち帰って、みんなにご馳走してくれる。

回収おばさん。あの日、カツラおばさんと我が家でテレビのチャンネル争いをした人。寒いダジャレを言うのが好きなのと、資源回収が好きで、いつもビンや缶を持ち帰ってきて、いい値になるのを待ってから売っている。みんなは彼女の寒いダジャレとビンや缶、それからときたましてくる強い香水のにおいが嫌いだ。

エクボおばさん。あの日我が家のベランダで祖母と空を眺めていた人。彼女は集合住宅地区で派遣の清掃員をやっていて、隅々の汚れにものすごく敏感だ。嗅覚が異常に鋭くて、しょっちゅうくしゃみをしている。彼女はこの女たちの集団を観察するのが好きで、インスピレーションを得ると彼女がやっている演劇に取り入れている。

それに一匹の老犬。眉と体毛に白い毛が混じり、体に包帯をしている。ときどき吠えるが、声は低く、コルセットおばさんが飼っている。犬の名前は鄧麗君《テレサ・テン》と言うけれど、この犬に歌を歌わせようなんてばかなことは考えないほうがいい。

◆

コルセットおばさんから話を始めよう。私は彼女がガスの点火ボタンを押す音で目を覚ました。このことを話す前に、苦しい夜を私がいかに耐え抜いたかも、詳しく話すべきだろう。私は枕が変わると眠れないほうなので、新しい環境に身を横たえ、屋根がほとんど見えないくらい巨大な空間が目の前に広がっているのを見たとき、まるで釘のベッドの上に寝かされて、さらに誰かに金槌で胸を叩かれているような感覚に襲われた。孤独は一人で耐え忍ぶのがいちばん難しい。胸に重苦しさが鬱積し、自分はどこに行っても余計者で、生きるのがしんどく感じられてきて、また眠れなくなった。いったい自分はどうしてしまったのか、精神的につらい目にあい、仕事を失い、家からも出て行かなければならなくなるなんて。ベッドの上で自分の体が動くことにさえひどくいらいらさせられて、そっと寝返りをうった。ベッドがギシギシ音を立てると、隣の部屋にいる祖母が心配してドアをノックしに来るかもしれなかった。

どれくらい横になっていたかわからない。私は起き上がって、プールの家を這い出ると、プールの縁に沿って歩き続けた。体の中のみじめさを消耗しきってしまいたかった。お酒をぐでんぐでんになるまで飲めたらどんなにいいだろう。お酒は私を傷つけたが、お酒だけがもう一度私を壊すことができる。そうしたら、くぐもった涙声で恨み言を言い、宗教上の口業《くごう》なんか気にしないで、言いたいことをなんでもぶちまけてやる。でも今は極度にしらふで苦しみに苛まれていた。誰を怒鳴りつければいいかわからないときは、自分を責めるのがいちばんの懲罰だ。胸の中で憤怒がいっぱいになって今にも噴き出しそうになり、間違いなく、自責によって生まれた恨みが私をまるでぱんぱんに膨らんだ人型気球のようにしていた。プールの縁に沿って歩き続けていると、汗が胸元を濡らし、息が少し荒くなったけれども、眠気は少しもなかった。

プールの観客スタンドに座った。がらんとして誰もいないが、「死道友」が次々に起き出しては、片隅に歩いて行って陶器の尿瓶《しびん》に用を足した。トイレまでずいぶん距離があるので、これはいちばんの方法だ。彼女たちの放尿する音が夜には一段と大きく響き、いろいろな材質の尿瓶にあたる音がした。私はスタンドにずいぶん長い時間腰かけてから、ベッドに戻った。下から屋根を眺めていると、脳裏を意味のない場面がかすめて行く。なぜまたあの柳川の犬殺し事件を思い出したりするのだろう。川の中に蹴り入れられた死んだ黒い犬は沸き返る川の水に沿って下流へ流れて行った。私は階段を通って高水敷に降り、犬の死骸と一緒に下流へ歩いた。なぜ自分がこうするのかわからなかったけれど、犬が叩き殺されるのを目撃したのに声を上げなかったので、自分を責めて恥ずかしい気持ちになったのかもしれない。でも犬を掬い上げて埋葬したりはしなかった。ただうしろめたい気持ちでしばらく黒い犬のお供をしたいと思ったにすぎない。そのときふと自分が血を流しているのに気づいた。左の胸に血痕がついていて、Tシャツにしみこんでいる。それは犬の血で、犬を殺した男が近づいてきて、汚れた手を私の服の中に突っこんで乳首を触ったときについたのだ。急に穢れを感じ、胸元が火でやけどさせられたみたいに、慌ててしゃがんで柳川の水で血痕を洗い流した。柳川の水はとても汚くて、まるで巨大な濡れ雑巾が都会の悲しみや苦難や汚れを拭きとったあとにしぼり出した汚水のようだった。こんな水で胸元の血痕を洗っても、きれいになるはずがない。こうやって自分の体をきれいにしようとするのは縁木求魚《百害あって一利なし》だ。私はTシャツを脱いで、体についた血痕と汚水を拭きとり、服を川に捨てた。服は静水池で渦を巻いて、黒い犬の死骸と一緒にさらに下流へ流れていった。私は一人で上半身裸のまま高水敷に立っていた。車が通りすぎる音と水が流れる音が突然騒がしくなり、夕方のコウモリが乱れ飛んでいた。その年、私は九歳だった。何かが去って二度と戻って来ることはなかった。

おそらく黒い犬の死体が流れに沿ってさらに五キロ流されて行くのを想像しているうちに眠りに入ったのだろう。そのあとガスコンロに点火する音で目を覚ました。「チッチッチッ！　ボッ！」点火音に驚いて目を開けると、慌てて自分が汚水と一緒に流れている犬の死体だと思いこんで、もがいて起き上がろうとしたがすでに命はなくなっていた。すっかり夜は明けて、真っ青な空がひろがり、陽光がどうしようもないほど輝いていた。天井の横梁《よこばり》にはスズメがチッチッと鳴いている。なんていやな日だろう、人生の片隅にあった暗部を無理やり引っ張りだすなんて。

ベッドに横になったまま、十分ほどごろごろしてからようやく体を起こすと、携帯が見つからない。ふだんは目覚まし代わりに使っているので、手が届く範囲に置いている。今日、それがめずらしく静かなのは、なんと失踪したからだった。どこに行ったのかしら？　現代文明の最大の焦りはベッドから起きたあとの心が安らぐおしゃぶり——携帯が見つからないことだ。

私は寝室からキッチンへ歩いて行った。とは言ってもこの間にくねくねした通路はなく、およそ一メートル半の高さの簡易パーティションをいくつか迂回して行けばよかった。キッチンはプール側面の壁のところにあった。コルセットおばさんが言った、彼女たちのいつもの朝食は饅頭《マントウ》に卵を挟んだもので、これに茶碗半分のビタミン剤と抗うつ剤の「百解憂」を付け足す人もいれば、グルコサミン飲料を飲む人、自分の尿を飲む人もいると。今日はお客さんを歓迎して、ミックス野菜と豚肉の粥をつくってくれるという。

「私は百解憂のほうが好きよ」。私はけだるそうに答え、急に目を大きく開けて、「誰がおしっこを飲むの？」と尋ねた。

「尿療法だよ、みみっちくガラクタを回収しているあの人さ、彼女にはこの趣味があるんだ」。コルセットおばさんが肩をちょっとすくめて言った、「そうだ、あんたの物が圧力なべの中で、ずっとピーピー鳴りっぱなしだ、もう煮えたはずだ」

　圧力なべの取っ手を力いっぱいひねって密閉された蓋を開けてみると、聞きなれた目覚まし音が聞こえてきた。携帯は圧力なべの中に横たわっていた。携帯に表示された時間から、一時間鳴り続けていたのがわかる。

「うるさくてみんなを起こすところだったのに、あんただけは目が覚めない。私だって止め方を知らないから、仕方なく圧力なべの中に閉じこめたのさ」

　申しわけない気持ちでいっぱいになった。携帯の画面をスライドさせてみると、内容が新しくなった長輩図＊以外、ほかに重要なＬＩＮＥのメッセージはなかった。六年間働いたあの幼稚園の先生たちは、私が裁判沙汰を引き起こしたので、グループを抜けて別のＬＩＮＥをつくり、私一人が取り残された。現代人として最大の不安は、携帯を取り戻したあと、自分がみんなの外に隔離され、会話をしてくれる人が誰もいないことを知ることだ。反対に私がフェイスブックで参加した「月亮杯《ムーンカップ》」という非公開の討論グループでは、多くの人がその価格と使用方法を尋ねてきたので、今後私には回答する時間がたくさんできたことになる。私はムーンカップという月経カップの愛用者だ。それは高級医療用シリコーンでできたカップ状のもので、膣に挿入して、経血をたっぷり溜めることができる、生理用タンポンにとってかわるものだ。これはまさに女性への福音と言ってよかった。

「携帯はろくでもないしろものだ。見あたらないと必死に探すが、見つかったら見つかったでぼーっと眺めている」。コルセットおばさんは立ち上がると、冷蔵庫のところに行って食材を取り、それから老犬に言った、「やれやれ！　携帯は査埔人《男》じゃないんだから、一日中べったりくっついてなくてもいいのにね、そうだろ！　鄧麗君も一生結婚しなかったし！」

「犬が結婚するの？」

「私が言っている鄧麗君は歌手のほうさ、鄧小平だって彼女の歌が好きだったんだよ、でも彼女は一生結婚しなかった。あんたたち若い人は鄧麗君の歌なんてほとんど聞かなくなったんだろうね。さあ、朝ごはんができたよ、食べなさい！」コルセットおばさんが朝ごはんを持ってきて、のぞきこんで言った。「へぇ、トイレの詰まりを直すパッコンバーが好きなのかい」

私は顔を上げて、携帯の中の写真を見せながら「これは月亮杯と言って、パッコンバーじゃないのよ」と言った。

「酒杯だったんだね！　とてもきれいだ」

「そうとも言えるわね、ある人が初めて使ったとき、手に取って中の血を飲みほしたそうよ」。これは実話だったが、コルセットおばさんとこれ以上月経カップについておしゃべりをするのは難しい気がした。これを世代の違いというのだろう。つまり、コルセットおばさんは鄧麗君の歌をぜんぶ歌うことができるけれど、私は名前くらいしか知らないようなものだ。

私がしゃべらなくなると、しばらくして彼女は話題を変えて私にまといつき、いつ家に帰るのかと訊いた。私は言った、ここのベッドが合わなくて眠れないから、確かに家のあのベッドが少

＊年配者のＬＩＮＥで流行している、人の平安・幸福を祈る言葉が書かれた画像。

し恋しいわ。すると彼女は即座に胸を叩いて、もしあんたが家に戻ったときに使い慣れた枕を取ってくるなら、中によく日に干した茶殻を詰めてあげよう、眠りの神様のご加護で、目が覚めたらもう朝になっていること請け合いだ、と言った。そのあと、彼女は私を見るだけで何も言わず、顔いっぱいに笑顔としわと期待を浮かべていた。このとき彼女の後ろの冷蔵庫のコンプレッサーが音を立てて、ウオンウオンと響き、私の思考もウオンウオンと響いてつながった。コルセットおばさんが私の帰宅を望むのは、我が家のツードア冷蔵庫をこっちに持ってきて、目の前のスタンド型の業務用冷蔵庫と取り換えたいからだ。業務用冷蔵庫は軽食屋がよく使っている、小皿料理やビール、コーラを冷蔵するものなので、食材を何段かに分けて冷蔵することができない。そこで、私はいいわよという表情をして言った。「我が家の冷蔵庫はいつも夜になるとウオンウオンと音がして、あなたのこれよりうるさいの、どうしてだかわかる?」

「そんなはずはない、あんたんちのは静音の冷蔵庫じゃないか!」

「あれは中古なの」。私は話を続けた。「二年前に中古品マーケットで買ってきた物で、毎日夜になると大きな音を立てるのよ。機械に詳しい友達に頼んで見てもらったけどうまく修理できなくて、それでタロットカードができる友人にも占ってもらったら、なんと彼女が言うには、前の持ち主が病死した飼い猫を冷凍庫に入れたままにして、埋葬しようとしなかったらしいの。その冷蔵庫が音を出すのは猫が悪さをしているそうよ」

「その手の万物《不吉なもの》、私は平気さ」

「ほんとう?」

「私はこんなのには驚かされたりしないよ、そうだ! 一つ話しておくけど、このプールが廃棄されたのには理由があってね、ここで子どもが溺れ死んだのさ。逐日《まいにち》暗くなると、その子がここをあちこち歩き回るんだ、何もしゃべらずにね。私にだけ見えるんだが、昨日の夜はその子がスタンドに座っているのが見えた。しきりに髪をつかんでいて、目は真っ白だった」

私は全身がガタガタ震えてきて、携帯の振動より激しかった。なんと昨晩の自分のみじめな姿が幽霊に見間違えられてしまったのだ。コルセットおばさんは、そう怖がらなくてもいい、この世で恐ろしいのは幽霊と、年寄りの女と、お金がないことだと思っていたが、ずっとこの三つと一緒に暮らしていたら慣れっこになってしまったよ、それに、鄧麗君が守ってくれるから、幽霊が出ようとお金がなかろうとぜんぜん悩まなくていい、と言った。それから、彼女は鄧麗君を呼び寄せて、手でやさしく老犬の首をさすり、愛情がたっぷり伝わるまでそうしてから、ようやく手を放した。

「そこ、どうしたの？」老犬の腹部に包帯が巻かれている。コルセットおばさんの腰痛ベルトに似ているけれど、まさか老犬も骨棘や脊椎の病気にかかるのかしら。

「破病《びょうきにかかった》のよ、ああ！　医者は助からないと言っている」

「そんなに深刻なの？　何の病気？」

「癌」。コルセットおばさんは老犬の包帯を解いて、いたましい個所を見せてくれた。ピンク色の突き出た腫瘍が老犬の腹から露出していて、熟して腐った愛文マンゴーに少し似ている。腫瘍から絶えず濃い血と透明の体液が流れ出るので、ガーゼで包みこむしかないのだった。老犬の朝食の皿がなぜみんなよりごちそうなのかようやくわかった。ブロッコリーのジュース、ゆで卵、鶏のもも肉、それにフコイダンの錠剤が添えてあった。病気の犬でも幸運な犬はいるのだ、私は深くため息をついた。

　コルセットおばさんは、私が犬のことをかわいそうに思っていると誤解して、深く感謝するあまり、あやうく涙を流しそうになった。彼女は言った、この宝貝《かわいいこ》を死ぬほど愛してるの！　でも、よりによって神様は愛してくださらず、犬の胸の中に肺癌をつくらせ、とても大きな腫瘍が腹まで押し広がって、ちゃんと呼吸ができなくなってしまった。道を歩けば息を切らすし、眠るときも片側を下にして横になるしかないのよ。

　老犬の首や太ももなどにも、転移した小さな腫瘍の突起があった。胸腔腫瘍は大型犬が晩年によくかかる病気で、そのうえ犬が高齢だと、胸腔手術は大手術なので、肋骨を切り開けば不整脈や呼吸困難などを引き起こす恐れがあった。コルセットおばさんも犬が手術室で死ぬかもしれないと心配していて、私に言った。「年を取りすぎているから、手術すれば死んでしまうかもしれない」

「それで？　どうするの？」

「按怎《どうする》って？」彼女は急に目をきらりとさせて「あんた運転できる？」と言った。

「できるわ」

「マニュアル車だよ、外のあの車」。彼女はあのフォルクスワーゲンＴ３を指さした。

「無理だわ」

「大丈夫、おばさんが必ずできるようになるまで教えてやるから」。そして私をＴ３を停めているプールの駐車場まで連れて行った。夏の強い日差し*に焼かれて車は窯から出たばかりのパンのようだ。まるでおがくずを混ぜたドイツの黒パンのように、熱々で硬かったので、苦労してやっとのことで車のドアを開けた。

一枚の厚紙がハンドルの上に置かれていた。ハンドルでやけどをしないように、遮光のためにそうする人がいるのは知っているけれど、厚紙の上にマーカーで「呉春香《ウー・チュンシャン》がこっそり一人で運転して外出するのを禁止する」と書かれている。筆跡は祖母のもので、やや男性的な、万年筆で書いたような字だ。この警告を見て私は気まずい思いがした。

私が陰でコルセットおばさんと呼んでいる――呉春香は、車の天井についている取っ手をつかんで、辛そうに運転席に座った。熱湯に入れられたスパゲッティみたいに脊椎がばらばらにならないよう注意深く腰を保護していたが、厚紙のほうは乱暴に後部座席へ投げすてて、言った。

「さあ、これから一緒に運転するよ！　鄧麗君を迠迌《ドライブ》に連れて行ったら、きっと気分が晴れる」

「そうだよね！　宝貝《かわいいこ》」。彼女は鄧麗君に向かって甘えるような声をかけた。

◆

午後四時ごろ、コルセットおばさんは車を運転して市内に向かった。働きに出ている他のおばさんたちをピックアップして交通が不便なプールまで乗せて帰るのだ。彼女はまず違法建築が林立する工業地区の狭い路地を通り抜け、それから十メートル道路に出たが、この間、前方を直視

＊ 第二次世界大戦末期にドイツの捕虜収容所でおがくずの入ったパンが食べられていたという逸話がある。

する時間よりもバックミラーや両サイドの様子を見る時間のほうが長く、前方を直視しているときも、目玉は目の中にしっかりつながれておらず、たえずきょろきょろ動きまわっていた。

「何を……探して……るの？　すごく緊張するわ」。交通事故を起こさないか心配だ。

「おや、あんたも気づいた？」

「何に？」私も、彼女の「頭部多動症」が伝染したみたいに、あたりをきょろきょろ見回した。

コルセットおばさんはあたりを見回して、私に赤の三菱のスポーツカーがつけてきていないか、あるいはベンツの遮熱シートを張った窓の陰から誰かがこっちをじっと見ていないか、そうでなければあの三葉バイクのライダーがバットを持ち出して窓をたたき割ろうとしていないか、注意するように言った。私がそういうものは見えないと答えると、私がよく観察していないからだと言う。私がそうみたいだと答えると、もっと注意して見てなさいと言った。それ以降、私は目を大きく見開いて疑わしいとされた車が視界から遠ざかっていくのを目で追ったが、何事も起きなかった。たぶんコルセットおばさんは少し神経質なのだろう、そうじゃないと生活は寂しいものになってしまう。こういう人の最大の楽しみは車の運転だが、ハンドルを大きく切りすぎると、思いがけない事故になりかねない。確かに、おばさんたちが彼女に個人的な外出を禁止するのもうなずける。彼女は私の異様な視線をちらりと見ると、弁解して言った、「どこかの連中が鄧麗君に黒白《でたらめ》をしかけてきて、この子が誘拐されるんじゃないかと心配でね」

「どうして犬を誘拐するの？」

「犬を誘拐するんじゃなく、鄧麗君を誘拐するんだ」。コルセットおばさんは強い口調で言ってから、こう言い訳をした。「実は誘拐じゃない。よその車にぶつけられて、鄧麗君が怪我をしないか心配なんだ、そうだろ、宝貝《かわいいこ》」

後部座席の犬が尻尾を振って、ワンワンと二声吠えて答え、それからまた何回か吠えた。あとの鳴き声が低く沈んでいて、口の中で言葉を嚙んでいるようだったので、コルセットおばさんはちょっとためらってから、車のスピードを落とし、振り向いて犬に言った。「『彼女』を見たのかい?」

「『彼女』って誰?」

「それは……、ああ、この車は事故車でね、人をひき殺したことがあるんだ」

「よく買ったわね」。もうびっくりだ。

「出たばかりの新車は買えないし、中古だって貴参参《すごくたかい》から、買えやしない。やっぱり人をひき殺した車ってのは、安いからね」

「そうなの?」この話を聞くと、猛暑日にもかかわらず威力は絶大で、ずっと鳥肌がたちっぱなしだ。「じゃあ、なにか奇妙なことが起こったりする?」

「まずい時間に当たると、ワイパーがでたらめに動くわ、トランクが開くわ、ヘッドライトがピカピカ光るわで大変さ。それに、右側に行こうとしてるのに、なぜか左側に進んだり、左側に行こうとすると、きまって右側に進んだりする。もっと奇妙なのは、しょっちゅうエンジンがかからなくなるんだ。念仏を唱えるとやっと動きだすんだよ」

私の心臓がさらにもう一段冷たくなった。「今は何も起こらないわよね!」

「この車がひき殺したのは阿嬤《おばあさん》だった。これもご縁だから、私たちはその阿嬤を『彼女』って呼んでいる。彼女はこの車に住みついて、私たちを守ってくれているんだから、そう驚かなくていいよ。車を買ってから、変なことがたくさん起きたから、道士を呼んでお浄めをしてもらおうとしたことがあったんだけど、浄めると『彼女』の居場所がなくなってしまうだろ、それでやっぱりお浄めはしなくていいって道士に言ったのさ。この車は『彼女』の家で、車に住み着いて私たちと一緒にあちこち行ったり来たりしている。夜になって、悪い奴が車を盗みに来たら、『彼女』がクラクションを鳴らして追っ払ってくれるんだ！」

私は冷静に呼吸をした。幽霊の車に乗るのは、車を乗り間違えるよりずっと危険だ。心の中で何度か仏名《ぶつみょう》を唱え、「阿嬷の幽霊」が急に悪心を起こして、何かやらかさないように祈った。私はものすごく臆病なのだ。幸いコルセットおばさんが話題を変えて、疑心暗鬼の状態に戻った。誰かがつけてきている気がすると言って、小さな通りを何回かぐるぐる回るので、私は頭がくらくらしてきて、まるで「阿嬷の幽霊」に首を絞めつけられているみたいだった。コルセットおばさんにもう少しゆっくり走ってと頼んだら、それではみんなを迎えに行くのに間に合わなくなると言う。でも鄧麗君も車酔いしたみたいだと言うと、反対になぜもっと早く言わなかったのかと私を責め、それからスピードを落として、カーブのときには犬に声までかけていた。

車は小さな公園のそばに停車した。まだ停まりきっていないうちに、ホテルで客室清掃の仕事をしているカツラおばさんが飛び出してきて、自分でドアを開けて乗りこんだ。そして今日は十六分遅かったから、コルセットおばさんの減点額を書き留めておくよと文句を言った。彼女がメモ帳をめくって、ある頁に書かれている今までの古い過ちをひとしきり非難してから、ちょうどペンを持って今日の失点を記録しようとしたとき、コルセットおばさんは雑にはめこまれたマンホールの蓋の上にわざと乗り上げて悪ふざけをした。車はくしゃみをするように高く飛び跳ね、カツラおばさんのメモ帳が窓の外に吹っ飛んで、小さな恨みごとはぜんぶ道端のごみとなった。

「車は私が運転してるけど、道は私がつくったんじゃない。道中ずっと赤信号やら渋滞やらでね、そうだろ、私の娘の鄧麗君？」コルセットおばさんが弁解すると、老犬が二回吠えて応じた。

「ちょっとゆっくり走ってよ！　手帳が飛んで行ったじゃないの」とカツラおばさんが文句を言った。

「車に乗っている人はゆっくり走れって言う、でもね、車を待っている人はみんな車が遅すぎると不満を言う。私は三太子[＊1]じゃないんだから、両足で風火輪をこいで、風神のようには走れないんだよ」

「もう少し早く出ればいいでしょ！」

「かなり早く出たさ。誰かにつけられていないかずっと注意してなきゃならないだろ！」

「それで……、つけられてるの？」カツラおばさんがおそるおそる言った。

「ああ、つけられてる、そうだよね、鄧麗君」。コルセットおばさんが声の音量を上げて言うと、いつものように応声虫《おうせいちゅう》[＊2]の鄧麗君が二つ吠えて応じた。「好佳哉《うんがよかった》！　わたしが蛇のように車を運転して、彼らに『拝託《お願い》』してやったからね」

「彼らに『拝託』したって、啥咪《どういう》こと？」

「擺脱《振り切る》ってこと」。私が口をはさんで発音の間違いを説明してやった。コルセットおばさんはし

＊1　中国の神話に登場する少年神で毘沙門天の三男、哪吒《ナタ》太子。
＊2　腹の中に寄生して口真似をする虫。

きりに自分がどんなに勇ましく車の陣をかわし、大きくカーブして、タイヤから青い煙を立ちのぼらせ、尾行してきた黒い車をこっぴどく「拝託」したか自慢するのに夢中だ。それを聞いて、私は笑いをこらえた。コルセットおばさんのほら吹きの腕前はもうめちゃくちゃだ。腰にコルセットをして、膝の関節も弱り、時速五十キロのスピードで走っていても老眼で道路標識を見るのに三秒かかり、バックミラーを三秒以上見るとすぐに車酔いしてしまう七十のおばあさんが、どうしてハリウッド映画のような離れ業をやってのけることなどできるだろう。だがそれでも、もう一人のおばあさんを騙してぎょっとさせることができるのだった。鄧麗君が少し多めに吠えた。どうやら主人に合わせているのではなくて、カツラおばさんが騙されやすいのをからかっているみたいだ。

車は次の場所に向かった。集合住宅地区で清掃作業員をしている祖母とエクボおばさんを乗せるのだ。でも、私の中で浮かんだままの疑問は次の地点まで前進せず、反対に同じ場所をぐるぐる回っていた。この六人の老女たちは同じ屋根の下で暮らしているけれど、決してただ寂しさを紛らわしたり、互いに助け合っているだけでなく、さらにもっとはっきりした目的を持っている。それは何か？　彼女たちはどことなく秘密組織のようでもあり、何か謎めいた活動をしているので、そのために誰かの追跡をかわさねばならないか、あるいは何者かの支配から逃げているのかもしれない。この間の込み入った事情は私には見当もつかなかった。

いったいどんな老女の組織に出会ってしまったのだろう？　私は困惑した。家を出ておばさんたちのグループと住むようになったけれど、彼女たちは自分の過去をあまり語らなかった。わずかに知りえたのは、この老女たちはもともと一人暮らしをしていたが、縁があって同じ屋根の下に住むようになり、コルセットおばさんが家事と食事を受け持ち、車で仕事先に送り迎えをして、ほかの五人の「死道友」から手当をもらっていることぐらいだ。カツラおばさんが主人のような態度でコルセットおばさんの落ち度をいちいちあげつらうのは無理もないけれど、これがどうした、あれがどうしたと言っては、厳しくお金を差し引くので、ますます二人の間の不満や齟齬《そご》が深まっていた。

祖母を乗せる番になった。彼女はエクボおばさんと車に乗りこむと、すぐに言った。「今日、デンデン太鼓を見つけたよ」

「ほんとう？」

デンデン太鼓って何？　絶対に文字通りの意味ではない。老女たちが六歳の子どもの玩具に興味をもつはずがないからだ。振りむいて祖母に尋ねると、逆にさえぎられてしまった。祖母の視線は、今は口をさしはさむときではない、と告げている。

エクボおばさんが言った。「私は『デンデン太鼓』に何度も会っているから、絶対に間違いない、彼はもうすぐ『熟す』わ」

「大体あとどれくらい生きられる？」

「六カ月」

「六カ月か！　ちょうどいい……」

「じゃあ私たち、もう一口やる？」とコルセットおばさんが尋ねた。

「莫《やめる》」。カツラおばさんがまず反旗を翻し、危険すぎる、今もう目をつけられているんだから、もし捕まったらおしまいだ、と言った。

「やろう」。コルセットおばさんが賛成した。

ああ！　二人はまた言い争いを始めた。年寄りの口論は熱くも冷たくもないけれど、どれも鍼灸の針を死穴《しけつ》に刺すように、心底しびれるものだ。コルセットおばさんは言った、口では金は嫌いだと言うくせに、手を長く伸ばして、手にした金を息子に残すようなことはするもんじゃない。カツラおばさんが反論して、とにかくメス犬を飼うよりましさ、と言った。二人がもう十分に口げんかをし、十分にうっぷんを晴らしたところで、祖母がようやくストップをかけ、数人の命が運転している者の手にかかっている、自分は癌で死ぬ前に、先に路上で死にたくない、と言った。

「この件は、夜みんなが一緒になるときまでとっておいて、また考えよう」と祖母は言った。

「幹《くそっ》、恁祖嬤《わたし》、今どこに行くんだっけ？」コルセットおばさんは口げんかに気を取られて、道をよく見ていなかった。

私たちは栄総病院へ行って糖尿病の診察を受けている黄金おばさんを乗せて帰ることになっていた。それなのに、なんと高速道路に通じる連絡路に入ってしまい、大きく回り道をしなければならなくなった。

「害了《なんてこった》」。コルセットおばさんが大声で叫んだ、「『彼女』が来た」

「また『彼女』なの」とおばさんたちは大声で叫んだ。

私だけがその場から浮いて「誰？」と叫んだ。そしてすぐに「彼女」とは車に身を寄せている「阿嬤の幽霊」のことだと思い出した。今、その霊が車の中にあらわれたらしいが、私には彼女がどこにいるのか見えない。

「彼女が来た、みんなちゃんと座ってな」。コルセットおばさんが言い終わるや、手に握っているハンドルが勝手に振動しだしたので、車の中のみんなは不安と恐怖に陥った。一秒後、コルセットおばさんが叫び声をあげ、ハンドルが右に回って、車は高速道路の連絡路に設置されたプラスチックの衝突防止ポールを突き抜けた。折れ曲がったプラスチックのポールが車の底盤をこすり、恐ろしい音をたてた。車全体から年老いた絶叫があがり、目を閉じて死を待っていると、そのあと車はなんと北へ向かう連絡路から隣の南下する連絡路に強引に入りこんで、私たちは再び一般道路に戻ったのだった。

コルセットおばさんは大笑いし、鄧麗君がワンワンと二回吠えて褒めた。

◆

演劇と聞いて、私が思いつくのは幼稚園でやっていたお芝居で、子どもたちが跳んだり跳ねたりするお遊戯だ。でもそれよりも思い浮かぶのは、「蛇の巣」の中で人間関係の攻防戦をとてもよく熟知している教員たちのことで、こちらのほうがずっと演劇に近く、誰もが金馬賞最優秀監督賞、主演男優・女優賞、あるいは生涯貢献賞をもらうチャンスがありそうだ。けれどほんとうに私を舞台に立たせて劇を演じさせようとするのは、やめたほうがいい。演劇はとても難しいのだから。

ここのおばさんたちはとてもうまく芝居ができた。この芝居とは舞台でやる演劇のことだ。彼女たちは毎晩一時間稽古をして、半月後の巡回公演を目指していた。私はプールの側面の壁に貼られている二年前の公演ポスターを見たのだが、それは版画で、大きな口の中にかまど、かまどの火、かまどの道具が詰めこまれて、鼻の穴から薪の煙が立ちのぼっている絵が描かれていた。ラインがとても芸術的で、演目は『キッチン』だった。コルセットおばさんの話はいつもそのときの公演のことばかりで、自分をうまく演じきったのが自慢だった。でもほかの人は、コルセットおばさんは何を演じても素の自分なので、それならいっそ毎回料理人の役をつくって、セリフも毎年同じにすればいい、お笑い芸人というものは口を開きさえすれば舞台の下から笑い声があがるものだ、と思っていた。「それに彼女のポケットに大きなパンツを入れて、ハンカチにしよう」。カツラおばさんが笑いながら言ったので、コルセットおばさんが怒って大声で怒鳴った。

　今年の主役は黄金おばさんだ。セリフは少ないのに、化粧にはかなりの時間をかける。彼女は演劇の細胞が欠けているのか、セリフの言いまわしが呆頭鵝《へたくそ》で、一字一句をまるで鵝《ガチョウ》が鳴くように言うので、すごくぎこちなかった。監督を担当しているエクボおばさんは今日の稽古のとき、黄金おばさんが稽古場のそばの小さな木製の戸棚に近づこうとするのを八回制止し、怒鳴ったり、手をたたいたりして彼女をその悪魔の箱から遠ざけた。それからの二十分、ほとんどの者が忍耐力を失い、気性が最もやさしい回収おばさんでさえがまんできなくなってぶつぶつ言いだした。みんなは黄金おばさんが演じれば演じるだけ木偶《でく》の坊に見えてくると文句を言った。

「さあ行って！　サタンを取り出しなさい」。エクボおばさんがとうとう根気をなくした。

　黄金おばさんが小さな木製の戸棚を開けて、コンビニで買ってきたウイスキー、コカ・コーラ、カルピスを取り出し、マグカップに注いで、カクテルをつくった。お酒の割合は適当にやっているように見えたが、その実、コルセットおばさんが玉杓子でサラダオイル、しょうゆ、塩をすくって鍋に入れるのと同じプロの正確さがあった。黄金おばさんはそれを少し飲むと、がらりと人が変わって、声の大きさの調節も思いのまま、舞台での演技も順調に進んで、泣く場面になると涙がこぼれ落ち、笑う場面になるとはつらつとした排外主義者《ショービニスト》になった。コルセットおばさんは劇を演じるのにインチキをやってはいけないと思い、いろいろ不満があるにはあったが、それでも好奇心でこっそりカクテルを飲んでみた。するとやや酸味があって、魚の甘酢あんかけの煮汁スープを飲んだような味がしたので、こんなのが飲めるなら、今後は残飯のスープを手に持てばいい、とまた文句を言いだした。

　稽古が終わった。みんなは拍手ではなく、強くうなずいてうまくいったことを伝えた。だが黄金おばさんはまだ劇から抜け出ていなかった。舞台の椅子に腰かけて、ずっとしゃべり続けていて、泣いたり怒ったり、自分がどんなに悲惨だったかを訴えた。なけなしの貯金を娘にこっそり引き下ろされた、母親が残してくれた三十万の価値がある農地を、今度は息子にこっそり売り払われた。彼女は言った、家族でさえ裏切るのだから、いつかきっと自分が自分を裏切るときが巡ってくる、まさにこの世の終わりだね。この世界はあまりに秋条《狂気じみている》けれど、幸い自分には金庫がある、腹の中の黄金は誰も盗めやしない。

　祖母がまだ半分残っているお酒のボトルを持ち上げて黄金おばさんについでやった。黄金おばさんはほほ笑みを返すと、舞台の上に倒れて眠ってしまい、数人のおばさんに担がれるようにして舞台から下ろされた。

　エクボおばさんが大きな声で言った。「この一幕はいける、劇の中に加えるわ」

「担いで行くところ？　それとも舞台の上で倒れるところ？」

　エクボおばさんは唇を軽く噛んで、言った。「担ぐ場面を少し長めにして、みんなで手足を持ち上げ、ぐったり見えるようにする。でもちゃんと担いで、けがをさせないようにしてね」。この一幕にどんな意味があるのか思いつかなかったけれど、緊張感は十分あった。

「私の人生、何の意味もなかった！」黄金おばさんが酔った目を大きく開けて、思いを吐露した。

「今の言葉はセリフにぴったりだ」。エクボおばさんはメモを取った。

「こっちに来て手伝ってくれないかい」。黄金おばさんがエクボおばさんに手招きして尋ねた。

「ちょっと嗅いでみておくれ、この年寄りの肉は火が通ったかどうか。最近心臓が締め付けられるようだし、腰骨が親像《まるで》ばらばらになりそうで、もうすぐ仏様に会いに行く気がするんだよ」

エクボおばさんが鼻を優雅に近づけて、優れた鼻師の職能を発揮し、ずいぶん経ってようやく頭を上げた。「あんたは元気でぴんぴんしてる、百二十歳まで生きるわ」

エクボおばさんがうつむいて嗅ぐ動作は、彼女の印象をいっそう強くした。彼女の嗅覚は異常に敏感で、私がプールに来た翌日、何度も私に「大丈夫？」と声をかけてきた。のちにこの言葉に込められた意味がわかったときにはどきりとした。この女の人は月経のにおいを嗅ぎ取ったが、私がナプキンを取り換えないのに気づいたのだ。エクボおばさんの嗅覚は、死のにおいを識別できるほど敏感で、これは女たちの集団の中で伝説だった。とはいえ話はここまでにして、謎は後にとっておこう。

「みじめなもんね、人生でいちばんみじめなのは、長々と生きて、ポケットにお金が無いことよ」と黄金おばさんが言った。

「あるじゃないの！　おなかの中にお金はあるでしょ」

「それは死に金だ」。黄金おばさんが言うところの死に金とは手元に残しておいて使いたくないお金を指した。言い終わると彼女は手を振って、トイレに行った。トイレは黄金おばさんにとって、アルコールよりもっと自分を慰めてくれる場所だ。なぜなら彼女は「金のめんどり」で、金の玉を産むことができるからだ。だから私は陰で彼女のことを黄金おばさんと呼んでいる。

聞くところによると、黄金おばさんの実家の暮らし向きはなかなかのものだったらしいが、彼女は家族の反対を押し切って、三流の歌手と結婚した。歌手は結婚後がんばって紅包場《キャバレー》を回り、ちょっとばかり金をもうけて、嘉義に一軒家を購入した。黄金おばさんも二男二女を産んだ。歌手はのちにダンサーに恋をして、家をこっそり売り払い、台北でダンサーと同居を始めたので、妻と四人の子どもは住む家のない田舎に置き去りにされてしまった。黄金おばさんはあきらめきれずに台北まで追いかけて行き、子ども四人を連れて、情に訴えて相手の心を動かそうとした。紅包場をくまなく探し回って、とうとう萬華で女を見つけた。二人の女は男のために殴り合いのけんかを始め、街頭で乱闘騒ぎにまで発展したが、四人の子どもは騎楼《チーロウ》*の下で一生のうちでいちばんむなしい涙を流し、その心の傷は、のちの彼らの結婚観にまで影響を及ぼすことになった。黄金おばさんは最後には負けた。彼女の田舎のかかとのない靴が、相手の台北女のハイヒールの武器に負けた。黄金おばさんは泣きながらダンサーが夫を横取りしたと責め、ダンサーも泣きながら悪いのは夫をしっかりつなぎとめられなかった黄金おばさんの方だと言い、さらに自分も男を縛りつけておくことができなかったと責めた。男は台北へ着いた後、またほかの女と逃げたのだった。

* 建物の二階部分が通路際まで張り出して、その下がアーケードになっている建築様式。

大いになげき悲しみ、人生に失望した黄金おばさんは、果たして「死ぬほどあなたを愛して」*窓のない安宿に駆けこんで自殺をはかった。彼女は守銭奴だったので、死んでも財産を身に着けておこうと、結婚指輪と金のネックレスを飲みこんで自殺をした。ところが、死にたければ「金を飲みこめ」という昔からの言い伝えにある方法では、彼女を死なせてくれず、反対に彼女の心をこのうえなく穏やかで静かなものにした。なんと黄金が体内を流動するとそれが大きな癒しとなって、ずっと「起毛好《きもちいい》」と大きな声を上げさせたのだった。だが彼女は早朝の一幕に遭遇してようやく目が覚めた。隣室の宿泊客が炭を燃やして自殺をし、運び出されるときに彼女は見てしまったのだ。死人の顔は歪み、とても恐ろしくて、まるでネズミを捕まえるときに叩き壊したモップのようだった。美をこよなく愛する黄金おばさんはこれより後、自殺の考えを捨てた。

これ以降、金を飲みこむ習慣ができてしまった彼女は、家じゅうの金のアクセサリーを持って宝石店へ行き、一粒二銭の重さの小さな金の玉をつくってもらった。それをうつ病を治療する百解憂とみなして飲みこんで、翌日大便の中から取り戻していた。いったい金を飲みこむのは、「死に金」を保管する守銭奴の楽しみなのか、それとも服金自殺をして生き返った喜びのためなのか、黄金おばさん自身もうまく説明できなかったけれど、とにかく毎日黄金が胃袋、小腸を通過して大腸に入り、内臓をマッサージしてくれるので、精神状態はすこぶる良好だった。こうして黄金を飲む量を増やし続け、とうとう胃腸を圧迫して下垂を起こし病院に運びこまれるまで続いた。医者はレントゲン写真一面に三百個の小さな白い点が写っているのを発見してひどく驚いた。白い点は消化器系統に沿って並んでいて、とくに腹の中は多く、まるで散弾銃が命中したかのようだった。医者は患者が金を飲みこんでいると知ると、心療内科に回して診察を受けさせようとした。診療内科に回された患者は十中八九が「情緒障害」と診断されるので、黄金おばさんは医者をにらみつけて「つまり私の病気は自殺傾向のある鬱《うつ》病だということですか？」と訊いた。すると医者はもう一度遠慮がちに「情緒障害」だと答え、金を飲みこむのをやめればよくなると言った。

「假痟《しらばっくれて》！」黄金おばさんは診察室のドアを出ると、自分が金を飲むのは、自殺の方法で鬱を治しているのであって、肛門に暇を持て余させたくないからだ、と文句を言った。それから待合室にいる患者に向かってこう言った、「あんたたちの中に鬱病の薬を回収して、繰り返し使うことのできる人いるかしらね？」

黄金おばさんが「金鉱を掘りに」トイレに行ったのを横目に、カツラおばさんが私に言った。

「彼女ったら！　あんたの家からはずして持ってきた洗屁屁機《おしりあらい》にはほんとうに感謝するよ。でもあの人の腹の中に黄金がいっぱい詰まっているなんて思わない方がいい、実はあの人、ものすごい蚋儉《けんやくか》でね、ご飯を食べるのにお金が要る、大便をするのにもお金が要るって不満なのさ」

「トイレに行くのにどうしてお金がいるの？」

「トイレットペーパーがいるじゃないか！　お金を出して買うのが嫌なのさ、どうやらあの人、手で尻を拭いてから、その手を洗っているようだね。でも手を洗うにも水代がいる！」

何人かが笑い出し、話にますます熱がこもってきて、笑いすぎて目じりのしわが今にも焦げつ

＊台湾の俗諺「水醜没得比、愛到卡慘死」（あばたもえくぼ、どんなに相手が悪くても、死ぬほど愛さずにはいられない）の一節。

きそうになった。祖母が手をちょっとたたいて、みんなの注意を自分のほうに向けて、言った。

「人っていうのはこういうもんで、ここにいない人のことをとやかく言う。みんないるときは、どんなでたらめも言う勇気がないくせに」

「あんたは知らないのよ！」回収おばさんが言った、「彼女は便所《ビイエンソウ》で、いつも一人でみんなのことをとやかく言っている、何をぶつぶつ言っているのやら」

エクボおばさんが説明した。「彼女はみんなの悪口を言ってるんじゃなくて、ゆっくり金の玉を数えているのよ！　彼女の性格からして、一粒でも足らないとだめだから」

「一粒数えるごとに、一回阿弥陀仏と言っているのかね？」と誰かが言った。

みんなの笑い声の中で、私は、黄金おばさんがなぜトイレを人生の要塞とみなしているのか理解できたし、彼女の「金鉱掘り」の過程も想像することができた。おそらく、麺屋台で麺をゆでるときに使っているステンレスのザルに排泄物を入れて、上下にゆすり、大部分の不要物を取り除いてから、金の玉を取り出しているのだろう。彼女は外出するときにも、スーパーで果物を入れてくれる細かい穴が開いたビニールの網を常備していた。黄金おばさんは一生でたくさんのことを逃した。結婚を逃がし、バスを逃し、最も近い親戚の最期の面会を逃し、当選した統一発票《レシート》の換金の締切日を逃した。でも絶対に一粒の金の玉を取り逃がすことはなかった。

◆

ここで、エクボおばさんのことを話しておこうと思う。

エクボおばさんと祖母の関係は深く、二人は恋人同士で、人生の半分をすれ違ったあとにようやく出会えたのだった。

エクボおばさんは三年間続いた結婚生活と、十五年に及ぶ逃亡生活の経験がある。タイヤ工場を経営していた夫が彼女名義の空手形を切ったために、指名手配されたのだ。彼女は逃亡を続けたが、なんと十年目に、夫が「逃げた妻《めと》へ告げる」という新聞広告を出し、それを証拠に裁判所で離婚申請をして、とっくに別の妻を娶っていたことを知った。怒って自首をしたところ、驚いたことに神様にからかわれたのに気づいた。「手形犯罪」は彼女が逃亡した二年目に廃止になり、刑務所に入らなくてよくなったのだ。だがその後は債務の泥沼に陥った。彼女は子どもがいないので、一人暮らしをして、昼間は量販店、コンビニ、靴のチェーン店で働き、夜は無名の劇場で演劇の仕事を兼職していたが、毎シーズンの上演によって得られる給与は、ひと月分の家賃にも届かなかった。しかし演劇は彼女の十数年来の精神的な支柱であり続け、そのうえ徐々に三十名ほどの女性ファンもついて、ファンたちの結婚式や葬儀にも参列するようになった。その中の一人が祖母だった。二人が一緒になったあとの最大の幸福と悲しみは同じ一つの事になった。つまり、婚姻関係がなくても、互いへの愛を相手の葬儀の日まで保ち続けることを望んだのだ。これは彼女たちの哲学でもあった。

祖母はエクボおばさんを「査某囡仔《ザボギンナア》」と呼んだ。若い女の子という意味だ。六十を超えた女の人にこのあだ名で呼ぶのは、きっと祖母がエクボおばさんの中に少女の心を見ているからだ。彼女たちの出会いは、エクボおばさんが台中の第五市場で、舞台メイクをしやすいように、あるおばあさんに挽面《うぶげぬき》をしてもらっていたときだった。挽面とは一本の細い糸を両手で持って、糸の中ほどを歯で噛み、鋏のような切れ味を持つ糸で、顔の産毛を抜きとることを言う。エクボおばさんは騎楼の下に座って、レンガ塀を背に、目を閉じて挽面をしてもらっていた。顔に薄く塗られた、脱毛しやすくするための大理石の粉おしろいに朝の太陽の光が当たり、細い糸が皮膚を抑えて攪拌すると、粉おしろいがかすかにふわっと舞い上がった。

祖母は塀に寄りかかって、エクボおばさんの小さくて愛らしい鼻に熱い視線を注いでいた。それは太陽の光の下で日時計が暗い影をつくって移動するように美しく、時間はまたたくまに過ぎていき、心に残ったのは「意中の人に出会った」衝撃だった。彼女は時間がどうやっても足らないのが不満で、なんとかして時間を止めたいと思った。いちばんの方法はエクボおばさんと知り合いになることだったけれど、話しかけることができなかった。そのころ二人はともに五十歳を過ぎており、いわゆる青春時代の修辞は四十前にすっかり色あせていた。でも人を愛し愛される衝動は衰えたことはなかった。

エクボおばさんの嗅覚は敏感だったので、においを嗅ぎつけた。それは以前彼女を慕うほかの女性ファンの体からも嗅いだことがあるものだったけれど、祖母のにおいはさらに濃かった。そこで彼女は初めて挽面のおばあさんの忠告も聞かずに、粉おしろいが舞う中で目を開けたのだが、それはただ祖母に切れ長の一重の目を朝日の中でぱっと開いて見せたに過ぎなかった。

これには祖母も話しかけないわけにはいかなくなって、「ああ！」と言った。

「何？」

「ああ！」

「それで？」

「ああ！」

「何を言ってるの？」

「ああ！」

「何がああなの？」

「おお！」

「あなたのボタンきれいね、一つくれない？」エクボおばさんはボタンマニアで、一風変わった感じのいいボタンばかりを集めていた。そこで、この場の会話は彼女から始まった。

「えっ？」

「そのボタンを買いに連れて行ってくれればいいのよ」

エクボおばさんの話題が、二人を一緒にした。その過程は一つのヘチマの花が夏のまっさかりに満開になると決まっているようなもの、あるいは小石が靴底の溝に挟まって離れなくなるようなものだ。沈黙のヘチマの花は激しく照りつける太陽の下でだけ花を咲かせ、石ころは靴底の溝に挟まったあと道すがらずっと音を立てている。これはお互いの最初の気持ちが同じだったからに違いない、「彼女はいい人だ！　いい人は一緒になるべきだ」と。

年齢も、教育も、性別もすべてかみ合わない二人は、すぐには恋人にならずに、友達の関係からゆっくり温めていった。エクボおばさんは高等職業学校を卒業した学歴があるが、無邪気で少女のような性格をしており、少しぼんやりしたところがあった。演劇が好きだとはいえ全身で演劇の細胞を奮い起こしているのではなかった。私の祖母は頭の回転が速く聡明な人で、将棋なら二十手先まで読めるような人だが、昔の女性は伝統の制約によって、小学校を終えればそれでよしとされていた。彼女がもし今の時代の若い女性だったら、絶対に博士号を手にして、大学教授とか、中堅の会社のCEOとかになっていただろう。彼女たちが一緒になることを決めたのは、もとはと言えば失敗した者同士が苦難の中で互いに助け合い、暗黒の方向へ流れていくためだった。その日、エクボおばさんは自分の逃亡生活を語った。お金をギリギリまで節約して、五キロ入りの農会米を一袋買い、それに豆腐乳と醬瓜を添えて食べて、毎月の水道や電気代は基本料金を超えることはなかったという。彼女はメンツを重んじたので、教会や宮廟の無料の弁当をもらいに行かなかったが、統一発票《レシート》を拾って当選番号を突き合わせたこともあった。彼女は女がホームレスになる気持ちを身にしみて知ったので、もしいつか女の共同生活グループをつくることができたら、どんなにいいだろうと思っていた。彼女は話しているうちに、涙が出てきた。祖母が感動してその涙に触れ、彼女のほほを撫でても払いのけられはしなかった。それはとても親密なふれあいであり、ついにこの一歩まで来たので、二人は一緒に暗黒の流れの中でどこか一方に移動することに決めたのだった。その一方にどんな苦難が待ち受けているか想像できなかったし、将棋の二十手先を読む能力をもった祖母でさえわからなかったが、彼女たちは手をつないだ。一人だと早く歩けるけれど、二人なら少し遠くへ行くことができる。

そのあと、エクボおばさんが引越してきて祖母と同居した。もう一人、私の曾祖母が一緒に暮らしたが、彼女の前では二人はただの仲の良い友達の関係を維持した。この女三人の共同生活に、のちに他のおばさんたちが加わった。彼女たちの共同生活の趣旨はとてもシンプルで、年寄りの女は互いにいたわりあうことができるが、年寄りの男は孤独死しかないというものだった。老女たちの生活観、習慣、性格が異なっていても、最後は一つにまとまったのは、ひとえにリーダーである祖母の英知による。この女の団体は小型の老人ホームの規模まで発展して、ともに生きともに暮らしたが、それぞれがやはり費用を払う必要があり、家賃、水道光熱費、雑費は均分して負担した。もし誰かそれができなくなった場合、たとえば中風にかかったり重度の認知症になったりしたとき、みんなはとくに何か責任を負う必要はなく、老人ホームへ送ればよかった。私の曾祖母はこうして老人ホームに入った。

エクボおばさんのいちばん謎めいているところは、十年もの間、手形犯罪者にされてどうやって逃亡生活を送ったかではなく、また彼女が毎年台湾一周の公演を行なっている演劇の企画でもなくて、彼女の鼻がサタンに撫でられたことがあり、死のにおいを嗅ぐことができることだった。彼女は死を、果物が熟した、という表現を使った。

エクボおばさんの認識では、人生とは熟していく果物に過ぎず、風雨に耐えて日々大きく膨んでいき、時期が来ると、果実のかぐわしい香りを発散し、それから熟れすぎて腐りだし、ショウジョウバエを引き寄せ、最後は蔕《へた》が取れて地面に落ちる。もちろんある果物はまだ熟していないのに、開花しているときや小さな実の段階で、風に吹かれて落ちたり鳥についばまれたりする。これは不慮の事故であって、人がみな天寿を全うするとは限らないようなものだ。

「いつごろからか知らないけれど、私は徐々にこのにおいがわかるようになったの」。エクボおばさんは言った、「それもかなり正確にね。果物が熟れすぎたようなにおいがして、ときには冷蔵庫のにおいがついていることもある。一種の死のにおいなの」

「死のにおい？」私は尋ねた。

「神の涙」。彼女が初めてこの比喩を口にしたので、その場にいた人はみなしんとなった。「ますます神の涙のにおいに近づいていく」

カトリック教徒であるエクボおばさんがこの比喩を使うと、真実味があったけれど、反対に奇妙で難解に感じられた。彼女が言うには、一般の人はサタンが死を管理していると思いがちだが、聖書の中のサタンは人にリンゴを食べるよう誘惑したためにエデンの園を離れたので、死を管理していない。死に至る過程は大天使のサリエルが処理しているが、しかし最後は神の涙が決裁している。神が慈悲の涙を人の体の上に落とすと、その人の死は天国へ行く祝福に変わり、天使が執行することになる。

仏教徒の祖母はこの見解に完全に賛同した。仏陀の教えにあまり執着しすぎてはいけないとあり、それには宗教に対する執着も含まれる。そこで祖母はエクボおばさんと一緒に教会へ行き、ホスチアを食べ、胸で十字架を切り、ハレルヤを唱えたのだが、でもやっぱり仏教徒だった。彼女の考えでは、観世音菩薩は三十三変化の名人なので、神も菩薩が姿を変えたものであり、鄧麗君という犬も、花や樹木もそうかもしれないのだった。それでエクボおばさんが語るカトリック教の死の教義も、祖母は強くうなずいて同意した。しかしほかの人は、あまりにロマンチックすぎると言い、涙を使って生きている人の体の上に印をつけるなんてありえない、なんなら大天使にGPSを使って探してもらおうとも言った。祖母は強くうなずいたが、顔を上げるとエクボおばさんがにらみつけて、首を横に激しく振っているのが見えた。

私は残念そうに言った。「おばさんは私の阿婆の体にも神の涙のにおいを嗅ぎとったけれど、どうしてもっと早く気づかなかったの？」祖母は病院に検査に行ったことがあったが、再診に行かず検査結果を見ていなかった。エクボおばさんの嗅覚にこれまで間違いがなかったと思っているからだ。神または菩薩のご意志に疑問をさしはさむ余地などないのだった。

「それはね、毎日一緒に生活しているから、つい油断してしまったの。自分の口臭を嗅ぐのと同じくらい難しいのよ。あの日の夜眠っていたとき、急に目が覚めて、彼女の体からそのにおいがしてくるのがわかった。それはもうびっくりして、泣きはらしてしまった」

「ほんとうにびっくりさせられたよ」。祖母は言った、「夜、人の泣き声で目を覚ましたんだ。この人がいつまでも泣き止まないのを見て、幽霊を見たのかと思った」

「何言っているの！　あなたのいびきで目を覚ましたんだから」

「私のいびき、そんなにうるさい？」

　何人かのおばさんが話に割りこんで助け船を出し、祖母のいびきはまだましだと言ってくれたけれど、でもトノサマガエル、コオロギ、おんどり、ヒキガエルが鳴いているようで、草むらの音楽会みたいだと皮肉った。祖母は、自分が大きないびきをかくのは毒を排出しているからで、心の中に鬱積したものを、いびきをかくときに解き放っている、だから彼女の度量は広いのだと言い張った。みんなは反論して認めなかった。

「いびきは『睡眠権』をあらわしていて、女がおしっこをするのだってそうだ」。祖母は深く掘り下げて解釈した。

「そうなの！　それで？」みんなは静かになった。

　祖母が言った、女は便器に座ったら、リラックスしておしっこをすべきだ。なのに音が大きいのを気にするときは、たいてい男が近くにいる。このとき女はおしっこが便器に当たって大きな音を立てないように、ゆっくりおしっこをするから、尿道は火大《腹を立てる》し、また痛くもなる。祖母はこうも言った、男は放水するみたいに小便をするし、そのうえ大きな屁の音を力いっぱいひねり出してこううそぶいている、「俉爸《おれ》は尻にラッパをつけてるんだぞ」とね。女のつらいところは、便所に行くのでさえ心ゆくまでできないことで、それは男を気にしているからだ。

この言い方はみんなに楽しみをあたえた。とくにカツラおばさんが火に油を注いで、当時男方から彼女の家に縁談話が持ちこまれたとき、彼女は隣室の便所に用を足しに行ったが、小便の音が大きすぎて男方をびっくりさせてはまずいので、衝撃をやわらげるために手を股の下に差し入れ、先に手で尿を受けて大きな音が出ないようにしたことがあると打ち明けた。コルセットおばさんが、自分も以前は先に水を流して音を消していたけれど、今ではシャワーを浴びているのかと誤解されるくらい、反対にとても気楽にやっていると言った。すると回収おばさんが、洋式便器はやりにくいから、いつも浴室の洗い場でしゃがんでおしっこをしていると言ったので、みんなは口々にそれは「尿権」とは関係がないと言い返した。だが回収おばさんは、おしっこはしゃがんでやって初めて自分がどれくらい遠くまで尿を飛ばせるかわかるもので、年寄りの男みたいに小便の切れが悪くて一滴一滴死にそうになって出しているのとは違うんだと言った。

みんなは笑った。言いたいことを思うぞんぶん言って、最後に祖母が重ねて意見を述べた。女は男と同じように自由におしっこをしていいし、自由にいびきをかいてもいい。

「いびきの音があんまり大きいのは病気よ、そう威張れるもんじゃないわ」。エクボおばさんの目じりに涙がにじんでいる。これらの歓談が、祖母が癌にかかったことに対する彼女の悲しみを追い払うことはなかった。

「そんなに泣いたらあなたも病気になる」。祖母は眉根にしわを寄せた。

「あなたはもっとひどく泣いていたわ」

「そう？　たった今、大声で笑ってたじゃないの」

「私が言ってるのはあの夜のことよ。あなたの体ににおいを嗅ぎとったとき」、エクボおばさんは話題をもとに戻して、話の続きをどうしても言ってしまおうとした、「でもあなたはとてもよく眠ってて、いびきまでかいてた。私があなたを起こしてこのことを告げると、あなたは私よりもっと激しく泣いた」

「そのとおり！」祖母はうなずいて、「泣いてしまえばいいのさ。つらい気持ちを一度にきれいさっぱり洗い流してしまったよ。何回かに分けて泣くより、一度に思い切り泣いてしまう方がいい、おしっこを一度に超大音量でするように、そうだろ！」

　みんなは笑おうとしなかったが、心の中に淡い安堵がひろがった。祖母はつらい思いを急いで物干しにかけて乾かし、急いで取りこんだのだと思った。つらい思いは海水が日に干されるように、残った食塩はさらに続く悲しみとなる。これが祖母の人生を処理する態度だった。悲しみは孤独であり、最後は自分で持ち帰って一人で味わうものだ。しかし、エクボおばさんが同じように考えているとはかぎらず、感情の天秤がかすかに傾いていた。

「結局その晩、私たちは今後どうしようかと話し合ったけれど、話しているうちに、あなたったらまた眠ってしまった」。エクボおばさんが強く言った。

「そうじゃないよ！　疲れたから眠ったんだ」

「よく眠る気になれたものだわ」

「もともと眠れなかったんだ。どのみち死ねば存分に眠ることができるけどね。意外にも横になってるときは眠れなかったのに、座って話をしてるとすぐに眠ってしまった。持病だね」

「あなたはいつもこんなふうで、人の話を聞く気がないのね」

「いつも？」

「ときどき」

「ときどき？」祖母は肩をちょっとすくめて、「あの日初めて夜中に起きて話をしたのに、どうして『ときどき』って言えるの？」と反論した。

「一度でたくさんよ」

火薬のにおいがまた濃くなったので、みんなはしかたなく祖母とエクボおばさんの小さな口げんかを止めに入った。ところがエクボおばさんは逆にさらに悲しくなって、みんなは彼女の気持ちをわかっていない、妻や夫が癌にかかるのは不幸なこと、誰だって不安になるものだと責めた。祖母はエクボおばさんに、もう十分泣いたはず、何でもないのにいつまでも泣いているとみんなに感染するよと遠回しに言った。その場の空気が少し重くなり、窓の外の虫の鳴き声が大きくなった。

みんながずっと黙っているので、祖母は仕方なく「稽古はおしまい、解散」と大きな声で言った。トイレから出てきた黄金おばさんがびっくりして、手の中の金の玉を何粒か落としてしまい、音もたてずに地面ではねて、あっという間に見えなくなった。彼女は叫び声をあげて地面に這いつくばり、一粒でも見逃すまいと探しはじめた。しばらく女たちはみんなで地面に腹ばいになって手伝った。まるでアヒルが丸々として愛らしい大きな尻を突き出しているようだったので、鄧麗君がおかしくてたまらないふうに、何度か吠えた。

黄金おばさんがとても緊張して言った、鄧麗君、まさかおまえがこっそり食べたんじゃないでしょうね。犬は答えなかった。それからの数日、彼女はたっぷり犬のフンと奮闘することになった。

◆

台中の旧市街区のはずれに、六階建ての商業ビルがあり、エクボおばさんと祖母は清掃会社から派遣されて清掃に来ていた。この建物は当初は人気物件だったが、建築業者が倒産したあと競売に出され、数年前に大火事と強姦殺人事件が起こると地獄のように汚れ荒れ果ててしまった。経済力がある者は新しい再開発地区に家を購入して引越して行き、残されたのは賃貸の人たちか、麻薬犯罪者か、低収入世帯となった。いちばん長く住んでいる住人は第一期購入者で、彼らは年をとり、多くが独居老人だった。エクボおばさんはその中の一軒が「デンデン太鼓」で、この老人の肉がもうすぐ熟すのに気づいた。

この「デンデン太鼓」はA棟の四階に住んでいた。祖母が私にやらせようとしたのは、中にいる独居老人に、もうじき死にますよ、と伝えることだった。この仕事の難しさはここにある。たとえば玄関のチャイムを鳴らして、書留を配達したり、宅配便を届けたり、隣近所にお返しの品を配ったり、あるいはチャイムを押し間違えましたと謝ったりすることならできる。でも相手に、私は死神の使者です、あなたはもうじき死ぬことになっているので、その電報を届けに来ました、あっそうそう、ここに受け取りのサインをお願いします、なんて言えるはずがなかった。

「なぜ彼に言うの？」と私は訊いた。不可解に思えたからだ。

「私たちはこれでお金を稼いでいるんだよ。言っても信じないだろうから、まずやってみることだ」

「これでどんなお金が稼げるの？」私はますます疑い深くなった。他人に「人生の賞味期限」がもうすぐ切れると伝えたうえに、さらに高額の電報代を取ろうなんて、どんな道理があるのか。

「私たちと一緒に暮らすのなら、あなたは仕事をしなくてはいけない。この仕事が嫌いでもかまわないし、好きになれとも言わない、でも仕事はするものだ。仕事をすれば挫折があるけど、これっぽっちも挫折のない仕事なんてどこにもない。仕事とは主人がやれと言ったらやるものさ。私があなたのボスで、あなたには『デンデン太鼓』に話しに行ってもらうよ」

「私には無理だわ」

祖母はちょっとうなずいて、国民住宅のゴミ回収カートを道路わきまで押して行った。清掃車がすぐあとにやってきて受け取ることになっている。祖母は、ここには資源を無駄にする人がいるとこぼした。リサイクルできるとわかっているビンや缶をゴミ箱に捨てるので、このあと回収に来る環境保護隊から小言を言われるのだという。そこでの祖母の仕事の一つは、鉄の棒で家庭用のゴミ袋を突き破り、中からリサイクル品を取り出すことだった。

「こうしなかったら、どうなるか知ってる？」

「科料をとる」

「その通り、環境保護局がしょっちゅうやってきて団地のゴミ箱を検査して、警告の紙を置いていくけど、改善されなければ科料をとるんだよ」

「科料をとればすぐに改善されるわ。そのときには阿婆もここに腹ばいになって鉄の缶を探さなくてすむね」

「台湾はとても悪賢い。鉄の窓を取り付けてコソ泥を防いで、自分を籠の中に閉じこめておけば大丈夫だと思ってる。あのなんとかっていう動物みたいに、そうそうダチョウが頭を砂の中に隠すようなもんだ。団地には資源ごみの回収をしたがらない人がいて、注意しても無駄、警告しても無駄、それに彼らを捕まえるために人を派遣して終日ゴミ箱のそばで見張りをさせるわけにもいかない。それで、こういう人たちは相変わらずいい加減にゴミを捨てるから、とうとう環境保護局が科料を取りに来る。でも科料はなんと団地の基金から支払われているんだよ。団地管理委員会だってルール違反の人を捕まえるのは面倒だから、そこで私に一つ一つゴミ袋の中から鉄の缶なんかを抜き取るよう頼むことになる。でもこのやり方はダチョウと同じじゃないか。ルール違反をする人は相変わらずリサイクルをしなくて、でたらめに捨てているんだから」。祖母は言いながら、ゴミ箱の縁から身を乗り出して、山と積まれた汚れ物の中から鉄の火かき棒で量販店のビニール袋をひっかけて取り出した。中に入っていたリサイクル品は、フリスビー、サッカーボール、それに獅子のお面だ。これは母親が小さな男の子とけんかしたあと、かっとなって捨てたのかもしれないねと祖母が言った。

祖母はリサイクル品を分類し回収してから、ようやく言った。「あの人の人生は、このゴミ袋のようだ」

「誰のこと?」

「『デンデン太鼓』のこと、あの熟した人だよ！　私たちが彼にもうすぐ死ぬと告げてやれば、彼がまだ使えるものを回収する手助けができるかもしれない、たとえば友達とか、時間とかね」

「そういうことだったの！」私は少しわかった気がした。

「彼は独居老人で、ずっとあの部屋にこもりきりだ。おそらく死ぬ直前まで変わらないだろう。あなたが話しに行けば、もしかしたら彼に変化が起こるかもしれない。人生は資源回収に過ぎず、日ごろぽつぽつやっていようと、加減《てきとうに》やっていようと、捨てなくちゃいけないものは捨て、捨ててはいけないものも時がくれば捨てないといけなくなる」

「もっともだけど、その人の役に立つかしら？」

「役に立つ」。祖母と私は力を合わせて、団地からもう一つのゴミ回収カートを押して出た。彼女は言った。「医者から余命わずか半年だと宣告された人は誰でも、生活に変化が生まれて、すぐに人生の優先順位を並べ替えないといけないと気づく。治療を受けようと受けまいと、急いで楽しいことをしようと誰かに別れを告げに行こうと、並べ替えることができる。これは一つの過程だよ」

「でも……」。私が死刑宣告に行くのは、とても難しかった。

「でももへったくれもない、選択権はあの人にある。あなたはスイッチを入れに行くだけ、それでいい。私が一緒に行ってやるけど、自分で言いなさいよ」

それでもこれは困惑させられる仕事だった。他人に「あなたには半年の命しか残されていない」など極めて威嚇的で物騒なことをどうやって告げればいいのだろう。医者は機器による診断と、医学の素養と、良識に基づいて病状を診断する。でもエクボおばさんの超能力の嗅覚は、何に基づいているのか？　ほんとうに神の涙はあるのか？　なぜ彼女は出しゃばって、神のかわりに死の知らせを伝えようとするのか、これは彼女の信仰に反しているのではないか？　これらの疑惑は私を悩ませ、そのうえ私はこの女の団体に加入したばかりだったので、エクボおばさんが超能力をもっているのかどうかも、まだ確証を得ていないのに気づいてどきりとした。

しかし事実としては、死の知らせが降臨すると、いやおうなしにその人に人生の資源回収を始めさせるものだ。そのとき何が最重要で、何は手を緩めてもよいか、そしてどんな価値のものなら足で力いっぱい蹴り飛ばしていいか気づくのだ。祖母がまさにそうだった。いちばんいい証明は、私を人生のゴミ箱から拾い上げてくれたことだろう。それまで、自分が遠くの誰かに愛されていることを知らなかった。知られることのない愛はたとえどんなに貴重でも、人を感動させるには不十分だ。愛は目の前にあらわれて祝福され、それよりのち存在する。だから祖母は死ぬ前に私を探しに戻って来てくれたのだ。

「阿婆がもう一度病院に戻るんだったら、私、やってもいい」。私は交換条件を出した。このことを言い出すのにこれほどぴったりのときはない。これは私が提携したい祝福でもあった。

「何度も話したけど、レントゲンを撮ったら、変な白い影が見つかったと医者が言ってた」

「病院でもう一度見てもらいなさいよ」

「もう一度行ったさ、胸腔穿刺《きょうくうせんし》をやって、CT検査とか、PET撮影とか、山ほど検査した」

「お医者さんは何て？」

「そのあと結果を聞きに行ってない」

「なぜ？」

「医者の検査結果は、『牽手《伴侶》』の鼻ほどすごくはないからね」

「やっぱりお医者さんの話を聞きに行くべきよ」

「体は私のもんだ、どうなってるのか自分がいちばんよく知ってる、ときどきひどい咳をするのを見れば結果は知れたものさ」

「やっぱり病院に行くべきよ！」私は少し腹を立てた。祖母はほかの病気の老人たちと同じで、いつも自分が医者になったつもりで自分にどうすべきか言うのだ。

「あなたの気持ちはわかる、でも病気になったのは事実だ。病院に結果を聞きに行かなかったけど、医者が電話をしてきて、ほかの病院で治療を受けることにしたのかと訊かれたよ。私は違うと答えて、病院には戻らないと言った。医者はとても親切で、必ずもう一度病院に行って治療をするように、どの大きな病院でもいいからと言ってくれた。私はその医者に神の祝福がありますようにと祈ったよ、いい人だ」

「もし私が付き添ったら」、私は祖母に一つ相談を持ちかけた、「病院に戻る？」

「いやだよ、私はたくさんの癌患者を見てきた。体の部品はもともとどこもたいがい古くなってるから、病院に行って毒薬（化学療法）で癌細胞を殺したところで、結局みんな時期を早めて死んでいった」

「阿婆はおばさんの鼻を信用してるの、それともお医者さんを信用していないの」

「もちろん牽手のほうさ、あの人は間違ったことがない」

「わかったわ。でもいくらエクボおばさんの鼻がそんなにすごくても、私は阿婆に病院へ行ってほしいの、これは私のお願いだと思って。阿婆は、人生は資源回収をやることだと言ったでしょ、病院に行けば、あの親切なお医者さんが阿婆が何かを回収する手伝いをしてくれるかもしれない、どう？」
「そういうことなら考えてみるよ」

◆

あるＮＧＯのボランティアが、どんなに太陽が激しく照りつけ、雨が降り、風が吹こうと、ブランチの弁当を社会的弱者の独居老人に届けていた。ドアのチャイムを相手が出てくるまで鳴らし続け、応答がないと中で死んでいるのではないかと心配した。旧市街区のはずれにある、商業施設と共同住宅からなるこの総合ビルも、ＮＧＯの重点的な対象だった。

祖母の計画では、ＮＧＯのボランティアが昼食を届け終わるころには、彼女たちが狙いをつけている「デンデン太鼓」の警戒心が緩んでいるので、ドアを開けて応対してくれるだろう、ということだった。独居老人はヤドカリのように、決まった時間にドアを開け、指定された時間に外出して買い物をする以外の時間は家の中に丸く縮こまって、たとえ天が落ちてきてもドアを開けようとしないからだ。多くの独居老人は他人の援助を恥だとさえ思って、弁当の救済も受け入れなかった。病気で痛みがあると市販の薬を飲み、痛くてこれ以上もたなくなってようやく助けを求めるのだった。ひっそりと死んで、腐敗した死体から水が流れ出すことほど悲惨なものはない。祖母の説明によれば、ＮＧＯの人たちはこれらの老人たちと互いに細やかな連絡をとりあっており、彼らは弁当を届け終わったあと、何か言い忘れたことがあればあとで伝えに行くことがあったので、独居老人は進んでドアを開けるのだそうだ。

総合ビルは老朽化してぼろぼろで、管理組合はなく、古くからの住人が数人、ボランティアで管理を手伝っていた。だが彼らのいちばん忙しい仕事は三年前に終了していた。管理費を払おうとしない住民に対抗して、内容証明郵便を書き、裁判所に駆けこんだのだが、最後はうやむやになってしまったので、それまで管理費を払っていた人まで払わなくなってしまったという。団地が支給している清掃費は、管理組合がまだ機能していたころに集めたもので、非常に少額だったので、祖母とエクボおばさんはあまりまじめにやる必要はなく、反対にとてもまじめに団地の「デンデン太鼓」さがしをしていた。これが彼女たちがもっぱら古い集合住宅地区を選んで清掃している理由だった。

ビルのエレベーターは壊れていたが、修理するお金がないので、薄い板で封鎖されている。私、祖母、エクボおばさんは非常階段をのぼった。そこは小便臭、壁のカビやシミの腐食臭、水道管のひび割れからにじみ出る水の湿気臭などがまじりあった悪臭の他に、さらに老人男性特有の体臭もした。階段の踊り場には考えられないようなガラクタが置かれていて、靴箱、漂流木、さまざまな鉄の缶、それに二十年前の金旺バイクが壁に鎖でつながれたままになっている。そこに五十センチほどの高さの骨壺が目に入った。祖母が、それは住民が隣同士で公共スペースを争奪し合ったときの「脅しの品」で、中にはその人の父親の骨が入っていると言ったので、少しぎょっとした。ところが私たちが訪ねようとしている「デンデン太鼓」こそ、この骨壺の持ち主だったのだ。

ドアのチャイムは壊れていた。私が軽くノックし、少し待ってから力を入れてノックすると、ドアの向こう側からポメラニアンの鳴き声が聞こえてきた。ドアは私たちを五分間拒絶してから、ようやくドアノブが回り、ゆっくりと狭い隙間ができて、散らかったリビングがのぞいた。犬の糞で汚れた塩化ビニールのフロアマット、段ボール箱、ガラクタが散乱している。人は？　小犬の興奮した鳴き声が聞こえるだけだ。いきなり、二つの目が低いところから私に反撃しているのに気づいた。目は見上げたときに額にできた幾重もの皺の下に埋もれている。それは床すれすれの位置にある老人の顔だったが、床に積まれたガラクタにカムフラージュされて、すぐには見分けがつかなかった。

低い角度から向けられたその二つの目を見て、心の中をひんやりしたものがすべり落ち、言葉が出てこなかった。後ろに立っている祖母とエクボおばさんも沈黙したままだ。私たちは黙っていた。もし自分が口を開いたら、訳がわからないうちに勝負に負けて、ドアが閉められ追い返されるのではないか心配だった。

一分後、ドアが全開し、地面を這っている男の老人が姿をあらわした。髪は白髪まじりで、太ももが悪魔の手でへし折られたようにでたらめに曲がっていたので、ちょっと気味が悪かった。蒼白な顔には墨汁を振りまいたようなシミが一面にできていたが、彼は笑いながら言った。「入りなさい！　あんたらをずいぶん待っていたよ」。ポメラニアンは鳴きやまず、永遠に吠え続けるのではないかと思われた。

私のさめた気持ちはさらに強まり、もし老人が拒絶したらそれで終わりにするつもりだった。ところがそうではなくて、久しく離別していた古い友人のように私たちを迎え入れたので、キツネにつままれたような気がした。後ろの祖母が軽く私の背を押し、蒸し暑い家の中に入るよう促した。そこはたとえて言うと、尿意を我慢できなくて男性トイレに間違って駆けこんでしまい、二列に並んでいる十数人の便器に向かっている男の老人から振り向いて見られたような、そんな気まずさがあり、男の老いた肉の体臭が充満していた。

「さあかけて！　厝内《いえのなか》は散らかっておってな、膨椅《ソファー》を見つけ出して座れるといいんだが」。床に腹ばいになっている老人が言った。口調はとても丁寧だ。

今ようやく目の前の男の人をしっかり観察することができた。彼は足に傷を負っており、左の太ももが内側にくぼんで、黒褐色に変わり、そこの肉は消えて、薄くて毛穴のない新しい皮膚が大腿骨を覆っていた。足を支える力を失った彼は、スケートボードに座って移動していたので、ドアを開けたときに床のところから私たちを見上げる格好になったのだ。年老いた彼の体は縮み、『ロード・オブ・ザ・リング』に出てくるホビット人のゴラムを連想させた。

このゴラム老人のリビングはまるで強烈な台風が過ぎ去ったあとのようで、ソファーは見当らず、十年あまり堆積してきたカビの生えたガラクタの山の中に消え失せていた。片づけるよりも、もう一度強烈な台風にきれいさっぱり吹き飛ばしてもらうほうがよさそうだ。ゴラム老人は私たちの困り果てた様子を見ると、スケートボードに乗ってガラクタの隙間にできた通路を滑って行き、力を入れてゴミの山を押した。すると中から毛筆で書かれた楷書体の古いアルミの看板が出てきた。その「刻印開錠」の文字から、これが老人の昔の仕事だったことがわかる。私たちがそのアルミ板の上に座ると、バリバリと小さな音がして、大きな氷の塊の上に座っているような気がした。

「ちょっと待ってもらえるかな？」ゴラム老人が言った。

「午後一時までなら待てますが、そのあとは仕事が入っています」。祖母は三十分しかここにいることができず、そのあと団地に戻って清掃をしなければならないのだと予定を告げた。

「あんたらを歓迎するよ」

「ありがとうございます」

「体を洗う時間をくれないか、自分を浄気《きれいに》したい」

「いいですよ」

ゴラム老人がスケートボードに乗って浴室に入ると、車輪がタイルの目地に当たって耳をつんざく音を立てた。ポメラニアンの敵意のある鳴き声がしずまり、皿の中の水をなめはじめた。私たちはじきに部屋の悪臭に慣れるだろうと思ったが、すべてが入ったばかりのときと変わらず強烈で、抜け出すことができないでいた。水を飲み終えたポメラニアンがまたしきりに吠えている。私は声を大きくして祖母に尋ねた、何が起こったの？　なぜ老人は私たちと親しいふりをして、しきりに礼儀正しくするのかしら。祖母は肩をちょっとすくめて、彼女もさっぱり訳がわからない、部屋に入ってすぐどうも変だと思った、と言った。そして、この老人は祖母が会ったことのある老人の中で最も変な底生生物《ていせいせいぶつ》で、目の前の敵意をみなぎらせているポメラニアンより難解だ、もし女三人で仲間をつくってこなかったら、鳥肌をたてて逃げ出していたかもしれないと言った。

ゴラム老人は体を洗い終わると、スケートボードに乗って出てきた。素っ裸で、老いて皺だらけの体を、ゴロゴロと滑らせながら、まるで十万倍に拡大した精子のように滑り出てきた。三人の女はこの場面を受け入れられず、尻の下のアルミの看板が氷が砕けるような激しい音を立てた。私たちがそれでも我慢できたのは、この老人に敵意がなかったからだった。たとえ彼の老いた皮膚が、まるでＸＸＬサイズの雨合羽のように、腹部と尻に折り重なっていたとしてもだ。

彼は汚れて散らかった寝室に滑って入った。ガラクタが天井まで積み重なっていて、嘘ではなくほんとうに、私たちはベッドがどこにあるのか手掛かりさえ見つけられなかった。ゴラム老人は長い間ひっかきまわして、何かを懸命に探している。彼の記憶が不確かでないなら、ガラクタが多すぎて見つからないのだ。すると、ものすごく高く積み上げられたガラクタが突然崩れ落ちてきて老人を押しつぶし、手掛かりも消えてしまった――シャーロック・ホームズでさえ事件解決は難しいだろう！　私たちはガラクタの山から彼を引っ張り出してやったが、きれいに洗ったXXLサイズの皮膚がまた汚れてしまった。私はため息をついて、独居老人の最大の悲哀は、断捨離できず、自分が宝物だとみなしているゴミの山の中で溺死することではないかとつくづく思った。

私はついにゴラム老人が探していた黒い紙の箱を見つけてやった。箱の中には古いけれど、きれいに洗濯された濃い青色の裏地付きの上着と赤いソフト帽、それに梅の花を刺繡した紫色のカンフーシューズが一式入っていて、老人は難なく服の中に潜りこんだ。すべてがまるで母体の中に戻るように、体は安らかで落ち着いていた。

「ちゃんと攢《準備》していたこの服を、今着ることができた、わしは十年待った」と彼は言った。

「とても大範《高貴》に見えますよ」。エクボおばさんは彼の表情が生き生きしているのを褒めた。まるで十五年間一人暮らしをしてきて、今初めて外出して友人を訪ねるときの格好に見えた。

「ほんとうのことだ」

「でも、万勢《ごめんなさい》、時間があまりないのです、私たちは仕事に行かなくてはならないんです」。祖母はもう一度午後の清掃時間のことを思い出させた。

「わかっている」。ゴラム老人は箸を持ち上げて、テーブルの上の弁当の残りを食べ始めた。「これはわしの最後の食事だ、腹いっぱい食っておかんとな」

　この言葉は私を錯覚させた。ゴラム老人は食事を終えるとまさに死に赴こうとしており、この身に心残りはないと言っているようなのだ。私たちは無言で見つめあったが、心に答えが浮かんできた。この謎を解く手掛かりは室内に入ったあのときに戻るのがよさそうだ。ゴラム老人は私たちを「彼の魂《たましい》を持ち去るために来た幽霊」だと思いこんでいるに違いない。これはまさに彼が久しく待ち望んでいた来訪だった。しかし私たちはこの仮説にまだ確信が持てなかったので、もう少しいろいろ聞きただしてからにしようと思った。

「私たちをどれくらい待ったのですか？」私は電流がヒューズを流れるように次々に質問をして、もし容量オーバーで焼き切ったらそこでやめるつもりでいた。それに祖母からもっと質問を続けるようずっと合図を受け取っていた。

「十年」

「この寿衣〔死装束〕……」

「啥咪《何が》寿衣だ、老嫁粧＊と言うんだ」。ゴラム老人に怒った気配はなかった。「頭にまだ毛も角も生えていない青二才が出てきて実習しておるが、あんたのそばの目上の人によく学ぶことだな」

「この老嫁粧を」、私は申しわけなさそうな顔をして言い直し、用心しながら訊いた、「何年攢《準備》していたのですか？」

＊寿衣の言い換え。古い嫁入り道具の意で、最後に家を出るときに着ることから。

「十年前に準備を済ませて、時間があるときに取り出して洗っていたが、三年前どこに置いたか忘れてしまって、ずっと箱の中に入ったままになっていた」

これは私の予測と合致した。祖母が私に向かってうなずいたが、私は反対に首を振った。なぜなら次にどんな質問をするか計画を聞いていないからだ。幸いゴラム老人は黙々と弁当を食べていて、腹いっぱい食べることを命のピリオドとみなしていた。私たちもこれを借りて一息いれる空間を得て、後半戦を迎えた。

「あなたは私たちが誰だか知ってるのですか?」エクボおばさんが尋ねた。実にいい質問だ。ゴラム老人が私たち三人の女をどう見ているのか私たちも知りたかった。

「すぐに看迴過《見抜いた》」

「まあ! あなたは初めて見抜いた人ですよ」。祖母は声を大きくして、勢いに乗じて言った、

「さあ話を続けて」

ゴラム老人のまなざしに光が増した。「この数年、わしら年寄りの間で怪しげな噂があってな。六十歳くらいの痟査某《頭がおかしな女》が二人いて、特徴はエクボがあるということだった。彼らが言っていたのはあんたたちのことだ、わしはひと目ですぐわかった」

「さすがですね、あなたの友達はなんて言ってました?」と祖母は褒めた。

「彼らが言うには、二人の査某《おんな》は佯顛佯戇《バカなふりを》しておるが、話をすると、その人は死ぬんだそうだ」

「まあ!」

「みんな言っている、この二人の年寄りの査某は牛頭馬面《ごずめず》の化身で、彼女たちを見たものは誰でも、啥咪《なに》も話さなくても、どのみち穏やかに死んでいくとね」

私たちは思わずかすかにほほ笑んだ。ゴラム老人は私たちを妖怪のように思っていて、話せば話すほどでたらめで、祖母とエクボおばさんを死神扱いしている。どんな角度から見ても、ひとり暮らしは人を過度の幻聴に陥らせるものだが、彼のこの種の豊かな連想は、私が彼に死亡宣告をするときにあまりプレッシャーがかからないようにしてくれた。

「先に一つやらんといけないことがある」。ゴラム老人は、弁当箱と箸を置き、手招きしてポメラニアンを呼びよせた。

そのあと、世にも恐ろしい光景が目の前にあらわれた、それも一瞬の間に……

ポメラニアンはゴラム老人の胸に飛びこんで、主人の愛撫を受けていたが、私たちへの強烈な敵意はなかなか消えなかった。敵意は、主人と長い間一緒に過ごしてきた彼らだけの時を私たちが奪い取っていることに対するものだった。その敵意が黒い瞳の中で瞬時に燃え盛り、そのあと消えて、涙になって流れ出た。そのうえ小犬は事情を理解しているかのようにゆっくりと死んでいき、慈悲をたたえて目を閉じた。

これはつまり、ポメラニアンを撫でていた老人が突然その首をつかんで、瞬時に絞めたからだった。犬は鳴かず、四肢をけりながら、体を震わせ、眼を閉じて涙を流した。これらすべてがあまりに唐突に行なわれたので、私たちは反応が間に合わず、小犬がもうすぐ死ぬというときになってようやく、三人の女が駆け寄って救出したのだった。

「死なせてやってくれ」。老人は大声で叫んだ、「先に死なせてやってくれ、こうしないとそれはわしを食うんだよ……」

衝突がおさまり、平静に戻った。

◆

室内は昼間なのに薄暗く、窓はあるのに塞がれていて、静かになると、あとには一日中つけっぱなしのテレビから流れるバラエティー番組の笑い声だけが残った。独居老人の最良の家族はテレビだけになり、それはいつまでも話しかけてくれて、一日中話しやめることがない。番組が次々に換わり、どんな役柄の人もご機嫌を取って笑わせてくれて、現実世界の赤の他人のように無表情ではなかった。

ポメラニアンは意識不明の状態にあり、反対にテレビの司会者の笑いはとても仰々しかった。ゴラム老人はたった今犬を絞め殺そうとした。もし私たちが阻止していなければ、小犬はすでに命を落としていただろう。今、ポメラニアンはガラクタだらけのテーブルの上に横たわっているが、まだ意識が戻らない。テーブルのビニールクロスは長年の油あかでべたべたしているので、小犬がハエ取り紙にくっついて身動きが取れないのかと思わせた。もし犬の意識が早く戻らなければ、永遠の眠りにつくことになる。時間は刻々と過ぎていき、誰もがいたたまれない気持ちになった。

ゴラム老人は自分の軽率さを後悔し、一歩近寄って、小犬の前足を軽く引っ張った。反応はなく、前足はぐったりしている。ゴラム老人は何度か小さな声で呼びかけていたが、耐えきれなくなって泣き声をあげながら、犬の腹をさすった。

この世は不思議なことに満ちている。それを解く秘訣のカギがどこにあるのかわかればいいのだ。エクボおばさんが手を伸ばして、ゴラム老人の手をつかみ、小犬の胸元を押さえさせた。そして自分は身をかがめて、手で犬の口と鼻を囲いこみ、息を吹きこんでから、力を入れて犬に心肺蘇生のマッサージをした。これが何度か繰り返された。

ポメラニアンが目を開いて、天井を見つめ、胸部がゆっくり起伏した。次の瞬間、犬は身をひるがえして、ゴラム老人の顔にすり寄り、舌で彼の悲しい涙の跡をきれいに拭き取った。主人が計画的に犬を絞め殺そうとした犯人だとは思っていないのだ。そばにいた人たちはみな深い愛情を感じた。彼らは少し前にすんでのところで相手の手の中で死にかけたけれども、今はもう互いの手の中で思いやっている。

「あんたは菩薩だ」とゴラム老人は言った。

「菩薩でも、牛頭馬面《ごずめず》でもない、私らは人間です」と祖母が言った。

「犬を助けたのだから、菩薩だ」

「何はともあれ、菩薩になるほうが牛頭馬面になるよりずっといい」。祖母はうなずいて言った、「菩薩ならよくない知らせを伝えたとしても、あなたは受け入れやすいかもしれない」

「菩薩は常にいい知らせを持ってくるもんだ」。老人は言った。

「悪い知らせなのよ！　あなたはあと半年の命です」

「……わしはあと半年しないと死なないのか」。ゴラム老人は数秒間沈黙して言った。「さらに半年持ちこたえなければならないのか！　どうして今死ねんのだ」

「半年かけて自分の気持ちを整理できるじゃないですか」と私が言った。

「気持ちの整理？　あんたはほんとうに心が健康な人だ」。彼はため息をついて言った、「わしはあんたらが牛頭馬面で、すぐにわしを死にに連れて行ってくれるとばかり思っていた。なのに今は菩薩に変わって、わしに半年多く時間をくれるという。だが半年引き延ばすのは、まったく悪い知らせだ」

　この言葉にみんなは泣くに泣けず笑うに笑えず、ゴラム老人の死の決意が固いことをひしひしと感じた。未来に希望がなく、毎日死神がドアをノックしに来るのをいちばんに待ち望む。彼の心の腐敗した風景がごった返した生活空間に投影されていた。死、それは彼の命の最高の預け先なのだ。

「でも小犬を絞め殺すことはないでしょう！」

「わしが死んだあと、誰にも発見されないと、犬は食べ物がなくなって、わしを食うんじゃないかと心配だったんだよ」

　そういうことだったのね、三人の女の胸にしまわれていた疑問が解けた。それはいかんともしがたいことだったが、事実だった。多くの老人が家で亡くなると、飼っていた犬に食い荒らされ、最後は隣の住民がひどい死臭に気づいて警察へ通報する。これらの犬はひどく飢えていて、死者の肉を完膚なきまでに食べつくし、体をバラバラに食いちぎっていた。発見されたとき、ひどいのになるとあたり一面に崩れて散らばったレゴブロックのような白骨しか残されていないこともあった。この種のニュースはたびたび耳にするが、みんなで激しい議論を戦わせたあと次第に忘れ去られ、次に事件が起こるとまた「誰が責任を負うのか」という舌戦が繰り広げられるのだった。ゴラム老人はすでに死期が来たと自分で思いこみ、自らポメラニアンを殺して道連れにすることで、犬に食べられるのを免れようとした。しかし、お供の忠犬が息絶える様子を見て、すぐに目が覚め、血も涙もない自らの残酷さを責めた。

「犬はこんなに小さくて、利口だから、あなたを食べたりしませんよ」。ポメラニアンが徐々に元気を回復していくのを見守っていたが、まだ私たちに向かって激しく吠えたてるほどには回復していなかった。

「いい連れ合いだが、ひどいバカで、利口じゃない」

「利口な犬は人を食べないし、飼い主が病気で倒れたときは、走って助けを呼んで来るんですよ」

「ほんとうか?」

「目が利口そうね、ちょっと抱いてみませんか、もっと利口になりますよ」。私は褒めることで、飼い主の犬に対する感情をかき立てた。

ゴラム老人は犬をしっかり抱きしめ、キスをした。気持ちがとても込もっていて、他人でさえその犬が「忠犬が飼い主を救う」芝居を演じる能力を持っているのが見て取れた。

「私たちには鄧麗君という名前の犬がいて、とても利口なんです。私たちの誰かが倒れたりしようものなら、大きな鳴き声でほかの人に助けを呼ぶんですよ。この犬も利口だから、あなたが倒れたのを見れば、きっと大きな声で吠えますよ」。私は鄧麗君の特技を披露した。

「たいしたもんだ」

これはほんとうのことだ。ただし鄧麗君の反応は本能ではなくて、訓練を経たものだった。鄧麗君という警報器は移動することができて、誰かがしゃがみこむのが目に入ると、確かめに近づいていって、もしその人が地面に倒れていれば、すぐ大きな声で吠えた。この女たちのグループに出会ったそのときからずっと、鄧麗君がしゃがんでいる人に対して疑心暗鬼になっているように見えたのは、自分の責任を果たしていたのだった。「死道友」は以前、代わりに新しい犬を訓練しようと考えたことがあったらしいが、鄧麗君の気持ちを考えてとりやめにしたという。それでおばさんたちはときどき酔って倒れては、老犬のためにちょっと仕事をこしらえてやり、吠えさせているのだそうだ。

ここまで考えると、私はゴラム老人に言った。「あなたはこの犬を手放して、安心して死ねますか？」

老人は答えず、ただ犬を抱きしめて自分たちの愛情を示してから、ようやく言った。「それは仕方がない、人はいつか死ぬときが来る。犬が先に逝かなければ、わしが先に逝く」

「私が犬の世話をします」

「目的は？」

「私たちがここに来たのは理由がないわけではありません。あなたは『往生互助会』という組織を聞いたことがあるはずです、これが私が来た目的です」。私は大胆に「往生互助会」の名前を口にした。これはゴラム老人の家に入る前に、祖母が私に説明してくれた奇妙な組織のことだ。

「わしは入ったことがある。三年前、互助会に会費を払ったが、なんでも死ぬとまとまった金を受け取れるということだった。だがわしはまだ生きているし、際限なくお金を払い続けるのは、金を水の中に捨てても音がしないようなもんだ」。ゴラム老人が言った。

「やっぱり知ってたんですね、それでは話が早い」

「往生互助会」は無尽講とその性質が似ていて、会員は主に老人だった。最初は善意から始まり、会員は定期的にお金を出しあって、老人が死ぬと葬儀代と遺族の救済に回していた。ところが思いがけず変調をきたして、さまざまなマネーゲームをやる「往生互助会」に発展していき、賭博の性質を帯びるようになった。ある行き過ぎた「往生互助会」は、老人が入会する際に煩雑な健康診断書の証明は不要で、入会後、早く死ねば掛け金よりも多くの葬儀代を得ることができた。中でも積み立てを始めてすぐこと切れるのが最大の勝者で、死亡証明書があれば互助会のカウンターに行ってお金を受け取ることができた。

誰か組織のリーダーになりたがる者がいさえすれば、この世の中はどんなものでも、資産とゲームに転換でき、死もそれに含まれる。「往生互助会」は、老人たちが一枚のくじに圧縮されて、くじ引きの筒に入れられ、死神が死のくじを引いたあと、「おめでとうございます、あなたは亡くなりました、賞金を受け取りに行ってください」と告げられるゲームに似ていた。このゲームはマネーゲームであり、すぐに金儲けの手づるになった。死神の慧眼を持っている者なら誰でも、死にかけている老人に何倍か多く手持ち資金をつぎこませれば、間違いなく金儲けができた。

エクボおばさんは死神の鼻をもっているので、「往生互助会」のマネーゲームに足を突っこんでいた。「死道友」の共同生活を運営し維持するために、お金が必要だったのだ。これはカトリック教徒のエクボおばさんにとってはつらい試練となった。天賦の才能が、堕落して邪悪な不正の道に使われるのだから。彼女が結局その気になったのは、老人が共同生活をする団体が台湾各地で続々と誕生し、「往生互助会」から得た利益で彼女たちを援助することができるからだった。祖母はこの種の生活を推進する重要発起人で、彼女たちを支援していた。彼女たちはみな高齢の女性であり、通常、社会的地位が低く、経済能力が劣る人たちだったが、一緒に住んで生活することを望んでいた。

　私の考えでは、ゴラム老人のように自宅で独居生活が長い人は、「往生互助会」のことは聞いたことがないはずだった。しかし彼は言った、三年前に、彼の唯一の友人からネズミ講の形で引っ張りこまれ、半年分の月会費を払った。これで葬儀代が手に入ると考えたのだ。だがなかなか死ねず、葬儀代もパアになった気がしたので、いっそ支払いをやめてしまった。それで友人は怒って二度と訪ねてこなくなったという。

「今、もう一度『往生互助会』に加入すれば、お金をあなたの犬に残すことができます」。私が言った。

「わしにはもう金はない」

「お金は私たちが出します、心配はいりません」と祖母が言った。彼女の顔は真っ青で、少し気分が悪そうだったが、何度も私に大丈夫だと合図をした。

「あんたはわしの死人の金を稼ぎに来たのか」

「そこまで聞こえは悪くないけれど、でもだいたいそういうことです」。祖母は数回咳をして、言った、「私たちはいくつか老人団体を持っていて共同生活をしていますが、中には経済状況が悪い人もいます。もしあなたが同意すれば、私たちはいくつかの互助会に多めに出資して、その分多くお金を手に入れることができます。でも私たちは良心のないお金は手にしません、あなたの葬儀をきちんと執り行なうことも、あなたの息子同然の犬の後半生の面倒も見てあげることができます」

「わしはこの一生、いちども他人のことを考えたことがなかった、昔もそうだし、今もそうだ」。

ゴラム老人はここまで言うと、静かになって話をやめたので、テレビから乱暴な笑い声が聞こえてくるだけになった。ポメラニアンがワンワンと吠えると、ゴラム老人は振り向いてその無邪気な顔を見てから、ようやく言った。「だが、それの世話をしてくれるのなら、あんたたちがわしの名義で『往生互助会』に加入するのに喜んで同意するよ」

「感謝します」。私は言った。

「わしに感謝はいらんよ。わしは薄情な人間でな、今では妻も息子も会いに来ない。きっとわしを恨んでおるのだろう。わしの人生の後半は一人ぼっちだったが、きっと現世の報いだ。この犬だけが残り、わしの家族なんだよ。この犬は幸せに生きるべきだ。わしが死ぬとき、この犬がわしのためにちょっと泣いてくれれば十分だ、泣いてくれる後代がいるのは幸せなことだ」

「わかってます」

「全部任せたよ、ありがとう」。ゴラム老人はスケートボードから起き上がって、地面にうつぶせになると私たちに深々とお辞儀をして言った、「わしの代わりにこの息子をよろしく頼む」

◆

私はついに祖母を病院に入れた。

首を絞められて意識を失ったポメラニアンをゴラム老人の手から奪い返したとき、彼女は胸部をテーブルの角にぶつけてしまい、額の玉の汗と頻繁な咳で体から危険信号が発せられた。祖母は忍耐力で自分を落ち着かせ、さらにゴラム老人と話をすることもできた。そして相手が「往生互助会」の加入に同意するまで我慢してから、ようやく体が緩み、立ち上がったときに、何度かふらついて、山と積まれた柔らかい紙の箱の上に倒れた。それはゴラム老人が食後きれいに整理した千にのぼる紙の弁当箱で、きちんと重ねて積まれていたので、祖母の病気の体を受け止める最良の捕手になった。

病院に搬送するために私は救急車を呼んだ。祖母は拒絶することなく、わずかに残った力で咳と激しい喘ぎに立ち向かっていたが、幸い救急隊員が酸素マスクをしてくれたので、呼吸が穏やかになった。急患室で、医者は彼女に点滴をした。一世代上の人にとって生理食塩水の点滴は特効薬で、体がすぐに元気になると信じていた。気力を取り戻した祖母は退院すると騒ぎ出し、こんな屠殺場にはいたくないと言った。患者がいたるところで横になっており、通路にもベッドがぎゅうぎゅう詰めで置かれていた。そのうえ急診の入り口は怪獣の口のように、ひっきりなしにいろいろ奇妙な怪我人を飲みこんでいた。しかし、医者は尿検査と血液検査の結果が出てから、それを見て決めると言って譲らなかった。

レントゲン室の診療放射線技師が車椅子の祖母を押して出て来ると、数分後にはもう、連絡を受けた医師がやって来た。彼は祖母の胸部レントゲン写真に白い影があると言った。私は医者に、祖母は胸部をテーブルの角で強く打ったので、内出血をしているのかもしれないと伝えた。医者は、白い影は胸腔出血によってできたものではなく、そのうえ患者の意識は現在はとても良好だと言った。

「肺腫瘍です」。私は医者に祖母の病状を伝えた。

「その可能性はありますが、すぐには断定できません。胸腔科に回って少し検査をする必要があります。胸腔穿刺《きょうくうせんし》やCT検査などです」

「実は祖母はこの病院ですでに検査を受けたことがあるのです。ただ、再診に行かなかったので検査報告は見ていません」。私は医者をフロアの隅に引っ張って行って、彼のプロの力で祖母が医者にかかるよう説得してほしいと頼んだ。

医者は開放式の診察室に戻って、ネットで祖母の診察記録を調べ、考えこみながら左手でテーブルを叩いていたが、最後にようやく、祖母の状況はさらに様子を見る必要があるので、ひと晩病院に残って、明日午後の胸腔内科の外来診察を受けてください、先に受付をしておくよう看護婦に伝えておきます、と言った。

私はそれを聞くととてもうれしくなって、できることなら携帯を取り出して医者と自撮りをし、フェイスブックに貼り付けて公表したくなった。しかし、私はフェイスブックの孤児になっていた。みんなの外に孤立させられて、まるで賑やかなSNSの中に女の幽霊が生きているようなものだった。でも、ネットの穴から飛び出して、老女たちの穴に転げ落ちたのは、私の一生で最も特別なめぐりあわせなのだと強く思うのだった。

午後四時、あのT3が救急診察室の外に停まった。四人の女が横に一列に並んで、診察ゾーンに入ると、あたりをきょろきょろ見回して、仕切りカーテンをめくって中を見たり、頭を低く下げて患者の顔をのぞきこんだりした。突然、カツラおばさんが太陽の余熱がまだ残っている日傘を高く上げ、二十メートル先の片隅に向かって振りかざすと、その方向にいた人がみんな慌てて身を避けた。というのもそのあと四人の女がそこを大砲の弾のように突進して、祖母を取り囲んだからだった。彼女たちは、カットフルーツを彼女の口に入れて食べさせ、しんがりのコルセットおばさんは、保温鍋を手に提げて、丹精こめて煮こんだキノコ入りチキンスープとおかずやご飯を差し出した。

祖母が、体調はまあまあで、おなかはすいていないと言った。女たちは「あんたはいつもそうなんだから。頑張って食べたほうがいい」と騒いだ。祖母が無理やりご飯を茶碗半分ほど食べて手を放すと、女たちは早速ポケットから茶碗と箸を取り出して、床にしゃがんで、わいわいがやがや残り物を夕食代わりに食べ始めた。チキンスープを飲んで鶏肉をかじり、鶏がまだ生きているみたいにくちゃくちゃ音を立てて食べた。こうやってまた老女たちの食べ物誘導作戦が功を奏し、祖母は残り半分のご飯を食べ終え、スープを飲み、おかずを少し食べて、急診室の患者のなかでいちばん退院が近い模範的な顔色になった。

「食事ができるのはいいことだ」。回収おばさんは言った、「食べられるなら病気じゃない」

「病気じゃないなら退院だ。ほら、ここの雰囲気はよくないね、金儲けをしている医者だけがいちばん顔色がいい。あまり長居しすぎると、病気じゃなくても病気になってしまう」とコルセットおばさんが言った。

「だめよ」。私はきっぱりと言った。

「私は病気じゃないんだから、退院するよ」。祖母は一日でも残ろうとしない。彼女はたった今、変形性関節症と心臓病と高血圧症を患っている八十代の高齢の患者とおしゃべりをして、三日間も病院に留め置かれているがまだ病室の手配がなされないという情報を手に入れたばかりだった。

祖母がもし病院に残るのであれば通路のベッドで夜を明かさなければならない。

「夜を明かせというならそうするまでよ、私が付き添う！」エクボおばさんも私の「密航計画」

に賛同して、祖母を翌日の午後の外来診察まで引き留めようとした。

「いやだよ！」

「でもお医者さんが、ひと晩病院に残ってもらって、もう少し様子をみたいって言ってたでしょう」と私が言った。

「そうだ！　みんなで一緒に泊まろう。適当に場所を探して寝ればいい、嫌がっちゃだめだよ！」回収おばさんがみんなに好きな場所を見つけて寝ようと言った。

みんなは口々に、床に段ボールを敷こう、四色牌《スーソーパイ》はちゃんと持ってきたからね、そうだ鍋や碗も広げよう、と言いだした。エクボおばさんが、みんなに帰るように言った。ここは観光地ではないのだから、騒いではだめ、患者はみんなつらい病気の中でもがいていて、笑い声が増える分だけ彼らに苦しみを与えることになるのだと。コルセットおばさんは言った、わかった、さあみんな早く家に帰るよ！　優しく甘い恋心はこの二人の「カップル」に残しておこう。一分でも長居したら、どのみち妬けてきて破裂するのがおちだ、医者に縫ってもらったって世話をしてくれる相方はいないしね。

みんなはもっともだと思い、碗や箸をポケットに押しこんで、保温鍋を提げて出発したが、診察ゾーンを横切るときに、若くてかっこいい医者に向かって懸命に色目を使うことも忘れてはいなかった。私も一緒に帰った。エクボおばさんは祖母の世話ができるし、たとえこのひと晩にあまりくつろいで語りあえなくても、手をつないで二人きりでいる時間は増えるはずだ。

私たちは明日の夕方、病院に彼女たちを迎えに行く約束をした。

コルセットおばさんに頼まれて、一緒にヤミ医者に会いに行った。彼の名前はジョブズと言った。

◆

今ようやく、コルセットおばさんがなぜ昨晩祖母が病院に泊まることに賛成したのかがわかった。彼女が今朝医者にかかるのに都合がいいからだ——祖母は彼女の運転距離を厳しく管理していて、毎日実際の走行記録をとって、でたらめにあちこち行かないようにしていた。いったい一人の女がどこまで行けるというのかしら？　今日私はその証人になった。

車齢二十年あまりのＴ３に乗りこみ、エンジンがかかったそのときからずっと、車の部品のどこかが壊れているような錯覚に襲われた。それとも運転のせいなのか、彼女の運転の腕は肝心なときにダメになる。でもまもなくして、それが祖母の統制からくるものだと気づいた。祖母はマーカーペンで警句を車内一面に書きまくっていた。たとえばバックミラーの端には「左右から来る車に注意」、ギアには「車を下りるときはサイドブレーキを引く」、ヘッドライトのボタンには「車を下りるときは切る」と書かれ、ハンドルには「ここが真ん中」と書かれていて、どれだけハンドルを回したか識別できるようにしていた。祖母がこう書いたのはコルセットおばさんに油断させないためなのだ。車を発進させた後、それらの警句が言葉を発しはじめたのが感じとれた。

運転席の上方のサンバイザーに「振り返って物をとるのは禁止」と書かれているのが目に入ったけれど、意味がわからなかった。車が動き出したあとで、私がふと振り向いて後部座席の鄧麗君を見ると、その両目が純真にこちらを見返した。私は思った、それはおそらくコルセットおばさんが犬の世話に気を取られないようにという意味かもしれない。はっきり聞いてみようと思ったとき、彼女が車を止めて、降りるよう急き立てた。私はやっと平坦な世界に戻ったのだ、ほんとによかった。

コルセットおばさんは鄧麗君を梱包用バンドで編んだ花かごに入れ、二十数キロの犬を手に提げた。これは腰を痛めている老女にはおそらく致命的な一撃だったはずだ。だが彼女はそれに真っ向から反撃を加えるように、手に提げるとすぐに歩きだした。体が片方にひどくゆがんでいた。

ヤミの診療所は市の中心から外れた田舎の小道に面したところにあり、農家の住宅を使っていた。母屋の前の庭に雨避けの庇《ひさし》が組まれて、その下に病人が十人ほど並び、門のところには体の不自由な人を乗せたリハビリ用の小型バスが停まっていた。私はそこで宗教がかった自虐的な儀式の光景を目にした。二人が大きな音を立ててしきりに背中を壁にぶつけていて、この種の民間療法はまるで肉体をハンマーに見立てて家を解体しているように見えた。さらにある人は斜めに渡した板の上に裸足で立って足の筋肉トレーニングをしていたが、平衡を保ちながら、顔に苦痛の表情を浮かべていた。ほんとうはこれ以上紹介したくないのだけれど、ほかにも金属製のブラシで背中をたたく者、腕を内出血するまでたたく者などがいて、この種の民間の自己治療は肉体を自虐することで霊魂を呼び戻すとされていた。こんなに大勢の人が来ているので、列に並んでしばらく待たされるに違いないと思っていると、意外にも回収おばさんが歩いてきて、もうすぐ順番だと言い、そのあとコルセットおばさんの手から五百元の順番取り代行費を受け取った。彼女は朝早く自転車でやってきて代わりに受付をしてやったのだ。今日これだけ稼げばもう十分だ。

診察室は広くはなく、壁に医療と農耕の神様である神農大帝を竹片で描いた絵が掛っていて、絵と一緒に内容がはっきり読み取れない一通の手紙が貼り付けられていた。ヤミ医者は籐椅子に腰かけ、裸足で、肌着のシャツを着て、肘を塗装が剝げたテーブルの隅に置いていた。空気中に濃厚な漢方薬のにおいが立ちこめている。ヤミ医者はコルセットおばさんが入ってくるのを見ると、彼女に向かって中指をしきりに上下に動かして、「待ってたんだ、よく来たな」とでも言うようなしぐさをしてから、よく響き渡る声で言った。

「きっと肺、癌、だな！」

「天寿《まったく》その通りです、まさに神、医、だ！」コルセットおばさんが、まるでロトに当選したみたいに、興奮して叫んだ。彼女は椅子に腰かけもしないうちから、癌保証書を配布されたのだ。

私はまったく信じられなかった。ヤミ医者がでたらめに病状を推測して言ったというのに、腰痛を見てもらいに来たコルセットおばさんは反対にとても喜んでいる。気をよくしたヤミ医者は自慢話をして、八年前に「林檎（lin-goo）をひと口盗み食いした」スティーブ・ジョブズがすい臓癌を患ったのを自分は見抜き、彼に手紙を書いて注意を促したことがあると言った。後ろの額縁に入れられたその手紙を指しながら、これは返送されて来たものだが、ジョブズが三年かけて中国語を学ぶ気があったなら生き続けることができただろうにと言った。そして、額縁の上の彼に叩かれて汚れができたところをまた叩いた。まるでジョブズの強情と愚かさをしかりつけてでもいるように。

聞くところによると、この伝説のために、みんなはこのヤミ医者をジョブズと呼んでいるのだそうだ。

このあと、ジョブズはコルセットおばさんの脈診をして、何度もうなずいた。それから彼女の目玉を凝視し、彼女の舌の舌苔をつぶさに見た。ヤミ医者ジョブズは両方の手の平を上に向け、親指と他の指をこすり合わせていたが、突然十本の指の動きを止めて、こう言った。「この病気にかかって三年になる、つらかっただろう」

「おっしゃる通りです」。コルセットおばさんの目から涙がこぼれ落ちた。

「西洋医は治療の施しようがないと言ったはずだ」

「はい」

「これほどの高齢で、手術をして、肉体を切り開き、毒薬（化学療法）で全身の癌細胞を殺す、これでは人はたまったもんじゃない」

「そうなんです、神医！　今日来てよかった」とコルセットおばさんが大声で叫んだので、外の患者でさえ頭を突き出して中の様子をうかがった。彼女はまたこうも言った、「私は本心から大きな声を上げたのです、割引してもらえますか？」

「本心に値切りはない」

「それもそうだ」。コルセットおばさんはこう言うと、頭を上げて私を見ながら、もう一度「それもそうだ」と繰り返し、それから鄧麗君を見ながら、言った。「それもそうだね！　いい子だ」

幸いコルセットおばさんが私を見たおかげで、私の心に温かい気持ちがこみあげてきて、さらに答えが浮かんだ。彼女は祖母のために問診を受けているのだ。コルセットおばさんの腰の病気は不治の病ではないが、体を張って肺癌の祖母のために奔走してくれている、そう思うと胸が熱くなった。なぜだか知らないが、私も祖母のために何かしたい、もしかしたら民間療法はほんとうに効き目があるのかもしれないと思った。すると目の前のヤミ医者が、背後の神農大帝のように光り輝いて見えてきた。神農大帝は国家試験を受けていないけれど、同じように人を救ってきた。ましてヤミ医者の外来患者はこんなに大勢いて、今日だって治療ミスで殺されたからと賠償請求に来た人などどこにもいないではないか。

「先生、どうか助けてください」。私は言った。

「わしの医術と医徳は人から呵咾《褒めたたえ》られている。ほかの人はともかく、わしを訪ねてきたのはあんたたちの幸運だ」。ヤミ医者は無造作に庭の人を指し、誰を指しているかわからなかったが、こうも言った、「あの人は台北の人で、毎週来ている、わしの腕が悪いなら、来るわけがない」

「神医！　お願いします！」とコルセットおばさんが大声で叫んだ。まるで宗教の狂信的な信者のようだ。

「よろしい、処方箋を出すから、外のカウンターで薬を何服か調合してもらいなさい」。医者は日めくりカレンダーを破って、裏に十数種類の漢方薬の名前を書いた。文字は二歳の子どもがペンで自分の顔に書きなぐった鬼画符*のようで、見てもわからず、それは商業機密で、カウンターの人だけが解読できた。

「先生、私の祖母がこの薬を飲むのですが、一日に何服……」。私が尋ねた。

「あのさあ、誰があんたの阿嬤《おばあさん》のために診察を受けてるって?」コルセットおばさんが腹を立てた。

「あなたは肺癌じゃないのに、どうしてお医者さんにそうだと言ったの」。私は驚いて尋ねた。

「それは……」

「正直言って、あんたは今朝起きたときに肺癌にかかったんだな」と医者は確信をもって言った。

「私が肺癌にかかったんじゃなくて、実は……」。コルセットおばさんが花かごのほうを見たので、みんなの視線もそこの鄧麗君に集まった。鄧麗君は罪のない目でこちらを見ている。

私は笑ったが、ヤミ医者は怒って言った。「妳娘《くそったれ》！　犬を連れてきたりして恁爸《おれさま》を滾笑《からかって》るのか」

現実の揺さぶりに遭って本心からか、それとも「死道友」とやっている演劇の訓練のたまものなのか、コルセットおばさんがうつむくと、涙がうまい具合にこぼれ落ち、鄧麗君でさえつらそうに低くうなった。彼女は言った。「これは犬ではないんです！　私の娘なんです。神医、お願いです！」

「わしは神医だ、獣医ではない」

「わかっています！　でも神医だとかねがね聞いていたもので、娘を連れてきたのです」

「よしてくれ」

「もし娘を治してくれたら、あなたの医術はさらにいっそう向上し、神医の中の神医に、台湾の光に、なります！」彼女は涙をふいて、真剣に医者を見た。

神医はかぶせられた光の輪によって、胸に何とも言えぬ心地よさが広がったが、顔には反対にきっぱりと厳しい表情を浮かべて、こう言った。「あんたの真心に免じて、慣例を破るが、通常わしは動物は見ないんだ」

「それは私の娘なんです！」

＊道士が書く、字に似て字でない御札。

神医は鄧麗君の犬脈を看て、舌苔を見て、お札を数えるように両手の親指とほかの指をこすり合わせ、首を振ったかと思うと、今度はまたうなずいた。首を振ればコルセットおばさんは辛くなり、うなずくと笑顔になったが、最後はしきりに神医、神医と叫んでいた。診察室を離れるとき、コルセットおばさんは日めくりカレンダーの処方箋をもらって半月分の漢方薬を手に入れた。一万元近いお金を払ったが、お札を気前よくテーブルの上にぽんと置いて立ち去った。

ヤミの診療所を出ると、コルセットおばさんは車を運転して量販店に向かった。鄧麗君を大きなショッピングカートに乗せて、カボチャを買うときは鄧麗君に向かって抗癌のためだよと言うのを忘れず、小豆を買うときは増血のためだと言い、ゴマを買うときは骨格を強くするのだと言い、リンゴ酢を選んだときには酸アルカリ体質を中和するのだと言った。次に薬品売り場に行くと、深海魚油、βグルカン、グルコサミンを買い、「ぜんぶおまえに飲ませるために買ったんだよ!」と鄧麗君に言って、それから私に祖母のために何か買ったらどうかと声をかけた。一緒に買えば割引になるからだ。

車を出してそこを離れたとき、私はほっと一息ついた。ところが意外にも、コルセットおばさんがコストコに行ってヌティバ(Nutiva)の有機バージン・ココナッツオイルを一缶買うと言い出した。一・六リットルの大きな缶で、この種の植物オイルは鄧麗君の体にとてもよくて、癌の症状を緩和するのに効果があるかもしれないと言うのだ。

「会員カードを持ってるの?」私は訊いた。

「持ってない」

「じゃどうやって買うの?」

「あんたに任せるよ！　私は外で鄧麗君を見ているからさ。あんたが中に紛れこんで買って、誰かに会計を頼むってのは、どう？」彼女はまた芝居をして、せつに哀願した。「ついでに、美式大烤鶏《ロティサリーチキン》も買ってきておくれ！」

ああ！　私に嫌と言えるかしら。

◆

夕方私たちが病院に祖母を迎えに行くと、姿は見えず無駄足になってしまった。約束していた正面玄関の周りを私が何度も回っていると、点滴の器具をつけたチェーンスモーカーたちがそこでこっそりタバコを吸っていたので、煙で危うく道に迷いそうになった。胸腔科の外来診察に行ってみたが、待合室の大勢の人の中に祖母の姿はなかった。もしかしたらトイレに行っているのかもしれないし、先に夕食を食べに行ったのかもしれない。なぜなら午後の人気のある外来はいつも夜の十二時までかかることがあるからだ。台湾の医者はみんなあくせく働く運命にある。

私は焦った。番号を呼んでいる看護師をつかまえて、入口の診察リストの中の祖母の名前を指さし、彼女は？　と尋ねた。看護師が病人のプライバシーを理由に答えを拒否したので、家族のことが心配なのだと懇願すると、診察室の中に入って行ってカルテをめくり、ドアを少し開けて隙間から私に言った。「呼び出し番号を過ぎてますが、診察にはいらしてませんよ」

どうしたのかしら？　もし祖母が一人で診察を受けるのなら、途中で逃げ出す可能性はある、でもエクボおばさんまで見張りを放棄することはどうしたってありえない。何か問題が起きたのだ、私はとても焦った。反対に一緒に来ていた「死道友」は楽観的で、この二人の老人がいなくなるなんてありえない、ひょっとしたら近所でロマンチックなキャンドルライトディナーを食べて、ついでに散歩でもしているのかもしれない、と言った。でもなぜ診察を受けなかったのかについては、みんなは答えが浮かばず、最後の結論はどうしても、この年齢の老人のキャンドルライトディナーといえば遺影の前の白いローソクと白いご飯しか浮かんでこないのだった。

私たちは夜八時にプールの家に戻った。がらんとして、真っ暗で、ただ水を吸い上げるモーターの音がするばかりで、冷たいタイルでできたくぼんだ大きな水槽があるだけだった。祖母とエクボおばさんはまだ帰ってきていない。九時になると、みんなは耐えられなくなったが、ただ待つしかなかった。

突然、見知らぬ電話番号から電話がかかってきて、プールの静寂を破った。みんなが私の方を向いた。私はためらったのち電話に出た。

「黄莉樺《ホアン・リーホア》さんでしょうか？」私の知らない、男性の声だ。

「あなたは？」

「あなたなんですね！」

「あなたは誰ですか？」私は用心して応答した。

「ねえ教えてください！　あなたは黄莉樺さんなんですか、それともそうじゃないんですか？」

その男性は声のボリュームを上げ、後ろから騒々しい声が伝わってきた。

私は電話を切った。訳がわからなかったし、こういった銀行のローン貸付のときによくある業務的な問いかけに不愉快な気分になった。しばらくすると、電話が再び鳴った。またもや見知らぬ番号からの電話だ。いつになく変だ。八回のコールをためらい、「死道友」に急かされてようやく電話に出た。

「申し訳ございません、さっきは私のクラスメイトの言い方がまずくて。お尋ねしますが、あなたは黄莉樺さんですか?」今度は女性の声だ。

「あなたは?」

「私たちはあなたの『阿婆《アポー》』に出会ったのですが、彼女があなたを探しているんです」。彼女は客家語でその二文字を言った。

私の心は一気に崩れ、うなずいてそうだと答えた。相手はきっと携帯のスピーカーをオンにしているに違いない、私の返事を聞いたとき、向こう側で十数人くらいの人が、見つかった、見つかったと大きな声を上げ、そのうえ感動の拍手が聞こえてきた。まるでこの都市に一つ素晴らしいことが起こったかのように。

「どうかしたのですか?」

「あなたの阿婆がバスを降りるとき、私に一枚のメモをくれて、私たちにあなたを探してくれと言ったんです」

「なぜ?」

「私たちは彼女がバスを無理やり降ろされるのを一生懸命止めようとしたのですが、でもうまくできなくて、ごめんなさい。あなたの阿婆がバスを降りるとき、手帳に書かれた電話番号のところを破ってクラスメイトに渡したんです。でも電話番号の下三桁がぼやけてよく見えなかったので、グループに分かれて四百回くらい電話をかけて、とうとうあなたを探し当てました」

「ありがとうございました」

「あなたの阿婆が、あなたが以前通っていた小学校で待っていると言ってました」

「ありがとうございました、皆さんに神の祝福がありますように」

もう一度感謝の言葉を言うと、涙がこぼれ落ち、この都会の夜がぱっと明るくなった気がした。バスに乗っていた学生たちが明かりを灯してくれたのだ。

◆

あの夕刻の、第五市場のそばの小学校は、私の記憶から片時も忘れ去られたことはない。それはクスノキのまばらな木陰の下で、草の先はやや褐色を帯び、落葉が薄く積もった、ぐずぐずと去らない冬のことだった。風は強くなかったが、寒さが骨にしみた。私はそこで私の初めてのお葬式を終わらせた。亡くなったのは父ではない。それは父の死後一カ月経ったときのことだった。

父についての記憶は多くない。土に根を張る大樹の枝根《えだね》のように複雑であってほしいと願ったが、事実は電柱のようでしかなかった。記憶では、小学校四年生の私にとって、父は山のように見えた。背がとても高くて、手はごつごつして分厚く、髪の毛はふさふさで硬く、朗らかな笑い声がとても耳障りだった。ただひとえに私が叩きつぶされたゴキブリの死骸のにおいが嫌いだという理由で、父は二回も狂ったように大笑いする方法でゴキブリを追い出してくれた。父はいつも私を机の上に抱き上げて、鼻を軽くこすりつける遊びをしたがり、私がやめてと言うまで続けた。父は私専属のおもちゃだったが、その父が壊れた。

父が壊れた日を、私はまだ覚えている。祖母と母は不在で、私だけが静かに父のお供をしていた。父はリビングをよろよろ歩いて、お酒をがぶがぶ飲んでいた。泣き声の混じった声で私に難しい内容の話をしながら、私以外の、目障りに思った物をすべて投げ落として壊し、花瓶、時計、テレビなどがみんな床の上で砕けて鋭利な破片になった。父が破片の上を歩いたので、足と床は血だらけだった。父さんはどうしたんだろう、肉体の痛みなどどうでもいいほど心が砕けていた。父が私を抱きしめた。私は震えて、私も最後にはやっぱり父に持ち上げられ投げ落とされて粉々になるのだと思った。けれども父はただ優しく私を抱きしめるだけで、震えが止まるまでそうしてくれた。「パパ、泣かないで」。それは私が何度も何度も繰り返し言った言葉だ。でもその男の涙は反対にいつまでも流れ続けた。

記憶が発芽したばかりの段階では、父に関する私の記憶は大河ではありえず、とても細い支流だ。かりに記憶の川を検視しても、私はつぎのことは覚えていない。父が私をペットショップに連れて行って買ってくれた小さなオウムの「呆呆《ダイダイ》」は、いつも便器の中に隠れるので、あるとき私がうっかり水道のバルブに触れて流してしまったことがあった。私が大泣きするものだから、父は今にも人を呼んで浄化槽を開けオウムを救おうとしたが、祖母にとめられてしまった。またたとえば、私が鉛筆のキャップを鼻の奥に押しこんでしまったときも、父が私を救急診療室に連れていってくれた。これらはみんな祖母が話してくれたことだ。

反対に私にはひどく荒涼とした土地を流れる小さな支流の記憶があって、些細なことだけれど光を放っている。たとえば父が歩道の隙間に黄色のBB弾を見つけて私に取ってくれたこと、父が手を伸ばして赤い欄干の奥の生まれたばかりのトラネコを撫でたこと、ジャスミンの花を一本摘んでくれたこと、ひも付きの靴を履かせてくれるとき父のつむじを見つめていたこと、父がソファーに座ってすやすや眠っているとき、そばで静かにお絵かきをしていた午後のこと、父が私の手を握って、私が落書きした壁に、名前の書き順を教えてくれた黄昏どきのこと。往時は煙の如し、あのころの光景が、きらきら光る小川の流れに反射して、はるか遠く、かすかに浮かんで、思わずつらい気持ちにさせられる。

父がアルコールで酔いつぶれたあの日、父は私にきれいな洋服を着せ、私のいちばんのお気に入りのピンクのテディベアを連れて、ドライブに出かけようとした。私はピンクのチュチュスカートと青いTシャツを着て、出かける間際に、振り返って巻物の画紙と六十色のクレヨンを持ってきた。画紙には私と父の合作である漫画が何コマか描かれていて、私はその中のいちばん好きな絵を開いてみせた。私のために父と母が、ケーキの上にハリネズミのようにいっぱいロウソクを立てている絵だ。父はそれを見ると涙を流して、しげしげと私を見つめた。まるで子ども時代の自分自身を見ているように、あたかも私の顔に彼のいちばん大切なものがあるかのように。最後に、父は私にキスをした。とても、とても長かったので、そのとき私は嫌な気持ちがしてもがいた。

父は一人で家を出て、半時間後に、車を壁にぶつけて死んだ。体は車の中で押しつぶされ、ハンドルが胸にめりこんでいた。父は自殺した。台中港で猛スピードを出して防波堤に激突し、現場にはブレーキの跡も、遺書もなかった。私は時々考える、もし父が自殺する前に愛情をこめて私を見つめ、私を家において行かなかったら、私も変形した車の中で死んでいたかもしれないと。テディベアを抱きしめて、丸められた紙屑のように。

私は父を失った家でさらに半年過ごしてから、母に連れられてそこを離れた。その半年の間、毎日祖母と一緒に歩いて学校に通った。柳川のほとりに沿って歩いて、市《いち》でにぎわっている第五市場を通り、それからようやく学校に着いた。私たちは静かに歩き、祖母は何度も自分の息子と私との間の記憶を話題にして、私が父親を忘れるのをひどく恐れた。私も気づいていた、家族が、盗まれたのだと。なぜなら時間はコソ泥のように、レンガを一つ、瓦を一枚と盗んでいき、その挙句に正々堂々と愛する人をさらって行ったからだ。父が自殺した原因は、母に愛人ができたのを知ったからだった。これは祖母がふと漏らした、あいまいな言い方だったけれども、私は聞いて理解して、その瞬間に私は真の成長を遂げた。この世で家庭を壊したりつくったりできるのは、いつも同じ屋根の下に住んでいる人なのだ。その後、私は愛人のことを忘れようと努力した。母はいい恋人というわけではなかったが、私は恋人ではなく母と、一緒に暮らした。

学校にいるときは、嫁姑のいさかいから遠ざかったが、また一方で、家に帰れば父がリビングルームで足を高く組んで、私と鼻相撲を取ろうと待ち構えているかもしれないと胸を膨らませるのだった。しかし期待と失望が毎日繰り返された。私はむしろ学校に残ることにした。少なくとも父が家で待っていると空想することができるからだ。この長い歴史をもつ小学校では、野球は代々受け継がれてきたスポーツで、かつてアメリカのウィリアムズポートのリトルリーグで優勝したことがあった。学校に陳列されているもので最も多いのがスター選手たちが使ったという野球道具で、破れて古かったけれど、どの引っかき痕も英雄の道を歩むうえで必要な傷跡のようだった。私がいちばん魅せられたのは野球道具ではなくて、試合の写真のほうだ。選手がスライディングをしてタッチアウトになったときのものや、外野手が十メートルバックしてファウルフライをキャッチしたときのものなど、どれも最もスリリングで美しい時をとどめていた。このすべてはまるでカメラマンが事前にカメラを固定して、シャッターを押す準備をし、選手とボールが自動的にレンズの焦点に飛びこんでくるのを待っていたかのようだった。カメラマンはなぜこんなにめずらしい瞬間をとらえる腕前を持っていたのだろうか。かりに私が道端に長時間座っていたとしても交通事故を目撃することはできないのに。

私はいたって無邪気に、カメラマンは予知能力をもち、出来事がどこで発生するか予知できて、カメラの照準を合わせさえすればいいのだろうと考えた。この考えが実証されたのはある午後のことだった。窓の外のグラウンドを眺めると、小学生のグループが野球をしていた。彼らはしきりに歓声をあげ、試合はますますヒートアップしてきた。私は野球にはあまり興味がなく、視線をグラウンドのそばの一匹のリスに移した。リスはクスノキによじ登り、たいそうのんびりとして、まるでライトの外野手が自分の守備範囲にフライボールが飛んでくるのを待っているみたいだった。

するると、私は予感がしたのだ。もうすぐリスがボールと出会うだろう、と。リスが樹から下りて、別の樹に飛び乗った。体を揺らすと、ふさふさした尻尾が体の後ろに立ち上がり、木の葉の隙間から落ちてくる夕日の小さな光の粒を一層際立たせた。このとき、遠くから聞こえてくる選手たちの歓声とともに、高く上がった外野フライのボールがリスに向かって飛んできた。リスはボールをキャッチせず、頭を直撃されて、樹から落ちた。私はリスが死ぬまでを目撃した。カメラマンがカメラのレンズを固定して、スクープ映像を撮ったように、いい場面をとらえたと思った。でも私は死を見てしまい、それは悲しみだった。

外野手は樹の茂みに入って、見失ったボールを見つけると、高い声で叫んだ、おい見ろよ、何を拾ったと思う？　彼はリスの尻尾を手に持って、前かがみで樹の茂みから出てくると、顔に大げさな嫌悪の表情を浮かべて、手に持った死骸を見せびらかした。リスはぐったりして、冷え冷えとした空気に包まれ、凝固した涙のようだった。

中断した試合は、「試合中に遊んでるのか、ボールを拾わないで何を拾いに行ったんだ」というコーチの怒鳴り声によって軌道に戻された。外野手が慌てふためいてリスを捨てると、小学生たちが取り囲んであれこれ言い始めた。リスは死んでるの？　どうしてこんなにすぐ死んだの？突然、誰かが人の壁を突き破って中に入り、リスが消えた。私がリスをさらって行ったのだ。九歳のときには柳川の黒い犬の死骸をすくいあげることができなかったけれど、今は死んだリスを奪い去る力がある。私は胸に抱えて走った。まぎれもなく広い校庭が見え、はっきりと同級生の顔が見えるのに、山や川ははるか遠くにあって隠す場所が見つからない。

私はリスを抱いてトイレに突進し、屋上に突進し、道具室に突進して、後からついてきた生徒たちから身を隠したが、とうとう教務主任に教室へ連れ戻された。担任の先生と生徒たちは芝居をして、何事も起こらなかったふりをしたが、これらの三流役者は役を演じきれずに、こっそり視線を投げかけて、私が抱きかかえている死んだリスを見た。芝居の目的はとても簡単で、父がこの世を去ってのち、担任にとって私はなるべく大目に見る対象になっていたからだ。宿題をしなくても、給食を偏食してもよかったし、教室で突然涙を流したりへらへら笑ったりしてもよかった。たとえ授業中に飛び出して死んだリスを拾って戻ってきても、罪を許された。静かに席に戻ると、日ごろから腕白な男の子が腹を立てて言った。「僕の父さんも早く死んじゃえばいいのに」。そのあとその子は担任に叱られ罰として立たされた。

　リスを机の上に置くと、口の端から血が流れて、血だまりができた。私はリスの血が、とげとげしく塩辛い味がするのを感じとれた。右側の生徒がおえっと吐き気を催す嫌悪の声を上げたとき、ようやく私の口の端からも血が流れているのに気づいた。私は指の爪をむしるだけでなく、さらに鉛筆も噛んだ。鉛筆の先に消しゴムをはめこんでいるアルミをでこぼこになるまで噛み、そのうえ齧《かじ》り取って口の中で咀嚼するので、歯ぐきから血が流れ出た。血の生臭い味は、心の中のある種の感情を緩和できるような気がした。もともと人が傷を負ったとき血を流すのは、感情を放出しているのであり、血が乾けば苦しみは消えてなくなるのだった。

　担任の先生は教具で黒板を叩いて、私に絡みついている生徒たちの視線を解きほぐし、算数の授業に戻そうとした。教室の雰囲気は冷え冷えとして、窓の外には立ち止まってこっそり中をのぞいている子が三人いたが、遠くの柱の陰にいる教務主任に手ぶりで追い払われてしまった。私は服でリスを包んで、カバンの奥に入れ、帰る仕度をした。そのあと終業の鐘の音が生徒をすべて追い払ってしまうと、担任の先生が一人教壇に残って私のほうを見た。彼女はずっと微笑んでいた。

　夕方、下校の鐘が鳴り始めると、私は学校を取り囲んでいる塀をゆっくり通り過ぎて、柳川に向かった。祖母は柳川から歩いてきて、第五市場を通り抜け、校庭に入ったとき、教務主任に引き留められてすべての説明を受けた。そのあと、祖母は私が穿堂*の玉砂利の床に座っているのを目にした。夕暮れどきの日の光が地面を塗布するように広がって、とても明るかった。祖母はしゃがんで私と一緒にカバンの中のリスの死骸を見た。それから手を差し出して、手の平を私の口の前で開いたので、百回以上嚙んだ鉛筆の軸を吐き出した。血が混じった木の屑は、パサパサになった檳榔《びんろう》の嚙みカスのようだった。鉛筆の頭にあったあの金属片は、歯ぐきに刺さっていた。それを祖母が引き抜いてくれたとき、血が流れ、痛みもどっと押し寄せてきて、まるで口の中に啄木鳥《キツツキ》がいるみたいだった。

「どこでリスを拾ってきたの?」祖母が訊いた。

「樹の下」。私は口の端の血を拭いた。

「ずっと樹の下に倒れていたのを、あなたが見つけたの?」

「違う、樹の上にいた」

「ほう!　じゃあリスが樹の上で転んで、それから落ちるのを見たの?」

「転んだんじゃない!」

「だったら、どうして落ちたのかな。リスはすごいんだよ、もし転んだんじゃないなら、なぜそう簡単に落ちたんだろうね?」

「ボールに当たって、落ちた」

「まあ!　うまい具合に、ボールがリスに当たるのを見たんだね」

「うん!」

「リスが落ちたところに私を連れて行ってくれるかい?」

祖母の細かい質問が、私の記憶を呼び覚ました。私たちがリスの墜落現場に行って、浅い茂み

＊通り抜けられるようになっている部屋とその通路。

に入ると、そこの草は踏み荒らされ、血痕が付着していた。ここは殺人事件の現場だ。祖母は私にリスを地面に戻すように言った。でも私は従わず、リスを受難の地に戻したくなくて、カバンの中できつく押さえて守った。

祖母は強制しなかった。彼女は血が付いた草むらに横たわると、体を一つに縮め、頭と膝がしらをくっつけて、言った。「リスはこうやって横になってたの？」

「ちがう、リスは怖がらない」

祖母は体をひっくり返して地面にひざまずき、前方へ体を斜めに出して、額を地面につけ、敬虔に祈りをささげる格好をした。そして言った。「こんなふうだった？」

「ぜったいおかしいよ、リスはひざまずかないもん！」

するとと祖母は体の向きを変えて仰向けになり、足を組んで、両手を胸の前で交差して訊いた。

「こう？」

「それはパパだよ！　リスじゃない」

祖母は手足を緩め、大の字に開いて言った。「こうでしょう！」

「そう！」

「目は開いていた？」

「ええ！」

「ああ、こんなふうだったのね！」祖母は上のほうを見つめたまま、まばたきもせずに、じっと静かにしていた。完全にリスが落ちたときの姿勢だった。祖母はとてもリラックスして、私にどんなに急かされても起きようとせず、ずいぶん経ってからようやく言った。「リスは空を見ていたんだね、あなたも横になって見てごらん！」

私が寝そべると、クスノキの茂みが風で隙間をつくり、天空にはカラーパレットを洗面所のシンクで洗ったあとに流れる妖艶な水の光があった。夕日がゆっくりと光を漏らし、暗い領域がますます広がって、夜が訪れようとしていた。私たちは黄昏の美しい時をしっかり見守った。

「そうか、リスが転んでも急いで起き上がろうとしなかったのは、こんなにきれいな景色を手に入れようとしたからなのね」

「うん！」

「リスはここが好きなのよ。ここに穴を掘って、それを中に入れて、リスの永久《とわ》の家にしようか」

私がうなずくと、涙がこぼれ落ちて、わずかな記憶がよみがえってきた。歩道の隙間のＢＢ弾、ジャスミンの花が一つ、そして落書きした白壁。市場で紅豆餅〔今川焼〕を買ったとき、父を見上げた私の楽しげな表情、父も同じだった。私が微笑みながら「今日はとても楽しいね！　毎日パパと紅豆餅を食べたいなあ」と言うと、パパもそうだよと言った……。このあと一生、それらのわずかな記憶がこんなふうにかすかに、追い払うことのできないほこりのように浮遊して、いつまでも私を取り囲んでくれるのだ。

そこで、私は手を緩め、胸に抱いていたリスを下ろした……。

◆

祖母はのちにこう話してくれた、二人は病院から逃げ出したのであり、道中ずっと気が休まるときがなかったと。

彼女たちは病院から逃げて、小道に沿って歩いた。息を切らして歩いていたが、二人の手が離れることはなく、唯一離れたのはエクボおばさんが道に出てバスを止めたときだけだった。バスの中で彼女たちはほっと一息ついたが、しかし胸痛の疾病をもつ祖母はバスの冷房のために、咳が激しくなった。エクボおばさんは乗客にあやまりながら、車内の冷風の出口を調整してみたが、激しい咳はおさまらなかった。

絶えず咳こんでいる祖母はまるで乗客たちに、私の方を見て、と公言しているようなものだった。みんなはとうとう祖母の病み疲れた顔を見た。顔色は真っ青で、額に汗をかき、左の腕には静脈留置針の外筒《カテーテル》が埋めこまれ、透明の固定テープはまるで乾いた汚い鼻水のようにてかっている。乗客は疫病神を目にしたかのように、こぞって遠ざかり、中には袖で鼻を押さえ、顔をしかめて嫌悪の表情を浮かべる者もいた。

一人の中年の男が我慢できなくなって、隣に座っている祖母に言った。「こんなに呿呿嗽《咳きこんでいる》んだから、早く医者に診てもらえよ！」

祖母は答えることができなかった。咳という悪魔が彼女の喉にしっかり挟まって大暴れしているので、彼女にできることはさらに懸命にこの悪魔を咳で吐き出すことだった。エクボおばさんが腰をかがめて、中年男に詫びを言った、「歹勢《すみません》、病院からたった今帰るところで、彼女は少し気分が悪いんです」

「それなら喙罨《マスク》くらいしろよ！」

祖母は聞いてわかったので、半そでで口を覆い、ちゃんと対応したことを示した。それでも咳が再び威力を発揮して、咳きこむあまり涙を流し、口から絶えず奇妙な音を出しはじめた。すると六歳の多動傾向がある子どもの乗客に、祖母が咳と一緒にエイリアンを吐き出すのではないかとまじまじと見つめられてしまった。エクボおばさんはむなしくやきもきするしかなかった。

「女は外出するときブラジャーをするくせに、喙罨《マスク》をしないなんて、おかしいぞ」と中年男が言った。

　エクボおばさんは自分の聞き違いかと思って尋ねた。「なんですって?」

「あんたねぇ、バスを降りて咳をしろよ!」

　老人は容易に二種類の迫害を受ける。疾病と人から。とくに後者からの精神的迫害は最もどうしようもないものだ。祖母とエクボおばさんは男が激怒し罵声を浴びせるのを前にして、たとえ耳が聞こえず物が言えない人間でなくても、それと同じくらい無力だった。このとき、バスがある高校の前で停車して、学生たちが押し合いながら乗ってきた。談笑する濃密な青春の声と新鮮な汗のにおいが入ってきて、祖母の高くてよく響く咳と真っ向から対立したが、しかし後者の威力が膨らんでぐぐもった車体を今にも突き破りそうになった。

　祖母が爆発した。腹に力を入れて咳をしたので小便を漏らしてしまったのだ。灰色のカジュアルな長ズボンに濡れたシミができた。彼女は無意識に足をぴたりと引き寄せ、さらに腰を曲げて上半身で醜態を隠そうとした。隣の中年男が飛び上がって、大きな声を上げ、いまいましそうに怒りをぶちまけた。一人の男子高校生が大げさに足を持ち上げ、目を大きく見開いて、地面に広がった小便を踏まないようにした。お笑い芸人の周星馳《ジョウ・シンチ》がこりゃあまずいと逃げる格好に似ていたので、みんなの笑いを誘った。

詫びを言った。

「わざとではないんです」。エクボおばさんは慌てて男に向かって、それからみんなに向かって、

バスが停留所についた。降車ボタンを押した中年男は降りず、反対に祖母に言った。「あんたまだ降りないのか、降りろよ！」

「私は降車ボタンは押してません！」エクボおばさんが答えた。が、これは祖母の望むところで、彼女は降りようとした。もはやどの停留所も彼女が下車するのにちょうどよかった。

「これって無理やり降ろさせてるよね」。さきほど足を持ち上げた高校生が中年男に言った、「降りるのはあんたの方だ」

「おまえはどこの学校の学生だ、物の言い方がやけに突っかかるじゃないか」

「余計なお世話だ、僕が通っているのは、高校だよ」

この後の三分間、車内は言い争いになった。道を走り続けている運転手が停戦のために仏教の名言を放送した。たとえば、「争いは命を消耗する」、「慈悲は暖かい心からうまれ、口げんかは塩水を飲むように、すればするほど喉が渇く」などだ。しかし高校生と中年男の口げんかはいっこうに収まらず、海でおぼれかけているみたいに手をバタバタさせたので、運転手はとうとう大きな声を張り上げた。「黙れ、ハンドルは俺の手の中にあるんだぞ」

みんなは静かになり、そのあと祖母が立ち上がって、エクボおばさんを引っ張るようにして下車するのをながめていた。祖母は高校生たちのほうを振り返るのを忘れず、目に感謝の気持ちを浮かべて、かすかにうなずいた。バスの中で傷つけられた自尊心は、青春のまごころが塗ってく

れた薬ですっかり治癒された。下車する際に、祖母はふと何かを思い出して、手帳を取り出し、私の電話番号を書いたページを破って、一人の高校生に手渡すと、手で電話をかけるしぐさをして、咳で喉が擦り切れんばかりの声で言った。「この黄莉樺に電話して、前に通っていた小学校に私を探しにくるように言ってちょうだい、私は彼女の阿婆です」

二人の老女は下車した。バスは走り続け、その十八人の高校生は電話をかけて私を探した。二百万人の都市に向かって私を探し続けた。車内の情熱が温度を上げ、シルバーシートを濡らしていた尿がしばらくすると蒸発して、空気になった。何事もなかったようで、実は確かに起こったことだった。

◆

二人の女が柳川に沿って歩いていた。川面に夕日が波のように揺れ、街灯がようやくついたが、柳の枝はいつまでも風にそよいでいた。祖母の咳はだいぶ落ち着いてきて、腕から点滴のカテーテルを引き抜いた。カテーテルは目障りで、腕にあると人目につく。彼女は自分が老いて病気だという印象を人に持たれたくないのだった。

カテーテルを埋めていた傷口はやや大きかったので、血が祖母の腕から大量に流れ出た。ポタポタとしたたり落ちて、ずっと手をつないでいたエクボおばさんにまで手を伝って流れていった。これはエクボおばさんをとても驚かせた。バスの中でみんなから見捨てられた最悪の気分が消えやらぬうちに、続いて手の平にたまった鮮血に驚かされて、突然声を上げて泣き出してしまった。

祖母は川のほとりの椅子に腰かけて、血が止まるのを待ち、恋人が泣き止むのを待った。まるで運命が彼女をきれいで明るい未来に連れて行ってくれるのを待っているかのようだったが、先はまだまだ遠かった。祖母は手の平に流れてきた血を見ながら、初潮と閉経がどちらも夏だったことを思い出していた。前者は突然やってきたが、後者は量が減ってとぎれとぎれになった大姨媽《生理》が、もう二度と来なくなったことを突然彼女に知らしめた。祖母は子どもを産む任務を終えたあと、子宮というこの毎月定期的に彼女の生活に割りこんでくる器官が、とても邪魔に感じられ、消えてしまえばいいのにと思っていた。ところが閉経が確定したその日、いつまでもだらだらと、一滴また一滴と続いていた生理の煩わしさから解放されたのだから、本来なら当然喜ぶべきなのに、反対に老いに直面した哀愁を一層感じたのだった。そのとき劇場の布張り椅子に腰かけて、エクボおばさんと一緒に劇場全体を大爆笑の渦に巻きこんだ喜劇を見ていたが、彼女ひとりだけがひどく泣いてしまった。悲しむべきではないのに、涙は悲しみのしるしだった。なぜなら、五十三歳の夏の夜、体内のある器官が回転速度をどんどん落として停止してしまったからだ。だがなんとも幸せだったのは、彼女が寂しく手を広げたときに、隣に座っていた恋人がきつく手を握り締めてくれたことだった。彼女はそのとき急にひとつのまったく新しい感情が体内で始動したのを感じた。

　血が止まって、恋人が泣き止み、空はすっかり暗くなった。柳川の魅力はこの時に勝るものはない。汚れた水は見えなくて、川の水がさらさらと流れる音だけが聞こえてくる。祖母とエクボおばさんは川沿いに歩いて、それから騎楼が続くガラクタがいっぱい積み上げられた路地に入っていった。そこには蚵仔麵線[*1]、肉圓[*2]、雞捲[*3]、臭豆腐[*4]などを売るさまざまな屋台の車が停まっていて、折り畳み式のテーブルが立てかけられていた。街灯の下で、道を横切っていた猫が不意に大きなネズミに遭遇したが、猫はとても優雅にその場にとどまって、ネズミが逃げ去っていくのを見送った。この一幕が二人の会話の引き金になり、この猫のことをあれこれ推測しあった。おそらく猫には飼い主がいて、とても利口で、主人がいつも家にいない寂しさに適応できているのだろう。そして陽が当たる小さな窓があればよくて、そのうえよくしつけされていて、ドライフードを食べ、ちゃんと水を飲み、飼い主が帰宅するとすぐ缶詰を食べたいとまといついたりしないのだろう。彼女たちがこう思ったのは、以前共同で飼ったことのある猫と比べながら話していたからだった。そして結論は、目の前のこの猫は自分にそっくりだ、ということになった。

「自分に？」彼女たちは顔を見合わせた。

「あなたに？　それとも私に？」祖母が訊くと、「それはもちろん……」

二人は数秒間見つめ合い、一人がかすかにうなずき、一人がゆっくりと頭を振って、互いに譲ろうとしなかったが、そのあと暗黙の了解のように同時に言った。「あの猫！」

あの猫！　目の前の猫は、彼女たちの大声に一瞬ぽかんとしたが、続いて二人の爆笑する声に驚かされて、先ほどの優雅さはどこへやら、屋台の車の下の隙間に慌てて逃げこんでからこちらをのぞき見た。

＊1　牡蠣入り素麵。
＊2　肉餡を米粉の皮で包んで蒸したり揚げたりしたもの。
＊3　野菜などの食材を湯葉で巻いて揚げたもの。
＊4　豆腐を植物性の発酵液に漬けて風味を付けたもの。

最終的な結論は、「二人の女はネズミよりもっと破壊力がある」ということになった。彼女たちは自分たちの殺傷力に満足して、次の十字路でまた猫に出くわしたら、実験してみたくなった。知らず知らず歩みが軽快になってきて、夜がもうそれほど憎らしくなくなった。この第五市場の人通りが少ない路地に、祖母の目的地があった。そこは水銀灯の街灯がついていて、古い家の脇のレンガ塀を照らしていた。ホナガソウとホウライシダが隙間から顔を出し、葉は街灯の下で奇妙な緑色をしていた。

エクボおばさんはこの塀のことを忘れていたが、祖母はディテールをそらんじるように語った。この塀は二人が初めて出会った場所で、そのときエクボおばさんは塀の下で挽面《うぶげぬき》をしていた。目を開けると向こうに顔の部分がぼんやりした、服のボタンが日光に当たってしきりに瞬きしている女の人が見え、まるでマレーバクのようだった。

「ほんとうにマレーバクにそっくりだったのよ」とエクボおばさんは言った。

「なるほど私はマレーバクか、でもこの動物はおとなしいの？　それとも凶暴なの？」祖母は思った、それはいったいどんな性格の動物なのだろう！

「じゃあ私は何に似てる？」とエクボおばさんが訊いた。

「何に似てるかって？」祖母は思いつかなかった。エクボおばさんこそ人間そのもの、どうして強いて動物と比べる必要があるだろう。祖母はようやく思いついて言った。「お日様の下の猫」

エクボおばさんはうれしそうに眉尻を上げたが、すぐに負けたと思った。なぜなら蘇東坡と佛印禅師が互いに譬えあった話を思い出したからだ。蘇東坡は佛印のことを得意げにクソに似ていると言ったが、佛印は蘇東坡を菩薩のようだと言った。「貌《すがた》は心より生ず」、自分の心の中にあるとおりに見えるものという意味だ。言い負かしたと思った蘇東坡は負けの立場にあったのだった。それでエクボおばさんはつらい顔をして言った。「つまりあなたをマレーバクだと言えば、自分がすぐにこの動物に変わるということだったのね」

「いや、ほんとうに猫がいつもこの塀の下にいたんだよ。冬は日に当たっていて、夏はここは日が当たらないから、涼をとっていたのさ」

「さっきの猫かしら？」

「違う」

「どうしてそう言い切れるの」。エクボおばさんは祖母の記憶を非難し、わかったとばかりに尋ねた。「しょっちゅうここに来てるからでしょ！　そうでなければなぜここに猫がいるって知ってるの。あなたは特に猫好きではないのに、どうして見に来たの？」

「私は塀を見に来てたんだ。ちょうどそのとき猫が塀の下にいた」

「用もないのに塀を見に来るなんてありえない」

「そうだね」。祖母はエクボおばさんを見て、塀を見て、それから言った、「あなたとけんかをしたときいつもここに散歩に来ていた」

「なんだ、あなたはここに駆けこんで遊んでたのね」

「そうだよ！　けんかし終わって、気持ちがふさいでいるとき、この塀のところに来て、初めてあなたに会ったのがここだったのを思い出してたんだ。あのとき、あなたを誘拐するか、騙すか、ひったくるか、盗むかして、なんとしてでも奪いとろうと思った。でも、あなたが目を見開いてこっちを見たとき、私は声をかける勇気さえなくて、ぼんやりそこに突っ立っていたら、あなたのほうから声をかけてきた」

「まあ！　私がそのマレーバクに気づくはずがないわ。ボタンがお日様に当たって光っているのが見えたから、あなたのボタンに向かって話しかけたのよ」。エクボおばさんはあのあと祖母の服のボタンを全部取ってしまい、糸でつないでネックレスにして、胸にかけた。

「私たちはどうしていつも昔の話ばかりするんだろう」

「いつも？」

「言葉尻をつかまないでよ、お願いだから」

「塀は古い話ではないし、それにまだ話し終わっていないわ」

「あなたとけんかをしたあと、ここに戻って、あのとき塀の下でどうやってあなたと出会ったのか考えたんだ。私たちのような白髪になった者が一緒になるのは、二十歳のときのようにロマンチックに、キューピッドの矢に当たったみたいに、逃げるといえばすぐに逃げられるものではない。六十をすぎた老人の汗はくさくて自分でも嫌になるし、青春の汗が鮮魚のようなにおいがするのとは違う。老人は前の晩のおかずみたいなもので、テーブルに新聞紙を敷いて、一回また一回と食べ続ける。ごちそうとはいえないし、その場で調理したおいしさには及ばない。でも少し冷まして食べ、ゆっくり食べ、それから飲みこむことができるから、食事はこういうのでもいいかなと思えてくる」

「なんだか貧乏くさい」

「身分不相応の幸福を願わないってこと」

「でもやっぱり貧乏くさい！」エクボおばさんがまた急かして言った、「塀のこと、続きを話して」

「私が塀の下に戻るのは自分を鍛えるためなんだ。最初のころ頑張ってあなたと一緒になろうとしたことを思い出しながら、塀を撫でていると、気持ちが落ち着いてくる。それから戻ってあなたと向き合った。戻ればすべてがよくなるわけではないけれど、気持ちを落ち着かせてからあらためて向き合って、通じ合えるいちばんいい方法を見つけるんだ」

エクボおばさんはかすかにほほ笑んで、先ほどの泣きすぎて沈んだ気分をきれいさっぱり拭い去った。彼女はわかった。祖母のこの話は晩年のロマンチックに浸っているのではなく、彼女をなぐさめてくれていたのだ。祖母はまた言った、この塀を自分の「嘆きの壁」――エルサレムにある古い城壁で、ずっとユダヤ人の巡礼の地であり続けた――とみなして、いつも撫でにやってきた。そのときにはどんな細かいことも季節の植物のことも覚えておいて、あとで図書館に調べに行き、塀の隙間から突き出ている紫の花をつけた植物がホナガソウだということを知り、塀のレンガを数えて千百個あまりあるのを算出し、オランダ式でつくられていることも知った。この塀を眺めるのは、その背後の大切に思う気持ちを見たいからで、かつてここで人生の後半を手をつないで歩き終えることを誓った人と出会ったのだ、どんな苦しいことにぶつかろうとも、最初の気持ちは変わらない、と思うのだった。

エクボおばさんはその塀を撫で、今それは彼女にとっても「嘆きの壁」になった。

◆

私たちは小学校の外を一周して、入口を探していたが、小さな女の子のように手をつないで歩いた。私はなぜ手をつないで道を歩くのか理解できなかった。とくに追越し車線に近づいたときや、バイクが猛スピードでやってきたとき、彼女たちは私の手をさらに強く握りしめた。ものすごく慣れなかったが、彼女たちは反対に私にもっと慣れるようにと言った。

私たちは低い塀を飛び越えて中に入ることに決めた。街灯が台風で壊されているので、人目につかずにすむ。でもコルセットおばさんが塀を飛び越えるのはみんなで止めた。腰痛ベルトをして、鄧麗君を背負った彼女の姿はまるで誘拐犯そっくりだったし、なにより塀をよじのぼってけがをしないか心配だった。彼女はずる賢そうに足を低い塀にかけて言った。「恁祖嬤《わたし》が何かを怖がると思う?」だが、花畑に飛びこんだあと、果たして地面にへばりついて言った、「恁祖嬤のこの太っちょブタに問題が起きた、腰の筋をちょっと違えたようだ」

「ひどいの?」私は尋ねた。

「ひねってしまった」。彼女は私にこう言うと、鄧麗君のほうを向いて「だいじょうぶかい?」と声をかけた。

鄧麗君は二回吠えてから、数歩歩いて、無傷なのを示した。コルセットおばさんはほっとした。でもみんなは彼女のためにほっとしないで、彼女につき添ってその場で休んだ。コルセットおばさんは手で腰を支えて自嘲しながら言った、若いときはセックスをしていて恋人にベッドから床に落とされても問題なかったのに、今では低い塀さえ命取りになってしまった。でもまあ幸い尻には桶二つ分、胸には二袋、腰にはぐるりと一束の人間の油がついて守られているから、たいしたことなくて済んだけどね。六十歳になる前は、体についた大きな油の桶のことで悩んだものだが、今では安全のためのエアバックになってよかったよ。

「でも運転は無理だな」。コルセットおばさんは無理やり立ち上がったが、体の反応が鈍っていて、腰椎に力が入らない。

「私たち、外出するときどうしよう？」

「外出どころか、今帰ることさえ問題なのに」

「私がやる」。私は声を大にして言った、ハンドルならまあなんとか握れる、どう回したって丸いんだから。

みんなは黙りこんだ。鍋のフライ返しさえちゃんと持てない若い女の子にハンドルを任せるのは、まったくもって命を幽霊に任せて管理してもらうようなものだ。みんなは校庭のほうへ移動した。ずっとサッサッと足音だけがしていたが、誰かがこれでいいの？　と言い出すと、ほかの人がようやくそれはまずいと答えた。コルセットおばさんが、人間の話はもう十分聞いたから、この件について鄧麗君の考えを聞きたいものだと言った。鄧麗君が三回吠え、いつもより一回多かった。

「やっぱりそうか！」とコルセットおばさんは言った。

「どうなの、莉樺が運転していいって？」みんなは鄧麗君の意見に好奇心を持った。

「鄧麗君が言うには、年を取ると、死ぬのが怖い……」

「そうなの？」

「死ぬのを怖がれば怖がるほど、死はますます早くやってくる、楊過はこうして死んだ」

みんなは立ち止まり、おやっという目をして互いを見た。今日彼女たちは「楊過」という新しい言葉を耳にしたので、さっそく訊いた。「それは誰?」

「鄧麗君の恋人さ、二度と口にするんじゃないよ、鄧麗君が悲しむから」。老犬が余計なことを聞いてまた一年つらい思いをしないように、コルセットおばさんが近寄ってきて小声で言った。

「楊過はどうやって死んだの?」カツラおばさんは絶対に噂話を聞き逃さない。

「家の中にいて外に出ようとせず、餓死したんだ」

「まったく! 鄧麗君が三回吠えると、あんたが十の話をする、どうやって翻訳してるの」

「これは『一人の乩童《タンキー》〔霊媒師〕と一人の桌頭《ドゥタウ》〔霊媒師の通訳者〕』の劇みたいに、うまい掛け合いをして、みんなに演じて見せてるわけじゃないんだ。じゃあ、これはどんな意味かわかるかい。ワン、ワン……ワン」。コルセットおばさんが犬の鳴きまねをして三回吠えたが、誰も理解できない。続いて彼女は振り向いて鄧麗君に向かって三回吠えた。

「ワンワン?」鄧麗君が首を振った。

「ワン……ワンワン」コルセットおばさんが連続で吠えた。

ナンセンスなプロローグが、大展開のストーリーを引き出した。人と犬が数回「ワン」と吠えたあと、鄧麗君が数秒間、低い唸り声を出すと、コルセットおばさんが痛みをこらえてしゃがみこみ、数回「ワン」と吠えて返した。そのあとの二分間、人と犬は互いに声をかけあい、吠えるときは吠え、低い唸り声を出すときは同じように低い唸り声を出したが、誰も何を言っているのかわからなかった。

劇がクライマックスに入り、老犬が尻尾を振ると、老女はすべてうなずき、犬が舌を出すと、人は体を揺らした。突然、犬が長く吠えた。すると彼女が激しく吠えはじめ、涙も一緒に吠えるように出して、泣き声がますます激しくなった。みんなは驚いて、どうして涙がこぼれるくらい犬と話すことができるのだろうと思った。それにその悲しみは本物だった。とうとう、老犬がコルセットおばさんの涙をなめて、人と犬が抱き合った。私は見ているのがとてもつらくなり、やって来た祖母とエクボおばさんも悲しみに染まった。

◆

祖母は校庭の花畑の低いフェンスに座って待っていた。ずっと遠くに老女のグループが歩いてくるのが見えたが、途中で何かに手間取っているらしく止まってしまった。彼女は自分から近づいて行って、人と犬の素晴らしい対話を見ると、完璧な演技だと思った。なんと鄧麗君こそが「死道友」のグループの中で最も潜在的な能力を持つ俳優だったのだ。祖母は、この一幕は舞台でやる劇の中に組みこめると考えた。エクボおばさんも賛成した。

コルセットおばさんはもう一度強く、かつ煩わしそうな口調で、これは芝居ではなく、本心のあらわれだと言った。鄧麗君は彼女の最愛の人であり、この母娘の情はほかの人には理解しがたいものがあった。

「一回の出演でドッグフード二十缶」。祖母が金額を提示した。

「だめ」

「それとあんたにはステージママの費用として千元あげよう」

コルセットおばさんは目を大きく見開いたあと、眉をひそめたかと思うと、今度は歯を軽く嚙んで内心の動きを隠し、この値段では気に入らないと傲慢な表情をしていたが、本当は大いに迷っていた。

祖母が言った。「私が鄧麗君と話をつけよう、犬言葉は私もわかる」

「いいよ」。コルセットおばさんはこう言ってから、首を横に振って言った。「私が言いたいのは、出演料はそれでいいが、鄧麗君と話す必要はないってことだ」

「だったらみんなは私の腕前を見られないことになる」

「私を訕削《皮肉ら》ないでおくれ」

みんなが笑い終わるのを待って、祖母がようやく言った。「みんなここにいるね、鄧麗君が劇団に入って芝居をするのを歓迎しよう。それともう一つ宣言する、今晩我々は台中を離れることにする、早ければ早いほどいい」

「まさか！　幽霊にでも出会ったのかい」

「幽霊じゃない、『馬西馬西《マセマセ》』の奴らだ」

「馬西馬西」と聞くと、みんなは驚愕して言葉をなくし、まるで喉の会話機能が瓦解したみたいになった。私はそう大きく反応しなかった。なぜなら「馬西馬西」が誰か知らないからだ。「馬西馬西」は台湾語で酩酊するまで飲むという意味か、あるいはぶらぶらして働かない輩を指すが、明らかに祖母が言っているのはいい人達ではない。

「病院で出くわしたの？」

「そうなんだよ！　だから私たちは急いで病院から逃げたんだ」

「神様はお見通しだ、奴らはさんざん悪いことをしたから、誰かにやられて重傷を負って入院していたんだね」と黄金おばさんが言った。

「ばかなこと言わないで。病気になったのは私で、『馬西馬西』たちはぴんぴんしているよ。こういう連中はほんとうに恐ろしい、手足がちゃんとそろっているのに金をだまし取るようなことをやってる」。祖母は言った、病院で診察するまで長い時間待たされたので、先にちょっとあたりを歩いていたところ、ホールで一人の老婦人に出会った。彼女は近づいてきて、祖母が病気に取りつかれているのが見える、だがこの病院はよくない、どの医者もヘボばかりだ、と言った。そしてさらに、でも心配はいらない、よく効く「アメリカの仙丹」というのがあって、飲んだことがある人はみんないいと褒めている、何缶か飲んでみなさい、効き目が出ること請け合いだ、とも言った。

祖母が言うには、これは偽の薬を売っているのだとわかっていたし、エクボおばさんもそう思ったが、「癌を治す仙丹がほんとうにあるのかもしれない、試してみるのもいいだろう」と自己催眠にかかってしまい、つい一缶いくらかと尋ねてしまった。するとすぐに老婦人は、価格はまあまあで、少し東洋医学がわかる親戚に電話をして薬を持って来てもらうから、まず薬を試して安心してから買えばいいと言った。

まもなく、三十過ぎの、チェックのシャツを着た、ビジネスバックを下げた男が近づいてきた。美容院から出てきたばかりのように満面に笑みを浮かべている。祖母とエクボおばさんはびっくり仰天した。その男は「馬西馬西」の一人だったので、さっと顔を背けてそこを離れた。柄シャツの男は驚いて数秒間ぽかんとしてから、すぐに追ってきた。双方はしばらく引っ張り合いになったが、祖母とエクボおばさんが機転をきかせて大声で「泥棒だ！」と叫んで、それから病院を逃げ出した。

「馬西馬西って誰なの？」私はとうとう自分のために尋ねた。

「さあ行こう！　まず家に帰る、話は道々歩きながらだ」。祖母は言い終わると、校庭の隅の花畑をちらりと見た。そこはリスの墓地だった。

そこにはリスの墓地だけではなく、琥珀のように凝固した深層の記憶がとどまっていた。人生には、軽く見てよい傷などなく、ただ薄らいでいく傷跡と、感情を手放すそのときがあるだけだ。私はリスの墓地に近づいて行く必要はなかった。これまでもずっとそれは私の心の中から消えたことがないからだ。今夜、樹の下の夜はこんなにも暗いので、すべてがすれ違い通り過ぎるのもいいだろう。私は灯りをさらに明るくして傷口を撫でてみる必要はないし、たとえもっと多く見ても、あの草地が最も静かで、最も完全に美しい傷跡であることに変わりはないのだった。

◆

「馬西馬西」は暴力団で、触角を「往生互助会」にまで伸ばしていた。まずやってくるのは死神ではなく、商売のチャンスを嗅ぎつけた虎だ。「馬西馬西」は虎だった。自然界の虎は腹いっぱい食べると、樹を探してそこでゆっくり数日を過ごすが、人間界の虎は永遠に休まず丸のみを続け、頭髪、爪、骨までも全部腹に入れてしまう。というのも、彼らが「往生互助会」の胴元だったからで、胴元はいつも勝ちを手にし、風向きが悪くなれば、さっさと引き上げてもぬけの殻、新規まき直しをやっては老人を罠にかけていた。この種の死人の金を稼ぐ商売は、死人が抗議をしにやって来たためしがなく、ただ状況がわからない家族がいるだけだ。かりに訴えられたとしても、法律の境目ぎりぎりを渡り歩いている互助会が勝つのだから、実におかしな話だ。

「馬西馬西」はすぐにある兆候に気づいた。出資報酬率が最も高い死ぬ半年前に「往生互助会」に加入することを心得ている老人がいて、出資額を増やすだけでなく、時が来ると自然に死亡するのだ。医者が出した死亡証明書は本物で、老人は他殺で死んだのではなかった。住居も分散していて、まるで死神が上空から散弾銃で運の悪い人たちを打ち殺しているかのようだったが、区域伝染病や高圧鉄塔の電磁波問題もなかった。唯一の手掛かりは、これら加入者の多くが独居老人か、浮浪者か、社会的弱者で、彼らが加入したとき、要求した死後の見舞金の支払い方法は、死亡証明書を書留郵便で送付してきて、お金を不特定の口座に振り込ませるというものだった。

「馬西馬西」は気づいた、死のパスワードを「解読」できる奴がいて、正確に資金をつぎこんでいるのだと。いったい誰がこの能力をもっているのか、探す価値があった。そして彼らは見つけたのだ。死者の葬儀はどれも葬儀会社と先に契約を済ませており、安価な陽春タイプを選択し、遺体は斎場に安置されて、七日以内に火葬されていた。告別式はひっそりとして、中には省略するものもあり、遺灰は樹木葬や海洋葬にして、納骨堂の費用がかからないようにしていた。これらの人の消失は、人に迷惑をかけず、人を煩わせることもなく、まるでこっそりこの世を去って行くようだった。「馬西馬西」は葬儀の様子を盗撮した参列者の写真の中から、いくつかの顔が重複しているのに気づき、そこで祖母とエクボおばさんが特定されたのだった。

祖母は遅かれ早かれ自分が目をつけられるだろうとわかっていた。ゲームで勝ちを多く手にしすぎると、どこに隠れていようと、うるさくつきまとう怨恨があとからついてくるものだ。しかし、この世には責任を逃れられない恩情がもっとたくさんあり、怨恨と恩情が混じり合って、彼女に「馬西馬西」と正面衝突をせざるを得なくしていた。それは今年の冬に起こった衝突だった。寒風が台中を吹きすさび、横丁には昔ながらの防水シートを張った葬儀用の掛け小屋が造られ、葬儀屋とヤクザが十人あまりいたが、家族は誰もその場にいなかった。死者は八十五歳の生涯独身を通した老女で、極端に周りとの交際を嫌い、とても怒りっぽくて、たびたび路地の入口の野良犬に向かって怒鳴りちらしていた。彼女は非常に伝統を重んじる人だったので、葬儀のときに誰かが彼女のために大声で泣いてくれるのを望んだ。しかし彼女には子どもがいなくて、人に冷酷だったので、むしろ彼女の死は仇《かたき》どもを大喜びさせるかもしれなかった。隣人たちは彼女の小さな鼻と二重顎の顔に笑みが浮かんだのを見たことがなかったが、なんとこの日はカラーの遺影の中で、とても優しく微笑んでいた。まるで目が覚めたら良き隣人になって、みんなともう一度暮らしたいと、詫びを言っているように見えた。

葬儀はとても寂しいもので、ヤクザはプラスチックの椅子に座って、雑談をするか、居眠りをするか、タバコを吸うかしかやることがなかった。このとき、数人の女が路地の入口でマイクを握って悲しい話をしはじめたが、エコーをかけているので、話の内容ははっきりせず、ただ台湾語で「母さん母さん、私の愛する母さんよ」と叫ぶのが聞こえるだけだった。これは有名な『孝女白琴』の一幕で、臨時の女優たちが死者を自分の母親に見立てて、泣きの涙でマイクを手に近所の人たちに聞かせているのだ。価格が高いと、泣き方はもっと素晴らしくなる。「孝女白琴」は祖母たち「死道友」が担当した。彼女たちは半年前にこの死者を説得して互助会に加入させ、そのうえ彼女の意向に沿って、葬儀のときに人を雇ってちょっと泣いてもらうことにしたのだった。黄金おばさんはお金を払って「泣き女」を探すよりも、むしろ自分で稼いだ方がいいと考え、さらに一緒に稼ごうとほとんどの「死道友」を説き伏せたので、祖母も仕方なく引きずりこまれてしまった。

葬儀の儀礼に基づけばこうだ。「死道友」は路地の入口から五十メートル這って棺が安置されているところまで行く。孝服*を着て、頭をすっぽり覆う麻の帽子をかぶるので、誰にも顔を見られない巫女のようだった。指揮を執っている黄金おばさんの泣き方はプロ級で、膝に膝当てをして、泣きながら叫んだ。「母さん母さん、私の大切で親しい人よ、今はもうあなたに親しく孝を尽くすことができなくなりました」。近隣の人たちはこれを聞くととても不愉快な気分になり、ずっと遠くに避けていた。ただ、「馬西馬西」だけが駆けつけてきて、これらの俳優たちを見ながら、麻の帽子の下から祖母かどうかを見分けようとした。とうとう、彼らもひざまずいて這いながら、のぞきこんで確かめだした。さながら黒い犬と白い犬の群れが路地を這って進んでいるようだった。

「死道友」が這って棺に近づくと、ヤクザの男たちもそうした。状況は最悪で、逃げ出すのが難しくなったのを目の当たりにして、祖母はマイクを奪い取って芝居を始め、甲高い叫び声をあげながら無念を訴えた。「母さん、あなたが亡くなったばかりなのに、もう親不孝者が財産を争いにやってきました。母さん！　どうか体を起こして公正な話をしてください」。祖母の演技は素

＊白か薄い色の生成りの麻布や木綿でつくった喪服。

晴らしく、話しながら自分の胸元をさすったので、近所の人たちがみんなゴシップ話を聞きに近寄ってきて、偽の孝女が本物のヤクザと渡り合うめずらしい場面を目にしたのだった。

それから、祖母はすさまじい声を上げて泣いた。「私はもうすぐ息が切れます、唇辺《ごきんじょ》の親切なおかた、どうか救急車を呼んでください」。泣き叫ぶ声は暴力的な騒音に変わり、死ぬほどうるさかった。数台の取り締まりのためのパトカーと人を救うための救急車が同時に到着した。警察と消防が、棺が安置されている部屋に踏みこんだ途端、まるでシャットダウンのボタンを踏んだように、一群の黒い服の男たちに絡まれていた老女たちが一瞬にして気を失って倒れ、病院へ救急搬送された。「死道友」は病院で意識が戻ると、応援に駆けつけたコルセットおばさんが車に乗せて連れて帰った。このときコルセットおばさんの腰の傷はまだ彼女の黄金の右足に影響を与えていなかったので、強くアクセルを踏むと、車はさながら弧を描いて飛ぶ不思議なサッカーボールのように横丁を通り抜けて、十台のヤクザの車の追跡をかわしたのだった。

「死道友」は半年のうちに続けて三回引越しをして、「馬西馬西」の追跡を振り切ってきた。これでなぜコルセットおばさんが車を運転するたびにいつも疑心暗鬼になってあたりを見回し、つきまとわれていないかびくびくしていたかの説明がつく。今にして思えば彼女が神経質だというのは私の誤解だったのだ。でもすぐに私がこの病気にかかってしまった。車を運転して小学校からプールへ戻る途中、運転に専念することができず、どの車も怪しく見えてしまい、気が散ってしかたがなかった。三回ほど赤信号に突っこみそうになって、びっくりした「死道友」は車の中の頑丈なものをとにかく何でも握り締めた。

エクボおばさんに痛いほどつかまれた祖母は言った。「みんなはまず荷造りをしなさい、出発は明日にしよう」

　みんなは車酔いに加えて頭を上下に動かして同意を示したので、車を下りるやすぐにあちこちで吐きはじめ、私がどうやって車を家まで運転してきたのかよく覚えていなかった。今みんなの敵は「馬西馬西」ではなく、私の夜間運転となり、ひと晩休憩しないと、私の昼間の運転技術を体験する勇気が持てないらしかった。

　みんなはそれぞれ荷物をまとめることになったが、すでに逃亡生活に慣れているので、普段あまり使わないものはトランクの中に入れたままだった。それで荷物をまとめることよりも、疲労のほうが勝ってしまい、老女たちは睡魔にまけて、トランクを見ると抱きかかえて眠ってしまった。祖母のトランクが動かされたとき、ひっくり返って大きな音を立てたので、みんなは驚いて目をさましたが、すぐにまたすやすやと深い眠りに落ちていった。

　トランクの中の物が一面に散らばった。私が片づけようと近寄ると、散らばった一重ねの写真の中から、あのたった一枚の写真――祖母が赤ん坊の私を支えて、大風草の薬湯に入れている写真を見つけた。これは私が夢のようにずっと気にかけていた写真だ。私の視線は写真の中の赤ん坊ではなく、私にとてもよく似ている若いころの祖母に注がれた。ほんとうによく似ている。

「この写真を長いこと探していたのよ」と私が言うと、

「じゃああげる」と祖母が言った。

「やっぱり阿婆が持っている方がいい」。私は写真をスーツケースに戻して言った、「私ね、ずっとこの写真は夢じゃないかと思ってたけれど、今、本物だったたって確かめたから、これでいいの」

「この夢を持っているともっといいんじゃないの？」

私は頭を振りながら、祖母を見つめた。なんだか七十歳の自分に向かって頭を振っているような気がした。年老いた自分を凝視する、これほど奇妙な感覚はない。まるで幻想的な時間の中にいるように、私は三十歳に近い夏に、七十歳の自分と旅をしていた。一枚の写真は心に刻んで永遠に忘れないようにすることはできないが、一つの記憶ならできる。とりわけ探しあぐねたあとのこの記憶は、真夏の甘美な果実になった。

第3章

神父のいない教会

私たちの逃亡ルートは、まず曾祖母に会いに行くことから始まった。曾祖母は彰化の八卦山《バーグァシャン》区に住んでいた。祖母が連れて行ってくれなかったら、私は曾祖母がどこに住んでいたかも知らなかっただろう。

そこは個人経営の老人ホームだった。敷地は数ヘクタールあり、管理は厳重で、周りを囲んでいる塀が、山地でよく見かける深い霧の中まで延々と続いていた。正門の内側には、一人の老人が車椅子に身じろぎもせずに座っていたが、目に生気がなく、そのまなざしをかき乱すのはときたまフルスピードで通り過ぎていく車だけだった。このような出迎えを受けて私は中の孤島の雰囲気がそれとなくわかり、急に曾祖母の余生を思って悲しい気持ちになった。

私たちは応接ロビーで曾祖母を待っていたけれど、彼女はなかなかあらわれなかった。ロビーはにぎやかで、三十人あまりの老人が車椅子に座って、公益活動にやってきた三人の少女の雑技ショーを取り囲んで見ていた。それは強烈なコントラストをなす場面だった。少女はあふれんばかりの笑みを浮かべているが、老人の顔には皺とシミと寂しさが詰めこまれて、笑みを浮かべるスペースが見つからないのだった。少女は両手にそれぞれ五本の長い棒を握り、棒の先に皿を載せてスピードをつけて回転させていたが、上半身を後ろへ反らせても、皿は回り続けて落ちなかった。少女の完璧な肉体には潤いたっぷりのしなやかさがあった。この一幕を見て、車椅子の老人男性に変化が見られた。ある者は感激してゼイゼイ喘ぎ、ある者はゴロゴロと痰がからまる音をさせた。ある老人は懸命に長い時間をかけてようやく笑い声をあげ、よだれを垂らしていたが、私は彼の尿袋が急速に情熱のこもった黄色の液体で満たされるのに注意が向いた。車椅子の老人の十中八九が尿袋を提げているか、経鼻胃管を挿入していた。

鼻にチューブを挿した老婦人が看護師に車椅子を押されて出てきた。胸は幅広の布で固定され、絶対にずり落ちないようにされている。彼女は重度の白内障を患い両目はひどく白濁して、表情は墓碑のように硬かった。私は前に歩み出て曾祖母を迎えた。すると祖母が頭を振り、私を引っ張ってせかせかと養老センターのほうへ向かった。その老婦人とすれちがったとき、くぐもった腐臭と小便臭いにおいがして、エクボおばさんが言うところの「死のにおい」と完全に一致していた。

もう一つの建物にやって来た。ここに入所している老人の体の状態は比較的良好で、両足で歩くことができ、先ほどの棟の人たちのように車椅子かベッドに横になるかしかないのとはぜんぜん違っていた。祖母が「趙《ジャオ》廖《リャオ》秋《チュウ》妹《メイ》面会です」というアナウンスがまだ流れているスピーカーを指しながら、私たちがなぜ応接ロビーで長らく待っても会えないのか教えてくれた。結局私たちがさきに趙廖秋妹を見つけた。

曾祖母は知育室でマージャンをしていて、後ろに人が立っているのに気づかなかった。髪が薄く白髪で、手足はまだぴんぴんしていたが、マージャンの腕はひどかった。見ていると、彼女はカス牌を拾ったのに、捨てられずにいつまでも迷っているので、マージャン仲間が我慢できずに叫んだ、「時間だ、まだ牌を捨てないなら、わしらで適当に一枚いただくよ」。そこでようやく手元の一組の牌を崩して、一枚捨てた。

祖母はまずマージャン仲間に手で静かにという仕草をして、それから曾祖母の耳元に近づいて、言った。「廖秋妹さん、アナウンスが聞こえなかった？　旦那さんが探してるよ」

曾祖母はぽかんとして、額の皺を見上げるように、上を見た。曾祖母は最近チベット密教を学んでいて、毎日一定時間「止語」を行ない、よく口業《くごう》を修め、起心動念《きしんどうねん》を少なくしていた。しかしとても矛盾していたのは、マージャンという口を動かさねばならない遊びを手放すことができないことだった。そのうえいつ何時でも、彼女が上を見さえすれば、考え中であることを示していた。曾祖母は、自分の夫は死んだのか、それともまだ生きているのかを考えていた。老人性痴呆症のために彼女はこの謎を解くことができないのだ。

「赤い小さなメモ帳をめくってみる？　あなたのウエストポーチの中に入ってるよ」と祖母が言った。

曾祖母はウエストポーチのファスナーを開けて、メモ帳を取り出したが、いくらめくっても情報が見つからないので、顔を上げて上を見るしかなく、また考えに耽りはじめた。

「二ページ目を開けてみて！　そう、ここ、見てごらんなさい」

「あの人は死んだんだ！」曾祖母はメモ帳の記録を指さした。夫は二〇〇三年に亡くなっていた。マージャン仲間は彼女が禁を破ってしゃべったのを責めた。曾祖母のほうは夫が死んだかどうかで苦悩していたので、またこう言った。「あの人はずいぶん前に死んでいる！」

「メモ帳が間違っているのよ、信じないなら、部屋に戻って見てごらん」

これは私が見た最も滑稽な一幕だった。曾祖母の認知症は開いた日傘のように、自分を焦慮の陰影の中に入れていた。時間感覚はコントロールを失い、記憶の汚濁度が上昇した。彼女は立ち上がり、背を向けて部屋に戻って行ったが、その途中でも落ち着かない様子で、自分が何をしようとしていたのか、また思い出せなくなり、私と祖母が後をつけているのにも気づかなかった。

曾祖母がエレベーターのボタンを押したとき、祖母が廊下の曲がり角に隠れて叫んだ。「忘れないで！　階段をたくさん上がったほうが、体にいいのよ」。曾祖母は頷いて、階段に向かった。ドアが開いたエレベーターには私と祖母が乗りこみ、そのまま三階の居住ゾーンに入った。

この遊びは祖母が主導した。昔、祖母は何事も賢明にこなし、ユーモアは俗に流されることはなかったが、今回の曾祖母とのやりとりは私の論理的思考の域を超えていた。彼女はまるでいたずらっ子みたいに、そのうえ暗い片隅には鬼がいて、テレビアニメは本物の人間が演じていると信じている八歳の少女のように、自分の母親をからかった。よくよく昔を思い返すと、私が八歳のときも、祖母はこんなふうに私とかくれんぼをしたのだった。

エレベーターを出て、私たちは曾祖母の部屋に来た。そこは三人部屋で、独立したトイレと浴室があり、壁にはニュージーランドの風景写真が掛かっていた。個人のテーブルの上はやや散らかっていて、私物が散乱しており、服が何着かベッドの上に無造作に置かれていた。私は空気中に薬品と消毒液とビャクダンのにおいを嗅ぎ取った。後者は窓際の老婦人からのもので、彼女が着ているチベットの民族衣装のチュパ（chupas）を日光が明るく照らし、彼女は車椅子に座っていたが、うっとりするほどしとやかだった。ビャクダンの香りは彼女のそばの小さな香炉から漂っていた。

「またお母さんと遊んでるのね」とチベットの老婦人は言った。

「ラマさん、お久しぶりです」

「私はラッパです。ラマじゃありませんよ、ラマは男性に対する呼び名です」。チベットの老婦人が言った、「きょうは友達を連れてきたのね」

「私の孫娘です」

それからチベットの老婦人は不思議そうな表情を浮かべ、目を見張って、私たちが彼女の前で姿を消すのを見ていた。このいわゆる姿を消すというのも遊びだった。祖母は曾祖母のベッドに横になって、肌掛け布団で全身を覆い、私も中に引きこんだ。肌掛けはせいぜい一人を覆う大きさだったので、まさか二人が入ってちょうどいいとは思ってもみなかった。これは祖母が生まれつき持っている縮骨功という技によるもので、体の骨を外して内側に押しこむのだが、私が思いつく譬えは「水の表面張力」だ。皮膚は弾力のある薄い膜に似ていて、骨が内側に押しこめられて体が縮むと、まるでコップの縁に盛り上がっている水の膜のように、あと一滴であふれ出しそうになりながらも、なんとか持ちこたえていた。祖母は巧みに体を縮めて、私の腹と胸でできた空間に小さくおさまったので、まるで私がこれから出産する子どもみたいになった。

でもなぜかくれんぼなのかはさっぱり意味がわからない。祖母が子どもになったつもりで隠れ始めたので、私もわけがわからないまま参加してしまったけれども、子どものころに祖母とよくやったこの遊びは、大きくなったら止めるのが当たり前ではないかしら？　まさかこれはわが一族のDNAの祟りだなんてことはないはずだ。

曾祖母は息を切らして部屋に入ってくると、ベッドに人が寝ているのに気づいた。息はまだおさまっていなかったが、薄い掛け布団の中から低く沈んだ咳の音が聞こえてきたので、急いでその病人の背中を叩いて、今にも喉を詰まらせて死にそうな濃い痰を吐き出させようとした。曾祖母は私を曾祖父だと思いこみ、腕と太ももをマッサージして、長く寝たきりのために床ずれができないようにした。とても慣れた手つきで、力の強さと力を入れる部位をよく心得ていた。そのうちに曾祖母は疲れ、息切れがひどくなってきたので、マッサージするのを止めさせたくなった。

でもお腹のところで体を丸めている祖母が人差し指を唇において、私に黙っているようにと合図し、口パクで言った、「彼女の頭と体を少し運動させるのよ」

「おいおまえ！　力を入れすぎるぞ、わしの手の骨が険険《もう少しで》折れそうだ」。私の懐に隠れている祖母が、客家語で文句を言った。

「恁様《こうですか》？」

「今度は足だ」。祖母が足を差し出し、曽祖母にマッサージをされて、くすくすと笑い声をあげた、「ばあさんや、おまえは力を入れすぎる、足が勼筋《つり》そうだ」

「恁様《こうですか》？」

「弱すぎる、ホコリをつかんどるのか？」

「恁様《こうですか》？」

「おいおい！　痛くて命を半分落としそうだ！」祖母が泣き叫んだ。

　こうでもない、ああでもないと、曽祖母はことごとく否定された。老人シミがいっぱいできた曽祖母のやせた手が、藍色の肌掛けの上に置かれたまま、動こうとしなくなった。彼女の五官の表情と手足はすべて動きが止まり、より多くのエネルギーを使って混乱した思考に対処しようとした。彼女の記憶の中では、夫はとっくの昔に死んでいるのに、なぜ彼女をいじめるこの爺さんはまだ生きているのか。これはどうしたことか？　またあと何年苦労させられるのか？　もうつらくてたまらなかった。

　祖母が私に話したことがある。五年もの間、曽祖母は脳卒中の曽祖父の世話をした。そのときの曽祖父はひどい癇癪持ちの七十の老人で、精神錯乱を起こし、よく人を怒鳴りつけた。曽祖父は長い間ベッドに寝ていたので、二時間おきに体をひっくり返して床ずれを防がなければならず、四時間ごとに食事を管から注入し、六時間おきに布おむつを取り替え、半月ごとに看護師に経鼻胃管を取り替えてもらわねばならなかった。長く寝たきりだったせいで排せつ器官が弱っていたので、曾祖母は浣腸をして肛門からとても硬くなった便を掻き出してやった。曾祖母はこの老いぼれを老人ホームに入れたくてたまらなかったが、親戚の陰口を恐れた。かりに外国籍の女性に全日看護を頼めば、月給以外に、さらに三食の生活費を払わなければならないので、結局は自分で看ることになったのだ。その日々はほんとうに悲惨だった。祖母はそうたびたびは帰って手伝えないため、曾祖母は大きな負担を背負って、毎晩定時に起きて世話をし、疲れはてて抗うつ剤を飲んで日々を過ごしていたが、この間には経鼻胃管で夫か自分を締め殺したくなったことも何度かあった。曾祖父が亡くなる最後の日、まるで死の直前に一時的に元気を取り戻したかのように、曾祖母にベッドを冬の太陽があたる窓際まで押して行かせて日に当たったが、またひどくきつい口調で、彼女をひどく傷つけた。もしその日陽光の下で、感謝と別れの言葉を言ったのなら許せただろうが、そうではなかった。それで曾祖父の葬式が終わると、曾祖母はほっと一息ついた。毎日顔を見るたびに辛い思いをさせられたあの人がついに死んだのだ、曾祖母は祖母を連れてレストランに行き、存分に食べた。だが半分ほど食べたところで、言いようのない感情がこみあげてきて、人前ではばかることなく声を上げて泣き出してしまった。

時間の記憶は混乱し、曾祖母は夫がまだ生きているような気にさせられた。彼女はどうしてよいかわからず静かになったが、反対に涙がとめどなく流れてきて、言った。「早く死ねばいい」「ばあさん、おまえはなんてひどい奴だ！　わしが死ぬよう呪っておるのだな。おまえが何を考えているか、わしが知らないとでも思っているのか？」祖母は声を低く落として言った、「わかった！　わしを憎んでおるなら、おまえに絞め殺されてもいいぞ」

曾祖母は力を入れて手を肌掛けにねじこんだが、突然手を止めて、「あんたは死んだんじゃなかった？」

「死んだら、もうおまえを尋ねて戻って来れんのか？」

「でも……」

「仰般《どうした》？」

曾祖母は言いかけてやめたが、とうとうこう言った。「あんたが戻ってくると、また私たちを苦しめる。早く死んだ方がみんなのためにいい」

時が止まり、室内は低気圧に覆われた。日光が窓辺に飾られたバラの造花に落ち、花瓶を通して屈折した光がぼんやりと壁に当たっていた。廊下から車椅子が通る機械音と、老人のつぶやき声が聞こえ、もっと遠くでは少し激しいわめき声がしていたが、これらはこのときの室内の悲しみに分け入ることはできなかった。曾祖母の急くような泣き声が主旋律となって、すべての音にとってかわった。

「わしが戻ってきたのはおまえたちを苦しめるためではない」

「じゃあ何のため？」

掛け布団の中に隠れている祖母が、沈黙のあとに言った。「わしが今回戻ってきたのはおまえと話をするためだ。おまえがあの数年間世話をしてくれたことに恁仔細《かんしゃする》よ。これを言うのを忘れて逝ってしまった、すまんかった」

曾祖母はわっと声を上げて泣いた。長年の恨みつらみと不満が一瞬にして消え去った。五年もの間、人を傷つけてきた曾祖父はいつも人をアゴで使い顔色で指図した。生きているときは文句ばかり言って、死に際もしかめっ面をしていた。曾祖母はこの遅れてきた思いやりの言葉のために、どうしても泣き止むことができなかった。祖母が掛け布団から出てきて、母親の五官が涙の池でさらに皺くちゃになり、さらに平べったくなり、さらに老けていくのを見ていた。この世で涙だけが永遠に最も正直で、最もよく見せかけの姿をはぎ取ることができる。私までもつらくなって涙が流れ、窓辺でこの芝居を見ていたラッパさんもそうだった。

曾祖母の涙が半分乾いたころ、祖母が目の前にいるのを見て、喜ぶと同時に不思議そうに言った。「あんたもここにいたのか、たった今、父さんを見たかい?」祖母はうなずいて、ごめんなさいと言い、この芝居の詫びを言ったが、種明かしはしなかった。曾祖母はまだ状況を呑みこめていないふうだったが、幸い彼女の気持ちがこのときカーブを描いて、視線が祖母の乱れた髪に移った。まるで押しつぶされたカリフラワーのようだったからだ。曾祖母は櫛を手に取って、丁寧に彼女の髪を梳《す》いてやったが、口では独り言を言っていた。それは祖母が数年間彼女に会いに来なかったことを責めているのだと私にはわかった。祖母は、何週間か来なかっただけなのにと反論した。年老いた母親と、年老いた娘がこのことで少し口げんかして、どちらも譲りそうになかった。

それから、年老いた母親が年老いた娘を引っ張って壁際に立たせ、自分は丸椅子の上に立って、鉛筆で娘の頭の上方の壁に印をつけた。そして壁の上の年ごとに低くなっていく印を指しながら、背がますます低くなっていると不満を言った。年老いた娘は口答えをして、年を取ると骨をつくる成分が流れ出すから、縮むのは当然だと言った。二人は少し口げんかをして、それから年老いた母親が引き出しからビスケットを取り出した。日めくりカレンダーで包み、さらにビニール袋に入れて口をしっかり縛っていたが、すでにサクサクした口あたりが失せていた。何度も断った年老いた娘が仕方なく一口食べると、年老いた母親から、物を大切にすることを知らない子だ、食べるのがもったいなくてあんたに食べさせようと今日まで取っておいたのにと皮肉を言われた。年老いた娘は食べながら、ため息をついた。

「死道友《シードユウ》」の中でリーダーを務めている祖母は、九十歳近い老いた母親の前では少女のように見え、世話を焼かれたり差しさわりのない叱責をうけたりしていた。なんと、祖母の年齢でもママっ子になれるものなのだ。

徐々に、曾祖母が視線を私に移し、それから少し緊張してメモ帳をめくると、訝しげに言った。

「あんたは……」

「この子はあんたの虱嬤子《ひまご》だ」と祖母が言った。

「阿菊《アージュ》だ！　帰って来たんだね」。曾祖母はまた泣き崩れた。

阿菊は曾祖母の娘で、祖母の妹だったが、三十年会っていなかった。

◆

曾祖母は赤いメモ帳を持っていて、長い間、どうしても忘れてはいけない人や出来事を記録してきた。老人ホームに入ったあとも、ずっと書き続けて、痴呆症がますます悪化する日々に、おりにふれ取り出してはおさらいをしていた。どの記憶もとても大切で、忘れるにはもったいないものばかりだったが、思い出すのもまた難しかった。それは、人生で自分が歩んできた道はいい加減になぞってはならないという感覚にやや近かった。記憶を捨てるか捨てないか、この後ろ髪を引かれるような思いが曾祖母の情緒を不安定にし、そのうえ人から痴呆症の症状が出たと言われたりすると、さらに怒りっぽくなった。

その後、車にはねられて人生を台無しにされた半身不随の六十代の女性が入室してきた。この女性はかつてネパールのカトマンズの西の郊外にある寺にしばらく出家していたことがあった。ユーモアに富んでいて、みんなに自分のことをラマと呼ばないでと言った。ラマは出家した男性の呼称で、女性は出家すると阿尼《アニ》と呼ばれる。でもみんなが相変わらずラマと呼ぶので、彼女はいっそ自分からラッパと名乗って、でたらめに呼ばれないようにしていた。

ラッパさんは曾祖母の悩みを知ると、自分は最適の「貸金庫」だから、こうした方がいいわと言った。つまり一週間おきに、あるページの「記憶」を曾祖母が破って彼女に保管しておいてもらい、負担を軽減するのだ。曾祖母はとてもいい考えだと思い、半年の間に、全部で百あまりの記憶を貸し出したが、取り戻すのを忘れていた。小さな赤いメモ帳は薄くて軽くなったので、セロテープでとめて抜け落ちないようにしていた。曾祖母はずいぶん気持ちが軽くなった。

「これが阿菊だ」。曾祖母は赤いメモ帳を開いて、一枚の白黒写真を見せた。そこには三十歳あまりの若い娘が写っていた。彼女は一族の一人で、私の父の叔母にあたる。

確かに、この大叔母は私にとてもよく似ているし、父系の一族の女性たちは往々にして顔にDNA上の優性があらわれることを認めないわけにはいかない。もし祖母がのちに私に連絡してこなかったら、この世に私と同じ血が流れている人たちがいることをまったく知らなかっただろう。

「これは確かに阿菊だ」。祖母は写真を念入りに見た。

「五十年会っていない、あの子はちゃんと暮らしているだろうか」と曾祖母は言った。

「三十五年でしょ！」

「三十五年か！　もしかしてあの子は死んでしまったから、私を尋ねてこないんじゃなかろうか」

「母さん、でたらめ言わないで、きっとぴんぴんしているよ」

「菩薩様、どうかあの子をお守りください」。曾祖母は私の顔を撫でていたが、下へ動いていた指が顎のところで止まり、そこからぐずぐずと離れようとしなかった。まるでなごりおしい涙がそこに留まっているみたいに。「あんたは阿菊の霊で、私を尋ねてきたんじゃないだろうね！おまえが何度も死ぬ夢を見ては、夢の中で目汁《なみだ》を流しているんだよ」

「この子は阿菊じゃない……」

「ずっと菩薩様にお祈りしてきた、あの子が私よりあとに死にますようにと」

「菩薩様がお守りくださいます」。私はこう言って、白髪で覆われ、顔に微笑みを浮かべている曾祖母を見た。

曾祖母は思いやりのある母親で、家族の失われたパズルの一ピース――阿菊おばさんを探して連れ帰ろうとしたことがあった。私のこの大叔母は三十歳のときに、独眼のパン職人と一緒になる決意をした。曾祖父はパンと饅頭《マントウ》の違いを確認したあと、硬いマントウをつくるような男に将来性はない、体に石を縛り付けて河を渡るようなものだと考えた。それで阿菊おばさんはパン職人と駆け落ちをした。民間の風潮が保守的だった当時の駆け落ちは、曾祖父を激怒させ縁を切られてしまった。阿菊おばさんは結婚後もずっと、曾祖母とこっそり連絡を取り合っていた。曾祖父が気づいて、曾祖母をひどく殴り、阿菊おばさんがまた連絡をしてきたら、おまえの母親をその分だけ殴ってやると警告した。これ以降彼女からの連絡は途絶えた。

阿菊おばさんの名前は「趙潤菊《ジャオ・ルンジュー》」。名前に菊の字が入っているのはだいたい二十世紀中葉のベビーブーム期に生まれた人だ。私はグーグルで検索して、三百件の情報を手に入れた。そのうちアニメーターと若い詐欺師の「趙潤菊」は除外して、かつて新竹の寺院に米を寄進した信仰心の厚い「善女」に絞りこみ、彼女が大叔母かもしれないと考えた。これ以外に、美容業関係者の家族愛をテーマにしたエッセイコンテストの受賞作の中に、ある女の子が祖母の趙潤菊との交流を綴ったものを見つけた。私はネットでこの美容師の女の子の名前を探して、ついに彼女のフェイスブックを探し当てた。そしてもっと非公開の写真を見ることができるように、個別のメッセージを送って「友達申請」をした。私は確信していた、この美容師の女の子は私と血縁関係があるに違いないと。なぜなら父系の優性の顔だちが、彼女の五官にもあらわれていたからだ。グーグル大神さまさまだ。

美容師の女の子が「友達承認」をしてくれるのを待っている間、私たちは曾祖母を連れて外出し、町で食事をした。今、「死道友」たちには、九十歳の老婦人が自分たちのリーダーをどうあしらうかを見る時間がたっぷりあった。たとえば、曾祖母は出来立ての炒め物料理が熱すぎると嫌がったり、今日は緑の野菜は食べたくないと言ったり、箸を鶏スープの鍋に突っこんで具を取ると、かじり残しの鶏の骨を鍋の中に戻したりした。そのあと、曾祖母は紙ナプキンをひと重ねポケットに押しこんでトイレに立ったが、間違ってよその個室に何度も闖入してしまった。祖母が彼女をトイレまで連れて行くと、トイレは床が湿って滑るので、鍵をかけるのを禁止した。ところが曾祖母はどうしても鍵をかけたがり、そのうえとても時間がかかった。出てきたときにはポケットにぐしゃぐしゃのトイレットペーパーがいっぱい詰めこまれていて、得意げな笑い声をあげた。

食事のあと、曾祖母はポケットからあふれんばかりのトイレットペーパーを取り出して、お札を数えるみたいに楽しそうにしていた。こんなにたくさんのトイレットペーパーをどうするのかと私が訊くと、彼女は白くて柔らかいものを見るとすぐ好きになって、とても気持ちがいいのだと答えた。ポケットの底をひっくり返すとあの赤いメモ帳が出てきたので、彼女はそれを広げてあることに目を留め、こう言った。「街をぶらぶらして、買い物がしたい」

「何を？　トイレットペーパー？」私は尋ねた。

「思い出せないけど、見ればすぐわかるはず」

私は車を運転して彰化市内をぐるっと一周した。曾祖母は車窓から外を眺めていたが、買いたいものが見えてこない。私たちがどんなに遠回しに訊いてみても、それが食べ物なのか、使う物なのか、着る物なのか、曾祖母自身がわからないので、「死道友」たちをいらいらさせた。

「あんたは車の運転がうまい」。曾祖母が急に話題を換えた。

「私を褒めたのはあなたが最初よ！」私はきまり悪そうに笑った。

「ほかの人たちはみんなバカだよ！　あんたを見てると、とても真剣に運転している。わき目も振らずに前を見て、頭もきょろきょろ動かさない」

「私、首を怪我していて、回らないのよ、バックミラーでさえ見れないの」

「それはまた仰般《どうして》？」
ほんとうに嫌になる。今朝プールの家を出て、運転席に座ったとたん、後ろ座席に置いていた携帯が鳴ったから、大きく体を曲げ振り向いて取ろうとすると、祖母が大声でダメだと叫ぶのが聞こえた。だが遅かった。回旋筋腱板《かいせんきんけんばん》を痛めてしまった。運転席から振り向くときまって肩甲骨あたりの筋や腱を損傷するので、それで祖母が張り紙をして「振り向いて物を取るのは禁止」と書いていたのだった。そのため新米の私が運転した初日は、肩と首の痛みに耐えながらの運転になった。なるべく肩や首を使わないようにして、スペアタイヤ——腰が今にも不随になりかけているコルセットおばさんに、出陣させてはならなかった。

「じゃあどうやって曲がる？」曽祖母は尋ねた。

「婆太《ひいおばあちゃん》、さっき熱心に窓の外のお店を見ていたから、私がどうやって曲がったか気がつかなかったのね。もう一度手本を見せてあげるわ、さあ、次の道はどっちに曲がりたい？」

「右がいい」

私がウインカーを点滅させて、右折、と叫ぶと、車内の「死道友」がみんな緊張して外を見た。最後部の座席に座っている人が後方の車に注意を払って、車は来ていないと叫んだ。左右両側に座っている人もそれぞれ車の状況を報告し終わると、ようやく安心して右折した。もし途中で誰かが急に停車と叫んだら、緊急にブレーキを踏めばいいのだ。

「停めて」

私が急停車したので、みんなは慣性の法則で、座席から飛び上がった。「死道友」は幾度もいわれなき恐怖を体験し、「停めて」と叫んだ曽祖母が興奮して前方を指しながら、「買いたい物はあそこにある」と言うのを呆然と見ていた。

そこは家電のチェーン店だった。私たちは車を下りて店内をぶらぶらした。陳列棚の間の通路を、曾祖母がゆっくりと歩いて、車の中にいるときから狙いをつけていた品物を探した。それがいったい曾祖母の頭の中の蜃気楼だったのか、それともほんとうに見たのか、私たちがあやしい気分になってきたとき、彼女がミキサーに突進して叫んだ、「やっと見つけた」。おかげでくたびれ果てていた「死道友」も、やっと見つかったと声をあげて、悪夢がようやく終わりを告げた。

販売員がやってきた。割引商品の情報を印刷した黄色のベストを着ている。彼は曾祖母にもっと性能のいい調理器を勧めて、言った。こちらは精力湯《栄養スムージー》をつくったり穀物を粉にしたりできます。ミキサーは果物や野菜の細胞壁を壊す程度ですが、販売員はここまで話すと若い私に向かって言った、「こちらは粉砕すると一〇〇ナノメートルくらいまで細かくなりますから、ご老人の胃腸での吸収を大いに助けます」。彼は胸を叩いて保障した。調理器の優待が彼の黄色のベストに印刷されていて、ちょうど胸を叩いたところだ。値段がとても高いから割り引くのだ。

祖母が咳をしはじめた。彼女の肺の病気は冷房が効いたところに入るとひどくなる。彼女は曾祖母に言った。「必要なものかどうか自分でしっかり決めてね、これは八千元するのよ」

曾祖母はその咳が敵意を含み、彼女が買うのを阻止しているように感じたので、意地になってこの高いのを買おうとした。母娘の戦争が始まり、二人は口げんかをして、互いに激しく言いつのった。販売員が急いで間に入り、もし予算が足りないなら、安いジューサーでもいいですよ、と言い、さら儀礼的に訊いた。「阿嬤《おばあさん》、調理器をお求めになって何をつくるんですか？」

「使ったことがない」

「では買ってから野菜や果物のジュースをつくるつもりですか、それとも精力湯ですか？　精力湯は体にとてもいいですよ！」

「骨を砕く」

「はぁ？」

「骨、を、砕く」。曾祖母ははっきりと言った。

みんなは黙っていた。なぜ高価な調理器を買って骨を砕くのか、普通では考えられない。販売員が解釈をして言った、調理器で漢方薬の木の根を粉砕する人がいましたから、阿嬤が言われる骨とは木の根のことでしょう。「死道友」がフォローして確かにそうだと言った。もしみんながこう言わなかったら、目の前の合わせて百五十歳の母娘が今にもけんかを始めそうだった。

曾祖母が優勢になり、また何か言ったり騒いだりして、まるで飴を欲しがる小さな子どものようだった。祖母は目の縁を少し潤ませて、十二年前のことを思い出した。あのとき母親が自ら望んで女の共同生活グループを出て、老人ホームに入ったのは、認知症が悪化して、誰もが嫌う「老番顛《ぼけ老人》」になるのを恐れたからだった。曾祖母は「家族の幸福は必ずしも毎日一緒にいることではない、各自それぞれの空間を持てば、反対にとても大切に思えてくるものだ」と悟って、自分から望んで出て行った。今、祖母はこの金言《きんげん》を思い出し、母娘が再会したばかりなのにもう関係が壊れてしまったので、「死道友」の中で少し面目がつぶされたような気がするのだった。祖母は年老いた母親が道を歩きながらタバコの吸殻を拾い、煙草葉を集めて老人ホームの喫煙する友達にあげるのが嫌だった。車に乗れば、年老いた母親はなぜ狭い部屋に押しこめるのかとまた文句を言った。祖母は何をやってもすべてがしっくりいかず、どうなだめたらいいのかもわからないので、とてもむなしかった。

結局私がカードで調理器を買い、曾祖母への初対面の贈り物とした。曾祖母は贈り物を抱きかかえ、祖母に向かって「明日おまえの父さんに会いに行く」と騒いだ。祖母が父さんはとっくに死んだと言うと、曾祖母は、今朝会った人が夜に死ぬわけがないと応じた。祖母は、それは自分が父さんの真似をしてだましたのだと答えた。母娘が車の中でまた口げんかを始めたので、エクボおばさんが急いでとりなしていた。

「ストップ」。私は叫んで、車を停めた。

私の大声が、みんなを驚かせ車内の騒々しい声を吹き飛ばした。山地の老人ホームに通じる漆黒の道路で、車内の人たちは私がひとつの光源を灯すのを静かに見守った。それは携帯の画面だった。ネットがつながり、たった今、友達承認されたばかりの美容師の女の子のフェイスブックのページに入って、「個人アルバム」を選ぶと、連絡が途絶えていたもう一つの家族の写真があらわれた。一人の婦人が自分の六十五歳のバースデーケーキの前にいた。

阿菊おばさんがまさに目の前にいた。それは時間の窓の隙間を通して失踪した家族を目にした魔法の時間だった。

曾祖母が言った、「阿菊だ、おまえは奈《どこ》にいるの?」そう言いながら、車の椅子を乗り越えて、感激のあまり画面に映っている人をつかんだ。それは動画になっていて、指が画面に触れるとすぐに再生が始まり、誕生日の歌が流れだした。阿菊おばさんがバースデーケーキの前でしきりに笑いながら手をたたいている……

「ごらんよ、あの子はまだ生きている」。曾祖母は泣いた。

◆

私たちは阿菊おばさんを探しに行くことに決めた。でもその前に、まず納骨堂に行って一族のすでに亡くなっている人たちを訪ねることになった。納骨堂は八卦山の西の麓にあり、遠方に平原、都会、海岸を見渡すことができて、素晴らしい視界を織りなしていた。もし亡くなった家族がこの美しい風景を目にすることができたら、永眠は無用だとばかり息を吹き返して賛美するに違いなかった。

「死んだらここに葬られるのもいいわね」とカツラおばさんが言った。

「価格が適正だったら、ゆくゆくはみんなここで隣人になれる」。回収おばさんが笑いながら言った、「今日みんなでまとめて納骨壇を買ったら、割引いてくれるかもしれないよ」

「いやだね！　みんな別れるときはさっさと別れるものだ、どうして来世でも一緒にいる必要がある？　私は鄧麗君《テレサ・テン》と一緒にいられるだけでいい、そうだろ」。コルセットおばさんが老犬に目をやると、犬はたっぷり楽し気に吠えてお返しをした。

納骨堂のホールの祭壇には数個の遺灰が入った壺が並べられていて、一人の道士がこれらの新しい入居者のためにお経をあげ、家族が線香を持って黙とうしていた。私たちは二階に上がった。金色の納骨壁が何列も横に並び、どの壁にも駅のロッカーのような小さな方形の区画があって、ここに命の最終列車が静かに眠っていた。生前どんなに家財萬貫であろうと、貧しく落ちぶれていようとも、また家で天寿を全うしようと、凶刃に倒れて非業の死を遂げようとも、肉体は火を通ったあと、小さな格子の天地に濃縮される。林立する納骨堂の壁の間を、私たちは少し路に迷って、ようやく父系の故人――私の父、祖父、それに曾祖父を探し当てた。

それぞれの納骨壇には地蔵菩薩がはめこまれ、故人の名前が表示されていた。祖母はあの年、父の遺骨を持って家を出たので、今日ようやく父と再会できる。私は父の納骨壇の扉を開けた。骨壺に転写された写真は父が二十八歳のときのもので、若くて、笑っていて、溌剌としていて、どう見てもそのまま娘を守って老人になるまで生き続けるような表情をしていた。自分ではよく知っていると思っていた父が、見ていると知らない人の写真に思えてきた。これは父さんなの？かつて私の人生において水先案内をしてくれた男の人が、なぜ赤の他人に見えるのだろう。

私を驚喜させたのは、骨壺のそばにピンク色のテディベアがあったことだ。それは私が十歳のころに失踪したが、それまではずっと一緒に眠っていたお気に入りだった。私はそれが家出したと思いこんで、長い年月、リビングの額縁に飾った絵を通して失踪する前の姿に思いをはせるしかなかった。言うまでもなくこれも祖母が持って出たのだった。今、再会を果たして、私は泣き出した。長い間、それは私に代わって、まるで守護神のようにしっかり父の骨壺を抱きしめてくれていたからだ。最初からずっと抱きしめて、かたときも離れずに。

「ありがとう、クマさん」、私は両手を合わせ、心の中で言った。「家出したとばかり思っていたのよ、ほんとうは毎日ここで父さんのお供をしてくれていたのね、ありがとう」

曾祖母が骨壺の名前と、自分の小さな赤いメモ帳とを突き合わせて誤りがないことを確かめ、祖母に言った。「今晡日《きょう》一つ片づけないといけないことがある、手伝っておくれ」

「……」

「彼らを連れて行きたい」

「連れて行く？」祖母は振り返って曾祖母を見ながら、「奈《ど》に《こ》連れて行くの？」

「どこでもいい、連れて行けばそれでいい」

「母さん、どうしたの？　私はもう母さんの話にはついていけないわ」。祖母がまた口げんかを始め、この二日間で最大の口げんかが勃発しようとしていた。

「私は自分が時々ボケ老人になっているのはわかっている、麼《ど》該《う》話していいかわからないけれど、でも今は頭がはっきりしている」。曾祖母はメモ帳の一ページの記録を破って、「この中におまえに保管してほしい記憶が入っている」と言った。

紙に書かれた字はとても大きかったが、老眼の祖母は読むのにひと苦労するので、私に渡した。私は少しゆがんだ文字を読み出した。

一、臨終のとき救命措置やチューブの挿入は放棄する
二、葬儀に儀式は不要
三、冷凍室には入れないこと、日を選んで火葬しなくてよい
四、樹木葬

私が一項目を読み終えるたびに、曾祖母は毎回うなずき、最後の項目を聞き終えると「すべてその通りだ」と言うのを忘れなかった。みんなは黙りこみ、静けさが階下から伝わってくる読経と鐃鈸《にょうはち》の楽器の音に場所を譲った。みんなが何を考えているのか私にはわからない。でも曾祖母

が将来ここに永眠することはなく、どんな宗教の楽器を奏でる葬儀も聞くことはないのだと理解した。伝統の中に生きてきた一人の老人にとってこのような生命の終章の選択は一つの岐路だと言える。

真っ白な髪の曾祖母を見ながら、私が彼女の勇気に報いたいと思っていると、祖母が先に言った。「母さん、安心して、この記憶は私が引き受ける」

「私も覚えた」と私は言った。

「一人の人間にとって家族の最もいい記憶は、三代の間にある。上は祖父祖母まで、下は孫息子や孫娘まで、横は兄弟姉妹までだ。これ以上は生活範囲内での交際が少ないから気持ちが薄れていく。さざ波が外へひろがっていくように、感情はだんだん薄くなる」。曾祖母はメモ帳をポケットにしまって言った。「親子の水面で、私がいちばん親しくて、いちばん離れがたいのはおまえだよ、ほかの者はみんな深い深い水の底に沈んでしまった」

祖母の目の縁がまた赤くなり、とても真剣にうなずいた。

「私もいるわ！　私も家族よ」と私が言った。

曾祖母はちょっとうなずいて、「あんたを忘れるところだった、私がさっき言ったことを覚えているね」と言った。

「ええ、さっき言ったことは、私がみんな覚えました」

「人は死ぬと、体はゴミに変わる。土に埋葬すれば石碑を立ててみんなに知らせようとするし、焼いて遺灰にしてもまた納骨堂に置こうとする。三代過ぎれば、これらの遺灰に誰も会いに来なくなり、ひょっとしたら汚染物になるかもしれない」。曾祖母は私たちを見ながら言った。「私は死んだあとゴミになるのは嫌だ、私がまだなんとか生きている間に、男たちの遺灰も処分してしまいたいんだよ」

「わかった、遺灰を持って行こう」と祖母が言った。

私が管理員に納骨堂を「退堂」する方法を聞きに行ったところ、手続きに三日以上かかるとの返事が戻ってきた。まず市役所の民政科に行って、当初の申請書類と印鑑を照合して手続きをし、それから三日後に公文書が郵送されてくるのを家で待ち、その公文書を持って納骨堂の管理室に行き解約するのだ。

「今すぐ移す、三日待つまでもない」と曾祖母は言った。

「そうだ、盗んでいこう」。祖母は「死道友」に命令を出した。

このとき黄金おばさんは指を折って「もし納骨壇一つが五万元だとすると、壁一面でいくらになり、納骨堂一部屋でいくら稼いでいるか」計算しているところだったので、遺骨を盗むと聞くや、お腹が痛くなり、トイレに駆けこんだ。コルセットおばさんは腰が急にひどく痛み出した！回収おばさんが自分は容易に祟りを受ける体質だと言い出し、カツラおばさんも理由を見つけて時間を引き延ばしてくれた。その間に、私はテディベアを脇に挟み、祖母、エクボおばさんといっしょに骨壺を取り出して、階下へ歩いて行った。

果たして、回収おばさんの体質はアンテナのように邪霊の電波をキャッチすると、泣いたりわめいたりしてから、先を争って私たちの脇を駆け下りて行き、一階の片隅に転がり落ちた。カツラおばさんが駆け寄って行って、話に尾ひれをつけて、祟りにあった、と叫んだ。腰が痛むのでゆっくり下に降りていたコルセットおばさんが、鄧麗君に声をかけた。「彼女たちの芝居魂に火がついた、おまえも見計らってやりなさい！」老犬は力いっぱい哀しげな遠吠えをして、管理員とホールにいた人たちをびっくりさせた。

「死道友」に感謝する。彼女たちの芝居は最高だった。私たちが遺骨を盗み出す掩護をしてくれたのだ。

「調理器を持ってきておくれ、骨を砕く」。曾祖母はこう言うと、勝ち誇った小さな歓呼の声を上げた。

私はわかった、昨日買った調理器が役に立つのだ。なんと曾祖母が昨晩買うと言って騒いだのには理由があったのだった。調理器は車の中にあったので、私が取りに行った。

納骨堂の隣の女性トイレで、私はハンドドライヤーをコンセントから外して、調理器をつないだ。接着剤が塗られた骨壺のふたを鍵でこじ開けると、中から人生の残滓《ざんし》が姿をあらわした。いちばん上は白味を帯びた灰色の、冠状縫合の隙間がはっきり見える頭蓋骨で、下は大小さまざまな砕けた骨が入っていた。祖母が言った、自殺した父は、遺灰が少しピンク色を帯びていて、葬儀社の人がこれはむしろ果報だと言ってくれた。祖父のほうは伝統的な土葬で、七年後に骨拾いをしてから火葬したので、これをやるのは非常に辛い思いをさせられた。曾祖父は五年間寝たきりだったので、両足が委縮して変形しており、死装束のズボンをはかせるときには苦労した。火を嫌う彼は生前に土葬を希望していたが、曾祖母は彼が死ぬと火葬で済ませたのだった。

「火は公平だ、毎日ご飯を炊いてくれ、最後もまた私たちの体の痛みを取り去ってくれる」と曾祖母は言った。

骨の塊を拾う箸が見つからないので、私は手でじかにつかんで、攪拌機の中に放りこんだ。父の骨は、吠えたけるように回転するスチールの刃に従って、激しくガラス容器にぶつかり、まもなくするとモーター音だけになった。遺灰のにおいがしたが、とても新鮮で、歯科医が歯根治療の際に歯冠をドリルで削るときの焦げたにおいに似ていた。

黄金おばさんが女性トイレの個室の中から、おそらく「金を産んで」いるのだろう、大きな声を上げた。「ねえ、あんたたちほんとうに骨を砕いてるの？」

「みんな芝居をしてたんだ、あんたの腹痛も嘘かと思ってたよ」と祖母が言った。

「ほんとうよ」

「じゃあ私たちもほんとうに骨を砕くから、あんたはまずトイレにしばらく隠れてなさい」

「我慢できないよ。ガリガリ砕く音を聞いてると、骨に鳥肌が立って、痛くなってきた。ものすごく気分が悪いから、金の粒を飲みたいんだが、そっちに水があったわよね」。黄金おばさんがドアを隔てて、私のところからミネラル水を一本受け取った。

粉砕した遺灰を、もともと調理器が入っていた分厚いビニール袋に入れた。次に祖父の骨の塊を粉砕した。少し湿ってカビが生え塊になっているので、祖母が手でつかんだときに、鋭い歯の骨が刺さったが、調理器のスチール刃はすべてを上手く片づけてくれた。こうして、一袋分の遺灰の粉ができたが、見た目にはホコリのようだった。トイレは静かになって、もうサタンが歯を削るようなモーターの回転音はしなくなり、用を足すのにふさわしくなった。「死道友」が入ってきてトイレを使い、黄金おばさんが飛び出てきて一息ついた。

「骨壺は？　どう処理する？」トイレを済ませたコルセットおばさんが尋ねた。

「あんたいる？」祖母は同じ質問を、三人目のトイレから出てきたカツラおばさんにもしてから言った、「怖がらなくていい、これはただ借家を借り換えるようなもんだ、幽霊屋敷ではない」

「じゃあんたがとっておいて使えばいい」

「私もゆくゆくは樹木葬をやるから、このゴミ箱はいらない」

「捨てないで瓶のかわりに、魚を飼ったり花を植えたりするのに使えばいい、私は絶対にいらないけど」

「それはいい考えだ、とっておいて使おう」。祖母が言った。

「冗談言ったのよ」

「私は本気」

「死道友」は目をむいて、さらに多くの抗議と驚きの声をあげた。彼女たちは共同生活の場でこんなものは見たくないのだ。祖母が三個の骨壺を車に積んだとき、彼女たちは変な考えを口にしたカツラおばさんに矢を放った。カツラおばさんはぷんぷんしながら車に乗りこんで、言った。

「今度は霊柩車のにおいがするね、南無阿弥陀仏」

「お黙り」。みんながこぞって叫んだ。

とにかく静かになった。いつもの騒々しさは消え、老女たちの顔の上を車窓から差しこむ樹の黒い影が次々にかすめていき、ますます霊柩車そっくりになった。私たちは阿菊おばさんを探しに北へ向けて走り出した。

◆

美容師の女の子は頭份《トウフェン》に住んでいた。私がそこの高速道路を下りると、これまでずっと体を固くしていた「死道友」たちはようやく正常な呼吸に戻り、生まれてこのかたいちばん恐ろしかったジェットコースターが終わったことを喜んだ。彼女たちは歌を歌い、老いた命拾いを祝っていたので、私が道をよく見るのを手伝ってくれなかった。この代価は、いくつか交差路を通過した後、赤信号に突っこんだうえに、交通警察が旗を振って制止したのを無視したことで支払われた。

パトカーがサイレンを鳴らして追ってきて、停車するよう警告を発した。「死道友」は驚いて体を伏せたが、彼女たちの体は堅いので、できることは頭を胸の前に縮めて、すべてから身を隠したと思いこむことだった。コルセットおばさんが喉を屈折させた声で、早く脇に寄せなさいと言った。私は緊張のあまり、ウインカーと間違ってワイパーを動かしてしまった。フロントガラスに水が噴き出し、ワイパーが狂ったように左右に動いて、グルグルと変な音がした。私は止めようとして、車の中の制御ボタンを手あたり次第押しまくった。あのT３にはねられて死んだ「阿嬷の幽霊」が車にあらわれる伝説はなんとこんな具合にやってくるのだった。きまって間抜けな女がとんでもないときに事をめちゃくちゃにしてしまうのだ。ヘッドライトがしきりに点滅し、ワイパーがでたらめに飛び跳ね、車の窓が全部下りて、車を右に寄せて停車しようとしたのに、コントロールがきかず、反対に左へ突進した。

パトカーが驚いて避け、警官が大声で怒鳴ったが、このあとすぐ恐怖の画面を目にすることになった。T３の車内には強風で髪が乱れた老女ばかりが乗っており、頭は首を切り落とされたように胸の前に垂れ、両手を合わせて、体は車の慣性に従って揺れながら、大きな声で阿弥陀仏を唱えている。これら魂が抜けたような一群の老女と正反対だったのが、狂ったドライバーで、手に握ったハンドルはタイヤのようにぐるぐる回転し、ボンネットが開いてガッガッと音を立てていた。二人の警官はこれまでこんな奇妙な光景を見たことがなかった。

もしウエスタン馬術競技で、カウボーイの格好をした男が「荒馬を乗りこなす」ショーを見たことがあるなら、きっと私がどれだけうろたえて車を停止させたか想像できると思う。なぜなら停車する前に、間違ってアクセルをしっかり五秒間踏んでしまったからだ。事実が証明したように、老いぼれ車の爆発力はたいしたもので、老女たちの爆発した叫び声もそうだった。

二人の男の警官が車を下りて、前かがみで近づいてきた。一人は手を拳銃のカバーの上に置き、一人は手に警棒を持ち、後者が私に向かって怒鳴った。「手をハンドルの上に置いて、エンジンを止めろ」

「どうやるの？」私はとても緊張した。

「手をハンドルの上に置いて、エンジンを止めろ」

「どうやるの？」私はまた大声で叫び返した。もし両手をハンドルの上に置いたら、どうやってキーを回してエンジンを止めるのか。

「手をハンドルの上に置いて、エンジンを止めろ」。男の警官が緊張して叫んでいる。

助手席に座っていたコルセットおばさんが手を伸ばして手助けしてくれ、キーを回してエンジンを止めた。ワイパーも動かなくなり、ヘッドライトも点滅しなくなった。私はほっと一息ついて言った。「エンジンを止めました」

「エンジンを止めろ」。男の警官は自分も緊張してこの言葉を繰り返しているのに気づいた。

警報が解除されたが、その場の空気はまだ膠着状態にあった。二人の警官はしかめっ面をして、こうなったら何としても癇癪玉を破裂させて怒りを発散させてやるとばかり、私が赤信号に突っこんだことと取り締まりに応じなかったことで二枚のレッドカードを切ろうとした。だが見ると、車の中の老女たちがみんな完璧に夫を亡くした表情をしている。彼女たちは神妙な顔つきをして、何人かは深い悲しみに打ちひしがれ、目じりに涙をためていた。そして膝の上には三つの大理石の骨壺が置かれて、車全体に霊柩車のにおいが立ちこめていた。警官の怒りは消え失せ、反対に何か手伝うことはないかと尋ねた。

「すみません、わざとではないんです」と私は言った。

祖母が芝居を始めて、「わたしらは男たち二人を亡くしたばかりで、みんな先週の交通事故で亡くなりました。ほら、わたしらの目は泣き晴らして赤信号が見えなくなるくらい赤くなってます」と言った。

「ご愁傷さまです」。警官は言った。

「私たちの父さん、夫、息子をみんな亡くしました」。エクボおばさんが補足して、彼女が「私たちの夫」など普通では考えられない言い方をしたときも、悲しい口ぶりはとても自然だった。

「手伝いましょうか？」

「道に迷っただけなんです」。私は行く先の美容院の住所を差し出した。

二人の警官は互いに顔を見合わせ、美容院まで私たちを先導することに決めた。彼らがパトカーに戻ってエンジンをかけたその瞬間、私たちは小さく勝利の歓声を上げたが、私の歓呼の声はもっと大きかった。なんと筋を違えて固まっていた肩と首が、今回の激震で意外にも治って、動きがだいぶ楽になったのだ。「死道友」のほうは、道中ずっと、緊張してあやうくつりかけた体をお互いにほぐしたりもんだりしていた。祖母がなかなかよく芝居ができたとみんなを褒めてから言った、赤信号に突っこんで、取り締まりに従わず、スピード違反をして、これらの違反切符だけでも一万元以上は儲かったのに、そのうえパトカーに先導してもらうとは、なんて光栄なんだろうね。

◆

美容師の女の子の店は小さな路地にあった。個人経営の店で、やや老朽化し、内装は現代風のサロンではなかった。美容師の女の子は、美容師の女性と言い直した方がよくて、彼女の年齢は私とほぼ同じくらいだった。フェイスブックの写真は彼女の若いときのもので美肌効果を最大にしていたので、顔が蛍光灯のように真っ白だった。

祖母がガラスのドアを開けると、ドアの裏の来客を知らせる風鈴が鳴った。美容師の女性はちょうどお客を見送ったばかりで、顔に残っていた笑みが祖母の顔の五官にばったり出会うと、すぐにどこかで会ったことがあるようだといぶかしげな表情になった。その後からついてきた七人の女たちは、どれもこれも騒がしかった。

「私たち髪のカットに来ました」。エクボおばさんが祖母を指さして、「彼女を先にお願いします」と言った。

「どうして私なの?」祖母はなぜだろうと考えながら美容椅子に腰かけた。口では抵抗していたが、心の中では一族の若い世代の腕前を見てみたいものだと思っていた。

「どんな感じにカットしますか？」美容師の女性が祖母の毛先を上に払い、弾力を見ながら言った。「お客様の髪質は柔らかいほうだから、変化のある髪型にできますよ」

「ちょっと整える程度でいいよ」

「少し短めにして、褐色に染めると素敵だと思います」

「私が決めるわ、五分刈りにして、それから紫色に染めてちょうだい」。エクボおばさんが指示した。

「死道友」は直ちに拍手喝采した。祖母は驚いた目をしたが、少し頷いて、自分が逆らわずに素直に従い、挑戦に応じる気があることを示した。私も挑戦することにして、祖母の新しい髪型の後に続いた。そこで二つめの歓呼の波が大きく盛り上がったが、三つ目はなかった。

　熱を発散させるためにガラス玉をつないだシートが敷かれた美容椅子に腰かけて、角が丸まったゴシップ雑誌を適当にめくっていると、数分も経たないうちに、一人の六十代の女性が尻でガラスのドアを押し開け、手に持っていたかき氷を置いて、私の施術に取り掛かった。彼女のことをひとまず「美容師の阿桑《おばさん》」と呼んでおこう。彼女は肘で私の肩をマッサージしてくれて、筋がとても固くなっている、ひどい過労だと言った。それから「如来神掌」＊で、私の背中を太極拳の椿功《とうこう》をやっているように叩いたので、ブラジャーの紐が切れないかひやひやした。彼女のマッサージは少し力が入っていて、魚を殺しているみたいだったが、祖母のほうは美容師の女性のマッサージを、まるで魚がうめくように、静かに堪能していた。次はシャンプーの番で、美容師のお

＊如来天尊が古漢魂に伝授した秘技、伝説の武術。

ばさんは使い捨ての薄いビニールの手袋をして、ステーキ店でケチャップを入れるのに使う口先のとがった赤いプラスチック容器を持って、私の髪にシャンプーをかけたり水を足したりしたので、なんだか自分がレストランに来ている気分にさせられた。椅子に寝て泡を洗い流すとき、水流がすごく強くて、顔にいっぱい飛び跳ねたが、美容師のおばさんはこの「水流頭皮マッサージ」がこの店の看板だと自慢した。祖母は試してみて同意した。

美容師の女性は私が困った顔をしているのを見て、ここは旧式の美容院で、都会のように電動マッサージ椅子もないし内装だって洋風ではない、顧客は銀髪族がメインだと説明した。またこのために、次から次に登場する新式の美容院や百元ファストカット店におされて、経営がますます厳しくなってきたと言った。私は店の入り口の賃貸広告にちらりと目をやり、この店舗の未来の運命が多難であるのを理解した。

「サロン風にやればいいのに」。私が言った。

ずっと黙っていた美容師のおばさんが、軽蔑したように言った。「私たちは純粋な技術と、まっとうな経営でやってるんです、きれいな服を着て人をひっかける膌查某《メギツネ》じゃないんでね。私は退職したって、やりませんよ」

「個性的だね、私はこの古い店が気に入った」。祖母は昔気質《かたぎ》の率直な性格で言った、「あなたは退職したとしても、若い人は？」

「私、自分のために考えてますよ、チェーン店で働きます」と美容師の女性が丸く収めて言った。

「若い人のことを気にかけてないわけじゃないんですよ。でも店を開くとなると内装工事をしなくちゃならないし、若い子にも手伝ってもらわないといけない、どちらも出費がかさむんです。

それをやらないと、誰も来ない。やったとしても、客が来るとは限らない、なかなか難しくて！」

「おばさん、悩まないで！」

　なんと、美容師のおばさんと美容師の女性は叔母と姪の関係にあり、師弟の関係でもあったのだ。二十年あまり経営してきたこの美容院は、伝統派のおばさんが主導権をがっちり握っていて、現代派の姪は独立して店を開くお金がなかった。私に叔母と姪の戦いに介入するすべはなかったけれど、美容師の女性の話によれば、政府の若手創業者のための融資にちょうど申請中で、機が熟したら、まもなく休業するこの店舗を借りて、再び営業できるとのことだった。それに美容師のおばさんは反対はせず、彼女の冷たい言葉の中には今なお暖かい気持ちが込められていて、若い人がやりたいのならやればいい、あまり考えすぎないようにと願っているのがわかった。

　昔風の美容師のおばさんは、施術を始めると一種説明しがたい昔風のやりかたをした。いや、変わっていると言うべきかもしれない。一方で私の髪を切りながら、一方でこんなに短く切らないほうがいいよと勧めたり、途中でほうきを持って床の髪をきれいに掃除しながら、テレビで放送中の台湾語《ローカル》ドラマをちらちら見ては、ストーリーの批評をしたりした。彼女は老眼鏡を取り出してかけてから、私の鬢を切り整え、目を上げてメガネの上方の隙間から鏡の中の私を見ながら、髪型を整えていた。

　突然、美容師のおばさんが眼鏡をとって、後ろに二歩下がり、私を見て言った。「まあ！　あなたの顔、どうしてこんなに見覚えがあるんだろうね」

「若いときの阿菊に似てるからじゃないかね」。隣に座っている祖母が言った。

「そうなのよ！」美容師のおばさんは視線を私のところから答えた祖母へ移し、また叫んだ。

「おやまあ！　あなたにも見覚えがあるみたいだけど？」

「今の阿菊に似ているかい」

「ほんとうにそっくり」

美容師の女性もそれを受けて言った。「ほんとうに私の母さんにそっくり、入ってきたとき、びっくりしました、離れ離れになっている母さんのお姉さんかと思って」

「その通り、私がその趙潤菊の姉だよ」

美容師の女性は大きな声をあげた。三十年来の家族の暗い布幕から一筋の光が漏れたのだ。ソファーに寝ていた曾祖母がびっくりして目を覚まし、隣に座っているエクボおばさんを足でけって起こした。待ちくたびれて近所に氷を食べに行っていた「死道友」たちがちょうどドアを開けて入ってきて、叫び声に驚いてその場に立ちすくみ、美容師の女性が大声で「さあ早く、私が母さんのところに案内します」と言うのを眺めていた。美容師の女性が入口に止めていたバイクに飛び乗り、私たちを連れて出発した。近所だと思っていると、彼女は六十数キロの速度で突っ走り、たびたび振り返って、私があとを見失わないよう気を配ってくれた。こうして一気に苗栗の頭份から十六キロ離れた新竹の峨嵋《オーメイ》まで走った。

私と祖母の最初の考えでは、まず美容院に入って髪を整え、しばらく休んで、警察の追跡を受けて極度に緊張した気持ちをやわらげてから、気分が良くなったときを見計らって、美容師の女性に来意を説明するつもりでいた。思いがけず、計画は予定を繰り上げて明るみになり、美容師の女性に連れられてこの見知らぬ山村――峨嵋にやってきた。武俠小説に登場する女道士の修練場のような名前だ。峨嵋はあちこちに低い山があり、住宅が自動車道に沿ってぱらぱらと建っていた。私たちがある村に到着すると、美容師の女性が透天厝《連棟式住宅》に入り、大きな声で母さんと呼んだが、返事がなかった。彼女はまた通りに向かって声をかけたが、その声は切迫感と喜びにあふれていた。

「ここに来たことがある！」曾祖母は、目の前の阿菊おばさんが住んでいるこの家に来たことがあると言った。

「そんなことありえない」

「来たことがある！」曾祖母は十回繰り返した後、待ちきれずに道まで歩いて行くと、強情を張って何軒か民家に飛びこんだり、廟に入ったりして、しきりに「ここに来たことがある！」と繰り返した。

長い間、曾祖母は祖母と一緒に阿菊おばさんのゆくえを探したことがあったが、一度も見つけられなかった。いくつか行ったことのある村や町に、峨嵋は入っていない。でも曾祖母はあくまでも来たことがあると言い張って、村落のあちこちに入りこみ、とうとう常識はずれにも野菜畑を指して、阿菊はそこにいる！　と言い出した。私たちは彼女が命取りになりかねない大きな排水溝を渡ろうとするのを必死で止めた。

不思議な瞬間だった。私は一生その一幕を忘れないだろう。阿菊おばさんが普段は行かない友人の野菜畑から出てきて、三十数年間消息が途絶えていた母親を目にした。彼女はそれが母親だとわかった。たとえ曾祖母が歳月と人生に苛まれてこんなに老けて見知らぬ姿になっていたとしても、彼女はすぐにわかった。阿菊おばさんは感動のあまり、手に持っていた糸瓜《ヘチマ》と小さなショベルと孫を捨てると、排水溝を跳び越えて、泣いて涙を流しながら曾祖母に駆け寄り、迷い子になった子猫がついに母猫のそばに戻ったような弱々しい泣き声で、「母さん、会いたかった」と言った。偲び続けた心の痛みを消すことができるのはただ情熱のこもった抱擁だけだ。二人はいつまでも抱き合って離れなかった。

阿菊おばさんの後ろからついてきた孫が、怒って言った。「阿婆《おばあちゃん》はこんなに老叩叩《年寄り》だから、母さんがいるわけない、阿婆にはお母さんはいない！　このひとたちは詐欺グループだ」

◆

私たちは峨嵋天主堂に住んだ。ここには神父はいなくて、パンだけがあった。

この教会の建立は一九六〇年代初めまでさかのぼり、アメリカ籍の神父が建てたものだ。当時のアメリカは、ともに中共に対抗するために、台湾に援助を続けており、それには戦略物資と民生物資が含まれた。峨嵋天主堂は神が福音を伝えるところだったが、貧しい村人にとっては、神とサタンの区別さえつけられなくても、小麦粉をくれる者なら誰でも信じた。敬虔な信者のふりをして週末に教会へ行き、懸命に讃美歌を歌えば、飴や小麦粉をもらうことができた。のちにアメリカの支援が止まり、村びとが教会に行かなくなると、荒れ放題になってしまった。荒れ果てたまま半世紀が過ぎたころ、この荒廃した教会は地域活性化の波を受けて、村びとの活動センターに変わり、窯焼きパンを売るようになった。

阿菊おばさんは天主堂でパン職人をやり、教会の知名度を上げた。彼女は自分から、パンづくりの技術は「夫が夢の中で伝授してくれた」もので、これは「愛のパン」なのだと言った。なぜなら彼女の夫への愛は長い時間がたっても衰えることはなく、まるで窯から出たばかりのパンのように熱々だからだ。その出来事は二十年前に起こった。阿菊の夫がある結婚披露宴からの帰りに豪雨のなかで失踪し、噂では檳榔《びんろう》売りの娘と逃げて、妻と三人の子どもを捨てたのだとささやかれた。阿菊おばさんは噂を信じず、彼らの愛情が固く結ばれていることだけを信じていた。一カ月後、一人の釣り客が、橋の下に酒に酔って落ちた阿菊の夫を発見した。死体はひどく腐乱していて、警察はバイクのナンバーから、手掛かりをたどって家族を探し当てたのだった。

阿菊おばさんは当時を振り返ってこう語った。それは彼女がいちばん好きな初秋のころのことで、空が淡い紫色のセンダンの花の色に染まり、辺りは一面、白い穂をなびかせたススキが生えていた。彼女は砂洲の上の死体のそばに座って、長い間泣いた。風が吹いてくると砂洲のすべての白い花穂も泣いているような嗚咽の声をあげ、いたるところに種子が舞い上がった。彼女は泣くのをやめた。誰かが彼女に話しかけているような、いないような気がしたのだ。あるいは川の水が流れる音かもしれないし、そうではないかもしれなかった。だがとにかく何かの言葉が彼女を慰めてくれている。彼女は体を起こして追いかけた。三人の子どもも後ろからついてきた。揺れ動く草の海を過ぎると、一本の漂流木が大きな石の隙間に突き刺さっているのが見え、引っ掛かっている雨合羽が風を受けて音を出していた。雨合羽はまるで人が着て厨房でパンをつくっているように見え、それは夫の雨合羽だった。どうやって風に飛ばされここまできたのだろう？彼女にはわからなかったが、ただ絶望した心が生き返り、三人の子どもを連れて生きていこうという気持ちになったのだった。

彼女はもともと小さなパン屋の店主の妻であると同時にレジを受け持っていた。夫が亡くなったあと、初めてパン生地のこね方と発酵の秘訣を学び始めた。彼女は二十キロもバイクを走らせて、同業者に教えを乞い、セクハラに耐えた。まるで未亡人の尻はパン生地のように男の職人にたっぷりこねられてもいいかのようだった。親戚や友人たちが未亡人に哀れみをかけてくれ、阿菊おばさんがつくるまずいパンを食べ飽きる前に、腕前をあげた彼女は熱々のおいしいパンをつくって、パン屋を救い、綺談《きだん》になった。それで謙遜して「すべて夫が夢の中で通信教育してくれた」と言うのだった。

数年前、阿菊おばさんのパン屋は休業して、天主堂で窯焼きパンを始めた。窯焼きパンの特色は、まず薪でレンガの窯を六時間焼き、余熱を使って密閉した中でパンを蒸し焼きにする点にある。薪は軟火に属するので、焼きあがったパンは二日放置してもまだ口当たりが柔らかだった。阿菊おばさんは感情を補うかのように一方で懸命に曾祖母と話をし、一方で声を大にして言った。「薪で焼いたパンは畜生でも好きとみえて、サンジャクが盗み食いにやって来たり、アカゲザルが盗みに来たりする、それに鄧麗君もそうみたいね」。この食欲のない老犬は天主堂に来た翌日、コルセットおばさんが煮こんだ養生食を食べたがらず、出来立てのパンのために、ずっと窯のそばを離れようとしなかった。

「私は『畜生』という字が嫌いだね」。コルセットおばさんがキッチンで生薬を煎じていた。薬材は神医のジョブズから買ったもので、値段は非常に高かった。プールの家を離れるとき、彼女が真っ先に自分の荷物に詰めたのがこの薬材だ。

「どういうこと?」私が尋ねた。

「あんたは大学を出ているくせに私に尋ねるのかい、『畜生』とは人を罵るときに言うもので、犬に使うもんじゃない」。コルセットおばさんは精魂こめて三時間も煮出してつくった煎じ薬を濾過して碗に移すと、窯のそばにじゃがんでいる鄧麗君を大声で呼んだ。「今度飲みに来なかったら、おまえは畜生だ」

鄧麗君はびっくりして走って逃げて行った、とても勇敢に。

「この薬がそんなにまずい？　いいにおいがするけどね」。コルセットおばさんがほんとうに怒って、碗を私に持たせ、自分は犬を追いかけた。彼女は手でコルセットを支えながらしばらく歩いて、窯から離れたところでようやく言った。「おばさん、あなたに言っておくけど、パンがこんなにいい香りがするのは、安い脂溶性の香料を加えているからだ」

「ほんとうですか？　私が手伝ってつくってますけど、材料はみな天然素材ですよ」

「多くの物は見た目のとおりではないからね」

「どういうことです？」

「私は何年かパンをつくったことがあるんだ。台湾ではパンは柔らかくて、香りがよくて、甘くないと食べてくれない。誰もヨーロッパのように野球のバットにでもできそうな固いパンは食べない。パンを柔らかく甘くしようとすれば、油と砂糖をたくさん使わなくちゃならない、でも天然物はコストがかかる、そこで安い化学合成品を加えるのさ。食べると体に悪いし、食べすぎると人工透析するはめになる」

「阿菊おばさんがつくっているものに食品添加物が入っているはずないわ」と私が言った。

「どうだか。食べ物をつくっている人はみんな巫女みたいなもんだ。あんたが見ていた映画の中の巫女も、スープになにやら勝手に加えていただろ。たとえば私がだね、もし夜に用を足しに起きて、帰りにごはんやおかずの中に何かを加えたとして、あんたたち気づくかい？　もし私が誰かに恨みがあって、彼女の好きなおかずの中におしっこをしたとして、彼女にわかるかい？」コルセットおばさんは言った。

「すごく怖いわね」

「怖いのは口にしてもその味がわからないことだ」

「なんて恐ろしい」

「だからね、パンからあんないい香りがして、鄧麗君でさえ禁を破るなんて、絶対に事はそう単純じゃないって言ってるのさ」。コルセットおばさんは教会の中に入ると、そこで真剣に芝居の立ち稽古をやっている人たちにはお構いなしに、遠くにいる老犬に向かって大声を張り上げた。

「鄧、麗、君、こっちにおいで」

教会では「死道友」がちょうど立ち稽古をしていた。明日の晩にここの至聖所《しせいじょ》で公演することになっていて、芝居の中に臨時で子ども心のある新しいプロットをたくさん追加して、小さな観客をひきつけようということになった。役者たちはセリフと動きは覚えたけれど、彼女たちの邪魔をしたのは窯から出たばかりのパンの香りのほうだった。空腹が彼女たちの理性を打ち負かしそうになっていたとき、今度はコルセットおばさんの怒鳴り声が聞こえてきた。これではまったく芝居をやるというより、双方向型の演劇をやっているようなものだ。

鄧麗君がもと祭壇だった場所を通り抜けるのが見えたかと思うと、コルセットおばさんが後に続いた。後者は片方の手で棒を振り回し、もう片方の手に私から受け取った煎じ薬の入った碗を持って、罵詈雑言を浴びせていた。まるでガソリンを食う時代遅れの耕運機が濃い煙を噴き出すみたいに、口からつぎつぎに新しくつくった汚い言葉が飛び出した。滑稽だったのは、犬がゆっくり歩き、人もゆっくり追いかけていることで、強大な空気の抵抗に遭っているかのように動作が鈍く、非常に芝居がかっていた。

「カット」。エクボおばさんが走ってきて、エクボがとてもチャーミングな笑顔で、言った。「このシーンは演劇性がとても高いわ、舞台で使える、素晴らしい」

コルセットおばさんの髪がやや乱れ、顔中汗だらけにして叫んだ。「今は芝居をやっているんじゃない、私の娘をしかりつけてるんだ」

その場全体がしんとなった。午後の陽光が明かり取りの窓からさしこみ、コルセットおばさんの汗で湿った体から一層の薄い湯気が立ちのぼるのが見えた。怒りが沸騰しているようだったが、これまで誰も彼女が犬に怒ったのを見たことがなかった。

祖母が訊いた、「鄧麗君がどうかしたの?」

「パンばかりよく食べる」

「私もたくさん食べてるし、あんたも食べてる。それに鄧麗君だってとてもうれしそうに食べてると思うけど」

「まさに食べすぎて、薬を飲まないんだ」

祖母は煎じ薬の入った碗が陽光の下で湯気をあげているのを見て言った。「薬が熱すぎるんだ、少し冷めれば飲むよ」

「冷めてからでも飲まない。昨日もつくったけど、あの子は飲もうとしなかったし、今日も飲まない」

「飲まなくてもそうひどくはならないでしょ」

「死んでしまう、これは癌に効く霊薬なんだよ」

「じゃあ私が飲んでみようか」。祖母は霊薬の味を知りたいと思った。彼女が散髪したばかりの五分刈りの頭をつかんでこう言ったので、藍紫色に染めた頭がとても目立った。

「ものすごく値が張るんだ、鄧麗君にしか飲ませない」

「じゃあ私が買うよ」

「いいだろう、話がついた」。コルセットおばさんは私に昨日煎じた薬を持って来させた。それはまだ保温ボトルに入ったままだった。

祖母は煎じ薬をコップに注いで、色つやを観察した。濃い褐色で、強烈な漢方薬のにおいがした。犬がそもそもこんなものを飲めるはずがない。コルセットおばさんが強要するから、犬が反抗するのだ。祖母が少しだけ味見をしてみると、瞬時に、まるでバタンと激しく閉められたドアに舌が挟まったような感覚に襲われ、舌をひっこめることもできず、こめかみに激痛が走った。この煎じ薬はとんでもない代物で、苦くて渋くて喉を通るわけがなかった。きっと苦参《くじん》、穿心蓮《せんしんれん》、鴉胆子《あたんし》など「苦味薬《くみやく》の王」と呼ばれているものを混ぜたに違いない。彼女は渋いしびれが引くのを待って、ようやく言った。「みんな自分が鄧麗君だと思って、ちょっと飲んでみてごらん、薬を飲む者の気持ちがわかるよ」

猫の中には漢方薬の味を好むのがいて、猫草《ねこぐさ》よりもいいというのは知っているが、犬が好きだというのは聞いたことがない。私もコップを取って軽く味見をしてみると、煎じ薬がのどに届く前にすぐに吐き出してしまった。おそろしく苦い。こんな驚くべき苦い味で治療に値する病気がこの世にあるのだろうか。柔らかいナイフを飲みこんだみたいで、病気が治る前にこれで死んでしまうかもしれない。私はあの日のヤミ医者ジョブズの表情を思い出した。犬の診察を潔しとしなかった彼が、もしかしてインチキをして、からかったのかもしれなかった。

コルセットおばさん以外、みんな一口味見をして、漢方薬に対する新たな理解を呼び起こされた。みんなもこんな苦い薬を飲んだのはこれが初めてで、その強烈な渋みは、口がきけない人でも大声をあげるほどだった。もちろん鄧麗君も飲んだことがあり二度と飲もうとしなかった。

コルセットおばさんはその場を離れる前に、みんなを皮肉って言った、「みんな苦い芝居をして、なんて假掰《わざとらしい》んだ」。十分後、彼女は愉快な気分に切り替えて教会に入って来た。片手に煎じ薬を持ち、もう片方の手には熱々でふわふわのパンを持って、優しい声で鄧麗君を呼んだ。先ほどの失態に対するお詫びの気持ちを深くあらわすために。

鄧麗君はキリストの受難図が描かれたタイルの壁の下に腹ばいになっていた。その図は天主堂の最も人目を惹く象徴で、まさにこのあと鄧麗君の運命が試されることを暗示していた。そこで、犬は必然的にコルセットおばさんの呼び声を聞くと、目を少し輝かせて、舌をなめながら、グルメと仲たがいしてはいけない、パンのためにも主人と関係を修復して旧交を温めたいと願った。「パンを食べなさい！　気分が少し良くなるよ」。コルセットおばさんは食べ物を差し出して、また言った。「おまえが苦しい目に遭うときは、母さんも必ずいっしょだからね」。そのあと、彼女は豪快に一杯の煎じ薬を飲みほした。

鄧麗君がこの言葉の深い意味を知る由もなく、パンを思いきり一口食べ、瞬く間に幸福感が消え失せた。パンの中に煎じ薬がしみこませてあったのだ。犬は食べると、若い豹が体の中に飛びこんだように、活力が無限になり、教会の中をでたらめに走りまわったので、足の爪が床板の上で恐ろしいノイズを出した。このために「死道友」たちは稽古を中断して、犬が地中海建築様式のアーチ型の門を駆け抜け、下り階段の脇の児童用すべり台を滑り降りて、まるで体の腫瘍細胞がすっかり消えてなくなったみたいに消え去るのを眺めていた。

苦い薬を飲み干したコルセットおばさんは、地面にあぐらをかいて座り、薬の効果を実感していた。彼女はのちにこう語った。霊魂《たましい》が地獄に落ちたのを身にしみて感じたよ。さまざまな酷刑――舌割き、串刺し、腰斬《ようざん》、車裂き、逆さ吊りを経験し、十八層の地獄の苦難を経験した。それは生きるよりも死んだ方がましで、死ぬより苦しいものだった。一分持ちこたえるのも難しく、一秒ごとに絶えず延長されて、命に夜明けの光はないように思われた。それから、「死道友」たちが天国の入口で彼女を呼ぶ声が聞こえてきて、彼女の顔を叩いて、しっかりしろと言った。まさにこのとき、彼女の股の下が熱くなり、ひと塊りの雲のようなものが彼女を浮き上がらせて、徐々にこの世に引き戻してくれたのだった。

コルセットおばさんが目を開けると、「死道友」が彼女を取り囲んで呼んでおり、自分は失禁して、尿が胡坐をかいている周りに広がっているのが見えた。彼女はユーモアを忘れずに言った。「全身がすかっと爽快で、いっぺん死んだみたいだ、あんたたちも試してみる?」

みんなは首を振って、断った。

「霊丹だ!　たいしたもんだ」。彼女は空のコップを見つめた。

◆

私が頭を五分刈りにして髪を紫がかった藍色に染めると、世界も色が変わった。実はこう言うべきだろう、私はみんなの関心の的になり、それで外の世界がすっかり変わったと感じるのだと。まず、自分自身のことを奇妙に感じた。髪は五ミリしか残っていないので、女性にとっては頭から「皮」が一枚減ったようなものだ。女性は自分の髪をとても気にかけるけれど、それはお化粧と同じで、首から上の全体のイメージをつくる包装品だからだ。まるでプレゼントのラッピングのように、遠くからでも人の目に入る。

女性は髪に未練もかなりあって、少女時代は額に短い前髪を垂らすのでなければ、髪を結ぶべきか染めるべきかと思い悩むものだし、やや年齢が上がると、ヘアカラーしたあと毛先にできた枝毛を鋏でカットするのに余念がない。そのあと、一生これほどたくさんの時間をかけて十万本あまりの髪の毛と付き合うのはほんとうに大変だと感じてくる。こっちは一人しかいないのに、まるで十万の精鋭の兵士を相手にするようなものだ。だから、カツラおばさんが家に戻ったあと、カツラと髪ネットを外して、角刈り頭であちこち歩きまわっているのを見たりすると、なんて自由気ままなのだろうと思ってしまう。

鏡の前に立って自分の頭の形を見ると、やや平べったくて、丸形だと自分で思っていたのとは違っていた。頭の右横に髪が生えていない白い傷跡があるのに気づいた。子どものころテーブルの角にぶつけてできた傷で、父が急患室に連れて行ってくれて五針縫ったところだ。耳は大きくはないけれど、やや前に立っているので、右耳がすぐに髪から出てしまい、何人かの男子生徒からその小さな耳の先はかわいらしくて、猫耳のようだと言われたことがある。今それを覆う髪をなくしたので、耳がとても目立ち、見れば見るほど奇妙で、自分の外見によそよそしさを覚えた。それは一つの漢字を長い間見つめたり、百回書いたりしているうちに、その漢字が見知らぬものに思えてくるのに似ている。今にも自分の外見が見知らぬものになりそうだった。

私が浴室の鏡の前でじっと見つめているとき、鄧麗君がドアの外で悲しそうな鳴き声を上げ、爪でドアをひっかいて、中に入れてかくまってほしいと助けを求めた。その音はすごく耳障りだったが、ともかく私のトイレが長いときに「死道友」が決まって順繰りに激しくドアを叩く音よりは友好的だった。ドアを開けてやると、苦難に沈んだ犬の顔に一筋の光がよぎり、中に逃げこんできた。そしてモザイク模様のタイル貼りの浴槽に前足を掛けて、無理やり尻を動かし、ようやく中に転げ落ちて身を隠した。

すぐに誰かが浴室のドアを激しく叩いて、手荒にドアノブを回した。ドアに鍵がかかっているのがわかると今度はぶつかる音がして、どしんどしんと音が響いた。私はしかたなく声を出して制止するしかなかった。

「鄧麗君、鍵をかけるなよ」。先にドアの外の男の子が叫んだ。

「私よ」

「『雑草おばさん』、ドアを開けて。鄧麗君をかばったらだめだよ」。男の子は力いっぱいドアを叩いて言った、「ぼくは鄧麗君を探しに来たんだ、鄧麗君を助けてやるんだ」

私を「雑草おばさん」と呼んだのは美容師の女性の息子だ。男の子はまだ幼かったけれども、世代から言えば、美容師の女性は私の父と同輩だから、その息子と私は同輩のはずで、正しくは私を「雑草ねえさん」と呼ぶべきだろう。それに、なぜ「雑草」と呼ぶかといえば、私の紫色の五分刈り頭がある雑草に似ているらしく、何という名前かと聞くと、その子はいつも「とにかく雑草だよ」と言うばかりだった。雑草にも名前はあるけれど、男の子が言えないだけだ。

私はドアを開けて、男の子にそんなに慌てないでと言った。男の子はリュックを背負い、帽子をかぶっていた。それはこのあと私たちが予定している軽い山登りの格好だ。彼は割りこむように入ってきて、ざっとあたりを見渡してから、浴槽に近づいて行き、中にいる鄧麗君に逃げちゃダメじゃないか、薬を飲む時間だ、と言った。

私は驚いて訊いた、「どうしてあなたまで鄧麗君に無理やり薬を飲ませようとするの?」

「年寄り犬は必ず薬を飲まないといけない、飲まないと死んじゃう」。男の子はそう言うと、ポケットからジッパー付きのビニール袋を取り出して、中の黒い丸薬を見せた。

「誰があなたにくれたの?」

「あの腰を痛めた阿婆《おばあちゃん》だよ、年寄り犬は病気だけど、薬を飲めば死なないって言った」

「この薬はすごく苦くて、犬は飲みこめないのよ」

男の子は無邪気に言った、「薬は苦いに決まってる、だからぼくは阿婆を手伝って、煎じ薬を煮つめて、それに小麦粉を入れて丸薬にしたんだ」。すると丸薬を唇にくわえて、片方の手で犬の顎をつかみ、もう片方の手で犬の上唇をつかんで、上下にこじ開けた。鄧麗君のようなラブラドールは性格がいいので、ほとんどおとなしく受け入れる。口がしかたなく開けられ、舌と灰色のゾウの皮のようにしわくちゃの上あごが露出した。このとき男の子は唇にくわえていた丸薬を離して、犬の口の中に落とした。

「腰を痛めたおばさんがこうするように言ったの?」

「そうだよ！　阿婆は動けなくて、鄧麗君をつかまえられないから、ぼくが薬を飲ませるように頼まれたんだ、ぼく走るのが早ぃからね」

「でも薬はとても苦ぃのよ」

「薬は苦いからよく効くんだ」。彼はつかんでいた犬の両方の口を開けたり閉じたりした。その動作は滑稽で、まるで犬の口が自動で丸薬を咀嚼《そしゃく》しているみたいだ。

鄧麗君が突然、力を振り絞ってもがき出し、男の子の手から抜け出した。犬は薬の一部を飲みこんだものの、大部分を吐き出してしまった。薬が鄧麗君の口の中で反応を起こし、体がよじれた。犬は浴槽からはい出ようと試みたけれど体力が及ばず、大小便を失禁して、体を汚物の中に横たえたまま、目からすうっと光が消えた。男の子は初めて鄧麗君に薬を与えたので、彼の反応は犬と同時発生的に進行し、震えあがるほど驚いて、泣きながら鄧麗君が死んでしまったと言った。

「死んでないわ、ただとても苦しぃだけ」

「でもぼくの阿太《ひいおじいちゃん》も死ぬ間際に、同じように赤ちゃんみたいに大便やおしっこをいっぱいして、体もばたばたさせてたよ」

「ほら、まだ呼吸してる」

鄧麗君は苦しみの中から意識が戻ったが、呼吸はやや速かった。私は水道の蛇口をひねって、温水で犬の体についた汚物を洗い流してやった。男の子はとても辛そうに、もう少しで老犬を殺すところだったと自分を責め、黙って浴槽のそばに立っていた。私は男の子に鄧麗君を押さえるのを手伝わせて、老犬が突然水を振り切らないようにし、ついでに男の子のつらい気持ちをそらすことができればと思った。びしょ濡れの鄧麗君は押さえておくのが大変で、ごろりと寝返りを打って起き上がると、元気が戻り、突然体の「振動モード」を作動させて水しぶきを上げたので、浴室はいたるところ水の痕がつき、私たちにもついた。

「ぼく、さっき雑草を見つけたんだ」と男の子は言った。私との距離が少し縮まった気がして、発見したばかりのことを分かち合おうとしている。

「雑草って、どんな雑草?」

「おばさんの髪のような草だ、あちこちにあるよ」

「どこ?」

男の子が浴室を飛び出すと、鄧麗君が後に続いた。朝日が静かに教会を照らし、ステンドグラスの窓に光が入り乱れて、まるで虹の来訪のようだ。人と犬が草地の上を何周か走り、何回か転げまわると、恩讐も消えていった。さっと強風が吹いてきたので、私はあわてて風が吹きぬけてひんやりした五分刈り頭を手で押さえた。帽子が飛んだと思ったのだが、実際に飛んで行ったのは二十数年来の女性に対する長い髪の束縛だった。私は笑った。

男の子は私を連れて道を横切り、荒れ果てた畑にやって来た。そこには今にも溢れてこぼれんばかりのタチアワユキセンダングサが生い茂っていた。センダングサは荒れ地で最もよく育つ植物で、台湾語では「恰查某《激しい女》」と呼ばれていて、この名前がいちばんぴったりくる。これらが縄張りを占領するときに、恥も外聞もなく人前でわめき散らす激しい女の性格を丸出しにするからだ。でもこの草は、あまりに普通すぎて、私は好きではない。あるいはそれらの独特なところに気づいていないのかもしれないけれど。

「おばさんの頭の上の雑草はあそこにあるから、見せてやる」。彼は遥か向こうのおびただしい数のセンダングサを指さし、それからまっしぐらにかけて行った。そこはどこも野草だらけだった。

私は後について入って行った。センダングサの種子は小さな鬼の手に似て、体のあちこちにくっついた。センダングサの白い花が咲きほこっているところからさらに奥に、ムラサキカッコウアザミが連綿と続いて広がっていた。それが男の子が言っている「雑草」だった。この結末に私は笑いだした。管状花が集まったムラサキカッコウアザミの花は、ふっくらした小さな球の形をして、とても愛らしい。じっくり観察してみると、これらの小さな花は、確かに女の人が短髪にして藍色に染めているのにそっくりだ。私は、大空よりさらに遥か彼方の紫がかった藍色が好きなので、喜んで「雑草おばさん」の呼び名を受け入れた。

「『雑草おばさん』っていう呼び方、気に入ったわ、私にぴったりよ」。私が言った。

「なら気をつけな、言っとくけど、誰かがおばさんの名前を奪おうとしているからね」。男の子は意味ありげに言った、「その人は『雑草阿婆』と言うんだ！」

◆

夏の終わりにミニ登山をやることになり、一群の老女たちが出発しようとしていた。

今回のハイキングの目的は、木を切りに行くことだ。窯焼きの薪には主に竜眼《りゅうがん》と茘枝《れいし》の樹を使っている。この薪はよく燃えて火力が強いのに油脂分が少ないので煙が出ず、窯の中でじっくり時間をかけて焼きあげたパンは薪の上品な香りがした。阿菊おばさんは請負業者を通して薪を仕入れていて、毎月運送トラック一台分の量を購入すると、教会のそばに積んで展示し、窯焼きパンの生きた広告にもしていた。なぜか彼女の遠い親戚が、山の上に何本か個人所有の竜眼の樹があるので、彼女に使ってもいいと言ってくれた。だが彼女のように足のおぼつかない年齢の者がそこまで薪を取りに行くのは、あまり気乗りがしなかった。しかし曾祖母がやってきたことで俄然やる気が出てきたのだった。

　この数日、曾祖母と阿菊おばさんはぴったり寄り添って、常に物と影のように離れることがなかった。阿菊おばさんは自ら老人の流動食をつくり、食べやすいように食べ物を細かく刻んだ。野菜の太い茎は咀嚼しにくいので、そぎ落とすか、くたくたになるまで煮るかした。パンも外側の固く焼けた部分は切り取って、曾祖母には柔らかい内側を食べさせた。二人はしきりにおしゃべりをし、同じベッドに眠り、隣に座って食事をとり、曾祖母のあの訳のわからない変な話を、阿菊おばさんは飽きずに聞いてやった。そして阿菊おばさんが何度も話す昔の話を、物忘れが激しい曾祖母はまるで初めて聞いたみたいに、ベストオーディエンスさながらうれしそうな声を上げては、メモ帳を取り出して記録した。

　話しているうちに、阿菊おばさんは山の上のあの竜眼の樹のことを思い出し、今、彼女はそれを切りに行く気になったのだった。そこで彼女はこう言った、「母さん、あの山の上には牛眼〔客家語で竜眼〕の樹があるのよ、たき木に切って来て、牛眼と肉桂《にっけい》のいい香りがするパンを焼いてあげたいわ」

「いいね、牛眼はいい樹だ」

「昔の家の裏手に牛眼の樹が一本植わっていて、夏になると、母さんが長い竹竿でもぎ取って私に食べさせてくれた」

「いいね、牛眼はいい樹だ」

「母さんが取ってくれた牛眼がとても懐かしい」

「牛眼はいい樹だ」

「ええ、いい樹ね」

「じゃあどうして切り倒すんだね？」曾祖母が声の音量を上げた。

「私が言っているのは、遠い親戚が山の上に植えている牛眼の樹を切ってきて、パンを焼こうかっていう話。昔の家の裏手にある牛眼の樹を切りに行くのじゃないのよ」

「おまえは昔の家を切り倒したのか？」

「いいえ」

この種の会話は阿菊おばさんを泣くに泣けず笑うに笑えない気持ちにさせたが、怒りをほかにぶつけるわけでもなく、反対に母親の手をつかんで、母さんには生活の楽しみがあふれていると褒めた。阿菊おばさんは樹を切る話を一日に五回話して、曾祖母の意味不明の返答をもらったのだが、四回目に話した際に、その場にいた祖母が言った。「行こう！　一緒に切りに行こう」。おうし座の彼女は思ったらすぐ行動にうつす性格だったし、彼女が率いる「死道友」もそうだったので、一緒に山登りをすることに決めたのだった。

出発だ、家を出てピクニックに、小旅行に、出かけることになった。

登山活動は私が荒れ地でムラサキカッコウアザミを摘んだあとに始まった。軽装した女のグループがトウモロコシ畑と稲田を通り抜け、竹林を過ぎたとき、小川に出くわした。ごく普通の小川で、水流は強くないが、やや急な斜面の河岸を越えなければならない。平均年齢七十歳あまりの女のグループにとっては、大きな挑戦だった。もしうっかり足を踏み外しでもしたら、災難を引き起こすことは十分考えられた。私たちがようやく渓谷に下りたとき、男の子はすでに対岸の坂の上まで上り終えていて、太陽の光を受けて大きな声で、早く！　とせかした。

祖母が臨時に決定を下して、みんなに小川のほとりの木陰の下で休憩を取り、足を小川に浸すように言った。みんなはスライスしていない大きなパンを回して、ちぎって食べた。男の子は怒って水を蹴っていたが、怒りの対象は、ゆったりとくつろいでいる年寄りの亀たちで、しきりに私たちのことを、小さいときにのろまだったから、大きくなると老人になってしまったんだ、と文句を言っていた。祖母はパンの切れ端を餌にして、小川から一匹の赤いサワガニをつかまえた。男の子は今度はこれに夢中になった。

男の子は遊び飽きると、カニを水に戻してやり、川全体に向かって愚痴るように言った。「あんたたち女は歩くのがすごくのろまで、そのうえ怠けて何か食べてる」

「私たちは年を取ったから、あまり早く歩きたくないのさ、歩きながら遊ぶんだよ」。祖母は突然意味ありげに言った、「私たちがゆっくり歩いているのは、背中に男を何人か背負っているからだ」

「誰も背負ってないじゃない！」

「死んだんだよ」

「『雑草阿婆』、昼間は幽霊は出ないし、幽霊を背負ってなんかいない、だましてるんだろ」

祖母はリュックを開けて、分厚いビニール袋に入った粉状の物を取り出した。色はやや灰色がかっている。「男たちはここにいる」

「それはゴミだ！」

「確かに、人の体のゴミだ」。祖母がそう言うと、みんなが笑った。

「いったい何なのさ！」男の子は少し怒った。

「遺灰だよ、人が死んだあとに、残ったものだ。今回の山登りは、山頂でいい樹を一本見つけて、その下に彼らを埋めるためなんだ」

「彼らってだれ？」

「この中にはあんたの阿婆の父さんも入っている」

「じゃあ、ぼくが彼らを背負えばいい、男は男が背負う、こうすればあんたたち女は少し身軽になって、少し早く歩くことができる」。男の子はやはり行動派だった。

私たちは再び出発した。阿菊おばさんは曾祖母を支えて川を渡り、川面に流れる光を撹拌して、細かい光の粒が祖母の顔に反射した。祖母は微笑み、かつて自分がしていた介護の役目が、今すでに引き継がれたのだと思った。祖母は母親がゆっくりと坂を上っているのを眺めていた。母親は葛のツルとカジノキの茂みを通り過ぎるとき、自慢気にこの二種類の植物の薬の効能を話した。しかし言い間違いから、「死道友」と激しい言い争いになってしまった。曾祖母の自信の原因は阿菊おばさんが横で加勢をしてやったからだった。

祖母は、阿菊はいい娘で、自分はそうではないと感じた。自分は母親の小言に長時間耐えることができず、つい口答えをしてしまう。この点だけでも娘としてふさわしくない。だが祖母は阿菊おばさんが曾祖母を助けて支えている後姿に満足して、いい観客になるほうがいいと思った。とくに二人が竹林を通り過ぎるのを見ていると、なぜかわからないが琴線に触れて、ずいぶん長い間心から母の手を引いてあげていないことに思い至り、目の縁に涙を浮かべた。

その竹林で、みんながこれは孟宗竹かそれとも緑竹かとまた激しい言い合いを始め、曾祖母が大勝した。なぜなら祖母が「死道友」に負けたふりをするようこっそり合図を送ったからだ。ひとりコルセットおばさんだけが不服で、二種類の竹の違いを見分けるのは、「乳首と亀頭」の二分法くらい簡単で、鄧麗君でさえ、そうだと吠えて言っている、と言った。

男の子はなんのことかわからないので、コルセットおばさんに訊いた。「亀頭って何?」

コルセットおばさんは緑竹の林を指して言った。「あの一本一本がみんな亀頭さ、誰だって知っているよ。ひとたび雨が降ればぐんぐん伸びて、とても硬くなる」

「じゃあ乳首は?」

「乳首はここには生えてないよ!」

私は急いで制止して、コルセットおばさんがこれ以上話さないようにした。こんな話は男の子にはふさわしくない。でも男の子はしつこくて、この樹が乳首か、それともあの低い樹の茂みが乳首かと尋ねた。口止め命令をうけた「死道友」はみんなそれぞれおしゃべりをして、大きな声でグルコサミンが骨粗しょう症に効果があるかどうか議論したり、大きな声で喘いだりしたので、空気中に女の汗のにおいが漂い、まるで果物ジュースにニンニクとアスファルトを混ぜたようなにおいがした。

私たちは山の中腹の平坦な場所に着くと、たっぷり村落を眺めた。みんなほっと一息ついて、背負った荷物を降ろし、座って休憩を取った。耳には当然、そよ風が広葉樹林を梳《くしけず》る大自然のつぶやきが聞こえるはずだったが、反対に男の子がいったい乳首とはどんな植物なのかとぶつぶつ言う声が聞こえ、道中ずっとやむことがなかった。

曾祖母は我慢できなくなって、「細人《こども》がこうも狡怪《ききわけがない》のはよくない」と言った。

すると阿菊おばさんがつかつかと歩み寄り、こっぴどく男の子の肩をつねって言った。「いつまでもどうでもいいことを言うんじゃないよ」

男の子は後ろに一歩下がって、大声をあげて泣き出した。まぶたから大量の涙がほとばしりでて、口を開けて泣いている。阿菊おばさんは、長い間男の子の面倒を見てきて、祖母と孫の関係は良好だったのに、今日は自分の母親のために孫をしかりつけたのだとわかっていた。彼女が近寄って行って男の子を慰めると、男の子の泣き声は反対に止まらなくなり、みんなも落ち着かせようとしたが役に立たなかった。この騒々しい声が曾祖母の老人ボケも引き起こし、絶えず愚痴を言いだした。現場はどうやっても気まずい空気が流れた。

「どうしたの？　肩が痛いの？」私が男の子に尋ねた。

「すごく痛い！　家に帰って母さんのところに行く」。男の子は服をずらして、かすかに赤くなった肌の部分を見せた。それは自分の阿婆からつねられてできたものだ。この傷におそらく痛みはなく、痛いのは心かもしれなかった。彼は深く愛している人からわけもなくお仕置きをされたのだから。

「薬を塗る？」私が訊いた。

何人かが白花油、メンソレータム、青草膏を差し出した。老人はいつだって手提げの中にちょっとした症状なら何でも効く薬を山ほど入れているものだ。私は塗り薬を手に取ると、みんなには先に行ってもらい、私一人残って男の子につくことにした。時間が経ち、「死道友」たちは山の上に向かって歩いていたが、やがて彼女たちの影が一本のアカギの後ろに消えると、空気中の老女の汗のにおいも消えてなくなった。

男の子は泣き止み、元の場所に立ったまま動こうとしなかった。顔には涙の痕ととがらせた口だけが残った。この姿勢と、この雰囲気を、彼は長い間維持していたが、とうとうこう言った。

「家に帰りたい」

「あなたがこうして立っていると、『冬将軍』みたい」

「ぼくは冬瓜《とうがん》じゃない」

「私は冬将軍って言ったのよ。冬の将軍。彼は立ち続けることで十数万の敵をやっつけた、それに彼はかなり年をとった老人だった」

「その人はゴンみたいにすごいの?」男の子が尋ねた。ゴンは日本のアニメ『ハンター×ハンター』の主人公で、赤だいだい色の目に、ハリネズミのようなツンツン頭が特徴の男の子で、ずばぬけた瞬発力をもっている。

「同じじゃないわ、冬将軍の話を聞きたい?」

「うん!　いいよ!」

「歩きながら話そうね。さあ山の上に向かって出発!」

この物語は、第二次世界大戦での出来事に由来する。ドイツ軍がソ連の首都モスクワに迫り、付近の森林に駐屯して、この都市を占領する準備をしていた。ちょうど大雪の降る厳寒のときにあたり、双方ともに苦しい戦いになった。ドイツ軍は二百キロを勇敢に進んでここまでやってきたものの、軍の士気も兵力も疲弊していた。しかしソ連はモスクワを差し出そうとはせず、最後まで死守しようとした。

このとき、モスクワ市内に祖父と孫が住んでいた。幼い孫が重病になり、病状はいつまでたっても好転しなかった。祖父はある貴重な生薬を探しに市外の森林に行って、孫を救う決心をした。祖父は自分が知っている秘密の小道を通って、ソ連軍の厳重な警戒態勢がしかれた市街地区を離れ、郊外にやって来た。地平線は見渡す限り白くけぶる雪に覆われ、地面の積雪以外に、さらに空中にも降りしきる雪が舞っていた。彼は雪深い場所に入ると、一歩ごとに深いくぼみをつくって進んでいたが、どの一歩もひるむことなく、雪景色の中を進んで、敵の陣地に入った。

ドイツ軍は直ちに祖父をとらえ、スパイ容疑で射殺しようとしたが、この男が非常に年を取っており、頭髪とひげは透き通るほど白く、白内障の目は白く濁り、耳は重度の難聴なのに気づいた。こんな老いぼれは、どう見ても素朴な年寄りの農民にしか見えなかった。

ドイツ軍は年老いた祖父にペニシリンを与え、家に帰るように言った。これを利用して彼を尾行し、都市を攻略する秘密の小道を見つけようとしたのだ。年老いた祖父は拒んだ。そこでドイツ軍は彼を前線に捨てて、塹壕の兵士に監視を命じ、もし老人がちょっとでも移動したら銃弾をたっぷりお見舞いせよと言った。

年老いた祖父は雪男のように立ち続けた。荒涼とした大雪の中の突出物となった彼は、両陣営の砲火と銃弾に耐え、不思議なことに傷一つ負わなかった。三日三晩が過ぎて、ドイツ軍の士気が緩んだ。彼らはせいぜいドイツ国内の零下十数度の寒さに適応できるだけで、モスクワの零下四十度は、彼らにはまったくの酷刑だった。もし、たまたま出くわしたこのモスクワの年寄りが、大雪の中で三日持ちこたえることができるのなら、灯油で暖を取っているドイツ軍にどんな優勢があるというのか。

「すると、この年寄りこそ伝説の『冬将軍』だ」。ドイツ軍の将軍は感心した。彼は年老いた祖父を釈放はしなかったが、すべてのドイツ軍をソ連から撤退させた。

ソ連は勝利し、モスクワは保たれた。すべて一人の年老いた祖父によって……。

「その老人が罰で立たされたとき、こっそり盗み食いした？　こっそりトイレに行った？」男の子は物語を聞き終わったあとたくさんの疑問がわいてきた。

「そうじゃなかったはず、あなたはどう思う？」この物語を話すのに、国家の位置や敵対関係など複雑な説明はせず、五歳の子どもが理解できるように語った。私が幼稚園にいたときに授業で話していたような口ぶりで、子どもをうまく惹きつけた。

「老人は盗み食いしたに決まってるよ、もし敵が気づかなかったら、しゃがんで休んだかもしれない」

「ふーん、あなたはそんな経験があるの？」

「ぼくはいつもそうさ！　盗み食いが得意なんだ」。男の子はくっくっと笑いながら、「ビスケットをポケットにいれて、こっそり食べたりね。ときどき阿婆に風邪をひいたって言えば、沙士*を

＊台湾の薬草入り炭酸飲料の「黒松沙士」。

飲ませてくれるし、塩も入れてくれる」
「どうも私の勘違いだったみたいね、あなたは冬将軍に似ていない」
「だってぼくは子どもだもん、老人じゃないし」。男の子の足取りはますます早くなり、見る間に前方のグループに追いつきそうになった。彼はまた言った。「冬将軍はモスクワの村を救ったけど、最後は森の中の薬を手に入れて、孫を救ったの？」

私は考えこんだ。モスクワが村だと誤解されたことではなくて、これまで一度も男の子のこの質問について考えたことがなかったのだ。この「冬将軍」の物語は、最初に祖母が話してくれたものだ。私が性的暴行に遭って間もなくのころ、何も話題が見つからないとき、それが警察局にいたときか、プールの家にいたときか、窓の外はくもりだったか晴れだったか、今では思い出せないけれど、彼女が懸命に思い出した話題だった。「冬将軍」は寓話性があり、祖母が話してくれたのは私に精神的な支えを与えて、励ますためだった。

祖母がこの物語を知ったのは、文具店に万年筆のインクを買いに行ったときで、彼女は寒色系の灰色で、藍色がかった色を選んだ。日本製の顔料の色は設計者が詩情のある名前を付けていた。たとえば淡緑色は「竹林」、鮮やかなピンクは「躑躅《つつじ》」、オレンジ色は「夕焼け」、寒色系の紫は「朝顔」などだ。寒色系の灰色を「冬将軍」と呼ぶのは、モスクワの大雪のあとのぬかるんだ道の色と、さらに深い霧に染められた濃厚な薄暗さを想起させるからだ。祖母がその瓶を選んだとき、店の主人は物語を話して販売するやりかたで、「冬将軍」の伝説を話してくれたのだが、ドイツ軍がモスクワから撤退したところで終わっていた。

「この物語は結末がないのよ、たくさんの物語は結末がないでしょ！」私は男の子に言った。

「そんなのありえない、『ハンター×ハンター』が途中で放送終了になったときは、To be continued（次作に続く）って出てた。物語には必ず結末があるはず」

「じゃあこう言えばいいかな、物語はそれがいちばん止まりたいところで止まるのよ。でも人生はそうじゃない。人生はどうやっても終わりまで行くものなの。今日が終わり、一週間が終わり、一生が終わるまで続く。人生には結末があるけど、どの結末もすべていいとは限らない。でも記憶はいちばん美しいところで止まることができるし、いちばん美しいところで止まったものは、みんないい物語よ」

「結末がない物語なんておもしろくない。誰がそんなこと言ったの？」

私は顔を上げて祖母を見た。私たちも山頂に到着した。そこは海抜三百メートルほどの丘に過ぎなかったが、みんなは力を振り絞ってようやくここまで来たのだった。視界は素晴らしく、山の麓の田畑と天主堂が見え、風がさっと舞い上がると、淡い青草のにおいがした。私たちは数本のケヤキの下に敷物を敷いて、ウーロン茶を飲み、角煮まんじゅうの「虎咬豬《ホウガーディ》」を食べた。閑談の間ずっと笑い声が上がり、話をしないときは風の音を聞いた。阿菊おばさんは曾祖母に、この山には竜眼の樹はなく、彼女の記憶違いだった、だから切って持ち帰ってパンを焼く薪にすることができなくなったと詫びを言った。曾祖母は気にしないでと言い、彼女もよく記憶違いをする、だが今日のすばらしさは忘れないよと言った。曾祖母は小さな赤いメモ帳を取り出して、この十八番目の出来事と阿菊おばさんと巡りあってからの美しい記憶を記した。みんなは木を切らないことを祝った。そうでなかったら運んで戻るのは大仕事になっただろう。

「ここはとても美しい、毎日無料の冷房がある、ゴミを埋めよう」と曾祖母が言うと、男の子が男たちの遺灰を取り出した。

「あの樹はいいね、あそこに埋める」。曾祖母は一本のシマトネリコを勅命で指名した。

この樹の樹冠は穏やかで美しく、枝先に無数の小さな翅果《しか》がついていて、灰色の樹皮には雲状の剝落があった。風が柔らかく吹いてくると、木の葉がさらさらと美しい音をたてた。数人の男たちの遺灰がここに落ち着くのは素晴らしいことだ。みんなは太い樹の枝を手に取って、樹の下に穴を掘り始めた。褐色の表層土を削ると、下の黄土は思いのほか硬かった。みんなは手の皮がむけそうになるほど掘った。

「遺灰はここに埋めてはだめだ！」曾祖母は叫ぶと、みんなが手にした穴掘りの道具を叩き落とし、意味のわからないことをぶつぶつ言った。

みんなはそこにぽかんと突っ立って、気持ちをどう言いあらわせばいいかわからなかった。ここは曾祖母がたった今遺灰を埋めると決めた場所じゃなかったか？　なぜまた番顚《ボケ》出したのだ？

「母さん、この山頂に埋めると言わなかった？」祖母が言った。

「ここは風水がいい、あとで私の遺灰をここに埋める。山の下の天主堂が見えるし、毎日阿菊がパンを焼いているのが見える」。曾祖母はとても幸せな表情をして、「私の遺灰はここに埋めるが、男たちと一緒にしてはだめだ。彼らのはほかの場所に持って行っておくれ！」と言った。

阿菊おばさんは感動して、曾祖母の手を取って言った。「私もあとでここに埋めてもらう、母さんと一緒に」。三十年来の母娘の空白を、来世での続縁で埋め合わせると誓ったのだ。曾祖母はうなずいて同意し、彼女の手を握り返した。

「姉さん、今後はここに住まない？」と阿菊おばさんが祖母に尋ねた。

「この子に聞く必要はない！　この子と私らが考えていることは同じじゃない、ここにいたくないんだよ」。曾祖母は話をしているとき、「私ら」のところで語気を強くして祖母と距離を置いた。祖母は気まずい気持ちになった。長い間、彼女は曾祖母の面倒を見てきた。お互いの関係はたとえ従順この上なしとは言わないまでも、少なくとも気力と体力を注いできた。しかし阿菊おばさんの過度の親密な態度が、曾祖母の心の中から祖母の居場所を締め出してしまい、見捨てられた娘の心境になるのは避けがたかった。祖母のみじめさは口に出すことができず、一抹の寂しさが、とうとう隠しきれない涙に変わり、背を向けて人が少ないところへ捨てに行った。幸いそこには彼女が愛するエクボおばさんがいたので、安心して顔に悲しみを浮かべた。突然の喪失は、花が落ちて風に吹き飛ばされるのに似た虚しさがあった……。

◆

私の逃亡はまもなく終わろうとしていた。

夕方七時、地平線が淡い紫色に染まっていた。私は天主堂の外の草地に座って、携帯の画面に写った台中地方裁判所からの公判の召喚状を凝視していた。通知は七日前に家に届き、母が写真を撮って送ってくれた。母からは途絶えることのない電話をしばしば受け取った。家を出たあのときから、彼女の電話はゴキブリのように間隔を置いて湧き出てきて、私をかき乱した。最初の告訴取り下げを勧めるショートメッセージから、家に帰るよう要望したもの、そして最近の出廷の言いつけまで、一切返事をしていない。私はゴキブリの死骸のにおいが嫌いだ。

私は法廷に出なくてはならなくなった。これは廖景紹が性的暴行を承認しなかったことを意味し、法廷は武器を持って戦う戦場になった。このために私は茫然として、時間が停滞しているように感じられ、外への反応が鈍くなり、何を見てもぼうっとなった。ちょうど今もそうで、大勢の村びとが「死道友」の芝居の出し物を見ようと、天主堂に続々と詰めかけていた。数人の子どもが私の近くではしゃいで騒ぎ、数匹の犬が私の後方でけんかをし、カツラおばさんが私のそばをわざと五回通り過ぎたのさえ、まったく気づかなかった。私の心はきっと死んでしまったのだ。

カツラおばさんが六回目に来たとき、*意麺の入ったどんぶりを差し出して、私を現実に引き戻した。空腹感が瞬時に体に降臨した。麺を受け取るとすぐに食べて、六時間食事をとっていなかったために生じた疲労を消し去った。このとき、自分がたった今どれほどみじめだったかに気づいてはっとなった。もしカツラおばさんが引き戻してくれなかったら、おそらく悲しみの中でまた数時間のたうち回っていただろう。

「どんぶりの中に『抹草』を少し入れてみたけど、わかった？」とカツラおばさんが言った。

「それは香草なの？」

「いいや、ここの客家の『抹草』は私ら閩南人のとは違う。近くにこの二種類があるのを見つけたから、一枚ずつ摘んでスープの中に入れてみたのよ」。カツラおばさんが言っている客家人の抹草はブゾロイバナを指し、閩南人の抹草はミソナオシを指したが、どちらも端午の節句のときの沐浴か、あるいは門にかけて魔除けに使った。

「抹草はおいしいの？」と私は尋ねた。この問いはまったくばかげていて、気もそぞろだった私は自分で食べたのに味を覚えていないのだった。

「これは主に邪魔者を撃退するのに使うもので、薬の効き目はなかなかのもんよ」。カツラおばさんが急に声を落として言った、「私のいちばん好きな従妹が教えてくれたんだけど、とても効果があるらしいよ」

「私にいつ邪魔がはいった？」

「あんたはとても厄介な訴訟を起こしてるんじゃないの？」カツラおばさんが近づいてきて、「いいかい、あんたは私の従妹と同じように腐った男に出会ったのさ」と言った。

私が「死道友」と一緒に行動するようになってから、祖母は彼女たちが私に性的暴行と訴訟のことを話すのを禁じていた。私がまた解けない結び目に引っ掛かって、掻けば掻くほどかゆくなり、皮膚を掻き破るのではないかと心配したのだ。でも彼女たちは自分の辛かった日々の物語を話して、禁令を避けつつ、気持ちを届けてくれた。たとえば、回収おばさんは息子に騙されて財産を使い果たしたあと暗い谷間に落ちた話をしたことがあった。コルセットおばさんは父親に捨てられた子ども時代を話してくれた。黄金おばさんは離婚の痛みを抱えてどう生きてきたかを語った。エクボおばさんはずっと私に演劇をやらないかと誘ってくれ、そうすれば毎日をなんとか過ごしていけると言った。それぞれにお家の事情があり、それを差し出して見せてくれたのは、新しい受難者を慰めるためだった。私は彼女たちの気持ちを知っていたが、祖母の禁止命令を無視して、直接私と話をしに来たのはカツラおばさんが初めてだった。

だが、私から言わせてもらえば、「頼むから、このことには触れないで」だった。カツラおば

＊小麦粉と卵からつくった細平打ちのちぢれ麺。

さんに私の感情をかき乱されたくなかった。今、心の湖は十分すぎるほど乱れているから、さらに石を落としてこれ以上さざ波を立ててほしくなかった。でも、遅かった……

「私の従妹ときたら！　何が何でもあのごろつき亭主のところに嫁に行くと言い張って、家族の反対にも聞く耳を持たなかった。これが意中の人だと思ったんだろうね」。彼女が近寄って、私の手を握って言った、「わかってほしい、彼女はあんたより何倍も悲惨だった、もしあんたが一層目の地獄に落ちたとしたら、彼女は十八層の地獄に落ちた」

「十八層に落ちた？」

「仏教の地獄は十八層あって、ものすごく恐ろしいけど、幸いカトリックは一層だけだ。私はあんたのお婆さんと一緒にカトリックを信じてからは、これはとてもいいことだと気づいたよ。地獄は一層だけがいい」

「私は地獄がすごく怖いのよ、もう話さないで」。私が言っている意味は彼女にもう話すなということだ。

「わかった、地獄のことは話さない、従妹の話をするよ」。カツラおばさんは私にさらに近寄って、こう言った。彼女の従妹の夫は結婚の初日から妻を殴るような男で、その酔っ払いは昼間はビールを飲み、夜は家に帰ると高粱酒を飲んで、口はいつも酒臭く、しょっちゅう難癖をつけて彼女を殴った。たとえば鍵が見つからないとか、料理が下手くそだとか、金使いが荒いとか。従妹は怒鳴られても口答えしないで、殴られてもやり返さなかった。なぜなら、これは自分が選んだ結婚であり、実家に逃げ帰る理由にはならないからだ。体にあちこち青あざができたので、夏外出するときは長そでを着た。亭主が酒を飲んで殴るときに「妻が殴られるのには理由がある」

と怒鳴るのを何度も聞かされて慣れてしまい、亭主が酒酔いから醒めて「女はみんなかわいがられるようにできている」とご機嫌を取って言うのに慣れてしまった。彼女は無力で、できることはただ亭主が外出したあと不慮の事故で死ぬのを祈ることくらいだった。カツラおばさんはここまで話すと、小さな声で私に尋ねた。「従妹がどうやって殴られたか知りたい？」

「知りたくない」。私はきっぱり言った。

「怖がらなくていい、過ぎたことだ。あんたがもしこの世にもっと悲惨な人がいたのを知れば、少しは気持ちが楽になるかもしれない」。カツラおばさんは話し続けた、「髪を引っ張るんだよ、従妹の亭主は毎回殴るとき、決まって彼女の髪を引っ張った。うしろから引き倒して、髪をつかんで地面の上を引きずり、それから殴るんだ。一度なんかさらに金槌で彼女の小指を叩き割ったこともあった」

私はカツラおばさんの右小指に視線を落として、何かに気づいた。その小指は明らかに動きがなく、偽物のようで、他の四本の指がどんなに動いても、それはずっとぴくりともしない。それで、彼女が話しているいわゆる従妹とは、彼女自身のことなのだと気づいた。私はあわてて拒絶した。「もうこれ以上話さないでくれる？　いい？　聞きたくないわ」

「私もずっと彼女のことを話題にしたことがなかった。忘れたと思っていた」

「それなら話さなくていいでしょう」

「長いこと話す練習をしたんだよ。まず鏡に向かって練習し、それから樹に向かって練習し、最後にもう一度勇気をふるい起こしてあんたと話している。お願いだから、話し終わるまで聞いておくれ、あんたの力になれるはずだ」

「じゃあ話して！」

カツラおばさんは言った。彼女の従妹は長期にわたって夫の暴力を受け続け、肛門に物を突っこまれたり、アナルセックスを強要されたりした。ある日、彼女はまた殴られたが、何事もなかったふりをして地面から起き上がり、キッチンに戻って料理を続けた。そのとき、DVによる不眠症を治療するために持っていた自分の睡眠薬を、鶏スープの中に十数粒入れて、夫に飲ませた。そのあと夫が昏睡状態になったときを狙って、枕で窒息死させた……。

「もういい、私、聞きたくなくなった」。私は怒って立ちあがった。

天主堂から爆笑する声が聞こえてきた。コルセットおばさんが笑わせている場面だ。さまざまな年齢層の声が混じった笑い声が、光がともる窓から、私がいる暗黒の草地まで届いた。私は怒った声で、カツラおばさんがまだ話し続けようとするのを止めた。このときの私は、恐ろしい地獄から這い上がってきた人の励ましは不要で、一人になって、気持ちをゆっくり静めたいだけだった。けれど、今、私にさらに多くの怒りがわいてきた。一つは気持ちをかき乱されたこと、もう一つはこの女の人は意気地のなさを最後までためこんで、殺意に変えたのだと感じたからだ。私は彼女の意気地のなさを嫌悪した。

カツラおばさんは私の腹立ちに驚いて泣き出し、涙をぽろぽろ流して言った。「あんたは私を嫌ってもいいけど、従妹は嫌わないでほしい」

「私は誰も嫌っていない、ただイライラするだけ」。私は嘘を言って、指の爪をむしった。

「私の従妹を嫌わないで」。彼女は泣きながら言った。

「私、疲れたの、芝居を見に行くわ」。私はそこを離れた。振り返ると傷ついた女の人がガジュマルの木の下に座って、しきりに涙をぬぐっているのが見えた。肌寒い夏の夜は物寂しくて、今年は秋の訪れが特に早いように感じられる。私はため息をついて、彼女が暗がりで泣くに任せるしかなかった。今の私は彼女の物語に対して「いいね！」をクリックしたり、彼女につき添って泣いたりするエネルギーを持ち合わせていないのだ。

私は天主堂に入って行き、窓の近くに寄りかかって、芝居をやっている方を向いていたが、心ここにあらずで、舞台の上のにぎやかな人生やお笑いが私の目の中にすべりこんで来ることはなかった。そのあとの半時間、私は無反応のまま舞台の下にいるだけで、任に堪えうる観客にもなれず、芝居がどこまで進んでいるか知りたいとも思わなかった。何度も稽古を見たことがあったし、笑いや泣きのポイントは観客よりずっとよく知っていたので、もう見る気がしなかった。

芝居が終わりに近づいたとき、舞台が静かになり、反対にステージの下の観客が大声で声をかけるタイミングができた。そういえば立ち稽古のとき、この時点では数人の女の人が声をあげて笑っていたはずで、沈黙する場面ではなかった。私は我に返って舞台を見た。祖母が演じている人物が舞台の中央に立ち、エクボおばさんが小さなテーブルのそばに腰かけている。後者は悠然とアフタヌーンティーを飲んでいて、英国式のボーンチャイナのティーカップを小指を立てて持って、あっさりした口ぶりで言った。

「その時が来たのよ、私たち結婚しましょう」

これは明らかにプロポーズ劇で、脚本の設定から逸脱しており、エクボおばさんの即興だ。彼女は相変わらずしとやかにお茶を飲みながら、時はこんなに色鮮やかで美しく、それは人生でめったにないことだという表情をして、自分から先に結婚を申しこむのが恥ずかしいことだとは思っていなかった。舞台の上の共演者たちはみんなとても驚いて、この劇には割り込めないと感じた。観客としても違うし、役者としても十分ではない。

「でも、こういうふうに演じるものじゃない」と祖母が言った。これは脚本通りではないという意味だ。

「脚本にはうんざり。脚本はみんな観客の要望に合わせてばかりで、私たちの要求には合っていない。あなたはいつ自分を演じたことがある？　あなたはいつもみんなが見たいものを演じているでしょう」。エクボおばさんは振り返って共演者たちに言った、「そうだと思わない？　あなたたちどうしてまだそこにぼんやり突っ立ってるの？　彼女を説得してよ」

「そうだ！」黄金おばさんが言った。

「ずいぶん長く待たせているんだから、今すぐOKしなさい！」回収おばさんが言った。

「そうよ！　芝居は終わりだ、芝居を続けてもムダだ！」コルセットおばさんが振り向いて老犬に言った。「鄧麗君、おまえも何か言ってごらん」

鄧麗君は実に芝居がうまい。けだるそうに地面から起き上がると、祖母の足元まで歩いていって、三回吠えた。たっぷり長く、よく響く声で、まるで「早くOKしなさい」と言っているみたいだ。今日演劇の細胞を十分発揮していなかった鄧麗君は、どう演じても力が入らなかったのだが、今この演技によって満場の喝采を浴びたのだった。舞台の下の観客が口ぐちに早くOKしなさい！　と言った。三歳になる前の小さな子どもが二人で犬を撫でに駆け寄って来て、芝居がまだ終わってないことなどお構いなしだ。

祖母は真剣に考えて言った。「いいわよ！」

観客は歓声を上げて拍手し、まるでもたもたしていた芝居がやっと終わったのを待ち構えていたと言わんばかりだ。彼らは立ち上がって、しゃべったり笑ったりしながら天主堂を出ていった。村びとが何人か舞台の下に残って雑談をしていたが、誰も今回の芝居の感想を話している者はなく、また誰も舞台の上でまだ二人の役者が劇を終えていないのに気づいた者はいなかった——祖母とエクボおばさんが舞台の上の小さなテーブルに向き合って座り、二人の手はテーブルの真ん中で重なっていた。心は平静とは言えず、少しどきどきしながら、人々の群れがゆっくりと去っていき、椅子が撤去され、明かりも落とされて薄暗くなっていくのを見ていた。

観客席には曾祖母だけが残ってそこに座り、居眠りをしていた。この九十近い老人の睡眠時間は目が覚めているときよりも長く、自分の娘がプロポーズされた肝心の芝居を見逃した。十分後に目が覚めて、もうじき七十になろうとしている娘が舞台に座り、身じろぎもせずにいるのが見えた。まるで芝居がしばらくストップをかけられ、自分の目が覚めるのを待って再開されるかのようだった。母と娘は長い間じっと見つめ合い、これにエクボおばさんが三人目に加わった。

祖母が立ち上がって、曾祖母のほうへ歩いて行き、しゃがんで彼女の手をさすりながら、とてもゆっくりと言った。「母さん、私、結婚することにした」

「おまえの亭主は死んだんじゃないの？　おまえは自由になったんだよ」と曾祖母は頭を横に振って言った。

「他の人と結婚するのよ」

「自由になったのに、なぜ結婚するの。結婚は一生に一度で十分疲れるものだ、どうしてまた疲れるようなことをするんだね？　それに、おまえの亭主がきっと反対するよ。暇を持てあました挙句になぜ亭主を怒らせるようなことをするの？」

「彼は死んだ、亡くなってずいぶん経った」

「おまえはこんなに年を取ってしまった」。曾祖母がため息をついた。

「わかってる、私は年を取った、でも結婚できる」。祖母はうなずいて言った、「その気持ちがありさえすれば、それが結婚のタイミングなのよ」

「誰と？」

「彼女はあそこに座っている、私たちは母さんの目が覚めるのを待っていたの」。祖母が振り返ると、エクボおばさんが舞台の小さなテーブルのところから歩いてくるのが見えた。彼女は劇の中でも外でもとても美しいけれど、今はもっとそうだ。

曾祖母がまたため息をついて言った。「彼女は細妹仔《おんな》だ！」

「わかってる」

「おまえがこうして男でも女でもないようだと、母さんはおまえが人から笑われるんじゃないか心配だ」

「私はあまりたくさんのことは考えない」。祖母はエクボおばさんを引き寄せて、一緒に曾祖母の前にしゃがんで、「母さん、母さんにだけはわかってほしい、私は結婚することにした、人は年を取っても結婚できるのよ」と言った。

曾祖母は涙を流し、長い間言葉が出なかった。「私が間違っていた」

「そんなことはない」

「私が間違っていた、なんと体を産み間違えておまえに与えてしまった。おまえはこんなにみじめで、みじめな思いのまま年を取ってしまった。おまえこそずっと私を恨んでいたんだろうね？いつも私を嫌っていた」

「母さん、母さんは間違っていない、私はずっと母さんの妹仔《娘》だったし、いつだって母さんの妹仔よ。母さんにどうしてもわかってほしいのは、私が女の人を好きなのは二人の心がぴったり寄り添うからで、私の体が女かどうかとは関係ないの」

「それならいい、それならいい……」

◆

私はみんなを車に乗せて頭份鎮へ向かい、祖母とエクボおばさんの結婚用品を買いに行った。今回の結婚披露宴の予算は五千元で、祖母は簡素にやることを望んだ。自分のような年齢の者が結婚するのは、激情も、ロマンチックな気分も、財力もないから、仲のいい友人たちが集まって祝福してくれればそれで十分だというのだ。私がさらに五千元を足して、披露宴を少し見栄えがするものにしたが、このことを祖母は知らない。

コルセットおばさんが作成した献立は、ほとんど祖母に抹殺されて、普段の家庭料理に変更され、菜食がメインになった。コルセットおばさんは祖母のことをカトリックの服をまとった仏教徒で、客家の竹筍封肉《ジュスンフンニョウ》＊以外は、肉料理がないと揶揄した。この料理は祖母が自らつくることにな

＊煮こみ肉に残りの煮汁で煮た干し筍を添えた客家料理。

った。醤油の色が豚バラ肉にしみこむまで、五時間かけて煮こむ料理で、豚肉が透明で綿のように柔らかく、口に入れるととろけるようになるまで、小さなカニの目ほどの弱火で煮汁を飛ばしていくのだ。結婚式の宴会を夕方からにしたのは、すべてこの料理の煮こみに長い時間がかかるからだった。これは曾祖母の大好物の料理で、彼女が娘に祝福を送ったので、娘がお返しの贈りものをするのは当然だった。

私は小さな町を何回かぐるぐる周った。知らない土地で、私の運転技術と反応力が試された。そのうえ、ポケットの中の携帯の着信音が何度も鳴り、母が出廷のショートメッセージを送ってきた。もっと腹が立ったのは、町の道の入口にはどこもかしこも警官が見張りに立っていることで、台湾中の警官がみんなここに休暇に来ているのか、それとも凶悪犯をつかまえに来ているのか、まったくわかったものではない。だが答えはすぐに明らかになった。情報にいちばん通じているのは伝統市場の野菜売りの阿桑《おばさん》で、ネギ一束でも買えば、すぐにその理由を教えてくれる。

「総統がもうすぐ来るんだよ！　だから警官が見張りに立っているのさ」

「女性総統がやって来る」。エクボおばさんはひどく驚いた。

「ああ、どうしよう！　まさか彼女を見に行きたいなんて思ってないわよね！」祖母はエクボおばさんが総統のファンなのを知っていたけれど、この肝心なときに人ごみをかき分けて見に行きたいとは思わなかった。

「行きましょうよ！」

「今日はとても忙しい、帰って宴会の準備をしなくちゃならない」

「そうよね！　今日は結婚する日だもの！」エクボおばさんは言葉に期待をにじませて言った。

「お願いだから、余計なこと考えないでよ」と祖母が言った。

　祖母があまり望んでいないのが聞き取れた。彼女は政治に冷ややかで、政界の人物には興味がない。エクボおばさんも同じだったのに、今期の総統選に女性の候補者があらわれると、彼女の政治熱がかきたてられていった。毎日選挙報道を追いかけ、女性候補者の身なりや品格に注意し、「死道友」に彼女を選ぶよう勧め、政治的な立場が異なる回収おばさんでさえ説得されて、女性の総統候補者に投票するように変わり、台湾に一人の女性が主人になる機会を与えたのだった。

　女性総統が当選した夜、エクボおばさんはテレビにかじりついて、選挙勝利の所感に静かに耳を傾けた。彼女は女性総統が握りこぶしをつくっているのを見ると、その態度が卑屈でも傲慢でもなく、台湾の自由と民主をさらに前へ推し進めようとするものだったので、涙が絶えず流れ出てきて、祖母にティッシュを取って慰めてもらった。祖母は思った、まずいことになった、自分は政治に熱狂的な人と一緒になってしまった。まさか、翌日エクボおばさんの政治熱がまたたくまに冷めて、日々が正しい軌道に戻り、二度と女性総統のことを口にしなくなるとは思っても見なかったが、今日この小さな町でまた熱がぶり返したのだった。

「行きましょう！　私たち、総統に会いに行くわよ」。エクボおばさんは命令するみたいに、私にみんなを連れて行くように言った。

　それはほんとうに陽光が美しい日だった。市場はどこも大型の日よけ傘が設置され、どこも人だらけで、色とりどりの野菜や果物が一盛一盛きれいに並べられて、陽光よりも人目を引いた。空気中ににおいが混ざり合い、覆菜*の酸っぱい汁のにおいと炒めたばかりの肉鬆《肉そぼろ》の香りがした。雨靴を履いて調理用の防水エプロンをつけた男の人がバイクに乗り、後ろに二輪の手押し車を引っ張って、路上で光を反射している水たまりを押しつぶして走り去った。祖母は後ろのほうを歩いていて、エクボおばさんがまるで花嫁のように自分の母親と手をつないで、水の光が乱れバイクの排煙がまだ残るにぎやかな市場を通り抜けて行くのを見ていた。すると心にふとある考えが浮かんできた。「今日という日は実に素晴らしく、気持ちがなんて落ち着いているんだろう。いつも他人の後ろ姿ばかり見るのはよそう」。そこで祖母は笑いだして、大股でリーダー本来の位置まで歩いて行き、率先して車に乗りこんだ。

　車は走ったり止まったりして、車両規制区域までやって来た。女たちが車を下りて前方に進み、人でごったがえしているところまで歩いていくと、町の人たちが三百人ほどそこに立ち止まっていた。みんな見物に来た人たちだ。「死道友」が人ごみの中に立ってあたりを見回したところ、何か特に趣向がこらされているふうはなく、待ちくたびれた人が塀の隅や木陰の下に寄りかかっているのが見え、さらに向こうには白い横断幕を広げて抗議をしている人が三人ほど見えた。それから鶏蛋冰《タマゴアイス》〔台中名物の卵型をした棒アイス〕を売るバイクがやってきて、呼び売りはせずに、バイクのハンドルの上の皮のラッパをちょっと鳴らすと、何人か懐かしく思った人が買いに近寄って来た。買っていたのは「死道友」たちで、竹串の部分を持ってアイスをなめていたが、とけたアイスの甘い汁が胸に垂れないように首を長く伸ばしていた。誰かが総統が来たと叫ぶと、首をもっと長くしたけれど、何も見えなかった。

「私は見えたわ」。エクボおばさんが叫んだが、実はただ人の群れが移動するのが見えただけだった。彼女は祖母に言った。「あなたが私を抱き上げてくれたらもっとよく見えるのにね」

「冗談でしょう！　私の骨がバラバラになってしまうよ」

「今日が何の日かわかってるなら、当然そうしてくれるはずよ」。エクボおばさんが要求した。

祖母は突然ひらめいて、エクボおばさんを持ち上げたいと思った。そこで私と祖母が、子どものころ騎馬戦をやったように、両手を互いに組んで、そこにエクボおばさんを座らせ、カツラおばさんが尻を支えるのを手伝った。こうやって、エクボおばさんの体が高い位置に持ち上がると、手に入れた視野はほかの人よりも広くなり、さらに多くのそよ風を手に入れて、彼女の髪の毛先と微笑みが舞い上がった。彼女は得意げな気持ちと感謝の気持ちを込めた口調で、恋人に言った、言った、女性総統が路地から歩いて出てきて、ボディーガードが道を開けているのが見える。彼女はまた女性総統は絶えず笑いながら手を振っている、ちょうどいい長さのボブヘアで、黒いコートとすっきりしたズボンをはいて、いつもと変わらないユニセックスの服装よ。

エクボおばさんは下に降ろされたあと、数秒ほどためらって、「それに、彼女のボタンがとてもきれいだった」と言った。

「何？」

「ボタンがすごくよかった」

「それで？」

「それだけよ！　私はただボタンがとても美しいと感じただけ」。エクボおばさんは肩をちょっとすくめた。

「あなた知らないの？」祖母が問い返した。

＊客家の伝統的な漬物。音が同じ「福菜」とも呼ぶ。

「何?」

「今日は結婚する日だ、あなたはああいうボタンが欲しいのね?」

「まあ!　どこで売っているか知ってるの?」

「知らない」。祖母は気を持たせるようにこう言った、「でも、誰が持っているかは知ってるよ」

エクボおばさんは意味がわかり、目を丸くして不思議そうに、「それは無理よ、ボタンを手に入れるのは不可能よ、総統はくれないわ」と言った。

「結婚する日に、不可能なことはない」

「死道友」たちは祖母を見ながら、彼女がボディーガードの守りを突破して、女性総統の洋服のボタンを手に入れるなんてできっこないと思った。祖母は茶目っ気たっぷりに、片手を胸の前におき、もう片方で頬づえをついて、両目で上を見た。幻想的な藍紫色の短髪は、コガネムシのように強烈でメタリックな色つやを放っている。とっくに手段があるのにバカなふりをしているのは明白だったので、三人の「死道友」がわいわい騒いで一万元を出して賭けをした。祖母は気前よく言った、結婚式の日に賭けは避けるべきだ、でももし彼女が負けたら、みんなは祝儀を包まなくていい、もし勝ったら、ちょっと拍手をしてくれればいい。みんなは拍手喝采した。エクボおばさんまで寝返ってしまったが、彼女たちは長いこと女の英雄を見ていなかったので、みな内心ではこのリーダーがうまい手を使うのを期待していた。

「みんなに手伝ってほしい」と祖母が言った。

「盗みひったくり誘拐詐欺以外なら、私らなんでもやるよ」。みんなは同調した。そしてカツラおばさんが付け足して、「なんなら私に道に横になって死んだふりをさせたっていいよ」と言った。

「私は垃圾鬼《薄汚い奴》ではないから、ひったくりはやらない。人がもろ手を挙げて差し出すのを待つのさ」。祖母は台湾語で「みんなに手伝ってもらうけど、捧屎抹面《恥をかかせる》ようなことはしないよ」と言った。

そのあとの数分間、祖母は戦略を私たちに語り、これを「釣魚記」と名付けた。「死道友」は、ある者は頷いて理解したことを示し、ある者は肩をすくめて疑念を示したが、エクボおばさんだけは激賞して、これでボタンが手に入るわと言った。わかったかどうかはともかく、みんなは芝居をするのには大いに乗り気だった。かりに失敗しても損失はない。芝居を始める前のようにみんなで手を前に出し、重ね合わせて、神のご加護を祈った。

女性総統の一行が路地を通り過ぎると、群衆が前に押し寄せたが、前線にいた警察官に押し戻された。何人かは総統に近づきすぎて、ボディーガードに阻止されていた。ガードは堅固すぎるものではなかったが、突破するのは難しかった。だがそれも七人の女によって防御線が突破されようとしていた。女性総統が通り過ぎるとき、この七人の女は前に詰め寄ったりせず、V字形に両側に向かって開いて、中央に奇妙な女を出現させた。彼女は藍紫色の角刈り頭をして、両手を腰にあて、片方の足に重心をのせて立って、まるでモデルがキャットウォークを歩くようなポーズをとった。確かにこうして、彼女は三歩前に歩み出て、両手で上着を軽く払い、白い服の上に赤い口紅で書いた「総統、あなたを抱きしめたい」という数文字を開いて見せた。この口紅は私が提供したものだ。

たっぷり三秒の間、現場は動きが止まり、ボディーガードと警察はどうしてよいかわからず固まっていた。というのも女性総統がそこにじっと立って、六メートル離れた祖母を凝視しているからだ。祖母も同じだったが、さらに微笑みを浮かべていた。ついに女性総統も笑って、両手をひらいて歩み寄ってきた。祖母がやりたかったのはまさにこういうことだった。

二人は温かくそっと抱き合い、祖母が彼女の耳に口を近づけて一言言った。

この言葉が効果を発揮した。女性総統は目を見張り、数歩後ろに下がって、とても静かに、祖母の右手が一方に開かれるのを見た。魔術師がしくじった様子で幕を開けるように、なんとその位置にエクボおばさんが立っているのをみんなに見せた。マジックのようにエクボおばさんの姿は消えておらず、太ったり、やせたりもせず、ただ顔に注目の的になった驚きが増えているだけだった。

それは素晴らしいパントマイムで、女性総統はエクボおばさんを見てから、祖母を見た。「死道友」が理由を知っている以外、ほかの人はみんな見ても意味がわからない。

不思議な時が訪れた。女性総統はうなずいて、黒いコートを脱ぐと、それを祖母に着せてやった。体にちょうどぴったりだ！

これはまったくの「妙手空空《こそどろ》」の技と言ってよく、祖母はボタンを手に入れただけでなく、さらに女性総統のコートも手に入れ、主人から着せてもらったのだ。「死道友」の熱烈な拍手の中を、祖母はコートの襟を少し外に広げ、白い服の上の口紅で書いた数文字をまた見せて、もう一度抱きしめてほしいとアピールした。今回は先ほどより長く抱きしめた。祖母が女性総統の耳元で二言三言多く話したためだ。ベテランのボディーガードがその様子を見て、近づいて遮ろうとしたが、彼の妨害は反対に女性総統によって遮られた。祖母が何を言ったのか誰も知らない。なぜなら町の人の歓声がすべてをしのぎ、群衆の声が静まると、彼女たちの抱擁も終わったからだ。何かがこれによって高まったとすれば、それは祖母の「死道友」の中での英明な指導者としての地位だろう。

総統のコートを祖母が羽織ると、磁石のように、みんなをひきつけて見に近寄らせたが、もし触りでもしたら彼女に手を叩かれた。そのあとの時間も、コートの魅力は減じることなく、家に帰る車の中でみんなはそれを話題におしゃべりをした。天主堂で夜の宴会のセッティングをしているとき、祖母がA字型の梯子に上ってお祝いのめでたい「囍」の字を貼っていても、みんなにはコートが梯子を上っているようにしか見えなかった。みんながキッチンで料理をしているとき、気をつけてと大きな声で言ったのも、祖母にコートを汚さないよう気をつけてという意味だった。夕方になり、みんなが祝いの宴席につくと、話題はやはりこのコートがハンドメイドであることや色合いや裏地の布のことだった。祖母は聞き飽きて、しかたなく八回目の、お酒の代わりにお茶を飲んで、皆さんありがとう、と言ったので、隣に座っているエクボおばさんも十六回目の、とても幸せです、と言わなければならなかった。エクボおばさんはほんとうにとても幸せだった。無地のブラウスとスカートは、彼女の笑顔がまばゆいばかりに輝いているのを際立たせ、それが全身で最も美しい、衣服にも勝る装いになっていたので、誰もが一目見るとうっとりさせられた。

エクボおばさんの喜びには理由があった。この日彼女はついに天主堂で愛情に拠り所を持たせることになったからだ。彼女はカトリック教徒だったが、離婚し、そして女を愛するという、二つの戒律を破っていた。教会は、結婚は神のお導きによるものであり、離婚はまさにその考えに背くものとみなして、「イエスはすでにパリサイ人に答えられた、婚姻は壊してはならない」という言葉を強調し、ひいては脅迫のニュアンスを含んで「離婚した者はみなパリサイ人になる」と言った。一人のカトリック教徒をつぶしたかったら、その人をパリサイ人だと言えば、その人の武功はすぐにすべてゼロになる。教会が離婚と再婚を認めることはあり得ず、そうでなければ神は唯一の真理ではないと訴えるに等しかった。いずれにせよ婚姻については、教会は返品を受け取らないので、教徒は離婚をするときは闇市に行って交渉しなければならなかった。

エクボおばさんは小さいころから、聖母マリアが外遊するときは*ロザリオを首に下げ、高い燭台を手にもって、道を行進しながら『ロザリオの祈り』を唱えた。教会は彼女のコンビニエンスストアで、神は彼女に対して店じまいをしたことはなかった。しかし、借金の取り立てから逃げていた夫に女ができると、無理やり離婚させられて、地獄に片足を突っこみ、祖母に出会ってからは、もう片方の足を地獄に踏み入れてしまった。彼女は自分がパリサイ人になったと思った。祖母は、パリサイ人でもいいじゃないか、もしキリストが復活したら、この世の悪人を見尽くして、パリサイ人は教え導かれる潜在能力をもった人間だと賛美するだろうと言った。だがエクボおばさんは祖母を非難して、そんな言い方をするのは、みんな仏教徒の皮をかぶったパリサイ人だと言うのだった。

信者の中には離婚や同性愛に対して、寛容な態度を取る人もいた。だがエクボおばさんは知っていた、同性愛は教義を根底から揺るがすものであり、寛容に思っている人たちは、まだパリサイ人だとみなされるには至っていないが、貼り付けられているレッテルは「サドカイ人」だった——これらの人たちは政治意識の面でイエスに反対したことがあり、いい人ではなかった。エクボおばさんは、教会に認められない離婚については、彼女なりに理解できたので、これが彼女の神に対する愛に打撃を与えることはないと信じていた。だがたとえそうであっても、彼女はやはり教会で結婚をしたいと思い、神父による婚礼のミサを跳び越し、信者仲間の阻止を避けて、直接神と向き合うことにしたのだった。この天主堂は彼女が求めるものと完全に一致した。神のお導きによって、彼女はようやくこの礼拝堂にやって来たのであり、すべてが神によって運命づけられているのだと思った。彼女はここで二度目の結婚を完成させようとしていた。

八時になった。予定していた結婚披露宴もお開きに近づき、テーブルの料理が下げられて、飲み物に変わった。しかし祖母はなかなか終わりを告げようとせず、十二回目のお酒の代わりにお茶を飲んで、みなさんありがとう、と言った。隣に座っているエクボおばさんが二十四回目の、とても幸せです、と言ってから、終わりにしましょうと祖母にそれとなく八度目の合図を送った。年配の人にすれば、太陽が山に隠れると、決まってまぶたが垂れ下がってくるもので、同じテーブルの曾祖母は竹筍封肉を両手に持ったまま、ぐっすり寝入っていた。碗の中の油の薄い膜が固まって白くなるくらい、時間はのろのろと進んでいた。

比較的若いといえる私でも、何度もトイレに行く口実を設けては、ひまわりの種、冬瓜飴《とうがん》、落花生飴など伝統的なおやつが並ぶ宴会テーブルを離れた。とくに祖母の大好物の冬瓜飴は、フライドポテトの形をしたラードのスティックのようだったので、何本か食べると新鮮な空気を吸いに行きたくなるのだった。それから十分ほど、私は礼拝堂から遠く離れた草地に座っていたが、そこの闇夜は固くて嚙みにくいトフィーヌガーのようだった。ケヤキの樹の下で、携帯の画面を

＊　聖堂の聖母像が台湾各地を巡回する聖母行列をさす。

スライドさせて目はあちこち見ていたけれど、内心では出廷のことが気がかりだった。頭の中で何か引っかかるものがあり、ケヤキが夜風の中で葉を落とすと、私が聞きたくないかさかさという音が加わり、さらに私に向かってくどくどしゃべりだした。

「あんたに謝りたい、受け入れてくれるかい？」

私が顔を上げると、カツラおばさんが私に話しかけているのが見えた。彼女は私の近くを長い間うろついていて、その足音を私は落ち葉の音だと勘違いしていたのだ。私はほんとうに彼女とは話をしたくなかった。この数日彼女を避け、従妹のことを、実際には彼女の物語をまた話しだすのではないかと恐れた。彼女は光を背にしているので、顔は真っ黒だったが、私には彼女の顔に涙が流れているのが見えた。このまま泣き続けたらほんとうに脱水症状になりかねない。何か話したいことがあるなら何でも話せばいい！　でも彼女はひたすら泣いていた。

「謝らなくていいわ、何も間違ったことはしていない」

「あれは従妹の話ではなくて、私の話だった。あんたはきっと思いもよらなかっただろうね！」

彼女がとうとう打ち明けた。

「ほんと、まったく思いもしなかった」。私ってなんて馬鹿なの、嘘なんかついて、そのうえ、さらにくだらないことを言ってしまった。「実をいうと、あなたの話は、ほんとうに私を励ましてくれたわ」

「一人の女が亭主を殺して、十年の実刑を受けた。もともと話したくなかったんだけれど、ある人があんたに話すよう勧めたのよ」。カツラおばさんは彼女から遠く離れた後方にいるコルセットおばさんのほうにちらっと目をやった。コルセットおばさんが鄧麗君を連れて用を足しに出てきた。彼女たちも披露宴が退屈で耐えられないのだ。礼拝堂の披露宴はまだ続いていて、ただ茶器と酒杯のぶつかり合いに留まったまま、遅遅として終わることができずにいた。

「私に言わなくてもよかったのに」

「話さないと、私がつらい」。彼女の感情にまた火がついて、急に泣き出した。

「そんなことない！　このことをあなたは長い間しまいこんで、忘れかけていたのよ、わざわざ私に話さなくてもよかったのに」。これはほんとうの話だ。彼女が自分の古傷をあばく姿が嫌いだ。自分を血だらけにしておいて、私に傷口の止血を手伝わせるなんて。私の傷口のほうが彼女のよりずっと新しいことを完全に無視している。私は自分の傷の痛みを押さえながら、さらに時間をさいて彼女に止血をしてやらなければならないのだ。

「私はあなたの阿婆に感謝したい」

「彼女と関係があるの？」

「刑務所から出ると、生活はずっとうまくいかなくてね、彼女が私を助けてくれて、最後は『死道友』に入れてくれた。彼女は私の人生を大きく変えてくれた恩人なのよ」。カツラおばさんは刑務所に数年入った。だが仮出所後もまだ夫の暴力の影から抜け切れず、背後で男の喘ぐ声がするとすくみ上がり、男がしゃべるときに口から吐き出す酒臭いにおいに怯えた。暗い夜道を歩くのを恐れ、毎夜何度も目を覚ましては、周りの様子をうかがった。髪が焼けるにおいを怖がったのは、彼女も髪を焼かれたことがあるからだった。彼女が角刈り頭をしているのは人に髪をつかまれて壁にぶつけられるのを恐れたからで、見た目が悪いのでしかたなくカツラをつけていた。今これらの恐怖はすっかり消えてしまったが、短髪のままなのは単に便利で清潔だからだという。

彼女は話をするときあれこれ気をもんで、たえず手の平をひっかいていた。目の前の老婦人の姿から、これまで酒を飲めば大声で歌を歌い、カツラを卒業式のハットトスのように高く放り投げていたひょうきんな女の人を連想するのはとても難しかった。私は彼女の気持ちを慰める以外に、彼女を助けた祖母に感謝した。その差し伸べた手のやさしさが、きっとカツラおばさんを立ち直らせ、その恩に報いる方法が傷口をひらいて彼女の孫娘を慰めることだったのだろう。ケヤキの樹の下で、私は彼女に座るよう誘い、彼女の体の安価な香水と汗のにおいを嗅ぎながら、私の携帯から伝わってくるいらいらする着信音を聞いていた。私ができるのは、同じ船に乗り合わせて苦難を共にしているという気持ちを彼女に持たせることと、彼女が私を汚水から船に引き上げたのだという達成感を与えることだった。しまった！　今夜は長い夜になりそうだ。それに私は体の芯まで冷えきっていた。

ちょうどこのとき、数台の黒いライトバンが突然礼拝堂の門の前に停まり、ドアを開ける音がして、数人の黒い洋服を着た男が小道を通って駆け上がってきた。最初に反応したのは鄧麗君で、低い鳴き声を発し、コルセットおばさんが「馬西馬西《マセマセ》」が来た、と大声で叫んだ。

私は立ち上がって、礼拝堂へ駆けていったが、見る間に洋服を着た男たちが先に飛びこんでいった。彼らは礼拝堂に入ると、散らばって四方を観察し、ある者は脇の出入り口に立ち、ある者は並べられた椅子の下をのぞきこんでいた。その表情は真剣そのものだ。

「みんな、恁祖嬤《わたし》だよ」。コルセットおばさんが続けて飛びこんできて、手に塵取りを持って、大声で言った。「さあ手に武器を持って、勝負をつけるよ」

負けるに決まっているという表情が「死道友」の顔にあらわれた。彼女たちは驚いて宴会のテーブルの前にじっと座ったまま、逃げる力もなかった。ひとり祖母だけが勝利の笑みを浮かべた。このとき彼女は自分のために、そして花嫁のために酒を注ぎ、花嫁の手を取って立ち上がった。すると、長いこと待ち続けた正面のドアがお祝いをするように開いた。ドン！　正面のドアが押し開けられ、真っ暗なドアの外から誰かが入って来た。彼女は夏服のパンツスーツ姿で、ボディーガードに取り囲まれていた。まさに女性総統だった。祖母が市場で二回目に女性総統と抱き合ったとき、彼女の耳元で結婚披露宴に招待したのだ。女性総統は遅れてきたが、とにもかくにもやって来て、微笑んでくれた。これは夜じゅう長く待たされて気持ちが沈んでいたエクボおばさんの顔に、一生のうちでいちばん甘い笑みと涙を炸裂させた。

幸福とは、常に遅れてやって来るもの。祖母をほんとうに長く待たせてしまったけれど、最後にはやって来た。どんなことでも待つというのは幸福がやってくるまでずっと持ちこたえることなのだ。この婚礼もそうだった。

第4章

大雪の中の「死道友」

台中地方裁判所の長い廊下で、「死道友《シードユウ》」は私に付き添って椅子に座り、開廷を待っていた。

カツラおばさんが一つ笑い話をした。彼女のある友達が文人気取りの判決書を受け取ったが、訴訟に勝ったのか負けたのか読みとれないので、神様のところに駆けこんだ。神様が憑依した乩《タン》童《キー》はそれを見て頭痛がしてきたので、判決書を全部食べてしまったとさ。「死道友」は聞いてちょっとつくり笑いをした。私は面白いと思わなかった。こんなとき何を話されても面白くない。

私が被害に遭ったあの日からすでに三カ月がたっていた。今はピンカーブに差しかかっていて、通過しようとしまいと、傷は永遠に私についてまわるだろう。私は椅子に座って、法警に名前を呼ばれるのを待っていた。張り詰めた気持ちで、目の前を裁判所職員が公判の公文書、証拠物、法廷日誌を山ほど積んだカートを引っ張って通り過ぎるのを眺めていた。訴訟を起こしている人たちが数人、召喚状を手にもち、椅子に腰かけて呆然としている。眼鏡をかけた少女が中庭の向かい側の取調室から出てきて声をあげて泣いたので、その泣き声がみんなの気持ちをさらに重くした。まもなく、二人の法警が地下の拘留所から犯罪者を護送して出てきた。犯罪者は灰色の囚人服を着て、手錠と足枷をされ、音を立てながら、八歳の女の子を連れた一人の婦人とうなだれて向き合った。女の子が「父さんがんばって」と大きな声で言うと、囚人は顔を上げて泣くのをやめた。私は泣きそうになった。

祖母に手を握りしめられたので、涙を我慢した。母はこのとき裁判所入口の金属探知機のゲートをくぐり、開廷場所をあちこち探していた。彼女が長い廊下の角を曲がると、そこに廖景紹《リャオ・ジンシャオ》が座っていた。廖景紹は二人の弁護士を雇い、彼らは熱心に議論をして、まもなく始まる弁論に備えていた。これを見て私はもう一度緊張し、母が私の前に来たのにも気づかなかった。顔を上げて母を見たが、三カ月会っていなくてもこの視線に変わりはなかった。

法廷番号のランプがついてブザーが鳴り、法警がみんなを法廷の中に入るよう促した。私が性被害訴訟のために特別に設けられた法廷の隔離室に行く前に、エクボおばさんが私のために神に祈ってくれ、「死道友」も彼女たちの方法で私の無事を祈ってくれた。彼女たちは私が勝つと思っていたので、すでにレストランを予約済みで、閉廷後に打ち上げをすることになっていた。

法廷内で、三人の女性裁判官が横のドアから入ってきたとき、法警が全員に、起立、と号令をかけた。全員着席したあと、裁判官はすぐに審議に入った。少しも遅らせたくないふうで、映画でよく見る木槌《ガベル》を打って開廷を宣言するようなことはなかった。三人の裁判官が法壇に座り、藍色のラインの縁取りがある黒い法服を着ていた。中央に座っている裁判長が、本件はすでに二回の「公判前整理手続」を行なっているので、今日は直接「交互尋問」に入ると言った。

一人目の証人は幼稚園の教師の馬盈盈《マ・インイン》で、彼女は日ごろスキニージーンズを皮膚のようにはいているのだが、今日もそうだった。廖景紹の弁護士が彼女を召喚したのには理由があった。彼女の記憶力が抜群だからだ。馬盈盈が子どもたちに見せる特技は、$\sqrt{2}$あるいは円周率の小数第百位の数字まで暗唱したり、二百人近い子どもたちの名前を暗記できたりすることだった。夕方、幼稚園の門のところに立って、ある保護者が入ってくると、すぐに「○○ちゃん、あなたの××がお迎えに来ましたよ」と放送するのが得意だったので、保護者は自分が特別扱いされている気分にさせられるのだった。

二人の弁護士のうち、まず出てきたのは口ひげの弁護士だ。口元をいじる癖があって、まるでそこに悩ましいニキビができているかのようだ。彼は周辺のことから尋問をはじめ、次第に事件発生当日のことに及んだ。「五月二十八日のこの日、あなたたちはどれくらい酒を飲みましたか?」

「たくさん」

「正確な数を示せますか?」

「雪蔵白ビールを全部で十八缶、フランスのシャトー・カントリス白ワインを三本、それにベンロマックウイスキーを一本です」

「黄莉樺《ホアン・リーホア》さんは飲みましたか?」

「かなり」

「黄莉樺さんがどれくらい飲んだか、思い出せますか?」

馬盈盈は目を閉じて、考えながら言った。「ビール二缶、ワイン約五杯です、彼女はベンロマックは飲みません」

口ひげの弁護士はすぐに証拠を提示し、当日消費した統一発票《レシート》を披露した。私にこの証拠を見せないようにするのはとても難しく、それはそれぞれの座席の前のパソコンのディスプレイに映し出され、両側の壁にも投影された。数はまさに馬盈盈が言う通りで、間違いなかった。

続けて、口ひげの弁護士はゆっくりと被告人廖景紹に有利な証言を探り出した。たとえば酒を勧めた過程を尋ねて、「誰が比較的猛烈に飲みましたか?」「黄莉樺さんがトイレに立ったとき、歩く様子はどうでしたか?」「廖景紹さんはどれくらい飲みましたか?」「廖景紹さんは黄莉樺さんに酒を勧めましたか?」「黄莉樺さんは廖景紹さんに酒を勧めましたか?」これらの質問はどれも細部にまでわたるものだった。

私は口ひげの弁護士の意図がわかった。彼は記憶力抜群の証人馬盈盈を借りて、三人の裁判官にこう訴えようとしているのだ。当日の雰囲気は和気あいあいとしたもので、廖景紹に私を泥酔させようとするたくらみはなかったし、私も酔ったふりはしていなかったと。これは弁護士が「公判前整理手続」で主張した、「本件は日常的な集まりのあとに、一組の現代の男女が一夜限りの情交を結んだ」陽気なシナリオにすぎず、廖景紹は無罪である、という論証の要点に向けたものだった。

アザミ色のラインの縁取りがある黒い法服を着た検察官がペンを持って、軽くテーブルを叩いた。これは法廷でよくある小さな音で、ほかにはたまに入口の法警が皮製の椅子に座ったときに出る圧縮音と、内線電話が鳴る非常に低い音がした。裁判長は小さな音は制止しないが、声が大きすぎるときだけ、その人をたしなめるように睨みつけた。

女性の検察官がペンで叩くのをやめて、さっそく尋問を始めたとき、かなり周辺のことから質問を始めたので、新しい証拠が見つからないかに見えた。私は彼女の考えを知っていた。馬盈盈は今日の証人尋問のメインディッシュではないけれど、被害者側にいる検察官として、この小皿料理を簡単に手放すことはできないのだ。そこで彼女はいつくか質問をすると、またペンで叩く癖があらわれた。考えているのか、それとも何かに悩んでいるのかわからない。

「馬盈盈さん、あなたは廖景紹と知り合って何年になりますか?」検察官が尋ねた。

「五年と三カ月です」

「廖景紹の誕生日は何日ですか?」

「六月十五日です」

「彼の身長は？」検察官は重要な糸口をつかみ、相手の駒を利用して反撃に出た。

「一六七・五センチです」

「靴は何号を履きますか？」

「ドクターマーチンの六号半の靴を好んで履きます」

「彼がいちばん好きな都市は？」検察官は問い詰めた。

「東京です」

「彼がそこに行っていちばんよくやるのは何ですか？」

「東京の銀座にある老舗の喫茶店カフェ・ド・ランブルに行って、メニュー番号十八のアイスレス・アイスコーヒー（ICELESS ICE-COFFEE）を飲み、それからキューバのトリニダッド（TRINIDAD）の葉巻タバコを吸うことです。その葉巻タバコの味は辛い中にかすかな甘みがあり、さらに果樹と固い果実の濃厚な香りがします」。彼女は速射砲のように答えた。

「あなたは説明できますか、なぜこんなによく知っているのかを？」検察官は尋ねた。これは同じく全員の疑問だった。馬盈盈はどうやってこれらの細かなことを把握したのだろう。

「私は以前彼の恋人でした」

法廷はとても静かで、口ひげの弁護士がちょっと歯ぎしりをして、口元をつかんだ。三人の裁判官が頭を前に突き出して、自分のテーブルの前のモニターに視線が遮られないようにして見たので、ぼんやりしていた通訳さえも元気が出てきた。

これでぐっと盛り上がってきた！　馬盈盈が廖景紹の元カノだったとは、私は仕事をしているときには全然気づかなかった。おそらく彼らは平和に別れたのかもしれない、まるで食事のあと各自代金を払って別れるように。そういえば、馬盈盈が前に一度、「金持ちのぶ男の老二《あそこ》がみんないいにおいがするなんて思ってはいけないよ」と言ったことがあった。また、「女が腐りかけた臭い老二《あそこ》と長く付き合っていると、自分の楽しみまで臭くなってしまう」と言ったこともあった。言葉遣いがあまりに辛辣だったので、今でもまだ覚えている。今なんとこのことを私は彼女と廖景紹の交際に結びつけて思い浮かべていた。

　検察官は引き続き尋問した。「あなたたちの交際の始まりですが、廖景紹が積極的にあなたに言い寄ったのですか？」

「いいえ」

「馬盈盈さん、あなたのほうから彼に言い寄ったのですか？」

「いいえ」

　両方とも違うというので、検察官は質問を変えて尋ねた。「あなたたちの交際は、いつからですか？」

「二〇一三年、夜九時です」

「その日何が起こったのですか？」

「彼は失恋したと言って、私を誘ってお酒を飲んで憂さ晴らしをしました」。馬盈盈はここまで話すと、話すスピードが遅くなり、そのうえうなだれた。

「彼とは廖景紹さんを指すのですね？」検察官は答えを得て、また問い詰めた。「あなたは酒に酔い、その後廖景紹はあなたと関係を持った？」

「そうです」

「異議あり」。口ひげの弁護士が、尋問のルールに違反しているとして、検察官の質問を阻止した。

「理由を説明してください」。裁判長が言った。

口ひげの弁護士は、『性的暴行犯罪防止対策法』第十六条第四項には、「被害者と被告人以外の人の性経験の証拠」を問うてはならない、とあると指摘した。検察官は反駁して、この条項は弁護人と被告人が問うてはならないと限定しているだけで、検察は制限内にはない、と言った。裁判長は最後に裁定して、異議を棄却し、検察官に尋問を続けさせた。検察官はすでに答えを得ていた。彼女は馬盈盈の口を借りて、廖景紹は酒に酔ったのをいいことに、機会に乗じて女性と肉体関係を結ぶことがあり、女性の方はあいまいな状態だったことを言わせたのだ。私は思った、これは廖景紹が私というこの鉄板を蹴って痛い目にあう前から、女性とのセックス・ゲームを一通りこなしていたことを十分に説明していると。

双方の尋問を経て、証人の馬盈盈は退席した。私は自分が優勢に立ったのかどうかわからなかった。真相に通じる道は、往々にしてこのように先が塞がれて見えず、そのうえ引き返す道は消えてなくなっていた。幸い付き添いの祖母が手を伸ばして、私の手を握りしめてくれた。祖母がとても緊張しているのに気づいた。手の平にじっとりと冷や汗をかいているのに、それでも自分から私を慰めてくれたのだ。

二人目の証人はマンションの警備員の張民憲《ジャン・ミンシェン》で、彼は事件が起こった日に当直だった。彼があらわれたのには私はまったく驚かなかった。証人たちは開廷のときまず法廷に集まるので、私は今日誰が証人として来ているかわかっていたからだ。その後裁判官は隔離尋問を採用して、証人を退廷させ、召喚されるまで外で待たせたが、唯一、全行程をそばで付き添ってくれたのは祖母だった。祖母は家族の身分でこの場に付き添っていて、性的暴行の訴訟はそれが許された。

警備員の張民憲のために私が心配したのは、彼が少しお酒を飲んでいることだった。彼が入ってきたとき、法警に酒のにおいを嗅ぎつけられ、そのうえ、なんと飲んだばかりだった。私は彼が外で尋問を待っているときに、また少し飲んだのではないかと疑った。

裁判長が眉根をしかめて尋ねた。「あなたはいつもこんなに早くからお酒を飲むのですか？」

「そんなことありません。緊張してるんです」。警備員の張民憲は言った、「緊張したら、いつもちょっと酒を飲むんです、そうすれば緊張しません」

「あなたは今まだ緊張していますか？」

「いいえ、たった今ドアの外でまた少し飲んで落ち着かせました」

もし法廷以外のところなら、この返答は人を笑わせただろうが、しかし法廷内では三人の裁判官がかすかにほほ笑んだだけだった。さらに裁判長は探るように尋ねた、「車で来たのですか？」

「車の運転はしてませんし、バイクにも乗ってません」。警備員の張民憲は胸を張って言った、

「酒を飲んだら車を運転してはならない、この規定は知ってます」

「ではあなたは法廷で人証《にんしょう》をするのに、酒を飲んでいいと思っているのですか？」

「そういう規定はありません」

「どうして知っているのですか？」

「入口の法警に尋ねたら、裁判官に訊いたらいい、と言われました」。張民憲はちょっと頷いて、

「じゃあ裁判官殿はどう思いますか？」

裁判長は頷いて微笑み、警備員の張民憲に人定質問をしてから、すぐに尋問を始めさせた。検察官の主尋問の重点は、私がマンションの玄関扉を入ったとき、酒に酔っていたかどうかだった。酔いの症状は、往々にしてテーブルを離れたあとにあらわれる。いったいいつ酔っぱらったのか、私は覚えていなかった。だが警備員の張民憲はわりと詳しく話した。彼は言った、私がマンションの玄関扉のところについたとき、足元がかなりおぼつかなくて、廖景紹が私を支えていた。廖景紹は片手で私の腰を抱きかかえ、一方の手で私のバックの中のICタグキーを探したが、うっかりしてバックの中身を床にばらまいてしまった。この一幕があったので警備員の張民憲に強い印象を残したのだった。

警備員の張民憲はまた言った、マンション内には他にもまだ自由に開かないドアとエレベーターがあって、通り抜けるにはICタグキーが必要だ。彼は廖景紹が一人の酔っぱらいを抱きかかえていては操作できないと思って、私を支えてエレベーターに乗るのを手伝い、八階の家の玄関まで送り届けたのだという。そのとき廖景紹がちょっとお礼を言った。

「あなたの判断では、黄莉樺さんはマンションの玄関扉を入って、家の玄関に着いたときには、すでに人事不省になるほど酔っていたのですね？」検察官は尋ねた。

「そうです」

「わかりました、私の質問は終わります」

口ひげの弁護士が続けて反対尋問をした。彼は襟の部分に白いラインの入った黒い法服を着ていて、口元をいじりながら尋ねた。「張民憲さん、あなたはマンションの警備員をしてどれくらいになりますか？」

「だいたい三年です」

「あなたの当直の時間は？」

「夜七時から、翌日の七時まで、全部で十二時間です」

「私は今日あなたが酒を飲んだのに気づきましたが、あなたは夜間の当直のとき、酒を飲みますか？」

「いいえ」

「勤務が終わってから、酒を飲みますか？」

「いいえ」

「では今日酒を飲んだ理由は？」

「異議あり」。検察官は尋問のルールに違反しているとして、証人が酒を飲むことと本件は無関係だと言った。裁判長は異議を認め、弁護人に質問を変えさせた。

「答えられます、なぜ酒を飲んだのか」。警備員の張民憲は振り向いて、被告人席の廖景紹を見ながら、「自分がなぜ酒を飲んだかわかっている」と言った。

「証人はこの質問に答えなくてよろしい」裁判長が制止した。

「俺は彼を中に入れるべきではなかった、この畜……生……めが」、間に合わなかった、警備員の張民憲は被告人の廖景紹を指さして、大声で怒鳴った。「おまえ何てことをした、よくも俺の担当のマンションでひどいことをしやがったな」

法廷は騒然となり、ある人は立ち上がり、ある人は目を大きく見開いた。

裁判長が木槌《ガベル》を持って、十回叩いたが、そのうちの何回かはモグラ叩きゲームのように力が入り、それでようやく張民憲の怒りと言葉を打ち消すことができた。おそらく裁判長は初めて木槌を使って秩序の維持をしたのだろう、彼女は数秒たってから、最初の数回は叩き方がへたくそで、少し慌ててしまったので、張民憲にののしり言葉を最後まで言わせる十分な時間を与えてしまったと気づいたのだった。続いて、裁判長は張民憲の氏名、住所、職業など基本情報を読み上げ、それから開廷期日、時間、法廷番号を言って、書記官に書き留めさせてから、法警に彼をつまみ出させた。

この証人尋問は、最後はあわただしく終了した。しかし、私は張民憲に対する心配が増えてしまった。彼は、ときどき勤務中に居眠りをしたり、いつも正面玄関の外の花園でタバコを吸ったりしていたとはいえ、マンション地区のために尽力しているほうだった。定時に夜間パトロールを二回行ない、マンションの正面玄関に誰かが入ってくるのが見えると注意を払い、一部の警備員のようにいつも携帯ばかり見て、頭をカウンターに沈めて顔が見えないのとは違っていた。彼はあとで私に、法廷で激昂したのは、彼の妻にも同様のことが起こったからだと言った。妻は乗り越えたが、彼はそれができず、心にずっとわだかまりが残って、結局離婚してしまったそうだ。

「俺はレイプ犯が心底憎い」。張民憲は法廷を離れる前にもう一度大声で言った、「裁判官殿、どうか恐竜*にはならないでください」

◆

* 人間味のない裁判官を批判する言葉。

この世で、私たちは悪人を心底憎み、暴力をふるう者、詐欺師、破廉恥な輩を憎悪する。しかしこれらの人を摘発したければ、教会に行って祈るのではなく、必ず法律の手続きを通し、科学を通して事件を処理しなければならず、そのうえ証人や証言が必要になる。しかし、証人が必ずしも証人席に座って、暴力をふるう者、詐欺師、破廉恥な輩を名指しで証言してくれるとは限らない。せいぜい映画館でスクリーンの中の悪人に天罰が下るのを見たいと思うだけなのだ。

私は三人目の証人になった。たとえ隔離室にいても、心はやはり苦しかった。まず私がいる空間を説明しなければならないが、それは法壇の左側にある、ガラスカーテンウォールの部屋で、もっぱら性的暴行訴訟のために使われる法廷の施設だ。ガラスはマジックミラーになっていて、私は法廷の現場を見ることができるが、向こう側から私は見えない。裁判官はテーブルの前のモニターを通して私の様子が見えた。証言が始まろうとしていたが、私は数秒間頭の中が真っ白になり、隣に座っている祖母が私の手をきつく握ってくれたので、ようやく裁判官が私にこう尋ねているのが聞こえてきた。被告人がこの場にいますが、あなたの自由陳述に影響がありますか？

私は首を振った。

裁判長はモニターの中の私を見ながら、「法廷の現場は録音しています。あなたが頷けば、はい、と言ったことに、首を振れば、いいえ、と言ったことにします」と言った。

「大丈夫です」。私がマイクに向かって話すと、変声システムになっているので、やや沈んだ声に聞こえた。

「もし途中で気分が悪くなったり、何か思うことがあればなんでも、随時私に言ってください。

準備ができたら、弁護人が主尋問を行ないます」

弁護士は二人いて、廖景紹が大金を積んで雇ったのだ。法壇に近いところにいる口ひげの弁護士は、先の二つの尋問を行なった。今回はもう一人のマスクをした男に交代した。マスクの弁護士はちょっと咳をしてから、周辺の小さな問題を尋ねてきたので、私はよく考えてから答えた。案件を担当している書記官から事前に教えてもらったのだが、弁護士と検察官の「公判前整理手続」での主張は、前者は無罪の一夜限りの情交とみなし、後者は「三年以上十年以下の有期懲役に処する、抗拒不能に乗じて性交等をした罪」で起訴する、というものだった。この情報は私の心にフィルターをかけた。一夜限りの情交の落とし穴に突き落とされるのを避けなければならず、法廷では相手方の質問をじっくり考える必要があった。

「事件発生の当日、誰があなたを抱えてマンションに入ったか、あなたはまだ覚えていますか？」マスクの弁護士が質問した。

「わかりません、私は酔っていました」

「黄莉樺さん、その日のマンションの警備員は誰だったか、あなたはまだ覚えていますか？」

「わかりません」

「つまり、あなたは自分に何が起こったのかわからないのですね？」

「私は誰かに抱きかかえられて家に帰ったような気がします。それからソファーに横になり、体が自分のものではないような気がしました。それから誰かが私のスカートをめくり、私に性的暴行をしましたが、まるで夢のようで、抵抗するすべがありませんでした」

「つまり、あなたはそのような状況下で、誰があなたといわゆる性的暴行の行為をしたのか、確定するすべがないのですね？　警備員の張民憲のほうなら、あなたは確定できますか？」

「異議あり」。検察官が尋問を遮った。

「理由を言いなさい」と裁判長が言った。

「弁護人は一度に二つの質問をして、そのうえ被害者の真実の状況を誤誘導しています」

裁判長は裁定した。「告訴人黄莉樺と被告人廖景紹の間に、性行為が発生したのは、争う余地のない事実です。黄莉樺の膣からすでに証拠を採取しており、かつ被告人も性行為を認めています。弁護人はここでいたずらに長引かせてはいけません、質問を訂正しなさい」

「質問を変えます」、マスクの弁護士はうなずいて言った、「整理しますと、黄莉樺さん、あなたはいつ車を下りてマンションの玄関扉まで行き、誰があなたを抱きかかえてエレベーターに乗って、最後に家の玄関に入ったのか、この一連の過程を、どれも思い出せないのですね？」

「そうです」

「誰かがあなたに対していわゆる性的暴行なるものを起こした、これもはっきりしないと？」

「そうです」。私は少し戸惑った。

マスクの弁護士はちょっと話すのをやめて、メガネの奥のあの細くて小さな目で、私の方を見た。マジックミラーに隔てられているので、彼は何も見ることはできないが、私は見抜かれたようで恐ろしかった。彼は振り向いて口髭の弁護士が手渡した指示メモを受け取ると、ちょっと咳をして、再度質問をした。「黄莉樺さん、あなたは私の被告人の廖景紹さんがあなたに好意を持っているのを知っていますか？」

「知っています」

「あなたは覚えていますか、廖景紹さんが幼稚園バスにあなたを乗せて帰宅する途中で、車を運転しながら、右手をあなたの手の上に置いた、このことをあなたは覚えていますか？」

以前にも、廖景紹がスポーツカーを運転しているとき、手を私の手の上に置いたので、手を引っこめて離したのを思い出した。でもあの日は、そうしなかった。彼が私を撫でたのを覚えているが、酔っていて手をひっこめる力がなかった。「覚えています」

「あなたは手を引っこめなかった、これは何を示していますか？」

「私は酔っていて、あまり動けなかったのです」

「ではあなたは、私の被告人が車の中で、あなたのことを好きだと言ったことは覚えていますか？」

「はい」。私は彼が言ったのを覚えていた。

「では彼があなたの顔を撫でたのは、覚えていますか？」

「はい」

「あなたは彼を拒みましたか？」

「いいえ」

「理由は？」

「酔っていて、反応する力がなく、拒絶しようとしましたが力が出ませんでした」

「しかしあなたは覚えている、そうですか？」

「はい」

「ということは、私が整理してみます」。マスク弁護士はさらに猛烈な攻勢をかけてきた、「帰宅途中、あなたは廖景紹とのやり取りを覚えている、たとえば、彼はあなたの手を撫でたが、あなたは拒絶しなかった。彼はあなたの顔を撫でたが、これも拒否しなかった。しかしマンションに着くと、あなたはあまりはっきりしなくなった？」

「そうです」

「それで、私の被告人があなたを送ってマンションを上り、あなたに言い寄ったことは、覚えていますか？」

「わかりません」

「だから、私の被告人が、あなたと性行為をしたとき、あなたはそれを夢だと感じた？」

「そうです」

「あなたは拒絶しましたか？」

「しました、やめてと言ったのを覚えています。私は取調室でも調書でもそう話しています」

「よく考えてください、なぜならあなたはマンションに入った後、酔って人事不省になったと言っているのですよ」。マスクの弁護士は鋭い口調で質問した。「あなたはその後のことはすべて忘れたのに、どうしてやめてと言ったのは覚えているのですか。つまり言ってないのでは？　それともわからないのですか？　あるいは忘れたのですか？」

「異議あり、弁護人は証人に嫌がらせをしており、そのうえ誘導尋問をしています」と検察官が言った。

弁護人は言い方を裁判長に正され、質問も訂正するよう求められて、ようやく言った。「あなたはいわゆる性的暴行を受けているとき、やめてと確実に言いましたか？」

「忘れました」

「書記官、調書に明記してください」、マスクの弁護士はマスクを下げると、法壇上で黒い法服を着て終始快いスピードで文字入力をしている書記官に冷ややかに言った。「告訴人の黄莉樺さんは彼女が考えるところの性的暴行に直面して、反抗したかどうか『忘れてしまい』、『やめて』とは言っていない」

私は気づいた、落とし穴に落ちたのだと。

◆

次は検察官の反対尋問に換わり、彼女が質問した。

この検察官は女性で、前に取調室で私に尋問した男性の検察官とは違った。私はこのような配慮がうれしかった。女性検察官は私に安心感を与えてくれる。彼女の年齢は四十歳あまり、人あたりが穏やかで、おそらく性的暴行訴訟のために特別に選任されたのだろう。彼女はペンを叩くのをやめ、二人の弁護人を見てから、私に言った。

「黄莉樺さん、あなたは『理想的悪夢』という言葉を聞いたことがありますか？」

「どういうことですか？」

「つまりあなたが悪夢を見ていて、夢の中で人に追いかけられて殺されそうになったり悪鬼に出くわしたりすると、絶えずもがき、絶えず大声を張り上げる、そしてその瞬間に突然目が覚めて、やめてと叫ぶ、これを『理想的悪夢』と呼びます、聞いたことがありますか？」

「いいえ」

「他に『非理想的悪夢』というのもあります。それは悪夢の中でもがいたり、叫んだりしますが、しかし目を覚ますことができない。悪夢の中に閉じこめられているのは、つまり目を覚ますことができないということでしょうか?」検察官は続けて質問した。

「異議あり」。マスクの弁護人が叫んで、「検察側の質問は本件とは無関係です」と言った。

裁判長は少し考えてから言った。「検察側はこのような質問をする目的について説明してください、私は聞いてみたいと思います」

「被害者は性的暴行の過程について完全に忘れたわけではなく、残存する記憶があるのですが、記憶がぼんやりとしています」。検察官はまたペンをちょっと叩いて、「黄莉樺さんは自分の性的暴行の過程を陳述するとき、何度か夢に言及しましたので、事件発生当日の彼女の記憶までさかのぼるために、彼女に一つ一つ照合して確認をしているのです」と言った。

「異議を却下します、検察官は引き続き質問を続けてください」。裁判長が言った。検察官は質問に戻り、「黄莉樺さん、『非理想的悪夢』というのは、悪夢の中でもがいて叫ぶのですが、目を覚ますことができない。悪夢の中に閉じこめられているのは目を覚ますことができないということです、わかりますか?」

「その意味はわかります」

「私があなたの考えを整理しましょう。事件発生当時、被告人の廖景紹はあなたに性的暴行をした。あなたは目を覚ますことができなかったが、自分が悪夢を見ていると感じた、そうですか?」

「そうです」

「あなたのさきほどの陳述によれば、あなたはマンションのホールに入ったあと、意識はすでにはっきりしなくなっていた？」

「その通りです」

「しかし性的暴行を受けたときの悪夢はまだ覚えている？」

「ぼんやりと覚えています」

「申し上げます、調書A１０５号の事件発生現場の写真を提示してください、被害者の記憶を呼び覚ましたいと思います」。検察官が言い終わると、書記官がパソコンの中の保存書類を立ち上げた。

その瞬間、我が家のリビングの写真がスクリーンにあらわれ、それにレイプされたときのソファーも映し出された。この写真はほとんどスクリーン全体を占め、とても明るくて、我が家の階下のネオンの看板のようだった。撮影時間は夜中で、当時の状況に合っている。光線はぼんやりとして、窓の外からネオンの明かりが差しこんでいる。私はリビングの壁に映ったネオンの幻影と、さまざまなガラスの反射光を見ることができた。その場所に、三カ月帰っていない。ずいぶん長い時間が経っていたが、それほどのなつかしさはなく、むしろそこにはあまりに多くの記憶と、心の傷があった。

「悪夢の内容は何ですか？」

「私は絶えずもがきましたが、どうしても目が覚めず、目を覚ますことができませんでした」

「あなたは夢の中でやめてと叫びましたか？」

「はい、数回やめてと叫びました」

「叫んだ声は、被告人には聞こえましたか？」

「私には断定するすべがありません」

「では意識が戻ったあと、何を発見しましたか？」

「廖景紹の姿はありませんでしたが、スカートがめくりあげられ、下着が脱がされていました」

「あなたはどんな感じがしましたか？」

「私は自分がレイプされたとわかりました、それに涙が出てきました」

「したがって、私は再度あなたの意志を確認する必要があります。黄莉樺さん、つまりあなたは廖景紹があなたと性行為をすることに同意していなかった、そうですか？」

「はい」

「わかりました、裁判長、私からの質問は終わります」。検察官はペンを叩き続けた。

◆

弁護人は二回目の尋問——二巡目の主尋問を行なった。私は法廷を観察して、ようやく、このゲームは双方の二巡の質問を経由するものだとわかった。口ひげの弁護士はわりと若くて、口ひげは物の役に立たず、私に尋問はしなかったが、随時指示メモをマスクの弁護士に渡して、彼の攻勢をさらに鋭いものにしていた。マスクの弁護士は数回咳をして、私にいくつか質問をしたあと、こう言った。
「黄莉樺さん、私が整理しましょう、あなたがいわゆる性的暴行に遭ったあと、また一つあなたの祖母が現場にいる夢を見て、それでようやく母親に電話をした、そうですか?」

「間違いありません」

「あなたの母親が帰ってきたあと、何が起こりましたか?」

「廖景紹に電話をしました」

「彼女が廖景紹と何を話したか、あなたは覚えていますか?」

「母は言いました、私の娘にひどいことをしていいわけがないと。廖景紹はずっと笑うばかりで、それは誤解だと言っていましたが、声は少し震えていました」

「廖景紹は電話で何と言いましたか?」

「私を愛していると言いました」

「それ以外に、ほかのことを言いましたか?」

「廖景紹は、根も葉もないことを言うなと言いました」

マスクの弁護士はちょっとうなずいて、口ひげの弁護士が渡した指示メモを受け取ると、法廷に一枚の重要な証拠物を提示して、それをボードに投影するよう求めた。それは和解書で、母の筆跡によって、次のように書かれていた。「小緑豆幼稚園園長邱秀琴は新台湾ドル三百万元を支払うことに同意し」、「黄莉樺の廖景紹に対する刑事告訴」を取り消す、口約束では証拠にならないため、とくにこれを作成して証拠とする。

「黄莉樺さん、あなたはこの和解書の存在を知っていますか?」

「知っています」。私は確かに知っていた。見たことはなかったが、母が以前たびたび電話をしてきたことがあり、それはまさにこの和解書についてだった。

「私に答えていただきたいのですが、四行目に書かれている刑事告訴とは、何ですか？」

「私の性的暴行事件です」

「性的暴行事件は『非親告罪』で、告訴人は訴訟を撤回することはできません、つまりあなたは訴訟を取り消すことができないのを知っていますか？」

「知っています」

「ではうかがいますが、どうやって取り消すのですか？」

「知りません」

「あなたはたった今この和解書の存在を知っていたと答えた、なのにどうしていわゆる性的暴行事件を『取り消す』方法を知らないのですか。あなたは知らないのですか、それとも忘れたのですか？」

「忘れました」

「申し上げます、調書に書き留めていただくようお願いします。黄莉樺は和解書の『強制性交罪を撤回する』方法について、忘れたのであって、『知らない』のではないと」

私は「忘れた」と「知らない」の違いを判別できる。前者は発生したことの記憶があいまいであること、後者はこのことを知らないということだ。事実、私は忘れてはいなかったが、自分に有利な回答を選択したのだ。母は前に何度もショートメッセージをよこしてきたが、それはゴキブリの大群より恐ろしかった。どうやって告訴を取り下げるかというと、『強制性交罪』で告訴したあと、たとえ検察側がとった被告人の調書に証拠能力があっても、私が法廷に出頭して確認しなければ、目撃者もいないので、廖景紹はおそらく罪に問われることはないだろうというものだった。

「黄莉樺さん、この三百万元という数は、どうやって出てきたのか知ってますか？」

「知りません」

マスクの弁護士が振り返って、裁判長に言った、「証拠物Ｄ２０１の録音の提示を求めます。法廷で流して、黄莉樺さんの記憶を呼び覚ましたいと思います。録音の出所は私の被告人廖景紹の母親の携帯で、彼女は業務上の必要から、携帯でのやり取りをすべて録音しています」

法廷で流された保存記録は、私が幼稚園にいた最後の日に、園長の携帯を使って母と話した内容だった。母は私に、「大事は小事にくい止め、小事はなかったことにする」よう求めた。私は母の軟弱さをあざ笑い、彼女に要求を大きくするよう勧め、条件交渉をやるなら、園長に返り咲くのがいい、財務担当じゃダメだと言った。録音記録の放送が終わると、マスクの弁護士は私に録音の信憑性を確認し、偽造かどうかを尋ねた。私はすべてほんとうのことだと答えた。

「黄莉樺さん、あなたは今思い出しましたね、この三百万元はどうやって出てきたのですか？」

「私が提案しました」

「これはあなたがいわゆる性的暴行を受けたあと、園長に提示した条件ですか？」

「そういうことではありません。あのとき私は母に対してとても腹を立てていました。彼女は性的暴行を切り札とみなして、園長と話をつけ、自分が幼稚園の仕事に戻る条件にしました。母は以前幼稚園の財務長でしたが、のちに無理やり追い出されたので、ずっと誰かの悪だくみによって離職を余儀なくされたと思っているのです」

「あなたは、『はい』か『いいえ』だけ答えてください。もう一度尋ねますが、この三百万の和解金はあなたが提案したのですか？」

「はい」

「あなたはさらに園長に離職するよう要求した、そうですか？」

「はい」

「黄莉樺さん、あなたが三百万元の和解金と園長の離職を要求したのは、いずれもいわゆる性的暴行のあとに、提案したのですね？」

「はい、しかしそれはあなたが考えているようなことではありません」

「あなたは私がどう考えているか言うことができますか？」

「異議あり」。検察官が慌てて遮り、これは私に事実と合致しない推量を求めるものだとみなしたが、マスクの弁護士は以上で質問は終わりだと言った。

私の心にどんよりと靄《もや》がかかった。あれこれ深く推測していると、続く検察官の尋問まで、とても不安になってきて焦りを覚えた。検察官が私を不利な方向へ導くというのではなくて、マスクの弁護士が掘った泥沼に自分が落ちて渦を巻いて回っており、這い出せなくなったと感じたのだ。

証人尋問が終わり、裁判官が廖景紹に陳述の機会を与えた。この不吉な予感を、廖景紹が口にした。

廖景紹は被告人席に座っていた。シンプルな服装をして、地味な眼鏡をかけており、日ごろ着ている、異性を惹きつけるフェロモンをまき散らしているような流行の服とは違った。彼はずっと手をもんで、ほとんど頭を垂れていたが、弁護人が局面を優勢に導いたときだけ、頭を上げて、その無表情な顔を見せた。

今、廖景紹はポケットから一枚の紙を取り出すと、三つ折りにされた紙を開いて、元の形に戻し、原稿を見ながら陳述を読み始めた。「私はあの日の夜のことでつらい思いをしています。もともとお互いの愛情に基づいた合意の性愛であり、情欲に駆られたもの、あるいは愛情の始まりだと思っておりましたが、最後に変調をきたし、被告人となりました。私はどうしてこんなことになったのかわかりません。裁判官殿が私の潔白を取り戻してくださることを望みます」

「そうなの?」私は彼の話を遮った。

廖景紹は私のほうをちらっと見て、話し続けた。「被告人になって、私の生活は暗い影の中に沈みました。母も同じです。私たちの生活はいかんともしがたい状況に陥っています」

「そうなの?」私は口を差しはさみ、懸命に指の爪をむしって、怒りをむしり取った。

「黄莉樺さん、被告人に全部話させなさい！ 遮ってはいけません」。裁判長が私に言った、「今は彼の陳述の時間です、邪魔をしてはいけません」

「私が言いたいのはただ」、廖景紹は原稿から顔を上げ、法壇に向かって言った、「裁判官殿、我が家はこの件のために、一生懸命あの三百万元を用意しました。これは母の幼稚園の仕事を脅かし、私たちはとてもやりきれない日々を送っています。これは『美人局《つつもたせ》』であり、徹頭徹尾誰かが仕組んだ計画的詐欺であると考えます。どうか裁判官殿、私の潔白を取り戻してください」と言った。

「私はそんな人間じゃない」。私は涙を流し、心は怒りでいっぱいになった。私は彼が言うように性を使って誘惑をする詐欺師ではない、少なくともこの点は疑いの余地はない。しかしこの時点で私は何の弁明も許されず、ただ涙だけが、まるでとめどなく話をしているように流れ出て、どうしても止めることができなかった。

廖景紹は言い終わると、しっかり準備してきた原稿をまた三つ折りにして、ポケットにしまい、それから裁判長に正義を守ってくださいと懇願した。

裁判長はさほど感情を見せずに、うなずいて言った。「被告人廖景紹が陳述した詐欺に関しては、本案件の審議の範囲ではありません。しかし私はあなたに告訴するかどうかを示唆しているのではありませんが、自分自身の権利と義務を知るために、あとで法律がわかる人に相談するよう望みます」

「でたらめよ」。私は大声で怒鳴った、「人をバカにするにもほどがあるわ」

法廷はしんと静まり返った。だが、みんなが振り向いて隔離室を見たくらいで、それほど大きな動きはなかった。

私は涙で訴えた。力の限り泣いて、呼吸も苦しくなり、泣き声が変声装置付きのマイクを通して伝わっていった。私は心底つらくて、まるで裁判所に来たばかりのときに見かけたあの取調室から出てきた少女のようだった。彼女は中庭に立って、人目をはばかることなく大泣きしていた。人前で涙を流すのも気にならないくらい何かにつかまれて痛い思いをしたのだ。それは絶対に真理と正義がこちらの側にあると思っていたのに、誰かが暴力でひったくり、向こうの側に拉致していったからに違いなかった。嘘は真理にはなれない、でも嘘は法律を通して真理を打ち負かすことができる。

私があんまり悲しそうに泣くので、裁判長はお手上げで、みんなも手をつかねてなす術がなく、私が自分で涙を流し尽くすまで待っていた。このとき、隣に座っていた祖母が立ち上がって、私の髪を撫でた。彼女は静かに撫でて、手を私の髪の中に差し入れると、髪の毛をぜんぶ梳いてから私の首に持っていった。その手はクマノミみたいで、私が子どものころいちばん好きだったアニメ映画『ファインディング・ニモ』に登場するキャラクターの「ニモ」を真似ていた。私が泣くたびに、「ニモ」の手がたくさんの髪の根元を泳ぎ回って耳までやってきて、そっと耳たぶを撫でてくれた。前回誰かがこうやって私と遊んだのは二十年前になる。あのとき、私はたぶん九歳くらいで、祖母が遊びながら、私にこう言った、「ニモ」はとうとう自分の家を見つけたね、耳が「ニモ」の家。家に着くとつらい涙をイソギンチャクの触毛にかけておくんだよ、と。

昔、私はこうやって撫でられるとすぐに泣き止んだ。今日の私もそうで、気持ちが次第に落ち着いてきた。しかし、私の涙を完全に中断させたのは、祖母が裁判長にこう言ったからだった。「裁判官殿、私は証人になることができます。孫娘がひどい目に遭ったとき、やめてと言ったのを証明します」

この言葉がまるで稲妻のように、漆黒の荒野に落ちた。私にとっては光が見え、みんなにとっては耳をつんざく雷鳴が出現して、祖母は法廷の焦点になった。続く五秒間、法廷からいかなる音も消えた。裁判長がとうとう口を開いた。彼女が話をすべきであり、それでようやく膠着状態を打破できる。裁判長は祖母に尋ねた、当時確かに現場にいたのですか？　確かに「やめて」と言うのを聞いたのですか？

「はい、聞きました」、祖母はうなずいて大きな声で言った、「私は法廷録音があるのを知っています、たった今私が答えた声は録音されてますか？」

法廷はまた静かになった。

数秒後、裁判長が言った。「あなたは黄莉樺さんの法廷付添人ですので、意見を述べることができます」

祖母は請纓《従軍を志願》し、悲しみに暮れる孫娘のために戦場に出ることを望んだのだ。彼女は言った、

「私は証人席に座って、あの日の経緯を話したいと思います」

現場は騒然となったが、その騒々しさは口から出た音というより、むしろ心のざわつきだった。

検察官が口をはさんで、祖母を臨時の証人として召喚することを希望する、彼女が局面を打開するだろうと言った。マスクの弁護士は廖景紹の目に一筋のあがきが浮かんだのを見てとり、祖母が証人になるのに反対した。なぜならこれは原告と被告人双方が公判前整理手続で手配した尋問の証人ではないからで、次回の開廷期日に呼ぶことを提案した。

裁判長は考えこみ、臨時の証人を召喚することについて、双方にさらに意見を述べるように要請した。そのあと三人の裁判官は小声で話し合って、祖母を召喚して証人席に座らせることを決定し、もし弁護人がこの対応に不服ならば、事後に行政救済を提起してよいことにした。二人の弁護士は、ふうと息を深く吐く音をさせて、無言の抗議をした。

祖母は隔離室を出ると、通訳に案内されて、特殊な通路を通って法廷に入り、願い通り証人席に座って、検察官の主尋問を受けた。性的暴行時刻の証言が、尋問の重点であったが、やはり周辺からゆっくりと質問をしていき、少しずつ鍵となる時刻に近づいていった。

「あなたは黄莉樺さんが十歳のときに、彼女のもとを離れたのですね？」

「そうです、私の息子が自殺して間もなくです。それは私の一生で最大の打撃でした。息子の自

殺は嫁の浮気が原因でした。私はこのことを知ったあと、嫁と孫娘のところを去りました」

「あなたは家を出てから、黄莉樺さんとはずっと会っていなかったのですか？」

「いいえ、会ったことがあります。ただ彼女は私が会いに行ったことを知りません、こっそり会いに行ったからです」

「どうしてこっそり会いに行ったのですか？」

「家を出るとき、彼女に約束したのです、毎年一度会いに行くと。彼女はこのことを忘れてしまったようです。なぜなら少しあわただしかったからです。でも私は忘れませんでした」

「どうやってこっそり会いに行ったのですか？」

「こうです、私は毎年十月八日に会いに行きました」。祖母は、この日が私と別れた日なので、この日に私のもとに戻ったのだと言った。私が小学校、中学校、高校、そしてよその土地の大学で学んでいるときまで、彼女はその日にやってきて、遠くから私を眺め、樹の下でバスを待っていたり同級生と楽しそうに話したりするのを見つめた。私が高校生のとき、十月八日のその日は台風休暇になったので、ＳＯＧＯデパートに急行して中をぶらついていた。そのとき私たちは最も近距離で接触し、曲がり角でぶつかったのを彼女は覚えていた。私は振り返って詫びを言ったが、彼女は何も答えずに満足して立ち去った。私はこれらの再会した日々を覚えていなかったし、誰かが遠くから私を見つめていたことも、誰かがこんなに誠心誠意見守ってくれていたことも知らなかった。今それを聞いて、胸が温かいもので満たされ、たった今法廷で過失を非難されて落ちこんでいた気持ちが、しばらく姿を隠した。

「あなたは事件が起こる三日前に、黄莉樺さんが住んでいる所に戻ったのですね？」

「そうです、私はこっそり戻りました」

「つまりその三日間、彼女は気づかなかったのですか？」

「彼女は私に気づいていなかったと思います。私はこっそり戻って、彼女たちが夜寝ているか昼間外出しているときだけ、出て体を動かしましたので。あるとき、私は椅子を移動させて、莉樺のベッドのそばに座り、寝姿を静かに見ていたこともあります」

「あなたが戻った目的は、やはり黄莉樺さんに会うためですか？」

「私は癌を患ったので、それで彼女にさようならを言いに帰ったのです。死には責任があります。その責任は自分が深く愛する人に別れを告げることです」

「死の責任とは、償いですか？」

「死の責任は償いではなく、愛することです」。祖母は言い止めて、隔離室の方を見ながら、「私はただ彼女に、愛とは一生でいちばんしっかりとつかむべきものだと伝えたかったのです。でもあなたは偽りの愛のナイフを握ったことを知らず、深く傷ついている。真実の愛をつかんでいるのにさびついているのでそれがわからない。つまり、豊かな心を持っている人こそが、ナイフを握って傷ついた後、それでもなお、次もまた誰かと握手をして縁を結ぼうと望むのです」

「これが死の責任ですか？」

「いいえ、これは私がたった今彼女のそばに座って、彼女が泣くのを見たとき、彼女に話したかったことです」

検察官はまたいくつか尋ねたあと、事件が起こった当日の夜に切りこんで、質問した。「では説明してください、事件が起こったその日、あなたはどこにいましたか？」

「孫娘の黄莉樺の家のリビングです」

「何を見ましたか？」

「私は見ていませんが、黄莉樺が『やめて』と言ったのを聞きました。彼女は数回『やめて』と言いました」。祖母の口調はきっぱりとしていた。「どうか裁判官殿、私が話したこの言葉を記録してください」

「ではあなたはそれを聞いてから、事態の発生を阻止しましたか？」

「しました、私は家具を揺らして、音をたてました」。祖母はゆっくりと話して、考えが乱れないようにした。「家具が揺れたので、廖景紹は驚いたはずです、そのあと逃げて行きました」

「つまり、あなたは被害者黄莉樺が、意識がはっきりしない状態のなかで、やめてと言ったのを自ら聞いたと断言している。そのうえ、あなたは音を立てて、廖景紹の行為を阻止した。私がこう述べたことに、間違いはありますか？」

「ありません」

「わかりました、私からの質問は終わります」、検察官は言った。

◆

祖母の証言は、廖景紹に閃光弾《フラッシュバン》を一発くらわした。彼は眉根を寄せ、歯をかみしめて、緊張した心に対処していた。きっと廖景紹の記憶が私を犯したあの夜に戻り、リビングの家具がいかに神秘的に振動したかを思い出したに違いない。彼は今わかったのだ、それは祖母の警告だったのだと。

このとき、廖景紹の心の中で弔いの鐘が鳴り響き、犯罪の尻尾をつかまれた。彼は被告人席に座って、何度も弁護士に視線を送り、何か言いたげだった。しかしその哀れな視線だけで心中の恐怖をどうして言い尽くすことができよう。彼は大胆に席を離れると、身をかがめてマスクの弁護士に近づいて行き、二言三言話をしていたが、裁判長から警告を受けてようやく席に戻った。この場面は私に希望の火を燃やし、谷底に突き落とされた気分が上向きに変わった。

二人の弁護士は少し突っこんだ話をしていたが、表情は厳しかった。マスクの弁護士が深々と呼吸をすると、鼻の穴から出た息がマスクに遮られて、メガネのレンズが白く曇り、まるで泥沼に落ちて方向を見失ったかのようだった。それから、彼はマスクを取り、頭が切れそうな眼光をあらわして、祖母に対して尋問を始めた。

「あなたはたった今こう言いました、事件発生時、あなたはリビングにいて、黄莉樺さんがやめてと言うのを聞き、かつ家具をゆすって音を出し、いわゆる性的暴行事件を阻止した、そうですね？」

「そうです」

「では、そのことが起きたときあなたはリビングのどの位置にいたか説明してください」

「リビングの箱の中です」。祖母は数秒沈黙してからようやく言った。

「箱の中？」マスクの弁護士はまた息を吐いて、小さな目で相手を見た。「その箱の大きさを説明してください」

「木の箱で、伝統的な旅行用トランクです」

「大きさは？」

「横約四十センチ、縦約七十センチ、高さ約四十センチです」

「つまり、あなたはそのとき横約四十センチ、縦七十センチ、高さ四十センチの箱の中にいた。あなたがその箱の中にいたのは確かですね？」

「間違いありません」

「申し上げます、調書に明記してくださるようお願いします」、マスクの弁護士は書記官に向かってこう言うと、「証人黄莉樺の祖母が小さな箱の中に隠れることができるというのは、常人の言とはかけ離れており、彼女の証言は証拠能力がありません」と述べた。

「ほんとうです、箱の中に入ることができます、私は軟骨功《なんこっこう》[*1]を修得しています」。祖母はきっぱりと言った。

「法廷で偽証すると七年以下の懲役で、『易科罰金[*2]』は適用されません。私はあなたの陳述は虚偽不実にあたり、当事者の一方に加担しているとみなします」

「異議あり」。検察官はマスクの弁護士の見解が主観的過ぎるとみなした。

こうして、法廷は弁論の場となり、裁判長は弁護士と検察官に祖母の証言の証拠能力について論述するよう要求した。これは規定の手続きに基づいて進行しているに過ぎなかったが、私は裁判長の目がきらりと光り、祖母の荒唐無稽な証言に対して好ましくない心証を持ったのを感じ取

＊1　気功の一種で縮骨功とも呼ばれる、骨の関節の隙間を縮めて身体を小さく折り畳む技。
＊2　罰金や科料を納めれば刑に服さなくてよいこと。

った。検察官も非常にこじつけの弁護をして、弁護士が提出した「証人は精神的な幻聴幻覚状態にあるのではないか」という疑義に対して立場が揺らいでいた。でも私は祖母の言うことを固く信じていた。彼女はほんとうに縮骨功《しゅくこつこう》の技を修得しており、箱の中に入ることができるのだ。しかしみんなを説得するすべがなかった。

重要な時が来た。もし裁判長が異議不成立とみなせば、間接的に祖母の証言に問題があると裁定したことになり、もし異議が成立すれば――祖母が特殊な職能を有していることを認めることになるのだが――この答えは天に上るより難しかった。みんなが疑いの表情を満面に浮かべているのが見えた。まるでエスキモーと砂漠について議論するようなめずらしい光景だとでもいうように。

「ちょっと待ってください」。祖母が口をはさんだ、「私はこの場で、どのようにやったか、実演できます」

「構いません、私も知りたいと思います」。裁判長はすぐに応じ、そのあと書記官に命じた。「裁判所職員に箱を持って来させなさい。横のドアを出て通路の突き当りに二段の書架があります、形状がだいたい証人が言っているのと似ていますから、それを運んでくればいいでしょう」

しばらくして、法壇の横の裁判官専用のドアが開き、二人の裁判所職員が書架を運んできた。それは床置きの書架で、おそらく法律関係の書籍を置くか、ポトスのような育てやすい植物を置いたりするのに使われているのだろう、書架の上部に丸い花瓶の水の痕が残っていた。書架は証人席の前に置かれ、濃い褐色で、蛍光灯の明かりを受けて光っていた。裁判長が法警に巻き尺で箱のサイズを測らせると、祖母の陳述に近かった。祖母もこの木箱が彼女の求めるものとちょうど符合すると思った。

「実演していいですか?」祖母が言った。

「あなたの準備ができたのなら、いいですよ、どうぞ」。裁判長が立ち上がって見たので、法廷にいる全員も立ち上がって、祖母の実演を見た。祖母は数回深呼吸をして、靴を脱ぎ、体をほぐした。彼女が地面に胡坐をかいて座り、足の筋肉を引っ張り、腕を肩の後ろに回して腰に当てると、首がフクロウのように後ろにほぼ百八十度回転した。体全体が極度に柔らかくなって、筋骨が大幅に鍛錬された。みんなはそれを見て不思議そうな顔をした。その後、祖母の両足が書架に入り、しゃがんでから、体をゆっくり動かして、自分の体の体積の四分の一の空間に自分が収まるかどうか試し、次に脛《すね》の部分を奇妙な曲線を描いて曲げ、太ももも同様にすると、下半身が押し付けられたように縮小して、ぴったりと本箱の空間に張り付いた。これはみんなが見た最も不思議な実演だった。

みんなは祖母を見ながら、これはいったい何の技だろうかと考えた。ほとんど下半身を液状の肉体に変えて、本棚の中に流しこむという、水の表面張力のような技だった。廖景紹はそれを見ると胸が震え、両手を汗が出るほど絞った。この実演が彼の運命を決定づけた。

突然、祖母が咳をしはじめた。上半身を箱の中に押しこめるときに、肺の部分の腫瘍が呼吸を圧迫して、たえず咳が出はじめたのだ。咳がますますひどくなり、涙が出てきたので、彼女は仕方なく箱から立ち上がって、裁判長に言った。「ちょっと息を整えたいのですが、いいですか?」

「もう一度やり直しても構いませんよ」

「上着とズボンを脱いでいいですか? こうすれば実演しやすいのです」

「あなたは前回箱に入ったとき、服を着ていましたか?」裁判長が尋ねた。

「着ていました。でも今回はもう少しうまくやりたいと思うのです」。祖母が自分から上着とズボンを脱いで、皮膚のたるんだ一人の女が法廷の中央に立った。彼女の体には腫れものの痕があり、胸の前にはいくつかピンク色の痣《あざ》があり、尻はさながら箸で挟んだときに破れた湯包《タンパオ》*のようだった。足には静脈瘤があり、さらに伝統的な市場で買ったらしい安物の肌色のブラジャーと下着が見えた。彼女は体を束縛している物をすべて脱いだが、何ものをも恐れず、まさに自分の証言と孫娘のために戦っていた。

「それに、ブラジャーを取りたいのです、こうすれば呼吸が楽になります」と祖母が言った。

「あなたは前回箱に入ったときに、ブラジャーをつけていましたか?」

「裁判官殿、つけていました」。祖母はすでに手を後ろに回して、ブラジャーのホックを外し、「でも今回はこうしなければなりません、少し息切れがするのです」と言った。

祖母は、頭は藍紫色の短髪で、乳房は垂れ、股の部分には贅肉がついていた。十数組の目に見つめられて、まるで重税を減免するために裸で馬に乗って街を行進したゴディバ夫人のようだった。裸を衆目にさらす、この関門は絶対に地獄の審判より簡単ではない。彼女はもう一度深呼吸をして、咳をしばらく鎮め、主イエスと菩薩のご加護を祈ってから、箱に立って入った。だが今回、彼女が脛を曲げようとしたとき、もはや順調に進めることはできず、顔がさらに苦痛でゆがんだ。まるで足を力いっぱい叩かれたような表情だった。何が起こったのかわからないが、祖母の軟骨功が効力を失い、脛がうまく曲がらないのだ。

祖母はもう一度深呼吸をして、咳をこらえ、それから強く下へ圧力をかけた。脛からぽきんと澄んだ断裂音がして、軟骨功の力をもう一度発揮させた。

私はびっくりして、ガラスのカーテンを叩き、「阿婆《アポー》」と叫んだ。

「大丈夫」、祖母は痛みをこらえて顔を上げ、「これはよくあること、まったく正常です」

「何か裂ける音がしたみたいですが、大丈夫ですか？」裁判長が尋ねた。

「大丈夫です、続けられます」。祖母はそう言うと、太ももを箱の中に縮めて入れようとした。しかし顔に浮かんだ苦痛が完全に彼女の皺を覆い、ひいては目も鼻も覆ってしまい、体は汗びっしょりだった。私は祖母のことがとても心配だったが、彼女は苦痛の中から微笑みを絞り出して、みんなを寄せつけなかった。

その後、彼女の太ももから断裂音がして、折れた角があらわれた。その曲がり具合はぎょっとするほど恐ろしく、硬い物体が太ももの皮膚を内側から突っ張っているのが見えた。それは軟骨功ではなく、骨折だった。私は慌てた。目に涙がたまり、ひたすら大声で叫んで、マイクを通して、静かに鑑賞しているみんなを現実に引き戻した。私は隔離室を飛び出して、法廷の方角へ走った。祖母が再び自分を箱の中に押しこめるのを止めなくてはならない。

裁判長が法壇の下の非常ベルを鳴らしたので、地方裁判所の正門の脇にある警備室に緊急ベルの音が響いた。数名の法警が警棒を持って、廊下を走りながら大声で道を避《よ》けるように叫び、革靴が洗い出し仕上げをした床の上で鋭い音を立てた。彼らは法廷に突入すると、私が狂ったように泣きわめいているのが目に入ったので、法廷を妨害しているこの私を逮捕しようとしたが、間

＊ 小籠包よりひと回り大きく、中のスープが多めの点心の一種。

もなくして重点は私ではなく、祖母だと気づいた。

祖母の姿は枯れしぼむ寸前の百合の花のように、肌色の下着は汗で湿り、体は奇妙なカーブを描いて折れ曲がり、本箱の中に沈んでいた。右足が二か所折れていた。彼女は強烈な痛みに耐えながら、涙を流して、懸命に自分を本箱の中に押しこもうとしていた。救急隊員が彼女を担ぎ出すまで、繰り返しこう言った。

「お願いです、もう一度やらせてください、私はできます」

「お願いです、もう一度やらせてください」

「私はほんとうに大丈夫です」

「ほんとうに……」

◆

祖母は右足を二か所骨折した。一か所はふくらはぎの内側の脛骨《けいこつ》と腓骨《ひこつ》、もう一か所は大腿骨だった。医者は閉鎖骨折と診断し、バイタルサインは安定しているので、まず八時間食事を控え、それから手術をすることにした。祖母は全身麻酔を望んだ。その理由は二つあり、一つは半身麻酔は細い針を使って腰椎から投薬するので痛みが強烈だったからで、もう一つは電気ドリルで骨にボルトやプレートを打ちつける鋭い音を聞きたくないから、というものだった。麻酔医師は難色を示して同意せず、祖母が麻酔後に嘔吐して窒息しないよう、鎮静剤を足して気持ちを落ち着かせた。だがあとで祖母が勝った。半身麻酔のあと、血管拡張剤が体熱を過剰に放散したため、全身ががたがた震えだしたのだ。医者は、自分は喉が渇いて死にかけている魚をさばく魚屋ではないと言って、全身麻酔をしてくれた。

「とても長い夢を見てね、あなたの父さんに夢の中で会った」。祖母は回復室から一般の病室に戻ると、私にこう言った、「おかしいったらありゃしない」

「どういう意味？」私は尋ねた。

祖母の足がまた痛み出した。手術した縫合部から骨折箇所にまで痛みが走り、その痛みはおそらく五階から飛び降りて右足で着地したような感じなのだと思う。彼女は眉根をしかめ、手を伸ばして鎮痛剤の点滴のボタンを押した。これは私が自費で購入した一袋五千元の鎮痛剤で、保険適用外の薬だ。まもなく鎮痛剤は効果を発揮し、祖母は少しずつ落ち着いてきて、夢で私の父を見るのは、ずいぶん久しぶりだとようやく言った。夢の中の父はひげが濃かったが、行動は四歳児の知能レベルで、毛糸の編み棒を鍋に突っこんで人に食べさせる下着を煮ていた。祖母はこの夢がひどく変な気がしたが、どこが変なのかはうまく言えず、おそらくスープに塩を加えていないからだろうと思った。そして父の頭が割れてとても深い溝ができているのを見てようやく、「この子はいなくなったのではないんだ」と悟った。そのあと祖母は注意深くこの母と子の再会の夢を守り、下着の料理を食べた。そのひとときはとても美しくとても静かで、唯一交わした会話は息子に鏡を見に浴室に行かないようにと言ったことだった。頭が割れた自分の死に顔を見なくてすむようにと思ったのだ。中年のときに息子を失った苦しみは、いつも強大な力でぐいぐい夢の中に入ってきて、祖母に涙を流させ、数年ごとにこの奇妙な再会のおさらいをしなければならなかった。

この夢のことを、祖母は何度か話したが、なかでも面白いところだけ病気見舞いにきた「死道友」に話して聞かせ、そのたびに、まず鎮痛剤のボタンを押してから話し始めた。そうすれば自分が大笑いしても、足が痛まなくてすむからだ。でも私にはどうも芝居がかっている気がするのだった。祖母の笑い、それに「死道友」の愛想笑いも、少しわざとらしくて、法廷で彼女が失敗した証人尋問の記憶を薄めようとしているみたいに見えた。私がこう言えるのは、祖母とエクボおばさんが二人で話しているところに出くわすたびに、いつも顔を背けて涙を流し、顔をこちらに向けて私に笑いかけるからだった。

眉根を寄せる以外、祖母は一度も骨折した足の痛みを口にしなかった。彼女は大部分の時間をベッドの上で過ごし、小は夜壺《しびん》にして、大のときだけベッドから下りた。ベッドから下りる前にまず鎮痛剤を打ち、薬の効果が消えたころ激痛に襲われてトイレから戻ってきた。私は病院の下にある商店街へ行って、急場をしのぐために大人用の紙おむつを買った。祖母はそれを手に取ると三秒の間ぽかんとした。それは、老人が紙おむつを使うようになったら人生おしまいという表情だったので、私はさらに気まずそうに小を解決するための夜用ナプキンを差し出した。彼女はすぐに笑顔になって、この二つはとても素晴らしいプレゼントだと言った。

数日後、祖母は同じ整形外科の病室にいる他の患者たちと親しく付き合うようになり、傷や欠損の具合を比べては、自分のほうが一本上だねと言った。たとえば、一家三人が全員この病室に入院していたが、なんと父母と子どもが三人前後に重なってバイクに乗っているときに、突然開いた自家用車の後ろドアにぶつかって、三人は五か所も骨折していた。父親は、ベッドに横になって事件を引き起こした運転手に携帯電話をかけ、一方で泣き叫んで痛むふりをしては、一方で和解金を要求していたが、そうでないときは携帯で香港競馬の賭けをしていた。もう一人の塗装工は転んで足の骨を折ったのだが、病院に運ばれたあと痛みが残っているのをものともせずに、毎日最大の力を使うのは石膏ギプスの足を引きずって病院の正面出口までタバコを吸いに行くことだった。

　隣のベッドの八十代の老人男性のことは、ずっと謎だった。いつもうめき声を上げ、夜の就寝時には口から強烈な臭い息を吐いた。看護師がカーテンを開けるときだけ、紙おむつをつけた肉のそげ落ちた尻と、石膏でくるまれた太ももが見えた。

　数日後、祖母は私に微笑んで、言った。「今日は、すこし幸せだよ！」

「どういうこと？」

「彼は今とても罪過《苦しんでいる》」。祖母は目で隣のベッドを示し、もう一度台湾語で言った、「今でもまだ骨をつなぐ手術をしていない、家族が罪過《苦しめている》」

　台湾語の「罪過」に、罪なことという意味のほかに、さらに苦しみを表現できることを、私はすぐには気づかなかった。カーテンで仕切られた老人のうめき声を聞いて、ようやく、この老人の家族がほとんど病院に顔を出さないことに思い至った。二日前、祖母の隣で小さなデッキチェアに寝ながら付き添っていたとき、彼が夜中までうめき通しだったので、同じ病室の足を骨折した父親が怒鳴り声をあげ、塗装工は下にタバコを吸いに出て憂さ晴らしをした。祖母は二回鎮痛剤のボタンを押してから、ベッドを下りて老人のために糞尿まみれの紙おむつを取り替えてやり、ウェットティッシュできれいに拭いて、床擦れになりかけ、痩せて骨と皮になった体を処置してあげた。病室はようやく静かになった。

祖母は私に言った、この老人の足は石膏でくるまれているが、固定しているだけだ。というのも老人の糖尿病は、手術のリスクが高いからだ。そのうえ骨粗しょう症、高血圧などの症状が重なって、家族は手術を望まず、ただ遺産争いに忙しかった。老人の家の暮らし向きはまあまあなのに、家族は便利な自費の鎮痛剤を使おうとせず、雇っている移民労働者の介護師は朝ちょっと老人の世話をしに来るだけですぐに帰ってしまい、終日食堂の仕事にかかりきりだった。

「あのね」、祖母は私に近寄らせてから、小声で言った。「あなたのおばさんに聞いてようやく知ったんだが、このご老人はもうすぐ逝くらしい。彼女が濃い『神の涙』のにおいを嗅いだんだよ。私が無理に聞き出したから教えてくれたけど、縁起が悪いから私が嫌がると思って、言いたくなかったようだ」

「神の涙？」私は一瞬ぽかんとした。

「つまり……」祖母は死ぬ手真似をして、それから言った。「今夜はここに泊まらない方がいい。おばさんが手伝いにきてくれるからね」

夕方になると、移民労働者の介護師が老人のベッドのそばに来たが、ひたすら自分の電話を半時間かけただけで行ってしまい、老人のうめき声を中断させることはなかった。みんなはまたそのうめき声にいらいらさせられて、タバコが吸える者はタバコを吸いに行き、その場に残って電話をかけて罵倒することしかできない者は、ほんとうに電話を投げつけたい気分になった。祖母が鎮痛剤のボタンを二回押してから、ベッドを下りて間仕切りのカーテンを開けると、一体の老いた肉体が見えたが、まるでカビの生えた薄い皮袋の中にクズの骨がいっぱい詰まっているようだった。彼の最も清潔なところはかすかに開いた両目で、目じりの分泌物を祖母がウェットティッシュで拭いてやると、ようやく涙が流れ落ち、目が明るく輝いた。

「あなたは菩薩様が好きですか？　それとも神が好きですか？」祖母は老人が答えないのを見ると、「それなら二人とも一緒に来てもらうことにしますよ」と言った。

老人はそれを聞くと口元に微笑みを浮かべ、目は星空のように輝いた。

祖母は彼の手を握って、阿弥陀仏を千回暗唱し、エクボおばさんは『コリント前書』の「愛の讃歌」を数回心の中で祈った。半時間後、老人は静かになり、血圧が下がり、ベッドサイドモニターのアラームが鳴った。疲れてくたくたの看護師たちは、にわかに緊張して、協力を求めるアナウンスをした。当直医が駆けつけてきて強心剤を打ち、しばらくバタバタしたあと、死亡時刻を宣告して、病人から導尿管と点滴の針やチューブを抜き取った。足を骨折した父親は死亡時刻を予想的中ナンバーとみなし、携帯の画面をスライドさせて香港競馬に賭けていたが、塗装工は相変わらず下でタバコを吸っていた。

翌日、私は退院手続きをした。祖母の唯一の気がかりは鎮痛剤がまだ半分使いきれずに残っていることだったが、隣に新しくやってきた八十代の老婦人に譲ることができた。彼女もまたひどい状態だった。

◆

祖母が退院すると、私たちはレストランに行って大いに食事を楽しんだ。とても素晴らしい食事会だったけれど、私は楽しく食べることができなかった。微笑みを浮かべるのがやっとで、形勢が悪くなっている訴訟のことを思うと、顔にかかった暗い影はさらに濃くなり、みんなが酒の合間にあげる笑い声がとても気まずく感じられた。私はお酒で憂さを晴らすべきだと思った。酒というこの悪魔が私の人生を台無しにしたのだから、もっとたくさん飲んでこの崩壊を加速させるべきだし、もし飲酒運転をしていたなら、あるいはレストランを出たすぐあとに、何も起こらなかったかもしれない。

　事件はプールの家に戻る途中で起きた。辺鄙な交差点にさしかかったとき、前の車が青信号になっても発車せず、二人の男が車から飛び出して、けんかを始めた。私たちは傍観するしかなかった。すると後ろの車の運転手が降りて、私の車のそばまで近づいてきた。窓を隔てて身振り手振りを交え、どうも私に前の車をよけて進むように言っているようだった。よく聞こえるように窓を開けたとき、コルセットおばさんがとつぜん私にアクセルを踏んで急いで逃げるように言った。でも間に合わなかった。もしお酒を飲んでいたなら、きっと猛烈にアクセルを踏んで、前の車をめちゃくちゃに潰すくらいの肝っ玉があっただろうに。

　私にはそれがなく、その男が窓から手を入れてキーをつかみ、車のエンジンを切るのを許してしまった。しばらく緊張と混乱と叫び声が上がる中、私とコルセットおばさんは両側から腕をつかまれて別の車の後部座席に移動させられ、その場を離れた。T3に乗っていた「死道友」もあとから拉致されてきた。なんと交差点でのもめごとは、ぜんぶ芝居だったのだ。

　助手席の男はいつもタバコを吸っているので、ひとまず「タバコの兄貴」と呼ぶことにする。彼は銃を持って、振り返って私を脅し、タバコをくわえたまま訛《なま》りの強い台湾語で言った、「もし慶記《銃弾食らい》を粗たくなかったら、目を閉じろ」。コルセットおばさんが訊いた、鄧麗君《テレサ・テン》は目を閉じれないんだけど。タバコの兄貴は言った、確かにたくさんの死人を見てきたよ、いくら教えても目を閉じるのが覚えられないもんでな。そこでコルセットおばさんはコルセットを緩めて、鄧麗君を彼女のゆったり大きなTシャツの中に押しこみ、沸騰している電気釜のふたのようにがたがた震えた。

車はでこぼこの曲がりくねった道を走っていた。窓の外は荒涼として、周りの景色を味わう間もなく、三階建ての透天厝《連棟式住宅》に着いた。私は車を降ろされ、後ろのT3の「死道友」も同じように降ろされた。この家はひどく怪しげで、一階の室内の板壁はすべて取り払われ、主だった柱だけが残っていた。私たちは二階のリビングに追いやられた。部屋の中は物がすっかり運び出されてがらんとしているので、話し声が少し響く。壁には赤のペンキでいろいろな抗争のスローガンが書かれていて、たとえば、死んでも報復してやるとか、人をなめてかかると、きさまらが息子を生むとき金玉はないと思えとか、さらにとても大きな文字で「恨」の字が書かれていて、室内は高濃度の憎しみが充満していた。壁の隅の丸いカビのしみは、炭火自殺した人の死体から流れ出た水の痕をいやでも想起させた。私たちが小声で話し合って得た結論は、「馬西馬西《マセマセ》」に拉致された、ということだった。祖母は私たちを慰めて、彼らの目的は金だが、私らには金はないから大丈夫だと言った。「死道友」はだからいちばん難しいのだと思った。

夕方になると、ドアが開いて、三人の男が入って来た。先頭の男はいつも檳榔《びんろう》を噛んでいて、口が止まったことがないので、ひとまず「檳榔の兄貴」と呼ぶことにする。車の窓から体を突っこんでエンジンを切った奴だ。檳榔の兄貴は自分が持ってきた椅子に座って、静かに私たちを見ていたが、そばのタバコの兄貴は笑い声を立てていた。入口を見張っている男については、しょっちゅう手を伸ばして股ぐらをかいているので、「股ぐらの兄貴」と呼ぶ。通常、やくざには下品なあだ名をつけるのが礼儀というものだ。

「俺たちは善人だ、あんたらをいじめたりしない」。檳榔の兄貴が言った。

「嘿咩《そうとも》！ 漏女《弱い》をいじめるもんか、安心しな！」タバコの兄貴が相づちをうったが、右足がしきりに震えている。

三十秒ほどして、祖母が言った。「私にはわかるよ、あんたたちは善人だ、そうでなかったら途中でとっくに殺されていた」

「あんた、なかなか頭がいい」。檳榔の兄貴が言った。

「まああだ」

「そうじゃない。頭のいい奴が善人に出会うと、ヤバイことになる」

「どういうこと？」

「この世の中、善人も、頭がいい奴も、みんな自分が正しいと思っている、だからけんかをおっぱじめるんだ。ところが悪い奴はだね、自分に非があるのがわかっているから、正々堂々とけんかをやろうとはしない」。檳榔の兄貴が言った。

タバコの兄貴がここぞとばかりに口をはさんで言った。「今の話はほんとに知恵が詰まっている。頭は知恵をいれるのにちょうどいい代物だ、三宝にもあればいいんだがね」

「三宝？」

「あんたら、道路の三宝も知らないのか？ 世界中だれでも知ってるぞ」

道路の三宝とは女、年寄りの男、年寄りの女を指す。これはネット用語で、この三種類の人間が車を運転するとしょっちゅう交通規則を無視し、訳もなく交通事故を起こすことを言ったものだ。そのうえ三宝は車を運転しないで道を歩いていても公害になり、交通事故につながると言う。タバコの兄貴は道路の三宝の話になると、しきりに悪態をついたので、手にしていたタバコを吸わないまま一本無駄にしてしまい、吸い殻になったタバコを地面に捨てて、憎々しげに踏みつけた。

「死道友」はぺしゃんこにつぶれた吸い殻を見ると、その隠喩に富む姿にただもうなだれるしかなかった。

「まさか三宝があんたに嫌な思いをさせたとはねえ」と祖母が言った。

「幹恁老母《くそったれめ》、おれがバイクで道を走っていたら、あんたら三宝が飛び出してきやがった、慶記《銃弾》みたいによう」

「あんたたちは私らから何を手に入れようとしてるんだい？　私らは三宝の中の三宝で、ほとんどが年寄りの女だ、もしここに長い時間放っておいたら、あんたたちをもっと衰目《まずい》に遭わせるかもしれないよ。安心おし、私は逆らったりしない。ただあんたに腐った運気をもたらすんじゃないかと心配でね、こんなのよくないだろ」。祖母が言った。

「あんた口がうまいな」。檳榔の兄貴がめずらしく笑顔を見せたが、すぐに笑顔が消えて、「あんたたちの中に超能力を持っているのがいると聞いた」と言った。

「その通り」

「あんたは正直だ、テレビで嘘八百を並べたてている政治屋に毒されていない。無理やりごり押ししないの、俺は好きだね、これから俺たちの協力関係は順調に愉快に進むだろうよ」

「私たちは協力できるよ、私ら女はまさに力を合わせているから一緒に住んでいられるんだ」

「そりゃ好都合だ」。檳榔の兄貴が一方でうなずきながら、一方で携帯に何文字か打って、送信した。すぐに相手から返信があり、ようやく顔を上げて言った。「こうしよう。あんたらに一つ超能力を実演してもらう」

祖母はみんなを見て、心の中で計算した。祖母は短時間のうちに決定を下さねばならず、そのうえその結論はみんなによいものでなければならない。祖母は言った、この女たちのグループの中に「金のめんどり」がいる。一日に、多くもなく少なくもなく、きっちり三粒の金の玉を産むことができる。祖母は言い終わると視線を黄金おばさんに向けた。この時間は黄金おばさんが心の準備をして一瞬のうちに泣き出すまでに十分だった。彼女は一気に感情を高ぶらせて、何度も言った。「あんた、これじゃあ私が銃殺されるじゃないか」

私たち女はすでに敵の船に乗ってしまった。祖母がこうやって黄金おばさんを金のめんどりだと言ったのには、きっと彼女なりの考えがあるはず。黄金おばさんが泣き崩れているのは、彼女の気持ちかもしれないし、あるいは祖母の計画を信じてこそ、みんなが逃げおおせるのだと気づいたからかもしれない。私が見て取れたのは後者だ。なぜなら黄金おばさんは祖母と言葉の衝突をしたあと、自分から黄金を取り出しにトイレに行ったからだ。彼女はほんとうに芝居の天分がある、お酒がなくてもやれるんだから。

黄金おばさんがトイレに行った後、祖母が檳榔の兄貴に尋ねた。「たった今あんたが携帯でショートメッセージを送ったのが見えたけど、きっとあんたの親分にだね、親分はいつ来るのかい？」

「そうか、あんたも気づいたか」。檳榔の兄貴が檳榔を口に入れた。最初のひと口の檳榔の汁を直接床のタイルの上に吐き捨てたので、薄荷《はっか》のにおいが空気中にひろがった。彼は言った、「だが言っとくが、俺たちはまっとうな経営をしている会社だ、親分なんかいない、社長がいるだけだ」

「あんたの社長はいつ私らの超能力を見に来るんだね？」

「いい加減にしろ」。檳榔の兄貴が怒鳴った。「俺たちは他人からあれこれ指図されたりしない、どうやるかくらいわかっている、あんたは無駄口が多すぎるぞ」

みんなはびっくりした。タバコの兄貴、股ぐらの兄貴さえもそうだった。トイレから出てきたばかりの黄金おばさんは、驚いて手の中の金の玉を落としてしまい、そのうちの一粒が地面のあの檳榔の汁の中に転がっていった。檳榔の兄貴が拾い、手の平にのせてしばらくためつすがめつ眺めていた。私たちは家に入る前に、身に着けていた物はすべて男たちに取り上げられたので、この金の玉は明らかに何もないところから出てきたものだ。

檳榔の兄貴が言った、自分は超能力なんか信じないし、ハリウッド映画を見るつもりもない、だが機会があればぜひ見てみたいと思っている、「ではまずこの黄金が本物かどうか見てみよう。おい、宝石店に持って行って確かめろ」。彼は金の玉を股ぐらの兄貴に渡して、また言った。「ついでに晩メシを買ってこい」

「何にしますか？」

「もちろん、三宝換*だ」。タバコの兄貴が大笑いして、「道路の三宝が三宝換を食べるとは、絶妙な組み合わせだ」と言った。

「それから、足を折っている女の松葉づえも持って行け、こうすりゃ女たちはずっと身の程をわきまえるだろうよ」。檳榔の兄貴は立ち去る前に、視線を祖母に向けて言った。「あんたら余計なことを考えるなよ。俺たちはまっとうな会社だから、悪いことをやるのがいちばん嫌なんだ。だがな、いいことをやるのはもっと嫌だってこと、よく覚えておけ」

◆

私たちは二階に監禁され、ドアの外に四人の見張りがついた。二階には床まである大きな窓があったが、まったくムカつく台湾風の窓だった。つまり美しいこと極まりない大きな窓になんとがっちりした鉄格子の窓をはめているのだ。家主は絶対に台北動物園のライオンの生まれ変わりで、逃げ出したら餓死するんじゃないかと心配なのだ。その窓を通して外を見ると、あたりは荒涼として、およそサッカー場十個分の広さがあり、至るところ掘り返したり、取り壊したりして、どこも穴だらけだった。ある場所には山のように積まれた巨大なセメント管が置かれ、ある場所には解体したレンガの建築廃棄物が積まれ、またある場所にはぽつんと一本の大樹か電柱が立っていた。さらに遠くには二台のショベルカーが盛り土の上に並んで、玩具のように見えた。

まったく理解しがたいのは、台中市にどうしてこんなに広大な工事現場があるのかということだ。こんな辺鄙なところで、もし私たち七人の女と一匹の犬が殺されて、ショベルカーで屋外の深い穴に埋められでもしたら、サタンの霊験で警察に通報してもらえない限り、死体が発見される機会さえないだろう。

「ここは市の再計画地区で、ちょうど工事中なのよ」。エクボおばさんが言った。

「そうだね、ここに閉じこめられるとはね。近所に住民もいないし、『馬西馬西』たちは今回の拉致を早くから計画していたんだろう」と祖母は言った。

いわゆる市の再計画地区とは、簡単に言えば、ここはもともと市の中心の周辺にある農村だったのだが、それを建築用地に変更しようとするものだ。農村全体を平らにならして、格子状の道路をつくり、各区画をどれもちょうど正方形の建築用地に変える計画で、汚水管と水道管を敷設し、工事が終了すればビルを建てることができた。一方、私たちがいる家は、再計画地区に残っている最後の一棟で、おそらく家主が収用されるのを拒否したのだろう、赤いペンキであちこちに抗議の言葉が書き連ねられていた。

私は再計画地区がトタンのフェンスで囲まれ、外の世界と隔てられているのに気づいた。この家からいちばん近いトタンのフェンスまでは約一〇〇メートルあり、外側を市の環状道路が通っていて、そこを疾走する車が援軍ということになる。私たちは一二〇デシベルの救助を求める声を張り上げ、まさにボーイング747旅客機が低空飛行でかすめて通るくらいの音を出さなければならない。北側のフェンスのほうは割れた所があって、股ぐらの兄貴が毎回バイクで出入りして弁当を買っていた。そこには数人の労働者がセメント管の荷卸しをしているが、私たちのところから約四〇〇メートルの距離があるので、唯一の方法は股ぐらの兄貴にお願いして労働者に通報するよう頼んでもらうことだろう。

＊「換」は「飯」の近似音。三宝飯は鶏、アヒル、チャーシューの三種類の肉が入った弁当。

それで、監禁されて二日後には、私たちはどうやって逃げだすかはもう議論しなくなった。反対に回収おばさんはとてもまじめに、トイレから歯磨き用のコップに自分の小便を入れて持ってきて、鉄格子の窓を固定している箇所に注いでいた。彼女はあるテレビドラマで、尿で鉄線を腐食させ、取り外して苦境を脱したのを見たことがあるのだという。私の見積もりでは、十年注ぎ続けてやっとだろうと思われた。だが十時間も経たないうちに、この方法はみんなからやめろと嫌われてしまった。あまりに臭いのだ。股ぐらの兄貴でさえ階下からやってくるたびに、年寄り女の小便は女の死体と同じくらい臭い、と大声で怒鳴って抗議した。

「彼女の好きなようにさせよう。あんたたちもだ、やりたいことをやればいい、自由はいいもんだ」。祖母は、回収おばさんに躁うつ病の症状が出はじめたと思った。

「彼女が小便をまいていいなら、私は彼女を殴っていいかね？」コルセットおばさんが抗議した。

「だめだ」

「じゃ『垃圾鬼《薄汚い奴》*』に私の小便を飲ませていいかい？」

「だめ」、祖母は言った、「あんたが自分で飲むならいいよ」

「糞くらえだ！」

「死道友」の間のもめごとはこれまでも常にあったが、表面化していなかったにすぎない。コルセットおばさんは回収おばさんをひどく嫌っていて、いつも彼女が汚らしいのが気に入らなかった。たとえば食後に爪楊枝を使うときの醜い顔、資源回収物をでたらめに積み上げること、服をどこにでも押しこんだり、他人の歯ブラシを勝手に使ったりすることなどだ。とくに朝起きると、回収おばさんは自分の朝一の小便を飲み、十年間実践してきたこの「尿療法」が彼女を病気や悪運から守ってくれたと信じていたが、このためにみんな朝は彼女と話をしたがらなかった。それにもう一つコルセットおばさんをさらに怒らせたことがある。彼女は「死道友」の衣類は洗濯機に入れて一緒に洗ってよいという規定をつくっていた。しかし、下穿きは別で、必ず自分で洗うことになっていて、これは清潔を守るために天が定めた戒律だった。しかし回収おばさんはずっとそうしないで、パンツをこっそりズボンのポケットに押しこみ、洗濯機に放りこんで一緒に洗っていたのだ。その結果、ある舞台で芝居をしていたとき、コルセットおばさんがズボンのポケットから汗を拭こうと取り出したのはハンカチではなく、一つの奇妙な布だった。彼女が観客に向かって広げて見せると、それは最悪のデカパンで、臍《へそ》まで覆い隠せるくらい大きかった。尻のところの布はすり減ってすっかり薄くなり、ゴムは茹ですぎた麵のように伸びきっていた。途端に、観客は第一波の大きな笑い声をあげ、コルセットおばさんが怒って台湾語で罵倒すると、第二の笑いの波が押し寄せた。これ以降、「垃圾鬼」という下品な言葉が、コルセットおばさんが陰で回収おばさんをこき下ろす便利な武器になった。

回収おばさんはコルセットおばさんの敵意をかぎ取ることができたので、喜んで正面から衝突した。とくにみんなが悪人の船にとらわれの身になっているとき、彼女が小便を鉄の窓にかけるたびに、コルセットおばさんは「垃圾鬼」という言葉で反撃した。たぶん窓から吹いてくる尿のにおいが強いせいで、鄧麗君はこの場の火薬のにおいを嗅ぎ取ることができなかったのだろう、

＊台湾語で不潔なものや卑劣な行為を指す。垃圾はゴミの意味があり、回収おばさんを二重に皮肉っている。

見よう見まねで窓辺に小便をしたので、回収おばさんがやり返すネタにされてしまった。

最大の衝突は、私たちが監禁されて三十六時間経ったときに起こった。

回収おばさんは鄧麗君が窓辺に小便をして、生臭いにおいをさせるのを嫌った。少なくとも彼女は尿を外に向けて撒くのを心得ていた。コルセットおばさんが皮肉って、これは「垃圾鬼」から悪いことを教わったせいだと言った。このことで二人は十分間罵倒し合ったが、がらんとしたリビングに、エコーのかかった言葉を聞かされるのはとても耳障りで、みんなは耐えられなかった。これはドアの外で見張りをしているタバコの兄貴を激怒させ、力いっぱいドアを蹴って、大声で怒鳴りつけた。「これ以上騒いでみろ、あとで昼に葬式のお供え飯を買ってきておまえたちに食わせるぞ」。コルセットおばさんと回収おばさんは三分間冷却したのち、また口げんかを始めた。

二人が激しく言い争っているとき、回収おばさんが振り向いて、窓の下のまだ乾いていない犬の小便を踏みつけ、体ごと鄧麗君の上にのしかかった。鄧麗君はやわらかいクッションのように倒れて、くぐもった悲しい声をあげ、一分ほど吠えると、息が止まるくらい呼吸が弱くなった。コルセットおばさんは自分の命のように大切にしている愛犬が傷つけられたのを見ると、泣きながら喚き散らして、すぐにでも自分が代わりにその苦しみを受けたいとばかり、ドアを叩いて外にいる男たちに助けを求めた。

「全員壁側にさがれ」。股ぐらの兄貴が大声で叫び、ドアに少し隙間をあけて、現場を掌握してから、防犯用のドア・チェーンを外し、ドアを開けて入って来た。このチェーンは私たちのためにあとで取り付けたものだ。

「鄧麗君が怪我をした、はやく救急車を呼んでおくれ」とコルセットおばさんが叫んだ。

檳榔の兄貴は犬が地面に横たわっているのを見て、手に持ったナイフを振りながら、わかっているのにわざと尋ねた。「誰が鄧麗君だ？　鄧麗君なら歌を歌うだろ、歌えたら病院に連れて行ってやる」

「歌えます」。コルセットおばさんは泣きながら言った。

「じゃあ『ひとり上手』を歌え！」

コルセットおばさんは気持ちを整えることも、前奏を口ずさむこともせずに、いきなり精魂を込めて歌いだした。歌のメロディーは軽快で、彼女は正確に歌った。歌詞に強い台湾訛りがあり、のどに鼻腔から流れこんでくる涙がたまって、たえずスースー鼻の音がした。とりわけ「人生の中で　苦しみも楽しみも味わいたい　楽しみも悲しみも私のそばで次々に移り変わっていく」のくだりを歌ったときは、ほんとうにこの上なく悲しく切なげだった。果たして娘を救いたいという思いがアドレナリンを刺激して、もともと「カラオケの女帝」の異名を持つ彼女に、ただちに戦力を全開にさせたのだ。

曲が終わると、檳榔の兄貴はうなずき、檳榔を割って口に入れて言った。「哭《バ》爸《カ》啦《か》！　たかが犬一匹のために、痟的《あたまがおかしくなる》なんてよう」

「私に踊れと言ってもいいよ、ポールダンスのダンサーになってもいい」。コルセットおばさんは言った。

「あんたみたいにぶよぶよ太っていたらドネルケバブにしかなれんだろ」。檳榔の兄貴は他の男たちが大笑いするのを待ってから、ようやく言った。「それに俺はポールの命ほうが心配だね」

「平気だよ！」彼女は踊り始め、太った肉を捻じると、尻が震えた。

「踊るなってば、俺の眼の寿命が縮んじまうじゃないか」。檳榔の兄貴は外にいる股ぐらの兄貴を呼んで、「犬を医者のところに連れて行って、ついでに弁当を買って来い」と言った。

「大仔《おやぶん》！　ありがとうね。こんなにしてもらえて、あたしゃあんたに惚れたよ」。コルセットおばさんは地面にひざまずいて、「もし私が四十歳若かったら、きっとあんたにどこまでもついていったわ」

「バカ言うな！　コルセットをつけて俺にどこまでもついてくる？　よせやい！」檳榔の兄貴はつくり笑いをして、言った。「あんたに聞くが、あんたは何か超能力を持っていて、二十歳まで若返らせることができるのか？　それとも俺のためにナイフや銃弾を防いでくれるのか、それともお札の印刷ができるのか？」

コルセットおばさんは言葉に詰まって何も言えず、ただ愛想笑いをするしかなかった。

このとき祖母が突然言った。「彼女は料理ができる、たいした腕前だよ」

「くそっ、それが超能力か？　そんなら、檳榔を食べ、タバコを吸うのも、超能力ってことになる、だよな！」檳榔の兄貴は後の言葉を言うときに、振り向いてドアの入口でタバコを吸っている男に言った。

「彼女は四十年以上ご飯を炊いてきた、超能力がなかったらこんなに長く続かない。続けることこそこの世でいちばん強力な超能力だ。水滴が石をうがつように。もしあんたが檳榔を四十年食べ続けてそれでも口腔癌にならなかったら、それも超能力だと言える」。祖母は言った。

檳榔の兄貴は檳榔の汁を吐き出して、振り返ってコルセットおばさんに尋ねた、「あんたがこんなに太ってるところをみると、超能力とはきっと食い意地だな！　じゃあ、あんたができる創作料理をいくつか挙げてみろ」

「創作料理は難しい、そうだ、コーラを白ご飯に混ぜるのは、創意があるかい？」

檳榔の兄貴はワハハと笑って、あやうく檳榔の汁でむせかえりそうになった。するとそれを聞いたドアのところにいるタバコの兄貴が大笑いをして、自分にも創作料理がある、タバコ水だ、と言って、口にくわえている吸い終わったタバコの吸い殻を水の入ったボトルに入れた。そこには百本あまりの傑作が詰まっていて、下水のにおいがした。

「あんたたちはこんなに親切だ、鄧麗君を救ってくれたら、百歳まで長生きするよ」。コルセットおばさんは言った、「私らを逃がしてくれたら、あんたのためにご飯を炊いてやる。あんたの母さんに超能力があるように、あんたが悪くなろうがよくなろうが、ずっと世話をしてやるよ。牛馬のようにこき使われても、お金は取らないからね！」

祖母がまた付け加えた。「人はどんだけ年を取っても、母親は要るものさ……」

檳榔の兄貴は黙り、檳榔を嚙まなくなり、何か考えごとでもしているかのように黙りこんだ。何かを考えているようでいて、また何かをあまり考えすぎないよう自分に抵抗しているようでもあった。それから彼は背を向けて出て行ったが、出て行く前にこう言った。「装《ばかに》、痟《する》、維《な》、俺たちはまっとうな経営をやっている会社だ、袖の下など受け取るもんか」

◆

午後いっぱい、コルセットおばさんはずっとめそめそ泣き続けた。股ぐらの兄貴が弁当を買って戻って来たが、鄧麗君を連れて戻らなかったので、コルセットおばさんは胸が張り裂けそうになった。動物病院の集中治療室に入院したのだ。医者の検査結果によると、鄧麗君の体温は三十六・五度で、平熱より三度低く、血圧は五十五mmHgまで下がって、口腔粘膜が白くなり、四肢に力がなく、腹が膨れてきている、これはみな内出血の兆候だという。

「『垃圾鬼』に押しつぶされたからだ」。コルセットおばさんは弁当のふたをあけ、箸を高く持ち上げたまま、ずいぶん経ってから言った、「あんた、わざとやったね」

「わざとじゃない、私は鄧麗君に恨みはない」。回収おばさんは弁当の肉を箸ではさんで私に分けてくれた。「今は菜食にしている、鄧麗君のために祈ってるんだ」

「假仙啦《うそっぱちだ》！」

「ほんとうだってば」

ドアが突然開く音がした。ドアチェーンの幅ほど開いて、股ぐらの兄貴が外から警告した。「さがった、さがった。ドアに近づくな」。みんなはご飯を食べるのをやめて、振り向いて見た。コルセットおばさんが弁当を置いて、ドアに向かって素早く這って行った。きっと動物病院から股ぐらの兄貴に電話があって、それで鄧麗君の病状を伝えに来てくれたのだと思ったのだ。だが思いがけず股ぐらの兄貴に追い払われてしまった。

「お願いだ、医者に彼女を助けてくれるよう頼んでおくれ」

股ぐらの兄貴は言った。「医者はレントゲンを撮ったら腫瘍が破裂しているから、もし手術するなら血を買わないといけないんだが、病院には予備の血がないと言っていた」

「私が献血するよ」と回収おばさんが言った。

「假仙啦《うそっぱちだ》！　あんたの血はとても汚くて、使えないよ」。コルセットおばさんはかんかんに怒っていたが、すぐに哀れな声に変えてドアの外に向かって、「お願いだ！　私に医者と話をさせておくれ、むちゃなことはしないから」と言った。

「だめだ！」

「大仔《おやぶん》、お願いだ！　私はあんたのためにひざまずいて、お祈りするよ、あんたの親切心に必ずいい報いがありますようにって。だから医者とちょっと話をさせておくれ」

「免啦《その必要はない》！」

コルセットおばさんがひざまずくと、回収おばさんもひざまずいた。祖母が床から立ち上がって、壁にもたれながら、足を引きずって、ゆっくりとドアまで行った。彼女は、股ぐらの兄貴に話をしても役に立たない、彼はただのパシリだというのを知っていた。ここで決定を下せるのは、檳榔の兄貴だけだ。祖母はドアのそばに寄りかかって、裏側で携帯のマージャンゲームに興じている檳榔の兄貴に向かって言った。「今日は金の玉を六粒あげてもいいよ」

この言葉は股ぐらの兄貴の気を引いて腰をしゃんとさせ、振り返ると、もともと素早く牌を捨てていた檳榔の兄貴の手が、画面の上で停まり、まだ何か足りなそうにしているのが見えた。すると祖母がまた、「まっとうな会社は、人に便宜を与えるのが主な仕事で、女をここで哭枵《腹を空かせて大騒ぎさせる》ことではない」と補足した。

檳榔の兄貴は携帯を置き、うなずいて言った。「いいだろう！　まっとうな会社は袖の下は受け取らない、六粒の金の玉は保管しておくだけだ」

　コルセットおばさんは医者と通話できるようになった。携帯を持つことができないので、ドアの隙間を隔てて、股ぐらの兄貴の携帯で、スピーカーをオンにして通話した。彼女は泣き声の混じった悲しい口調で、医者に泣きついて、何が何でも鄧麗君を救ってほしいと頼んだ。医者の返事は、目下のところいちばんいいのは手術だが、問題の一つは病院に犬の血液のストックがなく、もう一つは犬が年を取りすぎているので、手術途中で死んでしまう恐れがあるというものだった。コルセットおばさんが言った、低侵襲《ていしんしゅう》手術*でやれるでしょう！　聞くところではダビンチとかいうロボットアームでやる手術方法があって、傷口はとても小さくてすむそうですよ。だが、医者は説明して言った、こちらは動物病院ですよ、ダビンチが手術する対象は人間です。

「では鄧麗君を栄総病院まで運んでくれませんか？　中国医薬大学でもいい、そこでダビンチを使って手術ができるかどうか、そこの医者に訊いてくれませんか？」コルセットおばさんが哀願した。

「いや、あなたが自分でこちらに来て犬を連れて行ってください」

「だめなんです、私は監禁されてるんです」

　電話が切られた。股ぐらの兄貴が、だめじゃないか、監禁されてるなんて言うな、と言った。コルセットおばさんは、医者と話をさせてと、もう一度頼んで、今度は気をつけるからと言った。こうしてまた通話が再開した。

「先生、私は監禁されていません！　誤解しないでくださいね、こっちの人たちはみんないい人で、生き仏のようです」。コルセットおばさんは誤解を解いてから言った、「では鄧麗君を神医のところに連れて行ってくれませんか？」

「神医?」

「嘿咩《そうです》！　その神医は昔ジョブズに手紙を書いて、彼を救おうとしたことがあるので、みんなは彼をジョブズ神医と呼んでいます。住所を教えますから、彼女を連れて行って彼の治療を受けさせてください」

「申し訳ない、私は忙しいんです、お手数ですがあなたがこちらに来て犬を連れて行ってください」。そう言うと、電話が切れた。

今回は相手から切られた。コルセットおばさんは今度はドアの外の男に向かって、自分を解放して外に出してくれと頼み、何もしゃべったりしないからと言った。檳榔の兄貴は引き続き携帯のマージャンゲームをやりながら、俺はみんなを監禁しているんじゃない、誤解するなよ、みんなに数日ここに泊まってもらうだけなんだ、と言った。コルセットおばさんがまた泣いて、彼らに懇願した。もし彼女を放して行かせてくれないのなら、せめて鄧麗君をジョブズ先生に診せに連れて行ってほしい、どうしても犬を救いたい、犬は彼女の命なのだと。檳榔の兄貴がすぐに言った、獣医が処置できるだろ、今集中治療室にいるんだから大丈夫だ。しかし、これは反対にコルセットおばさんの心をさらに傷つけた。動物病院の集中治療室とは、壁に沿ってずらりと並んだ鉄の籠の病室のうち、受付窓口に詰めている当直医に最も近い籠に過ぎないことを彼女は知っていたからだ。効果はあまりなく、さらに転院すればその効果さえもなくなってしまう。

コルセットおばさんが万策尽きて、ただ静かにすすり泣くしかなくなったとき、股ぐらの兄貴

＊内視鏡手術やカテーテルなどでできるだけ体の負担を軽減する手術。

がドアを叩いて慰めた。「そのジョブズ先生は有名だ、俺も聞いたことがある。だが犬も診るかどうかは、わからないぞ！」

「お願いだ、あの子を連れて行っておくれ」

「だめだ」

「あんたが犬を連れて行きたくないなら、それでもいい」。祖母がこのとき口をはさんだ、「少なくともあんたはジョブズ先生に診てもらいに行くべきだ、遅くなるとたいへんなことになる」

檳榔の兄貴が携帯をおいて、こちらを見た。タバコの兄貴もそうした。これには股ぐらの兄貴も慌ててこう言わざるを得なくなった。「でたらめ言うな、俺のどこが病気なんだ」

「菜花《淋病》にかからないよう気をつけなさい。この種の病気は治療が難しい。電気メスで、菜花を一つ一つゆっくり焼き切るんだが、人によっては菜花を焼き切らないうちに、そこが焦げてしまうこともある」

「俺のどこが菜花にかかってると言うんだ？」

「菜花は、潜伏期間中は傍から見ても病気だとわからないが、いろいろ兆候は出ているはずだ。聞くけど、あんたは跤縫《またぐら》が死ぬほど痒くないかい、とくに寝るときに」

「そうだ！　だが痒いのは股ぐらのほうだ」

「夜に何回も小便に起きるでしょ」

「膀胱の力が弱くてね！」

「小便の切れが悪く、いつまでも尿もれしている？」

「歳だからな」

「あんたいくつ？　それは歳のせいではなくて、尿道に悪いものが芽を出しているんだよ、ゆっくりと塞いでいって、最後は菜花で埋め尽くされてしまう」

「偉そうにほらを吹くな」

「じゃあ聞くけど、あんた開査某《女を買う》とき、沙庫《サック》を使ってる？」祖母は股ぐらの兄貴が驚いてぽかんとしたのを見ると、声を大にして言った。「気をつけなさいよ、菜花は自分がかかるだけでなく、あんたらほかの男たちにも感染するからね」

「幹你娘《くそったれ》」、檳榔の兄貴がぶち切れて大声で怒鳴ったので、声が響いてみんなの体が傾いた。彼は立ち上がると、怒ったひげ面に爆発し損ねた火薬のかすを一面に散らばらせて、股ぐらの兄貴に向かって吠えた。「おまえには気をつけるように言っただろ、俺がでたらめを言っていると思ったんだな。今みんなの膦屌《ランジャウ》（男性性器）まで無理やり水の中に引きずりこんで、ぐにゃぐにゃにしないと気がすまないってか。今後おまえが行くときは、自分で膦屌を包丁で叩き切って、俺に預けてからにしろ」

「濡れ衣だよ！　他人のくだらない話なんか聞かないでくださいよ」

「早くジョブズ先生に診てもらいなさい。菜花にかかっても電気メスは使わなくていいし、検査をするのにズボンも脱がなくていい、先生は一目で見抜いてくれる」。コルセットおばさんがこのとき急いで言った、「ついでに鄧麗君を連れていっておくれね！」

◆

監禁されて三日目、「死道友」の内紛がますます激化してきた。メインはコルセットおばさんと回収おばさんの争いによるもので、大部分の人はみな中立だった。

コルセットおばさんはかなりの時間を、トイレで恨み言を言うのと泣くのに使った。トイレはリビングのすぐ隣にあり、独立した空間だったが、木のドアが故意に取り払われていたので、誰かがトイレあるいはシャワーに行くと、見えなくても、音は聞こえた。彼女はみんなに自分の悔しさ、苦難、不満がどれほど深いかを聞かせようとした。まるで血が流れている傷口を開いて、みんなに見せているようだったが、告発の相手は回収おばさんだった。

コルセットおばさんがもし悔しい思いをしているのであれば、誰もが同情したが、しかしトイレに居座り、みんなの邪魔になっているのなら話は別で、彼女の恨み言と泣き声が芝居のように思われてくるのだった。私は生理が始まったので、トイレに入っていった。彼女は、さあ使って！　邪魔はしないからと言った。私は、おばさんが邪魔だし、とてもしづらいと答えた。するとコルセットおばさんは便器の上に覆いかぶさって、顔も上げずに言った、「私がこんなに苦しんでいるのに、あんたはかわいそうだと思ってくれないのね」。私は言った、「そんなことない」。すると、みんなに彼女の悔しさを見に来てもらえるように、もっと大きな声をあげて泣いた。

祖母が負傷した足を引きずり、私に支えられて、その忘れ難いトイレに入った。この家は水源が断たれた再計画地区にあるので、水は屋上にある二トンの貯水タンクから供給されていて、使い切ったらそれまでだった。三日間私たちは便器の尿が黄色く臭くなってからやっと水を流し、体はタオルで拭くだけにしていた。水を使う音が大きすぎると、監視している「馬西馬西」が外から水道の蛇口を閉めるのだ。こんなひどいトイレが、今またコルセットおばさんに独り占めされていた。彼女は鬼に変わってしまい、どうやっても人の状態に戻すことができず、そのうえ入って来た祖母に向かってこう言った。

「復讐してやる」

「私は大をしたいのに、あんたは出ても行かず、そのうえ復讐の話をするとは、まったく無学で不衛生だ」。祖母は便器に座って文句を言い、骨折した足を奇妙な位置に置いて、肛門をつかうとき足の傷の痛みを誘発しないようにした。

「無学で不衛生なのは私じゃなくて、垃圾鬼のほうだ」

「あんたはどうやって復讐するつもり？」

「彼女は最低の婼仔《バアア》（妓女）だ、私がばらしてやる」とコルセットおばさんは断固とした口ぶりで言った。

祖母は動作を止めて、コルセットおばさんを見ながら言った。「そんなことをしたら、自分を悪魔に変えることになる」

「ばらすのは、みんなに彼女を嫌うようにさせるためだ」

「そんなことはいけない」

「彼女のことをずいぶん長い間我慢してきた、もし鄧麗君が死んだら、絶対にばらしてやる」

「悪魔に変わるよ」

「願うところだ」

「私が先にあんたの口をふさぐだろうよ！」

「やる気？」コルセットおばさんの涙が冷たくなり、体からガソリン臭いにおいを発散させて、恨みを帯びたナマズのような口をもぞもぞ動かしながら言った。「自分はどうなのさ、出しゃばって孫娘のために話をしようとしたけれど、結局自分の足を折っただけで、役に立たなかったじゃないか」

私は浴室のドアの外にいた。祖母が責められているのを耳にすると、いたたまれない気持ちになったが、聞き続けるしかなかった。コルセットおばさんは言った、祖母はあのとき証明できなかったのではなくて、もう歳だから即興で縮骨功をやって見せることができなくなっているんだ、おかげで孫娘の訴訟の雲行きがあやしくなったじゃないか、これを老人ボケと言うのさ。私が体の向きを変えてトイレに入ると、祖母が泣いているのが目に入った。涙を流し、黙って受け入れて、反論しなかった。まるで自分こそが私を押しつぶした最後の一本の藁《わら》だと認めているようだった。私は声に出して、阿婆は全力を尽くしてくれた、と反論したが、この言葉を言い終えたあとどう続けるべきかわからなかった。

「全力を尽くした？」コルセットおばさんは私に言った、「じゃああんたは全力で生きているかい？　幽霊そっくりに生きて、みんなに救いの手を求めているじゃないか」

「全力で生きてるわ」。私は懸命に答えたが、急に虚しさを覚えた。

コルセットおばさんは悲観的な顔をして、首を振った。彼女は、私がすでに幽霊になっているのに自分では気づいていないのだと言った。一人になるとすぐに指の爪をしきりにむしって、絆創膏を電球のように巻きつけている。そうでなければ力いっぱい頭を叩いて、髪をまるで雑草を抜くように強く引っ張っている。時には明らかにみんなの前に立っているのに、目を大きく見開いたまま、魂はよそに行ってしまって、みんなに気まずい思いをさせたこともある。彼女は言った、私は確かにひどいことをされたけれど、這い上がれないのは絶対に私自身が悪いのだと。「死道友」は祖母の決まりがあったから私に道理を説くことができず、ただ日常の中で一見どうでもいいように思えることをするしかなかった。たとえば笑い話をして私を笑わせたのも、私のトイレが長すぎると激しくドアをノックしたのも、私が思い詰めていないか心配だったからだし、手をつないで道を渡る習慣は、私が急に追い越し車線に飛び出して車に轢かれないようにするためだった。これらは私が女たちの集団に加わった後に祖母が決めたものだった。

「そういえば、あんたの阿婆が実演に失敗したのは、あんたが彼女を傷つけたからだ」。コルセットおばさんは言った。

「それどういうこと？」

「あんたはいつも不眠症で、夜中に起き出してプールの家を幽霊みたいに踅玲瑯《一周して》いるだろ。あんたの阿婆はびっくりして、あんたがベッドから起きる音を聞くと、目瞤《目》を大きく見開いて、あんたが思い詰めて自殺しないか心配していた」。コルセットおばさんは話し続けた。公判の前夜、私の不眠症がまた起こったので、祖母は夜通し寝ようとしなかった。心身ともに極度に疲れ切っていたのに、翌日どうして自分を箱の中に折って詰める技を見せられるだろう、「あんたの絶望が、あんたの阿婆も巻き添えにしたんだ」と彼女は言った。

祖母の涙が乾いて、「あんたは道理を話すのがとてもうまいが、いつも自分が正しくて、他人が間違っていると思っている」と言った。

「とどのつまり、誰も同じだ、自分が正しくて、他人が間違っていると思っている」

「もちろん、誰しも本音を話すのは難しい、なぜなら本音は悪魔に近くて、天使に近づくものではないからね」

「私はもうすぐ本音を言うよ」

「やってごらん、私があんたの口をしっかり塞いでやるから」

今の「死道友」は再び分裂して、祖母はコルセットおばさんに戦線布告した。回収おばさんが妓女を掛け持ちしていた秘密をコルセットおばさんが暴露しようとしたからだ。しかしこのとき私が心の中で考え、同時に心の中にできた悩みは、なんと私がこれまでちゃんと生きたことがなかったということだった。それは私だけの問題ではなく、伝染病と同じで、いちばんよく病気がうつるのは私のことを気にかけてくれる人だった。この疾病の治療薬はどこにあるのか？　もしあるとすればそれは私がトイレから支えて出てきた祖母だ。愛が彼女の宗教であり、愛は伝染する。彼女は自分の身近な人をいちばん治癒したいと思っている。でも私の病気はいつまでもよくならなかった。

今、私は自分の感情の中をそう長くぐるぐる回ってはいられなかった。問題は搔けば搔くほどかゆくなり、祖母を助けてコルセットおばさんが悪魔に変わるのを防ぎたいと思っても、どうすればいいかわからなかった。祖母は防火壁をつくって、コルセットおばさんの怒りが「死道友」の友情を打ち砕き、回収おばさんが罪悪の谷間に巻きこまれるのを防ぎ留めようとしている。もし可能なら、彼女は骨折した足を包んでいる石膏を、コルセットおばさんの口のなかに押しこむことだってやるだろう。

これまで「死道友」がどこに引っ越しても、いちばんよく地盤争いを引き起こしたのは回収おばさんで、付近の資源回収をしている人の怒りを買った。回収をやるのも、同業者の怒りを買うのも、彼女の楽しみだった。たとえば、彼女はほかの人より早く起きて、早朝の三時にリサイクル品を集めに行った。いくつかの地区の大型ごみ回収カートの中を棒でひっくり返したので、その地区でリサイクル品を回収している人たちにタイムスケジュールを早めさせることになった。その後はしばらく早く起きるのをやめて、同業者の気持ちを緩めてから再び奇襲をかけて早く起きるのだった。またたとえば、得意の芝居をして、汚い身なりをし、顔を汚れと涙でいっぱいにして、店をやっている人の同情を勝ち取り、すでにある同業者に決めて渡していたダンボール紙をぜんぶもらったりした。またあるときは、人が路地に積み上げていたリサイクル品をこっそり盗んでおいてから、相手が不法投棄していると告発したこともあった。

回収おばさんには役立たずの息子が一人いて、四十過ぎても酒を飲むことしか知らず、妻も子どもも逃げ出してしまったが、母親だけが逃げることができなかった。彼女が生きてお金を稼いでいるのはみな息子を養うためで、定期的に息子から大金の無心をされていた。稼ぎが足りないときは、台中公園に行って街娼となり、何度も悪い男からやり逃げされたり、性暴力を受けたりしたが、そうやって稼いだ金を全部息子に与えて飲む打つ買うの道楽に使われていたのだった。のちになぜか、コルセットおばさんの知るところとなり、こんな汚れた女とその下着のパンツに我慢ならなくて、彼女は祖母に告発した。祖母が回収おばさんと個人的に話をしたとき、回収おばさんはいたって冷静で、もし街娼の身分を言いふらされたりしたら、ビルから飛び降りてやる、どのみちここまで生き延びてくるには大きな勇気が必要だったから、もはや自殺の勇気だって不足はしていない、と言うのだった。祖母はこの件を秘密にした。

コルセットおばさんはこの点を見定めて、反撃の利器をつかんだのだった。もし鄧麗君が死ねば、彼女は回収おばさんをその副葬品とするだろう。そのため、正午になって、股ぐらの兄貴が重傷の鄧麗君と三宝飯弁当を持ち帰ると、「死道友」の間に一段と沈んだ空気が流れた。

鄧麗君が意識不明に陥った。舌を出して、腹は腫瘍破裂による内出血で大きく膨らみ、仰向けにしか寝られなくなった。とくに腹は、信じられないほど丸く盛り上がり、まるで吸いこんだ空気をずっと吐き出していないかのようだった。こうして犬が戻されてきたからには、一時間も持たないだろう。手術ができない以上、コルセットおばさんは安楽死にも反対した。老犬はこの道を乗りきらなければならない、これがこの犬の運命であり、それができなければ今後輪廻してもやはり犬になるだろう、そう彼女は考えた。コルセットおばさんは服を脱いで、鄧麗君の体の下に敷いてやると、ゆっくりと犬が終点に着くまで寄り添い、かつそのときに復讐するつもりだった。

「鄧麗君、苦しみを心の中にためてはいけないよ、吠えたかったり、泣きたかったら、そうしてもいいんだよ」。コルセットおばさんは言った、「母さんがずっとここで、おまえについているからね」

「私らみんながついているよ」と回収おばさんが言った。

コルセットおばさんは老犬を撫でながら、冷ややかに怒りの視線を返した。彼女の背後の白壁に家主が抗争のために書いた「恨」の文字があった。その文字はやけに大きく、およそ二メートルはあった。赤ペンキの文字に、ペンキを多くつけすぎたために垂れて涙型の痕がついており、リビングで最も人を不安にさせるスローガンだった。私たちはこの数日間この文字に馴染み、かつ交戦した。今この標語は、完全にコルセットおばさんの感情を引き立てていた。

「私らがそばにいるからね、鄧麗君」と回収おばさんがもう一度言った。

「うそ、は、やめろ」。コルセットおばさんが突然怒って大声で怒鳴ったかと思うと、一転して冷ややかに言った、「袂見笑《恥知らず》、あとで知死《思い知る》ことになる、知死《思い知る》ことになるよ」

この怒号はみんなをびっくりさせた。まるでリビングの空間が声とともに十倍に膨らんで、すべての人の距離感も拡大したかのように、痛いほど静かになった。私は目の前のコルセットおばさんを見ていて、彼女の愛犬に対する気持ちは理解できたが、激しい憎しみをほぐすことはできなかった。彼女の愛の極限は寛容ではなく、恨みなのだ。このとき何を言っても、彼女の耳には届かない。心の悪魔が彼女が理解することを阻み、愛の大きさの分だけ、恨みを深くしていた。

静かな時間が流れ、コルセットおばさんは鄧麗君のそばにうつ伏せになって、手で首の部分をそっと梳いてやった。こうして優しく、死神が来て、昏睡状態にある犬を連れて行くのを待っていた……

「ワン！」

「ワン！　ワン！」

「ワン！　ワンワン！　ワンワン！」

祖母が犬の鳴き声をまねて三回吠えた。さっぱり意味がわからないので、コルセットおばさんが顔を上げて彼女をにらみつけた。祖母は壁の隅に寄りかかって、片方の足で胡坐をかき、もう片方の骨折した足をまっすぐ伸ばしていた。彼女は深く息を吸って、もう一度犬の鳴き声を出し、鄧麗君とコミュニケーションをとっているように見えた。

「しっ！　静かにして。眠ろうとしているのよ」。コルセットおばさんが言った。

祖母がみんなに声をかけた。鄧麗君がまもなく亡くなるので、目を閉じて、鄧麗君といっしょに祈ろう。菩薩を信じている者は菩薩に祈り、神を信じている者は神に祈り、媽祖を信じている者は媽祖に祈り、何も信じていない者は両手を胸の前に合わせよう。祖母は片手を上げて、エクボおばさんにこちらに来てその手を握り、一緒に祈るようにそれとなく伝えた。

「愛する姉妹たちよ、私はあなたたちにお願いがある。あなたたちの神がここに来るように祈ってほしい。さあ、今、あなたたちの神に呼びかけておくれ」。祖母はここまで言って、みんなにそれぞれ祈ってもらってから、ようやく言った。「尊敬するよろずの神よ、我が愛する神、菩薩様、媽祖様、どうか私をお助け下さい。私は一週間の寿命を、鄧麗君にゆずり、その一分間の霊魂《しいたま》と取り換えたいのです。よろずの神よ、鄧麗君に生命力を与え、目を覚まして私を見るようにしてください」

終わりのいくつかの言葉を、みんなは目を開けて、祖母がとても離れがたそうに言うのを見ていた。祖母はこんなにも慈悲深く、生命の力を一匹の動物に与えることを望んだ。とくにエクボおばさんは、しっかりと祖母の手を握りしめて、えも言われぬ静かな感動に浸っていた。

「鄧麗君、私はおまえが目を覚ますよう祈ったよ、目を覚まして私を見なさい」。祖母は言い終わると、犬の鳴き真似をした。「ワン！　ワン！」

これはコルセットおばさんが日ごろ鄧麗君と遊んでいたのを真似たに過ぎなかったが、今日はやさしさの中に、力強さも込もっていた。彼女はこうして吠えながら、まるでほんとうに犬の言葉がわかるみたいに、真心を込めて呼びかけた。

「ワン！」彼女は吠えた。

「ワン！　ワンワン！　ワンワン！」彼女はまた吠えた。

鄧麗君が意識を取り戻し、首を回して祖母を見た。昔コルセットおばさんと遊んだゲームを思い出したのかもしれないし、祖母をコルセットおばさんだと思ったのかもしれない。鄧麗君は顔を上げて、祖母を見つめた。祖母はもう一度よろずの神に祈りを捧げ、もう一週間自分の寿命を差し出して、鄧麗君の生命力に換えてほしいと祈り、鄧麗君が自分のそばまで歩いてくるよう願った。

「鄧麗君、こっちにおいで！」祖母はこう言ってから、吠えた。「ワンワン！　ワンワン！」

鄧麗君がぶるぶる震えながら体の向きを変え、立ち上がって、力なく垂れ下がった尻尾を振りながら、三メートル歩いて、祖母のそばに来た。

「おまえが死ぬと、おまえの母さんは悪魔に変わってしまう」祖母は老犬の首の毛を梳きながら言った。「おばさんはこんなにおまえを大事に思っているから、おまえを絞め殺したいんだよ、そうすればおまえの母さんは悪魔に変わらないだろう。母さんは私を嫌いになるだけで、悪魔には変わらない……。鄧麗君、死には責任がある、何も言わないで逝ってしまうのはいけないよ。ちょうど私の息子がひっそりと逝ってしまったようにね。もしあの子が逝く前に私とちょっとでも話をしてくれていたら、あの数年間こうも辛くなかっただろう。死の責任とは逝く前にさようならを言い、心の中にあるものを言ってしまうことだ……さあ、振り向いて、母さんを見なさい」

祖母は鄧麗君の体を支えて、体の向きを変えるのを手伝ってから言った。「母さんを見ながら、言うんだよ、『この一生、母さんに世話をしてもらったことにいちばん感謝します、ご恩に感謝します』と。もしどう言ったらいいかわからないなら、おばさんが教えてやろう。おまえが一声吠えるだけで気持ちをあらわしたことになる、こんなふうに吠えなさい、ワン！」

「ワン！」鄧麗君が吠えた。

「母さんに言いなさい、この一生、母さんと一緒でとても幸せだった、あなたは悪魔ではなくて、ずっと私の母さんでいてほしい。二声吠えればいい。ワン！　ワン！」

「ワンワン！」

「母さんに言いなさい、私たちはこの世でこれほどのご縁があったので、来世も母と娘でいたい」

「ワン！」

「母さんに言いなさい、ありがとう」

「ワン…ワン…ワン！」

「愛しています」

「ワン…ワン…ワン…」鄧麗君の鳴き声はゆったりとして、まるで人間の言葉を話しているようだった。

最期の時が来た。祖母はコルセットおばさんを見ながら、「あんたの娘は心からこんなにたくさん話をした、あんたも彼女に少し話をしなさい！」と言った。

コルセットおばさんは泣いて言葉にならず、顔を涙でいっぱいにして、鄧麗君の別れの情に感謝した。彼女と老犬のこの世での幸せと恨みは、今最も純粋な愛になった。彼女はコルセットのマジックテープを外し、もう一度しっかり貼りなおしてから、腰をかがめて、手足を地面につけ、彼女だけがわかる言葉で最愛の老犬に別れを告げた。「ワン！　ワン！　ワン！」

「ワン！　ワン！」鄧麗君が近寄っていった。

「ワンワンワンワンワン！　ワンワン！」コルセットおばさんも這っていった。

「ワン！」

「ワン！　ワンワン！」

「ワン！」

老犬が人の涙をなめた。人の涙は永遠にこの世で最も熱いものだ。

それは他人にはわからない人と犬の対話だったが、心の奥まで伝わった。最後に、コルセットおばさんは鄧麗君を抱きかかえ、弱りきった犬が彼女の胸の中で息を引き取るまでそうしていた。彼女はすべての涙を犬の体の上にこぼしてから、言った。「鄧麗君、母さんはおまえがこの世で私の娘になってくれたことに感謝するよ、おまえが話してくれなかったら、母さんは悪魔に変わって、来世で二度とおまえに会えないところだった」

「死道友」はみんな泣いた、私も。

◆

「馬西馬西」の社長は午後にやって来た。ＢＭＷ７シリーズに乗って、四百メートル外のフェンスの割れたところから入って来た。泥道をゆっくり走らせたのは、弾いた石で擦り傷をつけて焼き付け塗装をするはめにならないか気が気ではなかったからだ。そのうえ、ある水たまりの前でためらって、かなりの時間を無駄にしていたが、タイヤは水に浸かったあと、何事もなく前に進んだ。社長がリビングに来た。彼はジョルジオ・アルマーニのシャツとズボンで身を包み、三十ちょっとの若さでもう権力を手に入れていた。彼には「毛抜き」というあだ名をつけてやるべきだろう。彼が金色の毛抜きをぶら下げたネックレスを首につけているからだ。

「みなさんご苦労だった」。毛抜き社長が口元を引きつらせて言った。「あなたたちは新入社員の職業前訓練をパスした、おめでとう。わが社の福利は非常にいい」

「でも、あんたたちは私らの審査には通っていない」と祖母が言った。

「我々はそんなにひどいか？」

「ここに監禁しておいて、どこが訓練だ」

「ほんとうか？」毛抜き社長は振り向いて檳榔の兄貴を見ると、彼が申し訳なさそうに恥入っているので、腹を立てて言った。「職業訓練なのにどうして社員をこんなに厳重に閉じこめているんだ？　時間ができたらちょっと外に出してやれ。それにおまえたちもだ。暇があったらあの水たまりの水を掻き出して、道の砂利もきれいに片づけておけ」

「あんたもきっと超能力を見に来たんだろ！」と祖母が言った。

毛抜き社長は祖母を見ながら、手を上げてそれとなく指示をして、股ぐらの兄貴が運んできた椅子に腰をおろした。彼が胸元のあの毛抜きをつまむと、小さな音がして、それで自分のひげを抜き始めた。彼はひげを抜く面白さを楽しんでいる。そうでなければどうして変な癖をみんなの前で披露したりするだろうか。ちょうど股ぐらの兄貴が手をズボンのまちに突っこんですっきりするまで掻くように。彼はひげを数本抜いてから、口元を引きつらせて言った。

「おまえら、誰が、死、神だ？」

この言葉にみんなはしんと静まり、話が続かなくなった。檳榔の兄貴とタバコの兄貴は冷ややかにみんなを見ていたが、股ぐらの兄貴は反対にまた自分の股ぐらをぼりぼり音を立てて激しく掻き出した。

「社長の質問は、そう難しくないだろ！　答えはあんたたちの体にある」。檳榔の兄貴が前に出て、薄いコートの裾をめくりあげると、腰につけた銃が見えた。この動作は明々白々で、「死道友」はその銃の威嚇と挑発を見て取った。

「おまえら、誰が死神だ？」毛抜き社長の視線が一周して、私の体の上で止まった。「おまえだな？　若いのに年寄り女たちとつるんでいるのは、どうみても帯衰《悪運をもたらす》死神だからだ」

「社長の目に狂いはない」。タバコの兄貴が言った。

「どうぞお掛けください」。毛抜き社長が立ち上がり、私にその椅子に座るよう手で合図をしてから、「さあ、死神様お掛けください」と言った。

「私は…死…神じゃない」。私はとても緊張した。

「掛けてください、と私は言っているんだ」

　檳榔の兄貴は私のうじうじした態度に我慢ならず、怒鳴った。「座れよ！」この怒鳴り声にみんなはぶるっと震え、体についたホコリがふるい落とされた。

「私が座ろう」。祖母は床からもがいて立ち上がり、傷ついた足を引きずって、その椅子に腰かけた。「私ら女集団もまっとうな経営をしている、私が社長だから、この席は私が座る」

「社長には二種類ある、一つは役立たず、一つは混じりけなしの本物だ、あんたはどっちだ？」

毛抜き社長がまた鎖のネックレスをいじり始めた。

「あんたはどう思う？」

「目を閉じて、手を膝の上に置け」と毛抜き社長が命令した。

「言うとおりにしろ」と檳榔の兄貴が大声で言った。

祖母は言われたとおりにして、目を閉じ、両手を膝がしらの上に置いた。毛抜き社長がひざまずいて、鼻をゆっくり祖母の手に近づけ、数回息を深く吸いこんだ。祖母はその深い呼吸を感じることができ、手をスキャンされている気分だった。「この男は何をやっているのか？」祖母は疑い、緊張した。このあとのどの一手も、素早く反応し、かつ相手の怒りを挑発してはならないのだ。

大きく息を吸った毛抜き社長は、からみついた感情と記憶の中に沈んだ。顔を上げたとき、少し開いたまぶたの下に白目をのぞかせ、一見麻薬を吸っているような表情をした。彼は言った、「間違いない」。毛抜き社長は、自分の鼻からは逃れられないと言った。祖母の手に年老いた男の死の残臭を嗅ぎとったのだ。これは死神の手であり、少し前にとある死の処理をしたばかりだ。

「あんたはすごい」。祖母は言った。

「俺は小さいころから死のにおいを嗅ぐことができたのだが、大人になると、その能力が弱くなった」。毛抜き社長は毛抜きでひげを抜きながら言った、「この種の能力は成長すると弱くなる。ちょうど小さいころはお化けを見ることができるが、大人になると他人の心の中に化け物が住んでいるのを見る能力さえなくなるようなものだ」

数日前病院にいたとき、祖母は隣のベッドの老人のために臨終の身を浄める手伝いをした。まさか毛抜き社長はほんとうに特殊能力をもっていて、祖母の手に残ったにおいを嗅ぎとったのだろうか、それともたまたまに過ぎないのだろうか。だが彼はこのことによって祖母が特殊能力をもっているという印象をますます強めた。

「それが『往生互助会』をあんたが経営している理由かね？」祖母が尋ねた。

「もちろんそうじゃない、俺の死のにおいを嗅ぐ能力は弱いから、使えない。でも俺はみんなより強力な超能力を持っている。つまり銅《カネ》の臭いを嗅ぎつけることだ。年寄りの体には強い銅の臭いがする、特に死にかけているのはもっと強い。俺はただ大胆に嗅ぎ、大胆にすくい上げ、さらに大胆に楽しんで、大金の底なし沼に跳びこんで稼いでいるだけだ」

「なるほど、私らがあんたの地盤に手を出したんだね」

「商売じゃないか！　儲かることも損をすることもある、あんたたちに損をしてやったのは一つの功徳だ。おかげでこの世には死にかかっている年寄りをもてあそぶ者がなんともう一人いるのを発見できたしな。俺たちは共同でやれるだろ！」

「共同で？」

「あんたの手を借りて、台湾じゅうの他の『往生互助会』を整理統合したいのだ」

「あんたは天下を統一しようとしているみたいだが、もし私が協力しなかったら？」

「あんたはめっぽう強い、俺はあんたには弱点がないのに気づいた。聡明で反応が早い、どおりで社長になれたはずだ」。毛抜き社長は口元を引きつらせて、言った、「しかしだ、生きている者には弱点がある、あんたの弱点は後ろの年寄りたち、それにあんたと同じ藍色の髪をした若い女だ。彼女はあんたの孫娘だろ」

「……」

「愛は危険だ、どれだけの人がそのために何も手がつかなくなり、このために犠牲になったことか。愛はあんたの弱点で、あんたに犠牲を迫るに十分だ、そうじゃないか？」

「愛はとても危険だけれど、愛さないのはもっと危険だ、あんたはどっちを選ぶんだろうね」。祖母は頷いて言った、「それで私はどんな恩恵にあずかれるんだね？」

「俺はあんたに金を愛さない能力をやるよ、ハッハッ、俺ってユーモアがあるだろ！」毛抜き社長は勝手に大笑いして、みんなに彼と一緒に笑うようあおってから言った。「あんたに一生生活できる金をやろう。金が恐ろしいほどたくさんあると、金なんか好きじゃなくなる。あんたは仕事をしなくてよくなるし、あんたの孫は明日から退職後の悠々自適の生活ができる。俺があんたたちにやる金は今回の職員研修のつらさを忘れさせて、幸せな明日を生きることができるくらいたっぷりだ」

「わかった、受けるよ」

「口だけでは証拠にならないから、あんたをテストする。次のこの難関をパスしてからだ」。毛抜き社長は手を振って命令を出した。

まもなく、誰かが正面のドアから車椅子の老人を押して入ってきた。彼でテストをする気だ。老人は八十歳くらいで、鼻に経鼻胃管を挿し、腰に尿袋をさげ、ぼんやりと沈んだ目をしていた。体の器官の一部がすでに空ぶかししているのは明らかだ。この老人は車椅子に座ってはいたが、きちんとした立派な身なりをしていて、黒いシャツに、ゆったりしたズボンをはき、唯一ひげだけは一週間剃られていなかった。最も残酷なのは老人の手足が拘束されて車椅子に縛りつけられていることで、おそらく彼が経鼻胃管の類を抜き取らないようにするためだろう。毛抜き社長は毛を抜くのが好きなので、老人でさえ見逃さなかった。チェーンネックレスを外して、毛抜きで老人の白いひげを抜き、なんと鼻の中から覗いている白い鼻毛も抜いた。抜いている間、残忍で大げさなさげすんだ笑い声を上げた。老人は反応せず、一人の生きた屍だった。

この車椅子で入ってきた男の老人が、まさに祖母をテストするのだ。彼女はどうしても知りたくて尋ねた。「ちょっと教えておくれ、あんたは私にどうしてほしいんだい？」

「彼を、死な、せろ」。毛抜き社長は一文字ずつ強く言い、「傷、一つ、つけずに、自然に死んだように見せろ」と要求した。

「もうじきだめになるように見えるけど」

「こうやって五年になる。台湾の医療は素晴らしすぎて、無用の長物の淘汰率を下げている。彼はまったくＡＦＫ*で、いつまでもダラダラと続くゲームのようだ。よりによってアスファルト道路に捨てられても死なない熱帯魚のプレコそっくりだ」

「ＡＦＫって何？」

「あんたたちのような石器時代の人間は、使っているのはみんな老人用携帯だろ。細いディスプレイには数字しか出ないし、ベルの音は周りの者には死ぬほどうるさいのに、当の本人には聞こえない。こんな人間にネット世界の面白い物がどうしてわかる、話しても屁の突っ張りにもならんよ」

「彼も携帯は持っていない、持っていても誰にかけるかわからないだろうね！」祖母は車椅子の

＊（原注）ネットゲーム「英雄連盟（LOL）」の用語で、人がしばらくＰＣから離れてゲームをしないこと。ＡＦＫの英語はAway From Keyboard。

老人を見ながら、「この石器時代の人はあんたの父さんかい？」と訊いた。

「でたらめ言うな」

「もちろんでたらめよ。私がよく言うでたらめはこうさ。金持ちになる簡単な方法で、生きていくのに最も安全な戦術とは、両親から金をもらっておきながら、ずうずうしく金は返さずに、彼らが死ぬのをひたすら念じることだとね。だが、あんたたちの会社はまっとうだ、こんなことをするはずがない」

「うざいやつだ、あんたと共同でやろうという忍耐もそろそろ限界だ」

「私はこの老人を絞め殺せるよ、その方がてっとり早いし、死神の手はこうやるのがいちばん使い勝手がいい」

「おまえの目はどこについてんだ、俺さまに盾突く気か？　くそっ！」毛抜き社長が台湾語でわめいて、檳榔の兄貴の腰からあの銃を抜きとり、一発発砲した。バン、巨大な音がリビングをガタガタ揺らし、「死道友」を恐怖の渦に陥れた。私は自分が激しく震えていて、目を閉じて暗黒の中で生きているのがわかったが、目を開けたとき、毛抜き社長が天井に向けて発砲したところに小さな穴が開いているのが見えた。地面にはセメントの粉が散らばり、ひしゃげた銅弾頭が転がっていた。

祖母はとても冷静だった。彼女は目の前の一幕をじっと見ていた。

毛抜き社長が拳銃を祖母に突きつけたが、祖母は動じる素振りは見せなかった。祖母は片足を棺桶に突っこんだ末期癌患者だ。彼女は冷ややかに銃身を見て、それから視線を毛抜き社長に移した。怒った毛抜き社長は銃を移動させて、老人男性の頭を叩きながら、「もしあんたが手で絞め殺す番になったら、銃を使った方が早いぞ」と言った。

「わかってます」

「俺はこの人をこんなに苦しませたくないんだ。彼は生きているとは言えないし、死のうにも死ねない、こんな日々があとどれくらい続くのか。彼はとても苦しんでいる」

「わかります」

「わかったこと言うな。じゃあ、あんたの思うようにやってみろ！」

「私らのT3の中に、丸薬の包みがある、まずそれを取ってきておくれ」。祖母が言うと、毛抜き社長はすぐに人をやって取りに行かせた。この間に、祖母が説明した。「その薬は私らが密造した漢方薬で、無害だ。この老人に飲んでもらって、それから私の手でちょっと処置をする。もし彼が十分生きたのなら、『薬は命を取り除く』。もし彼にまだ救いがあるなら、『薬は病を取り除く』かもしれない」

「こうでなくちゃな、早く取り掛かれ」

タバコの兄貴が漢方薬を持ってきた。祖母は薬の包みを開けて、十粒ほどの黒い丸薬を見せた。ありふれたものに見えたが、祖母の解釈を経ると、まるで武林秘笈《ぶりんひきゅう》★1の中で使われる、任督二脈《にんとく》★2を通る神薬みたいだったので、数人の男たちが額を寄せ合って眺め、一種の見てもわからない神秘的な気分に浸った。「死道友」はその丸薬の来歴を知っていた。それはヤミ医者のジョブズが鄧

★1　武術の秘法が書かれた書籍。
★2　任脈と督脈。東洋医学で人体の前後の中心を通る二本の経絡。

麗君に出してくれたもので、ものすごく苦かったので、コルセットおばさんが煮詰めて丸薬にしたものだ。毛抜き社長は丸薬に毒がはいっていないかと疑い、殺人の証拠が残るのを嫌った。祖母は苦《にが》みを避けるために丸薬を水なしで飲んで、薬に問題はなく、人にも問題がなく、ただ病人に対してだけ問題があることを証明した。

「彼の経鼻胃管を外しなさい」。祖母が命令した。

男たちは取りかかろうとしなかった。エクボおばさんとカツラおばさんが進み出て、老人の鼻筋の上の経鼻胃管固定テープをはがし、管をゆっくりと引き抜いた。祖母は碗を持ってこさせて、湯を注ぎ、薬を四粒入れた。そして親指を碗の内側にかけてむらなく溶けるように回し、真っ黒な濃い液体に変わるまでそうした。

「私ら女たちはみんな地獄を見たことがある人間だ」、祖母は老人に言った、「あんたは煎じ薬を飲んだら、地獄に行ってもいいし、再び戻って来るのを選んでもいい」

老人はじっとしたまま、瞬き一つしない。

「悪いけど、地獄に送ることにするよ。もし嫌なら、何か言いなさい」と祖母が言った。

老人はやはり身動き一つしない。

「始め」。祖母が命令した。

エクボおばさんとカツラおばさんが前に出て、一人が老人の口をこじ開け、一人が煎じ薬を流しこんだ。老人が飲みこむのを拒否したので、液体が口からこぼれた。

「流しこみなさい」。祖母が命令し、私と回収おばさんも出て行って手伝った。

私たちは老人を押さえつけ、鼻をつまんで、口で呼吸したときをねらって、下顎を持ち上げ、碗半分の煎じ薬を流しこんだ。

　それからの二分間は、老人とみんなにとって、耐え難いものだった。ふと見ると老人の手足が震え、目をかっと見開き、歯を食いしばって、両頰に青筋を浮き立たせている。「死道友」はこの老人が地獄に落ちたのだとわかった。それは肉体の苦しみと心の悪魔が乱舞する最大値を示していた。

「早く呼吸を止めろ！　GAME OVER」。毛抜き社長が拳を握りしめてはっぱをかけた。男の老人は体を震わせ続け、涙を絶えず流し、束帯で縛られている手を揺り動かしていたが、死のうとしているのか、生き続けたいと思っているのか、わからなかった。そのあと額に小粒の汗が吹き出し、目を閉じてしきりに涙を流した。尿袋にも新鮮な尿液が溜まり、ビニール袋が膨らむ音がした。

「まだ生きているじゃないか！　あんたほんとうに死神なのか？」毛抜き社長が言った。

「もう少し時間をおくれ」

「俺にはそんな時間はない。五年待ったんだ、早く彼を「THE END にしろ」」。毛抜き社長は眉根をしかめて、時間が過ぎるのを待った。それからその場をうろうろしていたが、ひどくいらいらして落ち着かなかった。五分が経過すると、彼はとうとう我慢できなくなって大声で怒鳴った。

「この世はいったいどうなってんだ、役立たずの老いぼれ一人でさえポックリ逝かせられないのか」

「もう少し待ちなさい」

「俺は待てない、そんな時間はない」。毛抜き社長は怒りで息を荒げて、近づいてくると、銃を祖母の額に押し付け、全身を興奮させて言った。「あんたはいったい死ぬのが怖くないのか?」「誰でも死ぬのは怖い」。祖母は相手を見ながら、「でも癌を患ってから、人生の優先順序をどう並べるべきかわかったのさ」と言った。

すると毛抜き社長は振り向いて私を見ると、足で私を蹴り倒し、銃身を私の足に向けて、祖母に聞かせるように言った。「藍い髪のろくでなしのばあさんよ、さらに打つ手がないなら、おまえの孫娘の太ももに弾をぶちこむぞ」

彼がもし銃身を人の額に当てたのなら、まだ人を撃ち殺す度胸はない。だが太ももに向けて撃つというのは、間違いなく人を傷つけようとする悪意がある。だから私の恐怖がどれだけ激しかったかがわかるだろう。地面に倒れて、岸に上がった魚のように這いまわる力もなく、銃身が右太ももの膝頭に向けられているのを見ていた。私は彼が最初の発砲のあと、正気を失ってみんなに向けてもう何発か撃つのではないかと心配した。毛抜き社長がわめき続けるので、檳榔の兄貴やタバコの兄貴でさえ言葉巧みに彼をなだめて、冷静に、あまり衝動的にならないようにと言った。

突然、一本の干からびた手が伸びてきて、銃身を握り締めた。

現場は静まり、みんなはその手の主人――男の老人が、咳をちょっとして、のどが何度か動くのを見ていた。彼の顔は涙と痙攣が入り混じり、命の出口を探しているようだった。とうとう、口元が動いて、懸命に言葉を絞り出して言った。「なんと……」

檳榔の兄貴がびっくりして尋ねた。「大仔《おやぶん》、生き返ったんですね、啥咪《なに》が言いたいんですか?」

「なんと……恥を……かかせおって、わしを……連れて行け」。老人が言った。

十年間沈黙していた男の老人が、ついにしゃべった。これも毛抜き社長の突然の銃声のおかげだ。だが祖母は気づいた、彼女の目の前に座っているこの車椅子の老人は、びっくりして喉を上下にピクピクさせたが、飲みこむ動作が残っている者だけがこのように喉を動かすことができる。この男性は拒食のために強制的に食べ物を流しこまれているのであって、重症をずるずる引きずっているのではないのだ。

「舅跤《キャンカ》」。老人が祖母に向かって言った。頭が切れる女という意味だ。

「おまえら何ぼけっとしてる、この人を連れて行かんか!」毛抜き社長は腹を立てていたが、またお手上げだというように、車椅子の老人を連れて出て行った。出て行く前に、彼は振り返ってリビングの勝利した女に向かって、下品な手まねをした。

タバコの兄貴は口にくわえていたタバコをまた無駄にしてしまい、みんな灰になったので、仕方なく新しいタバコに火をつけて吸った。彼がドアを閉めようとすると、祖母の警告が聞こえてきた。「あんたたち、時間があったらジョブズ先生に診てもらいに行きなさい、さもないと菜花はどんどんひどくなるよ」。この助言は大きな雷のように鳴り響いたので、彼は口にくわえたタバコを急いでいらいらしながら吸った。

◆

その三人の男たちはジョブズ先生に診てもらいに行った。気持ちがとても急《せ》いていたので、車はぬかるみの道を、小石をはじきとばし、水たまりの水をぜんぶはねあげ、一路高々と土埃を舞い上がらせながら疾走した。彼らの診察を受けようと逸る気持ちはまさに彼らの車のスピードと同じだ。外を見ると、九月の陽光が広々とした再計画地区に降り注いでいたが、そこはつるつるの禿げ頭のように生気がなかった。四日目のこと、「死道友」は男たちが使いに出たときに脱出することに決めた。

今はドアの外に見張りの男が一人いるだけで、ひとまず彼を「死んだ魚の目」と呼んでおこう。年齢は二十くらいで、わかっているのは彼がネット中毒だということくらいだ。携帯の画面をスライドさせているときは目がもの欲しそうに激しく動くが、人を見るときは脳卒中にやられたように目に生気がない。こういう人間を「死んだ魚の目」と呼ばずして何と呼ぼう。彼にドアを開けてもらうには、ドアの内側でネットよりもっと「いいね！」をクリックするに値する画面がなければならない。「死道友」はその準備に入った。

祖母は地面に横になって、頭を壁に当て、「縮頭功」という頭を縮めて壁の中に押しこむ技を試していた。彼女は二十歳ごろにこの技ができたのだが、まるでオリンピックの跳びこみの選手が体を三回転させてから一直線に水に入るくらい、体はすばらしく弾力性があり敏捷だった。今の彼女の年齢、骨の強さ、筋肉の瞬発力などからすると、いちばんいいのは、ロッキングチェアに横になって思い出にふけることだろう。しかし彼女はやると言い張り、これはみんなが逃げ出すチャンスだと言った。

朝十時になった。私たちは祖母が十回目の「縮頭功」をやる手伝いをしていた。彼女の体をつかんで、壁に向けて力を入れて押すのである。この技は実際に頭を壁の中に入れるのではなく、亀が頭を縮めて引っこめるようにするものなので、そのため胸腔は非常に大きな圧迫を受けることになった。毎回わずかに進展があったが、頭が数センチ引っこむと、彼女は激しい咳に見舞われ、腫瘍のある胸腔にはこれ以上頭は入らないように見えた。

「別の方法に変えたほうがいいわ」。エクボおばさんがあきらめるようほのめかした。

「感覚をつかんだ、もう一回！　今度は何が何でもやるよ、あんたたちは何も考えなくていい、私を壁に向けて力を入れて押してくれれば、頭は押されたあと胸に入っていく」。祖母は私に「あなたも血の準備をしに行きなさい」という手真似をした。

祖母は深く息を吸いこむと、これから深海に潜水するみたいに、エクボおばさんをじっと見つめてから目を閉じた。みんなはもう一度力を入れて、祖母を壁に向けて押した。すべてが祖母の予測通りに、頭がゆっくりと隠れ、五官が曲がって縮まり、胸腔に折り重なって入っていった。

私は血を取らなければならないので、早足でトイレに入ると、コルセットおばさんがちょうどシャワーヘッドにつながっているステンレスのホースを取り外しているところだった。それは彼女があとで戦うときの武器で、鄧麗君の遺体が彼女の足元にあった。私は便器に腰を高くして屈み、洗浄した手を膣口に差しこんで、経血が八分ほどたまった月経カップを取り出した。経血は温かく、鮮やかな赤色をして、異臭はなかったが、冷たくなると経血の臭いにおいがした。コルセットおばさんは私がおしっこをするのだと思っていたので、経血の入った医療用のシリコーンカップを取り出したのをちらっと目にすると、とても驚いて、死んだ鄧麗君にも奇跡が起こっていないか思わず見てしまった。私には理解できる。彼女は繰り返し洗って使う月経帯の時代から、幸運にも使い捨てナプキンの輝かしい時代まで経験したが、まだタンポンを使わないうちに閉経したので、月経カップの価値を理解するのは難しかった。女の生理の歴史は月経カップによって区切りをつけられ、その後黄金時代に入った。ある女性は初めてそれを使ったとき、カップの中の経血を飲み干して、これは「イエスの血」だと言ったらしいが、私はまだ飲む勇気がない。でも月経が多いとき、タンポンとナプキンを併用しなければならなかった私は、月経カップを一度試してすぐにそのお得意様になったのだった。

私は月経カップを両手で持って、リビングに入り、経血を祖母の首にかけた——計画通り、彼女の頭は切断され、あたり一面に血が流れ出た。

「死道友」は芝居をした。ある者はドアを叩き、ある者は人が死んだと大声を張り上げ、ある者はすさまじい悲鳴をあげた。そしてリビングのドアが開けられると、彼女たちはたちまち静かになって、外にいる人が中の恐怖の状態——誰かが地面に死んでいるのがよく見えるようにした。「死んだ魚の目」がドアの隙間から叫んだ。「後ろに下がれ！」それから女たちが下がりながら指さしている死体を見た。彼はびっくり仰天して、目が生き生きとし、壁に向いている頭のない女の死体を見つめた。この世に驚くような一幕があると、ネット中毒者は携帯を取り出して、何枚か写真を撮って見る。「死んだ魚の目」もそうした。彼は写真を撮り終えると、細部を拡大してはっきりと見た、これは間違いなく女の死体だ。そのうちの何枚かは彼が部屋の中に手を伸ばして写したもので、死角をとらえていて、写真の中の死人は頭を切り落とされていた。どうみても画像修正されたものではない。

「後ろに下がれ」。「死んだ魚の目」は大声で叫び、二本のドアチェーンを外して、中に入ってきた。「誰が殺した？　頭は？」

私たちは黙って、窓の外を指さした。

「死んだ魚の目」が床まである大きな窓に近づいて、下を見ると、一階の雑草の中に人の頭が見えた。彼はこれは殺人事件だと大いに確信し、ネットより百倍刺激的だったので、手がアルツハイマー患者のように震えた。そして彼の携帯がつないだインスタントメッセンジャーから檳榔の兄貴が「このバカ、話をせんか」という叱責の声が聞こえてきて、ようやく我に返った。「女が一人死んだ、頭がなくなっている」。「死んだ魚の目」はカメラのレンズを死体に定めて、ライブ中継した。

「揺らすな」。檳榔の兄貴がビデオの端から、「見せてみろ」と怒鳴った。

「まじ緊張してるんです！」

「ばかやろう、おまえマスかいてんのか？ 画面がひどく揺れてるぞ。ゆっくり撮れ、俺が、いなくなった人間がいないか見てみる」。檳榔の兄貴が突然、「停まれ」と叫んだ。

「とめました」

「おまえに停まれと言ったんじゃない、こっちの車に停まれと言ったんだ、そのままビデオを続けろ」。檳榔の兄貴が向こう側で車を停めさせ、三人の男がビデオに集中した。「その死体にレンズを定めろ、死んだのは誰だ？」

「足を折っていた女です」

「レンズをもっと近づけろ」。檳榔の兄貴は檳榔を噛むのをやめて、目を見開いて見ていたが、突然叫んだ、「急げ、ドアにカギをかけるんだ。その女は死んでいない、そいつは超能力を持っている」

「頭を切り落とされてるんですよ、死んでないはずがないんじゃや？」「死んだ魚の目」が叫んだ。

遅かった。「死んだ魚の目」が死んだふりをしている祖母に近づきすぎたのだ。祖母が突然手足をでたらめに揺らして、その瞬間に後ずさりした「死んだ魚の目」を転ばせた。浴室のドアのところに立っていたコルセットおばさんがただちに突進してきて、ステンレスのホースを振り回し、力いっぱい彼に向けて殴りかかった。数人の女が加勢に入ったが、彼女たちはほかに何も持たないので、年寄りの脂身肉を頼りにのしかかっていった。

私はドアに突進し、階段を駆け下りた。途中ずっと激しく息を切らしていた。任務はT3のエンジンをかけることだ。鍵は持ち去られていて、車の中にはなかった。私は大きな石を拾って、車のフロントバンパーのそばの鉄のカバーに振り下ろし、何回か叩くとついに開いた。コルセットおばさんが中に予備のカギを入れておいたのだ。布で包んで移動しないようになっていた。だが私が鉄のカバーを叩いて曲げてしまったので、手を伸ばしたときに鋭利な鉄片で切ってしまい、手から血が流れ、股の下からは経血も流れた。

中の鍵を引っ掛けて取り出すために竹か何かを探そうとしたが、周囲はがらんとして、ただ一つ草むらにあの頭が見えた。その頭はカツラおばさんのカツラで、中に数人の女のブラジャーが詰めてあった。二階の窓の隙間から放って、偽物をほぼ本物だと騙したのだった。視野の狭い「死んだ魚の目」がもし監禁されている私たちをもっとよく見ていたら、その破綻――この黒髪のカツラは、祖母の藍紫の短髪ではないことに気づいたはずだが、幸い彼の目がネズミ捕りの粘着シートのように携帯に張り付いていたので助かった。私は自分のブラジャーを見つけた。そのブラジャーのことはよくわかっていて、長らく洗濯するうちにワイヤーが外にとび出ていた。私はワイヤーを引き抜いて、それでバンパーの中に隠した鍵をひっかけて取り出した。

それにしても、「死道友」はどうしてまだ下りてこないのだろう？　もう下りてきてもいいころだ。

急いで階段を駆け上がって見に行くと、ちょうど劇のクライマックスを目にした。「死んだ魚の目」はコルセットおばさんの贅肉と鉄の鞭によって隅に追いつめられ、地面にひざまずいて、泣きながら許しを乞うていた。その失態は彼の膝の前のインスタントメッセンジャーから転送され、画面の三人の男からしきりに罵倒されていたが、画面が高速で走行している車の上下の揺れとともにブレるので、毎秒ごとに新しく創作した汚い言葉をゆすり出しているように見えた。

祖母は、十字架から下ろされたばかりのように地面に横たわり、体じゅうに私の経血がついていた。縮頭功をやったとき、息を止めすぎたためにバイタルサインがなかった。呼吸が止まり、脈拍が非常に弱くなっているので、「死道友」が心肺蘇生術をやってようやく呼吸が回復した。みんなは彼女を取り囲んで、リーダーが目を覚ましてこの恐ろしい場所から離れる指令を出すのを待っていた。祖母は自分がショック状態になるのはとっくに計画におりこみ済みで、もしそうなったときは、私が唯一逃げ出して救助を求める人になるはずだった。しかし私は残った。なぜかというと、彼女の意識が戻ると信じたからだ。

待つことは愛情の最も美しい姿であり、また最もつらいものでもあるが、キスは解毒剤だ。エクボおばさんが祖母にキスをすると、祖母はすぐに意識が戻った。祖母は目を開け、果たしてこのゴール前のシュートのようなキスをされるとすぐに意識を取り戻して、こう言った。

「査某囡仔《ザボギンナア》〔若い女の子〕、あなたがこっそり私にキスする夢を見た」

「ほんとうにキスしたの、だって死にそうだったのよ」。エクボおばさんが言った。

「死には責任がある、あなたにまだお別れを言わないうちに、このまま死んだりしない」。祖母はまた向きを変えて「死道友」に向かって言った。「あんたたちにもだよ、さようならを言ってないのにどうして死ねる」

「私は主に祈ったの、そのときが来ませんようにと」

「私らは主イエスが愛しんでくださる老人だから、主は承諾してくれるはずだ。私も主に祈ったよ、私に無駄話をする能力を与え、別れを言う時をずっと先まで延ばしてくださいとね」。祖母は地面から起き上がって座り、「さあ、どうしようか？　私は今無駄話をしていたようだが」

「じゃあちょっと合言葉を唱えて、気合を入れようか」とエクボおばさんが言った。

　祖母は支えられて立ち上がり、力のない声で言った。「死道友」

「不死貧道*」私たちは円陣を組んで、小声で呼応した。

　みんなは微笑み、互いに見つめあった。それはとても短い沈黙であり、みんなで一緒に一つの火球が空の果てを横切っていくのを見るくらい短かいものだったが、これ以降の私たちの記憶にしっかりと刻まれた。私たちは祖母を支え、鄧麗君の遺体を持って下りて行った。「死んだ魚の目」をリビングに鍵をかけて閉じこめ、さらに携帯の画面でわめいている三人の男も一緒に閉じこめた。階段を下りているとき、私は自分が泣いているのに気づいた。涙は階段を下りれば下りるほどこぼれたが、それは喜びの涙だった。私はしっかり祖母を抱きかかえ、二人は話をしなかったが、心はすべて通じ合っていた。彼女の法廷での命がけの実演も、ここでの真情の吐露も、私にこれからはもう一人ではないのだと思わせてくれた。私は祖母にありがとうと言った。心と心が通じ合っているのは知っていたけれども、やはり口に出さなければならない言葉もある。祖母は私に微笑んで応えた。

T3は数日動かさないとすぐに物ぐさになってしまう。キーを回しても、エンジンはダダダと音をたてるばかりなので、私はこの車にひき殺された「阿嬤の幽霊」が戻って来るよう祈った。女たち全員が暗黙の了解ができているみたいに大声で「彼女」戻っておいで！　と叫んだ。するとエンジンにたちまち魂が戻り作動しはじめた。みんなは席に着き、「阿嬤の幽霊」もそろって、出発した。

予期した通り、ヤミ医者のジョブズの所に出かけていたあの三人の男が戻って来た。怒りは車の後ろに巻き起こる土埃さながら、とろとろ走っているT3にすぐにも追いつきそうになった。「死道友」は窓を開けて、三個の骨壺を外に捨てた。二つは砕けて彼らのタイヤを突き破り、一つは車台に引っかかった。骨壺に印刷された遺影が砕けて、陽光の下で勝利の笑みを浮かべている。亡くなった父さんと祖父に感謝する、あなたたちが力を発揮してくれたおかげだ。

私たちはゆっくりとこの不毛の地である再計画地区を離れた……

＊（原注）「死道友、不死貧道」は、友達が先に死んでも自分は死なない。人が不幸になっても関係ない、自分が大丈夫ならかまわない、の意。友人を軽視する人を皮肉った言葉。

第5章

河畔の秋

台中市の緑がたとえどんなに深く濃くても、一陣の風が吹いてくると、やはり秋の気配が葉のうっそうと茂る街路樹をあまねく駆け巡る。落ち葉がちらほらと散って、あたり一面に残紅《ざんこう》がひろがり、気温もわずかに寒くなる。その一面の残紅は、ワインレッドのナンキンハゼの落葉で、枝先から絶えずはらはらと舞い散っている。私は曾祖母の車椅子を押して、梅川〔台中市の北西を流れる河川〕のほとりのナンキンハゼの葉に覆われた歩道を歩いていた。人生は落葉に敷き詰められた小道を歩くのにいくぶん似ていて、美しさの中に常にほんのすこし残忍さが隠されているものだ。

私の祖母がどうなったのかは訊かないでほしい。私の訴訟がどうなったのかも訊かないでほしい。人生に答えはないのだから。私が知っているのは今年の夏にこんなにもたくさんの出来事が起こり、そのあと私の人生が違ってきた、ということだけだ。私はさらに複雑になり、さらに勇敢になった。これらの挫折がもたらした哀しみはすべて蒸発してなくなるわけではなく、私に何が起こったのか誰も知らない。落葉が地面に残るように、傷痕は残り、思慕の念は残るだろう。

梅川のほとりのナンキンハゼは、秋の樹木の中で私が最も好きな樹だ。ナンキンハゼの葉は秋冬の気温に合わせて、緑色、橙色、紫色、褐色、紅色とグラデーションをつけて変化し、寒くなればなるほど深い色あいを帯びてくる。私は腰をかがめていちばん紅みの濃い葉を一枚拾った。やっぱり、いちばん深く寒さを浸みこませた木の葉が私の手中に落ちて、季節の最も優秀な解説者になった。

「阿春、私らどこに行くの？」曾祖母が尋ねた。

祖母の名前は趙潤春《ジャオ・ルンチュン》で、幼名は阿春《アチュン》と言った。ごくごく平凡な名前。

曾祖母は最近足をねん挫したので、私が老人ホームに行って彼女を市内へ気晴らしに連れてきた。曾祖母の部屋に入ると、彼女は私を部屋の壁側の鉛筆の目盛りがついたところに立たせて、阿春は背が伸びたと言い、阿春はおりこうになった、あたしがあげたビスケットを素直に食べてるよ、と言った。曾祖母は一日中私を阿春と呼んだ。

「散歩に行くのよ、ゆっくり行こうね」。私はその木の葉を曾祖母の手の平に載せて、それから言った。「ゆっくり幼稚園まで歩いて行こう」

幼稚園は私が以前勤めていたところだ。曾祖母の車椅子を押してアポローの樹の下までやって来た。鉄の手すりを隔てて中が砂場になっている。つい最近まで、私は手すりの内側で働いていて、子どもたちを連れて砂場でゲームをやった。「砂場を掘っていくと地球の裏側のアメリカに到達するらしいよ」と噂話をこっそりでっち上げておいて、あとで急いでみんなに種明かしをしたものだ。今の私は手すりの外側から眺めるしかなくなった。でも、なつかしくて来たのではなく、約束を果たしに来たのだった。なぜなら小車《シャオチャー》が毎年秋恒例の劇の発表会を見に来るよう招待してくれたからだ。

ステージはアポローの樹の下にしつらえられ、その下に百席を超す椅子が並んでいる。座る席のない保護者は立っていたが、撮影したりフェイスブックでライブ配信したりするためにベストポジションはちゃんと確保していた。曾祖母が「舞台では何をやってるんだね？」と私に訊いた。「童話のお芝居をやっていて、ヒヨコをつかまえようとした一羽のトビが怪我をして、ヒヨコたちのお世話になった話よ」と私は曾祖母に教えてあげた。曾祖母は聞きながら頷いていたが、最後は頭を振って言った、どうして子どもにこんな道理に合わない話を教えるんだい。トビとヒヨコは根っからの敵同士だ、永遠に和解なんてできはしない。私は言った、これはお話で、子どもが演じて大人に見せるものなの。曾祖母はまた頭を振って言った、ほう、大人が喜んで騙されるのかい、それじゃあどうしようもないね。

曾祖母はステージの上のトビに扮装している子ども指さして、「阿春、あれは年寄りのめんどりかい？」と訊いた。

「違う、あの子がトビで、飛び立とうとしているところ」。私は首を伸ばして見て、「私、あの子を知っている、私が教えたことがある小車よ、あの子のこと大好きだった」と言った。

「おや！　じゃあ私は誤解していたよ」

「どういうこと？」

「そんならそれはいいトビだ、あんたの友達だからね」

「たった今、トビはどれもみんな悪い奴だと言わなかった？」

「悪い奴だとは言っていない、トビはヒヨコとは同類ではないと言ったのさ」。曾祖母は微笑んで言った。「ほら、あのトビはなんて愛らしいんだろ、羽を広げたよ」

それからしばらく、私たちは視線を褐色のトビに注いだ。

トビは貼り合わせた翼を振りながら、あどけない声で言った、「ヒヨコたち、ありがとう。君たちに一つ愛のプレゼントをしよう」

「それはどんな愛のプレゼント？」ふわふわの黄色のヒヨコたちが大きな声で尋ねた。とても愛らしい。

「ヒヨコたちよ、君たちに私の大鵰《いちもつ》を見せてやろう」

ステージの下でかすかな笑い声が起こり、演劇指導の先生がしきりに手を振って芝居が間違っていると合図をした。一羽のヒヨコが前に飛び出してきてトビを非難して言った。「芝居、間違ってるよ。僕たちは愛の抱擁が欲しい」

「ヒヨコたちよ、おまえたちがもしまたパンツをはかなかったら、大鵬で殴るからな」とトビが叫んだ。

トビが彼らを追いかけると、ヒヨコたちは慌てふためいた。これはシナリオ通りに演じているのではなかった。ステージの下の保護者たちもさっぱり意味がわからず、芝居がどんどんおかしくなっていくような気がした。ちょうど演劇指導の先生がステージに駆け上がってトビの間違いを正そうとしたとき、グルになっている一羽のヒヨコが大声で叫んだ、「廖景紹、あんたの鶏鶏《ちんぽこ》で僕たちの顔をぶたないでよ」

「廖景紹は老二《あそこ》でおまえたちヒヨコの顔をぶった、これがすなわち愛のプレゼントだ」。トビは翼でアポローのサヤを持ち、高く挙げて振りながら、大きな声を張り上げた、「これが老二だ」

ステージは上を下への大騒ぎ。園長は打ちのめされた顔になった。

私はそれを見て複雑な気持ちになり、泣くに泣けず笑うに笑えなかった。でも小車に感謝しなければならない。彼の暴走劇は私へのプレゼントなのだから。反対に曾祖母はワハハと大笑いして、静かに車椅子に座っていられなくなり、しきりにあのトビはなんて愛らしいんだ、と言った。私は車椅子をUターンさせて、幼稚園をあとにし、ナンキンハゼが密集する奥へと歩きだした。秋の太陽も落ち葉も愛おしいほどに美しく、光の痕が入り乱れて、道を歩くのにちょうどいい。

道がようやく始まろうとしていたが、夏はすでに過ぎ去っていた。

解説

高樹のぶ子

　女性ばかりが登場する、奇妙な味わいの、ある部分は噎《む》せ返るほど過激で、またその場面のあとに柔らかな慰撫の風が吹く、したたかで誠実な小説である。

　語り手の「私」の祖母は七十代。「私」と母親と祖母の世代に加えて、さらに曾祖母まで登場する。女たち四代にわたる人生が、入れ子のように、ときには数珠を手繰るように語られるのだ。

　この祖母と同世代の友人たちが、不思議な魅力を発散しながら、連帯し、肩を寄せ合いながら「私」を助け、活躍する。皆、それぞれに社会的な弱者ではあるけれど、同士的な生命力に溢れていて明るい。

　主人公の「私」は、幼稚園で働いていたが、酔った夜、雇い主の息子にレイプされる。その悲劇から女たちの物語がスタートするのだが、レイプの現場に居合わせたのは彼女の祖母で、偶然にも木製のトランクの中に身体を折り畳んで入り、様子を見聞きしていた。

　トランクの中に身体を折り畳んで！

このあたりから、女たちの魔女的な魅力が立ち上がってくる。

祖母は末期癌を患っていて、トランクに入って孫娘に会いにきていたのだ。狭いトランクに入って運び込まれることが出来たのは、身体の関節を外して全身を小さく折り畳む技を持っていたからだ。そういえばかつて、中国の雑伎団で似たような技を持つ女性を見たことがある。

この技は、特別に柔軟な身体を持つ女でなくては不可能に違いないし、それも中国系の世界にしか、この技を持つ女は居ないだろう。もしかしたらインドあたりに、居るかも知れないが。

見方によれば人体への過剰な虐待であり、しかし特技と呼ぶことも出来るし、芸であり技でもある。身体を可能な限り小さく存在し、けれど五感は現実をきっちりと捉えている、と言う意味では、この小説の通奏テーマでもある女の実態や現実を、良く象徴してもいるのである。

特筆すべきは、この祖母の特技が悲惨なだけのものではなく、魅力的に生き生きと描き表されていることだ。誰しも一瞬、小さな木製のトランクに、四角く自分を折り畳んで納まってみたくなる。窮屈なだけでなく、何か特別なものが見えてくるか、聞こえてくるかも知れないと思わせる、アジアの妖しさ。

舞台は台湾中部の都市、台中だ。

女たちの一見悲惨な現実が展開されるが、そのすべては不思議なベールで包まれていて、アジアの女たちは、熟れた果実の甘酸っぱい匂いを振りまきながら、激しく哀しく、けれど数え切れないほどの棘さえ、キラキラと輝かせながら前へ前へと進んで行く。そのキラキラとした棘は、ときに「私」を引っ掻き、読者までも痛い思いにさせる。

主人公の「私」は、レイプ事件で泣き寝入りをせず、職場を辞め、裁判へ挑む。裁判の証人となるのは祖母一人だ。

だがこの祖母には、女たちの仲間が居た。それぞれに個性や特技を持つ彼女たちは、水を抜いたプールの中に仕切りを作って暮らしている。そこは差別されたり冤罪の犠牲になったり暴力を受けたりした弱者のたまり場でもある。おまけに犬一匹。

祖母は同性愛者で、祖母が長く連れ添った「エクボおばさん」もその一人で、彼女の特技は、死のにおいを嗅ぐことが出来るというもの。

ここでこの小説は、「弱者」である女たち、というテーマに、「死」というテーマが加わるのだ。このエクボおばさんは、死に対して、このような認識を持っている。

「人生とは熟していく果物に過ぎず、雨風に耐えて日々大きく膨らんでいき、時期が来ると、果実のかぐわしい香りを発散し、それから熟れすぎて腐りだし、ショウジョウバエを引き寄せ、最後は蔕が取れて地面に落ちる」

「いつごろからか知らないけれど、私は徐々にこのにおいがわかるようになったの」

この認識は、男には持つことができないものだ。なぜなら果実には種があり、果実が熟れて腐って落ちても、種は次の世代へと生まれ変わるのであって、熟れて腐る、ということは消えて無くなるのではなく、再生産へと繋がっているのだから。

女たちにとっての「死」は、悲劇的な終焉ではなく、繰り返し起きる肉体の消滅と再生であり、男の感性では実感できないものだということ。

女四代、曾祖母やその姉妹も登場してくるが、すべてこうして繋がっている。虐げられたり権力の犠牲になったり、あるいは性的なマイノリティとして差別されたりしながら、けれど激しく生き生きと生きて死んでいく女たちの鮮やかさは、淡々としていながら圧倒的だ。

この小説は、構造からして観念的である。けれど観念は、極めて具体的な状況や言葉、それらの横溢によって、あたかも目の前に女たちの、それしか生きようがない日常が展開され、五感に訴えてくる現実をこれでもかと繰り出してくる。

つまり観念は眼前の人や物や出来事によって眩惑され、目くらましを受け、気がつけばひりひりと匂い立つ日常に取り込まれる仕組みになっている。

食べること、排泄すること、経血や暴力という人間本来の営みが、ほとばしる文章によって息もつかせぬ勢いで、次々に提示されていくのに付き合っているうち、作者の魔術にかかって、実際に目の前で起きて居る出来事として認識されてくるから不思議だ。取り込まれ、唖然とし、溜息をつき、そしてすべてが女たちの底力を暗示していることにほっとする。

男たちが排除された世界が、観念で無いはずがない。透徹した意識で意図的に作られた小説だが、あまりにヴィヴィッドな細部が立ち上がってくるゆえ、この世界に呑み込まれたまま出口を見失ってしまう。読み終わって、放心するばかりだ。

とはいえ、この小説に癒やしはあるのだろうか。希望は見えるのだろうか。

末期癌の祖母は、孫娘のレイプ事件の裁判で、証言の正しさを証明するために、おぼつかない身体を折り畳んで見せようとするが、骨折の果てにあの世に旅立ったようだ。けれど孫娘は、祖母の愛を受けとめる。祖母の愛は祖母だけのものではなく、女たちの総力でもある。

原色をぶちまけたあとの静謐。生命のかぎりを走り抜けた夏が去って、生き残った女たちに静かな秋が訪れる。

安易な感傷も、声高な主張も、悲劇も喜劇も、ここにはない。

「私の祖母がどうなったのかは訊かないでほしい。私の訴訟がどうなったのかも訊かないでほしい。人生に答えはないのだから。私が知っているのは今年の夏にこんなにもたくさんの出来事が起こり、そのあと私の人生が違ってきた、ということだけだ。私はさらに複雑になり、さらに勇敢になった。これらの挫折がもたらした哀しみはすべて蒸発してなくなるわけではなく、私に何が起こったのか誰も知らない。落葉が地面に残るように、傷痕は残り、思慕の念は残るだろう」

この乾いた述懐により、観念で作られたすべてのもの、出来事が、女の人生の中にしっとりと入り込み、もはや観念でも意思でもなく、女の血肉に同化して、静かな説得力をもつに至るのだ。

訳者あとがき

『冬将軍が来た夏（冬将軍来的夏天）』は二〇一七年五月に刊行された甘耀明の最新作で、代表作の『鬼殺し（殺鬼）』、『アミ族の娘（邦査女孩）』に次ぐ三冊目の長篇小説である。邦訳はすでに『神秘列車』（二〇一六年）、『鬼殺し』（二〇一七年）がいずれも白水社から出版されており、本書で三冊目となる。

本書は、著者が現在住んでいる台湾の台中を舞台に、ひとりの若い女性が貧しく身寄りのない老女たちとひと夏を過ごす物語であり、主な登場人物はみな女性という、これまでの著者の作品の中では異色の作品である。

本書のタイトル『冬将軍が来た夏』の「冬将軍」とは、歴史的な逸話としては、一八一二年のナポレオンのモスクワ遠征や一九四一年のドイツ軍のソ連侵攻の際に、ロシアの厳しい寒さと積雪に苛まれて撤退を余儀なくされたことをロシアの「厳しい冬」、つまり「冬将軍」に破れたという表現をしたのが語源とされる。著者が本書の中で語る冬将軍の物語は、モスクワに迫ったドイツ軍がソ連軍と対峙していたとき、病気の孫のために薬草を取りに出た老人がドイツ軍に捉えられて三日間大雪の中に立たされたが、その老人の姿に圧倒されたドイツ軍が恐れをなして撤退していったという話で、この老人が冬将軍に譬えられている。この逸話は、主人公「私」のレイプ裁判で祖母が証人席に立ち、死を賭してみんなの前で体を縮めて箱に入る技を実演しようとしたことと重なる。甘耀明は作家の張亦絢との対談（「閲読最前線」二〇一七年六月十四日）で、「たとえ箱に入る実演が失敗しても、それで十分なのです。オー・ヘンリーの『賢者の贈り物』で愛し合う夫婦が自分の大切なものを売り、お互い使えない贈り物をしてしまったように」と語っている。モスクワの老人は最終的に孫を救うことができたのか、祖母の実演は「私」の訴訟を有利に導くことができたのか、結論は語られないままだ。

祖母は、死には責任があり、それは死ぬ前に愛する人にきちんと別れを告げることだと言う。この別れのひと時を通して、残された者は自分が深く愛される存在なのだと気づかされて生きる勇気を得、死に逝く者は愛する人の記憶の中で、最も美しい瞬間を生き続けることになる。

『冬将軍が来た夏』は、それぞれに不幸な過去をもつ老女たちの「終活」をユーモアとペーソスあふれるタッチで描きながら、心身に深い傷を負った若い娘が老女たちの愛によって再び歩き出すまでを描いた生と死を見つめた物語でもある。

本書はテキストとして『冬将軍来的夏天』（寶瓶文化、二〇一七年五月）を使用した。原注は（　）、訳注は〔　〕で示し、長いものは傍注に記した。また、客家《はっか》語や閩南《びんなん》語の単語はできるだけ原文で表記し、ルビを振ってその意味を示した。ルビが多くやや読みづらくなったかもしれないが、北京語（中国語）をベースに、閩南語と客家語が多用される本書の特色を少しでも伝えることができれば幸いである。また、翻訳に際し、一部明らかな誤記と思われる箇所は著者の了解を得て修正を加えた。

最後に、訳者からの問い合わせにいつも懇切丁寧にお答えくださった甘耀明氏、解説を執筆してくださった髙樹のぶ子氏、そして『神秘列車』『鬼殺し』に引き続き、本書の出版にあたって大変お世話になった白水社編集部の杉本貴美代さんに心より感謝したい。

二〇一八年五月

白水紀子

［略年譜］

一九七二年二月二十九日　台湾・苗栗県獅潭郷に生まれる。

一九九〇年〜九四年　東海大学中国文学科に在学。

在学中に創作を始め、学内の創作コンクールで複数受賞。

「掙脱」（第一位）、「凝固的海浪」（第二位）、「副校長」（第二位）。

一九九五年〜九七年　兵役。

一九九九年　「吊死猫」で第二回台湾省文学賞（現台湾文学賞）短篇小説佳作賞。
*二〇〇五年十二月〜二〇〇六年一月：ドラマ化され客家テレビで放映。

二〇〇一年　「神秘電台」で第十三回「中央日報」文学賞短篇小説第三位。
「在你的夢裡練習飛翔」で第六回桃園県文芸創作賞短篇小説第二位。

二〇〇二年〜〇四年　東華大学大学院修士課程に在学。

二〇〇二年　「神秘列車」で寶島文学賞審査員賞。

*ドラマ化され二〇〇七年十一月二十五日客家テレビ、二〇〇九年九月六日公共テレビで放映。

「伯公討妾」で「聯合報」短篇小説審査員賞。

*「伯公討細婆」と題してドラマ化、二〇〇七年十一月二十二日〜十一月二十三日客家テレビで放映。

「聖旨嘴」で第十六回「聯合文学」短篇小説推薦賞。

「上関刀夜殺虎姑婆」で第一回宗教文学賞中篇小説審査員賞。

二〇〇三年一月　短篇小説集『神秘列車』（寶瓶文化）刊行。

二〇〇五年九月　中短篇小説集『水鬼学校和失去媽媽的水獺』（寶瓶文化）刊行。

「中国時報」年間ベストテン賞。

二〇〇六年　「匪神」で第三十六回呉濁流文学賞、九歌年度小説賞第一位。

二〇〇七年　「香豬」第二回 林栄三文学賞短篇小説賞第三位。

二〇〇九年七月　病気療養のため八カ月入院。

長篇小説『殺鬼』（寶瓶文化）刊行。

「中国時報」年間ベストテン賞（二〇〇九年）。

二〇一〇年五月　台北国際ブックフェア小説部門大賞、博客來年度「華文之最賞」（二〇一〇年）。

十二月　簡体字版『杀鬼』（中国友谊出版社）刊行。

二〇一二年八月　中短篇小説集『喪禮上的故事』（寶瓶文化）刊行。

簡体字版『丧礼上的故事』（人民教育出版社）刊行。

二〇一五年五月　長篇小説『邦查女孩』（寶瓶文化）刊行。

台湾文学金典賞、「中国時報」年間ベストテン賞大賞（二〇一五年）。

台北国際ブックフェア大賞、文化部金鼎賞、紅楼夢賞審査員賞（二〇一六年）。

七月　日本語版『神秘列車』（白水社）刊行。

二〇一七年一月　日本語版『鬼殺し』（白水社）刊行。

五月　長篇小説『冬将軍来的夏天』（寶瓶文化）刊行。

［訳者略歴］
白水紀子（しろうず・のりこ）
1953年、福岡県生まれ。東京大学大学院人文科学研究科（中国文学）修了。
横浜国立大学大学院都市イノベーション研究院教授。
国立台湾大学客員教授、北京日本学研究センター主任教授を歴任。
著書に『中国女性の20世紀——近現代家父長制研究』（明石書店）ほか。
台湾文学の訳書に、甘耀明『神秘列車』『鬼殺し上・下』（ともに白水社）、紀大偉『紀大偉作品集「膜」』（作品社）、陳雪『橋の上の子ども』（現代企画室）、陳玉彗『女神の島』（人文書院）など。

冬将軍が来た夏

2018年　6月10日　印刷
2018年　6月30日　発行

著者　甘耀明《カンヤオミン》
訳者　© 白水紀子
発行者　及川直志
発行所　株式会社白水社
〒101-0052
東京都千代田区神田小川町3-24
電話　営業部　03-3291-7811
　　　編集部　03-3291-7821
振替　00190-5-33228
http://www.hakusuisha.co.jp
印刷所　株式会社三陽社
製本所　誠製本株式会社

乱丁・落丁本は、送料小社負担にてお取り替えいたします。
ISBN978-4-560-09635-2
Printed in Japan

エクス・リブリス

EXLIBRIS

神秘列車

◆甘耀明　白水紀子 訳

政治犯の祖父が乗った神秘列車を探す旅に出た少年が見たものとは――。ノーベル賞作家・莫言に文才を賞賛された実力派が、台湾の歴史の襞に埋もれた人生の物語を劇的に描く傑作短篇集！

鬼殺し（上・下）

◆甘耀明　白水紀子 訳

日本統治期から戦後に至る激動の台湾・客家の村で、日本軍に入隊した怪力の少年が祖父と生き抜く。歴史に翻弄され変貌する村を舞台に、人間本来の姿の再生を描ききった大河巨篇。

歩道橋の魔術師

◆呉明益　天野健太郎 訳

一九七九年、台北。物売りが立つ歩道橋には、不思議なマジックを披露する「魔術師」がいた――。子供時代のエピソードがノスタルジックな寓話に変わる瞬間を描く、九つのストーリー。

グラウンド・ゼロ　台湾第四原発事故

◆伊格言　倉本知明 訳

台北近郊の第四原発が原因不明のメルトダウンを起こした。生き残った第四原発のエンジニアの記憶の断片には次期総統候補者の影が……。

海峡を渡る幽霊　李昂短篇集

◆李昂　藤井省三 訳

寂れゆく港町に生きる女性、幽霊となり故郷を見守る先住民の女性など、女性の視点から台湾の近代化と社会の問題を描く短篇集。

甘耀明（カン・ヤオミン）
Yao Ming Kan

1972年、台湾・苗栗県生まれ、客家出身。台中の東海大学中文系在学中に小説を書き始め、卒業後は苗栗の地方新聞の記者などをしながら小説を書きためていた。2002年「神秘列車」で寶島文学賞審査員賞、「伯公討妾」で聯合報短篇小説審査員賞を受賞するなど、6篇が文学賞を続けて受賞し、03年に短篇小説集『神秘列車』を刊行。その多彩な表現により「千の顔を持つ作家」と呼ばれて注目を集めた。02年、東華大学大学院に進学し修士号を取得。「新郷土文学」のホープとして、その後の活躍はめざましく、05年、中短篇小説集『水鬼學校和失去媽媽的水獺』で「中国時報」年間ベストテン賞、中篇小説「匪神」で呉濁流文学賞、06年「香豬」で林栄三文学賞受賞。09年、五年の歳月をかけて書きあげた長篇小説『殺鬼』で「中国時報」年間ベストテン賞、台北国際ブックフェア小説部門大賞などを受賞し、〝新十年世代第一人〟の代表作と高く評価された。15年、『邦査女孩』を刊行、台湾文学賞金典賞などの賞を受賞。17年、本書『冬将軍来的夏天』を刊行。作品を発表するごとに話題を呼んでいる。

邦訳書に『神秘列車』、『鬼殺し 上・下』（以上、白水社）がある。

ISBN978-4-560-09635-2
C0097 ¥2400E

定価（本体2400円＋税）
白水社

冬将軍が来た夏